LA ORDEN DEL TEMPLE

Raymond Khoury

La Orden del Temple

Traducción de
Marta Torent López de Lamadrid

Argentina • Chile • Colombia • España
Estados Unidos • México • Uruguay • Venezuela

Título original: *The Last Templar*
Editor original: Ziji Publishing, Londres
Traducción: Marta Torent López de Lamadrid

Copyright © 2005 *by* Raymond Khoury
© de la traducción, 2006 *by* Marta Torent López de Lamadrid
© 2006 *by* Ediciones Urano, S.A.
    Aribau, 142, pral. – 08036 Barcelona
    www.umbrieleditores.com

ISBN: 84-95618-96-6
Depósito legal: M-15.106-2006

Fotocomposición: Ediciones Urano, S.A.
Impreso por Mateu Cromo Artes Gráficas, S.A.
Ctra. de Fuenlabrada, s/n – 28320 Madrid

Impreso en España – *Printed in Spain*

A mis padres

A mis chicas:
Mia, Gracie y
Suellen

y

A mi amigo
Adam B. Wachtel
(1959-2005)
¡Cuánto habrías disfrutado con esto!
Me alegro de que Victoria y Elizabeth
te compartieran con nosotros.
Te echaremos de menos.
Mucho.

¡Qué útil nos ha sido este mito de Cristo!

Papa León X, siglo XVI

Prólogo

«Hemos perdido Tierra Santa.»

Ese único pensamiento no dejaba de atormentar a Martin de Carmaux; su brutal irrevocabilidad resultaba más aterradora que las hordas de guerreros que entraban trepando por la brecha abierta en el muro.

Se obligó a desechar la idea, a apartarla de su mente.

Ahora no tenía tiempo para lamentarse. Tenía trabajo que hacer.

Hombres que matar.

Blandiendo la espada, se precipitó a través de las asfixiantes nubes de humo y polvo, y arremetió contra las enfurecidas filas enemigas. Estaban en todas partes, sus cimitarras y sus hachas desgarraban la carne, y sus gritos de guerra se elevaban por encima del inquietante y rítmico compás de los timbaleros que había al otro lado de las murallas de la fortaleza.

Con todas sus fuerzas, abatió la espada partiendo en dos la cabeza de un hombre, y volvió a levantar la hoja para embestir al siguiente invasor. Echó un vistazo a su derecha, y vio que Aimard de Villiers clavaba su espada en el pecho de un atacante antes de enfrentarse a otro enemigo. Aturdido por los gemidos de dolor y los gritos de ira que le rodeaban, Martin notó que alguien trataba de agarrarle de la mano izquierda y velozmente dio un fuerte golpe al adversario con la empuñadura de su espada y luego bajó la hoja y sintió cómo ésta atravesaba músculos y hueso. Percibió a su derecha algo amenazadoramente cerca y de forma instintiva atacó con la espada, rebanándole el brazo a otro de los invasores para después abrirle la mejilla y cortarle la lengua de un tajo.

Sus camaradas y él llevaban horas sin tener un respiro. La embestida islámica no solamente había sido incesante, sino además mucho peor de lo esperado. Flechas y proyectiles de llameantes puntas habían llovido sin descanso durante días sobre la ciudad, provocando más incendios de los que podían atajarse a la vez, mientras los hombres del sultán habían cavado hoyos debajo de las enormes murallas en los que habían amontonado broza, que también encendían. En muchos puntos, estos hornos provisionales habían agrietado las murallas, que ahora se derrumbaban bajo una lluvia de rocas catapultadas. Templarios y hospitalarios habían logrado, a fuerza de voluntad, repeler el asalto en la Puerta de San Antonio antes de incendiarla y retirarse. Sin embargo, la Torre Maldita, haciendo honor a su nombre, había sobrevivido permitiendo que los violentos sarracenos entraran en la ciudad y sellaran su destino.

Los gritos roncos de agonía se desvanecieron en medio de la conmoción mientras Martin bajaba su espada y miraba a su alrededor desesperado en busca de algún signo de esperanza, pero en su mente no había ninguna duda. Habían perdido Tierra Santa. Con creciente temor tomó conciencia de que todos morirían antes de que acabara la noche. Se enfrentaban con el mayor ejército jamás visto, y pese a la furia y la pasión que hervía en sus venas, pese a sus esfuerzos y los de sus hermanos, estaban condenados al fracaso.

También sus superiores se habían percatado de ello. El alma se le cayó a los pies al oír la fatídica corneta, que advertía a los caballeros supervivientes del Temple que abandonaran las defensas de la ciudad. Mirando rápidamente a izquierda y derecha con turbado frenesí, sus ojos encontraron de nuevo los de Aimard de Villiers. Y en ellos detectó la misma agonía y la misma humillación que ardía en él. Codo con codo, se abrieron paso entre la confusa multitud y consiguieron regresar a la relativa seguridad del recinto templario.

Martin siguió al viejo caballero por entre los tropeles de la población aterrada, que se había refugiado dentro de los sólidos muros de la fortaleza. La escena que les esperaba en el amplio vestíbulo le sorprendió aún más que la carnicería que había presenciado fuera. Tumbado sobre una tosca mesa de comedor larga y estrecha estaba Guillaume de Beaujeu, el Gran Maestre de los Caballeros del Temple. A su lado, de pie, se encontraba Pierre de Sevrey, el senescal, junto con dos monjes. Sus afligidos rostros no dejaban lugar a dudas. Cuando los dos caballeros llegaron hasta él, Beaujeu abrió los ojos y levantó un poco la cabeza, movimiento que le provocó un involuntario gemido de dolor. Martin lo miró fijamente, estupefacto. La piel del anciano había perdido todo color y sus ojos estaban inyectados de sangre. Recorrió su cuerpo con la mirada, tratando de entender lo que veía, y localizó la saeta emplumada que sobresalía por un costado de su caja torácica. El Gran Maestre sujetaba su extremo con una mano mientras con la otra le hizo señas a Aimard, que se aproximó, se arrodilló a su lado y le cogió la mano entre las suyas.

—Ha llegado la hora —logró decir el anciano con voz débil y apenada, pero clara—. Vete ya y que Dios te guíe.

Martin no oyó las palabras. Su atención estaba en otra parte, centrada en algo que había notado en cuanto Beaujeu había abierto la boca. Era su lengua, estaba negra. La ira y el odio se agolparon en la garganta del joven caballero cuando reconoció los efectos de la saeta envenenada. Este líder de hombres, la firme figura que había dominado todas las facetas de la vida de Martin hasta donde éste podía recordar, estaba prácticamente muerto.

Se fijó en que Beaujeu alzaba la vista hacia Sevrey y asentía casi imperceptiblemente. El senescal fue hasta el extremo de la mesa y levantó una tela de terciopelo que dejó al descubierto un pequeño y labrado cofre. No medía más de tres palmos de ancho. Era la primera vez que Martin lo veía. Observó absorto a Aimard, que se puso de pie, contempló el cofre con solemnidad y después miró a Beaujeu. El anciano sostuvo la mirada antes de volver a cerrar los ojos; su respiración había adquirido una aspereza siniestra. Aimard se acercó a Sevrey y lo abrazó, a continuación cogió el cofre y, sin siquiera mirar atrás, se dirigió hacia la salida. Al pasar junto a Martin se limitó a decirle: «Ven».

Martin vaciló y lanzó una mirada a Beaujeu y luego al senescal, que asintió en señal de confirmación. Entonces se apresuró a seguir a Aimard, y pronto cayó en la cuenta de que no iban al encuentro del enemigo.

Se dirigían al muelle de la fortaleza.

—¿Adónde vamos? —inquirió.

Aimard no dejó de andar.

—El *Falcon Temple* nos espera. Date prisa.

Martin se detuvo en seco, le daba vueltas la cabeza; estaba confuso. «¿Nos marchamos?», pensó.

Conocía a Aimard de Villiers desde que su propio padre, también caballero, muriera quince años atrás cuando Martin tenía apenas cinco. Desde entonces, Aimard había sido su guardián, su mentor. Su héroe. Habían librado muchas batallas juntos, y Martin creía que seguirían codo con codo, y morirían uno al lado del otro cuando llegara el final. Pero esto no. Esto era una locura. Era una... *deserción*.

Aimard también se detuvo, pero únicamente para asir a Martin por el hombro y obligarle a andar.

—Date prisa —le ordenó.

—¡No! —repuso Martin sacudiéndose la mano de Aimard.

—Sí —insistió tajante el caballero, mucho mayor que él.

Martin sintió náuseas; su rostro se ensombreció al tratar de encontrar las palabras:

—No abandonaré a nuestros hermanos —balbució—. Ahora no, ¡nunca!

Aimard exhaló un gran suspiro y echó una mirada a la ciudad sitiada. Llameantes proyectiles dibujaban arcos en el cielo nocturno y lo surcaban veloces desde todos los rincones. Sujetando todavía el cofre, se volvió y dio un amenazante paso hacia delante de modo que entre sus rostros no hubo más que unos centímetros, y Martin reparó en que los ojos de su amigo estaban empañados de lágrimas reprimidas.

—¿Acaso crees que quiero abandonarlos? —susurró, su voz cortaba el aire—. ¿Que quiero dejar al Maestre en su último trance? Parece que no me conozcas.

La mente de Martin ardía de confusión.

—Entonces... *¿por qué?*

—Nuestro cometido es mucho más importante que matar unos cuantos perros rabiosos más —contestó Aimard sombrío—. Es crucial para la supervivencia de nuestra Orden. Es crucial, si queremos asegurarnos de que todo aquello por lo que hemos luchado no muera aquí también. Tenemos que irnos. Ahora.

Martin abrió la boca para protestar, pero la expresión de Aimard era inequívoca. A regañadientes, inclinó la cabeza en señal de aquiescencia y lo siguió.

La única nave atracada en el puerto era el *Falcon Temple*; las otras galeras habían zarpado antes de que el asalto sarraceno cerrara la dársena principal de la ciudad la semana previa. Con el agua ya por encima de la línea de flotación, un grupo de esclavos, hermanos-sargentos y caballeros cargaba la nave. A Martin le asaltaban un montón de preguntas, pero no tenía tiempo para formular ninguna. Cuando se aproximaron al muelle pudo ver al patrón, un viejo marino al que sólo conocía como Hugh y al que el Gran Maestre tenía en mucha estima. El hombre, fornido, observaba la febril actividad desde la cubierta de su nave. Martin paseó la vista por el barco, desde la carroza de popa, pasando por su gran mástil, hasta la roda de la que sobresalía el mascarón de proa, una escultura de una fiera ave de presa extraordinariamente fiel a la realidad.

Sin interrumpir el paso, Aimard preguntó a voz en grito al patrón:

—¿Ya se han cargado el agua y las provisiones?

—Sí, señor.

—Entonces olvídate del resto y leva anclas de inmediato.

En cuestión de minutos izaron la pasarela de embarque, se soltaron amarras y los marineros separaron el *Falcon Temple* del muelle desde el esquife de la nave. El contramaestre no tardó mucho en dar la orden para que los esclavos de la galera hundieran sus remos en las oscuras aguas. Martin observó a los marineros hacinados en cubierta izar el esquife y asegurarlo. Al compás rítmico del grave sonido de un gong y los gruñidos de más de ciento cincuenta remeros encadenados, la nave empezó a desplazarse y se alejó de las enormes murallas del recinto templario.

Mientras se alejaba del puerto, una lluvia de flechas caía sobre ella y el mar circundante estallaba en inmensas y ardientes explosiones de espuma blanca producidas por los disparos de las ballestas y catapultas del sultán, dirigidos a la galera que escapaba. Pronto estuvieron fuera de su alcance y Martin se levantó y contempló el paisaje cada vez más lejano. Los infieles ocupaban los muros de la ciudad, aullando e insultando a la nave como animales enjaulados. Detrás de ellos rugía el infierno, los chillidos y los gritos de hombres, mujeres y niños se mezclaban con el incesante y estrepitoso redoble de los tambores de guerra.

Poco a poco, la nave ganó velocidad ayudada por un viento que soplaba de tierra, los remos se levantaban y caían como alas revolviendo las oscuras aguas. En el distante horizonte, el cielo se había vuelto negro y amenazador.

Todo había terminado.

Con las manos aún temblorosas y el alma destrozada, Martin de Carmaux se volvió, lentamente y con disgusto, dejando atrás la tierra que le había visto nacer, y miró al frente, hacia la tormenta que les esperaba.

1

Al principio, nadie reparó en los cuatro jinetes que emergieron de la oscuridad de Central Park.

Antes bien, cuatro manzanas al sur, todas las miradas estaban posadas en el continuo desfile de limusinas, iluminadas por flashes y focos de televisión, de las que descendían celebridades elegantemente vestidas y mortales de menor relevancia delante de la acera del Museo de Arte Metropolitano, el «Met».

Era uno de esos grandes acontecimientos que ninguna otra ciudad hubiera podido organizar tan bien como Nueva York, menos aún cuando el recinto anfitrión era el Met. Espectacularmente iluminado y con haces de luz que atravesaban el oscuro cielo de abril, el enorme edificio era como un irresistible reclamo en el corazón de la ciudad, que atraía a sus invitados hacia las austeras columnas de su fachada neoclásica, sobre la que ondeaba un cartel con la leyenda:

TESOROS DEL VATICANO

Habían hablado de posponer el evento e incluso de cancelarlo, pues de nuevo recientes informes de los servicios de inteligencia habían inducido al Gobierno a decretar el nivel naranja de alerta antiterrorista nacional. En todo el país, las autoridades estatales y locales habían intensificado las medidas de seguridad, y aunque en Nueva York se mantenía el nivel naranja desde el 11-S, se tomaron precauciones adicionales. Se apostaron tropas de la Guardia Nacional en las líneas de metro y en los puentes, y los agentes de policía hacían turnos de doce horas.

Se creía que, debido a su temática, la exposición era particularmente arriesgada. Pese a ello había prevalecido la firme determinación de algunos políticos, y la junta del museo había votado que se siguiera adelante con lo planeado. La exposición se llevaría a cabo según lo previsto, un testimonio más del inquebrantable espíritu de la ciudad.

De espaldas al museo, una joven reportera con una cuidada melena y dientes de un blanco resplandeciente intentaba por tercera vez hablar sin equivocarse frente a la cámara. Después de intentar, sin éxito, adoptar una postura estudiada de erudicción, en esta ocasión se concentró y lo logró.

—No recuerdo cuándo fue la última vez que el Met congregó a tanta gente. Desde luego no había vuelto a suceder desde la exposición sobre los mayas, y de eso hace ya unos cuantos años —anunció mientras un hombre gordinflón de mediana edad bajaba de una limusina con una estilizada mujer enfundada en un vestido de noche azul, de una talla demasiado pequeña y más adecuado para una adolescente que para ella—. Y ahí están el alcalde y su encantadora mujer —explicó la reportera—, nuestra propia familia real que, naturalmente y como de costumbre, llegan tarde.

Centrándose en el acontecimiento que tenía que cubrir y adoptando un tono serio añadió:

—Esta noche será la primera vez que muchos de los objetos expuestos puedan ser vistos por el público. Han permanecido guardados bajo llave en los sótanos del Vaticano durante cientos de años y...

Justo entonces, una repentina ola de silbidos y aplausos de la multitud la distrajo. Dejó de hablar, apartó la vista de la cámara y miró hacia el creciente alboroto.

Y en ese momento vio a los jinetes.

Los caballos eran unos ejemplares soberbios: imponentes tordos y zainos con ondulantes colas negras y crines. Pero eran sus jinetes los que habían agitado a la multitud.

Los cuatro hombres, que montaban formando una línea, iban vestidos con armaduras medievales idénticas. Llevaban yelmos cerrados, cotas de malla, espalderas negras y calzas que se prolongaban en las perneras de hierro. Parecían que acababan de salir del túnel del tiempo. Y para dramatizar más su efecto, enormes espadas envainadas colgaban de sus cinturas. Pero lo más sorprendente de todo eran las largas capas blancas bordadas con cruces de color rojo sangre que llevaban encima de las armaduras.

Ahora los caballos trotaban suavemente.

La multitud fue presa de la excitación mientras los caballeros avanzaban con lentitud, con la vista al frente y ajenos al alboroto que los rodeaba.

—¡Vaya! ¿Qué tenemos aquí? Da la impresión de que el Met y el Vaticano han hecho un despliegue de medios. ¿No les parece magnífico? —dijo con entusiasmo la reportera como si se tratara de un espectáculo—. ¡Escuchen a la multitud!

Los caballos llegaron hasta el bordillo frente al museo, y entonces hicieron algo curioso.

En lugar de detenerse allí, cruzaron la acera hasta el pie de la escalinata.

Entonces los cuatro jinetes espolearon a sus caballos con suavidad, y éstos, perfectamente alineados y sin omitir ninguna grada, continuaron el lento y ceremonioso avance por la cascada de escaleras hasta el enlosado pórtico de la entrada del museo.

2

—Mamá, de verdad que tengo que ir —suplicó Kim.

Tess Chaykin miró a su hija con el entrecejo fruncido. Las tres (Tess, su madre Eileen y Kim) acababan de llegar al museo y Tess pretendía ver la exposición antes de que tuvieran lugar los discursos y demás ineludibles formalidades. Pero ahora eso tendría que esperar. Kim estaba haciendo lo que, inevitablemente, hacía cualquier niña de nueve años en ocasiones semejantes: esperar al momento menos oportuno para anunciar que necesitaba ir al lavabo con urgencia.

—Kim, por favor.

El vestíbulo estaba atestado de gente, y acompañar a su hija al lavabo no era lo que a Tess le apetecía más en este momento.

La madre de Tess, que no se esforzaba mucho por ocultar la ligera satisfacción que esto le producía, intervino:

—Ya la llevo yo. Tú haz lo que tengas que hacer. —Y a continuación, con una cómplice sonrisa, añadió—: Y mira que disfruto reviviendo tu infancia.

Tess le dedicó una mueca y luego miró a su hija, y sonrió sacudiendo la cabeza. Su pequeño rostro y sus brillantes ojos verdes siempre lograban cautivarla en cualquier situación.

—Os veré en el vestíbulo principal. —Agitó un dedo delante de Kim y añadió—: No te separes de Nana. No quiero que te pierdas en medio de este circo.

Kim soltó un gruñido y puso los ojos en blanco. Tess las vio desaparecer entre la muchedumbre antes de volverse y disponerse a entrar.

El enorme vestíbulo del museo, el Great Hall, ya estaba repleto de hombres canosos y mujeres increíblemente elegantes. Imperaban los trajes de etiqueta y los vestidos de noche y, al mirar a su alrededor, Tess se sintió cohibida. Le preocupaba tanto destacar por su elegancia discreta como que la consideraran parte de la gente *in* que la rodeaba, una gente que no le interesaba lo más mínimo.

De lo que Tess no se daba cuenta era de que lo que la gente percibía en ella no tenía nada que ver con su sobria elegancia (iba enfundada en un sencillo vestido de cóctel negro que flotaba unos cuantos centímetros por encima de sus rodillas) ni con la incomodidad que sentía cuando asistía a eventos como éste, de acentuada frivolidad. La gente se fijaba en ella, y punto. Siempre lo había hecho. Lo que no era nada extraño. La causa solía ser los seductores rizos que enmarcaban sus cálidos ojos verdes, que irradiaban inteligencia, y el esbelto cuerpo de treinta y seis años que se movía con pasos relajados y fluidos; el hecho de que ella fuera totalmente inconsciente de su atractivo resultaba determinante. Lástima que siempre se hubiese equivocado al enamorarse de tipos impresentables. Incluso había acabado casándose con el menos indicado de ese asqueroso tipo de individuos, error que había enmendado no hacía mucho.

Avanzó por la sala principal; el zumbido de las conversaciones reverberaba en las paredes, un sordo runruneo que hacía imposible entender lo que se decía. Al parecer, la acústica no había sido un aspecto prioritario en el diseño del museo. Llegaron hasta ella compases de música de cámara y localizó un cuarteto de cuerda femenino escondido en una esquina que, aunque inaudible, rasgaba enérgicamente sus instrumentos. Asintiendo con timidez a los sonrientes rostros de la multitud, pasó de largo el sempiterno arreglo de flores frescas de Lila Wallace* y el rincón donde estaba la sublime escultura de Andrea della Robbia, una Virgen y el Niño de terracota azul y blanca vidriada, que miraban con solemnidad desde el trono. Esta noche, sin embargo, tenían compañía, pues ésta era sólo una de las muchas representaciones de Jesucristo y la Virgen María que ahora adornaban el museo.

Casi todos los objetos se exhibían en vitrinas, y bastaba con un simple vistazo para saber que muchos de éstos eran de un valor incalculable. Incluso para alguien carente de fe como Tess, resultaban impresionantes, hasta conmovedores, y cuando pasó por delante de la

---

* Lila Acheson Wallace es la millonaria fundadora de la revista *Reader's Digest* y a cuenta del fondo que depositó, las flores del *hall* se cambian cada tres días. (*N. de la T.*)

imponente escalinata en dirección a la sala de exposición, su pulso se aceleró por la creciente excitación de lo que la aguardaba.

Había ornamentados elementos de culto de alabastro procedentes de Borgoña con vívidas escenas de la vida de san Martín, y una veintena de crucifijos, la mayoría de oro macizo y con laboriosas incrustaciones de piedras preciosas; uno de ellos, una cruz del siglo XII, estaba compuesta por más de cien figuras esculpidas en colmillos de morsa. Había elaboradas estatuillas de mármol y relicarios de madera labrada; incluso desprovistos de sus reliquias originales, estos receptáculos eran soberbios ejemplos del meticuloso trabajo de los artesanos medievales. Un magnífico facistol de bronce en forma de águila brillaba con luz propia junto a un imponente cirio pascual español pintado, de casi dos metros de altura, que habían traído de las dependencias privadas del Papa.

Mientras observaba las diversas piezas, Tess no pudo evitar sentir recurrentes punzadas de decepción por su vida profesional. Los objetos que tenía ante sí eran de una calidad a la que jamás se había atrevido a aspirar durante sus años de expediciones. Lo cierto era que habían sido años buenos, años desafiantes, hasta cierto punto gratificantes. Le habían dado la oportunidad de viajar por el mundo y conocer culturas diferentes y fascinantes. Algunas de las curiosidades que había desenterrado estaban expuestas en unos cuantos museos repartidos por el planeta, pero nada de lo hallado era suficientemente valioso para, por ejemplo, adornar el ala Sackler de Arte Egipcio o el ala Rockefeller de Arte Primitivo. «Tal vez... tal vez, si hubiese seguido algún tiempo más.» Desechó la idea. Sabía que esa vida ya se había terminado, al menos en un futuro próximo. Tendría que conformarse con disfrutar de estas maravillosas instantáneas del pasado desde la remota y pasiva perspectiva de un observador agradecido.

Lo cierto es que era una visión maravillosa. Albergar la exposición había sido una jugada verdaderamente maestra del Met, porque casi ninguno de los artículos enviados desde Roma había sido expuesto con anterioridad.

Tampoco era todo oro brillante y joyas relucientes.

En una vitrina que tenía ahora delante había un objeto aparentemente mundano. Era una especie de artefacto mecánico de cobre, más o menos del tamaño de una vieja máquina de escribir y semejante a una caja. Tenía teclas en su cara superior, así como discos interconectados y palancas que salían de los laterales. Daba la impresión de que estaba fuera de lugar entre tanta opulencia.

Tess se apartó el pelo de la cara y se inclinó hacia delante para examinarlo más de cerca. Se disponía a consultar su catálogo cuando percibió un reflejo borroso junto al suyo en el cristal de la vitrina; había alguien detrás de ella.

—No sé si sigues buscando el Santo Grial, pero si es así lamento decepcionarte, porque no está aquí —le dijo una voz grave. Y aunque llevaba años sin oírla, la reconoció incluso antes de volverse.

—Clive. —Al volver la cabeza observó a su antiguo colega—. ¿Cómo estás? Te veo fantástico. —Lo que no era del todo cierto; Clive Edmondson había entrado en la cincuentena hacía pocos años, y sin embargo parecía un verdadero anciano.

—Gracias. ¿Y tú qué tal andas?

—Estoy bien —aseguró ella—. ¿Cómo te va el saqueo de tumbas? Edmondson le mostró las palmas de las manos.

—No gano para manicuras. Aparte de eso, como siempre. Exactamente igual que siempre. —Soltó una risita—. Tengo entendido que has entrado en el Manoukian.

—Sí.

—¿Y?

—¡Oh, genial! —exclamó Tess. Eso tampoco era cierto. Entrar en el prestigioso Instituto Manoukian había sido una gran oportunidad para ella, pero el trabajo distaba mucho de ser genial. Claro que esa clase de cosas uno las guardaba para sí, sobre todo con lo tremendamente chismoso y traicionero que podía llegar a ser el mundo de la arqueología. Recurriendo a un comentario impersonal, agregó—: Aunque la verdad es que echo mucho de menos estar con vosotros en los sitios de excavación.

La sonrisa que esbozó Edmondson le dio a entender a Tess que no le creía.

—No te pierdes gran cosa. Aún no hemos salido en los titulares.

—No me refería a eso... Es sólo que... —Se volvió y paseó la vista por el montón de vitrinas que había a su alrededor—. Habría sido magnífico hallar cualquiera de estos objetos. Cualquiera. —Tess lo miró, repentinamente melancólica—. ¿Por qué nunca encontramos nada tan bueno?

—¡Eh! Yo no he perdido la esperanza. Tú eres la que cambió los camellos por las oficinas —comentó él con sarcasmo—. Por no hablar de las moscas, la arena, el calor y la comida, si es que puede llamarse así...

—¡Dios mío! ¡La comida! —se rió Tess—. Pensándolo bien, no estoy tan segura de echarla de menos.

—Sabes que puedes volver cuando quieras.

Ella dio un respingo. Era algo en lo que pensaba a menudo.

—Me temo que no. Al menos no por ahora.

Edmondson logró esbozar una forzada sonrisa.

—Tendremos siempre una pala con tu nombre, ya lo sabes —le dijo. No había mucha esperanza en lo que acababa de decir. Un incómodo silencio reinó entre ellos—. Oye —añadió—, han abierto un bar en la Sala Egipcia que tiene aspecto de preparar cócteles decentes. Te invito a una copa.

—Ve yendo tú, me reuniré contigo dentro de un rato —se excusó ella—. Estoy esperando a Kim y a mi madre.

—¿Están aquí?

—Sí.

Edmondson alzó las manos.

—¡Guau! Tres generaciones Chaykin; eso sí que promete.

—Estás advertido.

—Tomo nota —repuso él mientras se perdía en medio de la gente—. Te veo luego. No te escapes.

Fuera, en el pórtico, el ambiente estaba animado. El cámara se abrió paso a empellones para obtener una mejor imagen mientras los aplausos y los vítores de alegría de la alborotada multitud ahogaban los esfuerzos de la reportera por comentar lo que ocurría. El ruido incluso aumentó cuando la gente vio que un hombre bajo y fornido, con el uniforme marrón de los guardias de seguridad, abandonaba su posición y corría hacia los jinetes que se aproximaban.

Mirando de reojo, el cámara intuyó que algo no iba exactamente según lo previsto. Las decididas zancadas del guardia y su lenguaje corporal indicaban, sin duda, que había diferencia de opiniones.

Al llegar hasta los caballos, el guardia de seguridad levantó las manos para que se detuvieran, impidiéndoles que continuaran avanzando. Los caballeros frenaron sus caballos, que bufaron y cocearon, obviamente molestos por tener que detenerse.

Daba la impresión de que tenía lugar una discusión. Una discusión unilateral, observó el cámara, ya que, al menos visiblemente, los jinetes ni se inmutaban ante las órdenes perentorias del guardia.

Y entonces, al fin, uno de ellos hizo algo.

Despacio, dotando al momento de toda teatralidad, el corpulento caballero que estaba más próximo al guardia de seguridad desenvainó la espada y la levantó sobre su cabeza, provocando otro sinfín de resplandores de flashes y más aplausos.

La sostuvo en lo alto con las dos manos y la mirada todavía al frente. Sin parpadear.

Pese a que tenía un ojo pegado al visor, el cámara percibía imágenes periféricas con el otro ojo y de pronto comprendió que sucedía algo más. Apresuradamente, utilizó el *zoom* para enfocar la cara del guardia de seguridad. «¿Qué había en su rostro? ¿Desconcierto? ¿Consternación?»

Entonces lo supo.

«Miedo.»

Ahora la multitud estaba frenética, aplaudía y vitoreaba descontrolada. De forma instintiva, el cámara amplió un poco la toma para que la imagen captara también al jinete.

Justo en ese momento, el caballero abatió su espada con un movimiento rápido y certero, la hoja brillaba terriblemente bajo la centelleante luz artificial, y le dio al guardia justo debajo de la oreja, un golpe lo suficientemente fuerte y veloz para atravesar carne, cartílago y hueso.

El público, a coro, soltó un fuerte grito que se convirtió en agudos chillidos de horror que atravesaron la noche. Pero la que gritó con más fuerza fue la reportera, que se agarró del brazo del cámara, lo que hizo que a éste se le moviera la imagen. Él, no obstante, no dudó en darle un codazo a la chica para seguir grabando.

La cabeza del guardia cayó hacia delante y empezó a rebotar por la escalinata del museo, dejando a su paso un reguero rojo; la escena era macabra. Y después de lo que pareció una eternidad, su cuerpo decapitado se desplomó y cayó como un muñeco de trapo, mientras brotaba de él un pequeño y sanguinolento géiser.

Entre gritos, los más jóvenes del público tropezaban en su aterradora desesperación por huir de aquel lugar, mientras que otros, más alejados y ajenos a lo que sucedía realmente, pero conscientes de que tenía lugar algo impresionante, empujaban para avanzar. En cuestión de segundos se produjo una confusión de cuerpos atemorizados, y en el aire retumbaron exclamaciones y chillidos de dolor y miedo.

Los otros tres caballos estaban ahora dando coces y caracoleando en el pórtico. Entonces uno de los caballeros exclamó:

—¡Adelante, adelante!

El verdugo espoleó a su caballo para que avanzara y cargó contra las puertas del museo abiertas de par en par. Los demás jinetes se precipitaron detrás de él a muy poca distancia.

3

En el Great Hall, Tess oyó gritos procedentes del exterior y enseguida se dio cuenta de que sucedía algo malo, algo horrible. Se volvió a tiempo para ver cómo el primer caballo irrumpía en el museo, haciendo añicos los cristales y astillando el suelo de madera mientras en todo el vestíbulo se desataba el caos. La reunión tranquila, civilizada e impecable se desintegró y se convirtió en una jauría de hombres y mujeres que gritaban y se apartaban a empellones del camino de los furiosos caballos.

Tres de los jinetes avanzaron sin contemplaciones entre la muchedumbre, hendieron sus espadas en las vitrinas, pisotearon los cristales rotos y la madera astillada, y dañaron y destrozaron los objetos exhibidos.

Tess fue empujada a un lado cuando un gran número de invitados intentó desesperadamente salir a la calle por las puertas. Recorrió con la mirada el vestíbulo. «¿Dónde estarán mamá y Kim?» Miró a su alrededor, pero no las vio en ninguna parte. Al fondo, a su derecha, los caballos caracoleaban, destruyendo más vitrinas a su paso. Los invitados salían despedidos contra ellas y contra las paredes, sus gemidos de dolor y sus gritos reverberaban en la espaciosa sala. Tess vislumbró entre ellos a Clive Edmondson, que recibió un fuerte golpe cuando, de pronto, uno de los caballos se encabritó.

Los caballos relinchaban, tenían los ollares inflados y les caía espuma por los bordes de los bocados. Sus jinetes alargaban los brazos y se llevaban relucientes objetos de las vitrinas rotas, que metían en sacos enganchados a las monturas. En las puertas, la multitud que intentaba salir impedía que entrara la policía, impotente ante la avalancha de la aterrada muchedumbre.

Uno de los caballos se volvió y golpeó con la grupa una estatua de la Virgen María, que se tambaleó y se hizo pedazos al caer al suelo. Los cascos del caballo la pisotearon, aplastando las manos en actitud de rezo de la Madonna. Arrancado de su marco por los invitados que huían, un bello tapiz resultó pisoteado por la gente y por los animales; miles de primorosas puntadas desgarradas en segundos. Una vitrina se vino abajo, la mitra blanca y dorada que contenía cayó al suelo a través del cristal roto, y en la frenética confusión fue pasto de las pisadas de la multitud. La sotana que hacía juego con ella voló como una alfombra mágica hasta que también fue pisoteada.

Apartándose rápidamente del camino de los caballos, Tess miró hacia el pasillo y vio al cuarto jinete y, más allá, al fondo, todavía a más gente que huía hacia otras partes del museo. Buscó de nuevo a su madre y a su hija. «¿Dónde pueden estar? ¿Estarán bien?» Aguzó la vista para distinguir sus caras entre la confusa multitud, pero seguía sin haber ni rastro de ellas.

Al oír que gritaban una orden, Tess se volvió y se fijó en que los agentes de policía habían conseguido, finalmente, abrirse paso entre la muchedumbre. Con las armas desenfundadas y vociferando por encima de la confusión reinante, se disponían a cercar a uno de los tres jinetes, pero éste extrajo del interior de su capa un arma pequeña de aspecto letal. De manera instintiva, Tess se tiró al suelo y se cubrió la cabeza, no sin antes presenciar cómo el hombre, barriendo el frente con el arma, disparaba varias ráfagas por todo el vestíbulo. Una docena de personas se desplomaron, incluidos todos los policías, y los cristales rotos de las vitrinas hechas añicos quedaron salpicados de sangre.

Acurrucada en el suelo, con el corazón que parecía querer salírsele del pecho e intentando permanecer lo más quieta posible, aunque algo en su interior la impelía a correr, Tess vio que dos de los otros jinetes blandían también armas automáticas como la que acababa de utilizar su compañero. Las balas rebotaron en las paredes del museo, aumentando el ruido y el pánico. De pronto, uno de los caballos se encabritó, las manos del jinete se agitaron y se le disparó el arma; la ráfaga de balas fue a parar a una pared y al techo y destrozaron las ornamentadas molduras de yeso, que cayeron como una lluvia sobre las cabezas de los invitados, que gritaban agazapados.

Tess tuvo la valentía de asomarse por detrás de la vitrina y su mente evaluó deprisa las posibles salidas. Vio que tres filas de vitrinas a su derecha había una puerta que conducía a otra galería e intentó acercarse a ella.

Acababa de llegar a la segunda fila de vitrinas cuando vio que el cuarto caballero se dirigía directo hacia ella. Tess se agachó y lanzó una mirada; el jinete se abría paso con el caballo entre las vitrinas aún intactas, visiblemente despreocupado y ajeno al alboroto que protagonizaban sus tres compañeros.

Casi podía notar los bufidos del caballo y el aire que salía de sus ollares cuando, de repente, el caballero tiró de las riendas y se detuvo a menos de dos metros de ella. Tess se acurrucó aún más, pegándose a la vitrina para salvar su vida y pidiéndole a su acelerado corazón que se calmara. Levantó la mirada y vio al caballero reflejado en las vitrinas que había a su alrededor, imponente con su cota de malla y su capa blanca, y con la mirada fija en una vitrina en particular.

Era la que Tess había estado mirando antes de ponerse a hablar con Clive Edmondson.

Atemorizada y en silencio, observó cómo el caballero desenvainaba la espada, la levantaba y la hendía con estrépito en la vitrina, haciéndola pedazos y enviando al suelo cerca de ella fragmentos de cristal. Luego volvió a envainar, alargó los brazos desde su silla de montar y extrajo la extraña caja, el artefacto de teclas, discos y palancas, y lo sostuvo en lo alto durante unos instantes.

Tess casi no podía respirar y, sin embargo, contra todos los instintos racionales de supervivencia de los que se creía poseedora, necesitaba desesperadamente ver qué ocurría. Incapaz de contenerse, espió por detrás de la vitrina, apenas asomando un ojo.

El hombre, con aparente reverencia, miró fijamente el artefacto unos instantes antes de pronunciar, casi para sus adentros, unas cuantas palabras:

—*Veritas vos libera...*

Tess estaba observando fascinada este ritual tan sumamente íntimo cuando otra ráfaga de tiros los sacó, a ella y al caballero, de su arrobamiento.

Él hizo dar la vuelta a su caballo y durante unos segundos, pese a quedar ocultos tras la visera del casco, sus ojos se encontraron con los de Tess, que se quedó sin aliento mientras permanecía allí agachada, completamente helada, inmóvil. Entonces el caballo fue hacia ella, derecho a ella..., pero pasó de largo. Tess oyó que el hombre gritaba a los otros tres jinetes:

—¡Vámonos!

Se levantó y vio que el corpulento jinete que había iniciado el tiroteo arrinconaba a un pequeño grupo de personas junto a la escalinata principal. Reconoció al arzobispo de Nueva York, así como al alcalde y a su mujer. El caballero guía asintió con la cabeza, y el hombre corpulento forzó el paso de su caballo entre el grupo de aturdidos invitados, cogió a la mujer, que forcejeaba, y la subió a su montura. Empuñó el arma contra su sien y ella se calló, su boca abierta en un grito ahogado.

Impotente, enfadada y asustada, Tess contempló a los cuatro jinetes avanzar hacia la puerta. El jinete guía —ella había reparado en que era el único que no llevaba arma de fuego— era asimismo el único que no llevaba un saco abultado atado a la perilla de su silla. Y mientras los jinetes se alejaban por las galerías del museo, Tess se puso de pie y corrió en busca de su madre y su pequeña.

Los caballeros salieron apresuradamente por las puertas del museo hacia el fulgor de las luces de las cámaras. A pesar de los sollozos de la gente atemorizada y los lamentos de los heridos, de repente estaba todo mucho más tranquilo. No obstante, alrededor de los caballeros se oían gritos; voces de hombres, en su mayoría policías, que decían: «¡No disparen! ¡Rehén! ¡No disparen!»

Los cuatro jinetes bajaron por las gradas y subieron por la avenida con el caballero que llevaba a la rehén cerrando la marcha para proteger al grupo. Sus movimientos eran enérgicos pero no apresurados; no les inmutaron las sirenas de la policía, que se aproximaban desgarrando la noche, y en cuestión de segundos habían desaparecido en la impenetrable oscuridad de Central Park.

4

Delante de la escalinata del museo, Sean Reilly observaba atento fuera del perímetro de la cinta amarilla y negra que delimitaba la escena del crimen. Se pasó una mano por su corto pelo castaño mientras miraba la figura silueteada en el lugar en el que había yacido el cuerpo decapitado. Luego, siguiendo el rastro de las salpicaduras de sangre, dirigió la mirada hasta una marca del tamaño de una pelota de baloncesto que indicaba la posición de la cabeza.

Nick Aparo se acercó a su colega y paseó la mirada por la zona. De cara redonda, calvo y diez años mayor que Reilly, de treinta y ocho, era de estatura mediana, constitución media y aspecto ordinario. Hablando con él uno podía llegar a olvidarse de su físico, una útil cualidad para un agente y que Aparo había explotado con gran éxito desde que Reilly lo conocía. Al igual que éste, Aparo llevaba un holgado anorak azul marino encima de su traje gris oscuro, en cuya parte posterior lucía FBI con grandes letras blancas. En este momento, una mueca de aversión torcía su boca.

—No creo que el médico forense tenga muchos problemas para resolver esta muerte —comentó.

Reilly asintió. No podía apartar la vista de las marcas que señalaban el lugar de la cabeza decapitada; el charco de sangre había adquirido un tono oscuro ahora. «¿Por qué morir a balazos o apuñalado no parecía tan terrible como que a uno le cortaran la cabeza?», se preguntó. Pensó en que en algunos países la decapitación era un procedimiento habitual. Países de los que habían salido muchos de los terroristas cuyas intenciones habían tenido a Estados Unidos en vilo y le habían obligado a elevar los niveles de alerta; terroristas cuya búsqueda consumía todos los días de Reilly y no pocas de sus noches.

Se volvió a Aparo:

—¿Qué ha dicho la mujer del alcalde? —Reilly sabía que la habían abandonado sin miramientos en medio del parque, junto con los caballos.

—Está impresionada —respondió Aparo—. Tiene más heridas en su ego que en su culo.

—Por suerte se acercan las elecciones, porque sería una pena que las contusiones no sirvieran de nada. —Reilly miró a su alrededor, su mente seguía intentando asimilar el impacto de lo que había sucedido justo donde se encontraba—. ¿Se sabe algo ya de los controles de carreteras?

Se habían colocado barreras en un radio de diez manzanas, y en todos los puentes y túneles que entraban y salían de Manhattan.

—No. Estos tipos sabían lo que hacían. No han cogido ningún taxi.

Reilly asintió. Profesionales. Bien organizados.

«¡Genial!»

Como si los aficionados no pudieran hoy en día causar el mismo daño. Lo único que se necesitaba era un par de clases de vuelo o un camión cargado de nitrato de amonio junto con una disposición suicida y psicótica, nada de lo cual era precisamente escaso.

Examinó la desoladora escena en silencio. Al hacerlo, sintió que le inundaban la indignación y la frustración más absoluta. La arbitrariedad de estos mortíferos actos de locura y su exasperante propensión a sorprender a todo el mundo con la guardia bajada nunca dejaban de asombrarle. Aun así, en esta particular escena del crimen había algo raro; incluso confuso. Sintió una extraña indiferencia. En cierta manera, después de los escenarios siniestros y potencialmente catastróficos para los que él y sus colegas habían tratado de encontrar una explicación en los últimos años, esto resultaba demasiado grotesco para entenderlo. Le daba la impresión de que un ridículo número circense apartaba su atención del acontecimiento principal. Algo que, no obstante, en cierto modo agradecía, aunque le inquietara y le molestara sobremanera.

Como agente especial a cargo de la Unidad contra el Terrorismo Nacional de Nueva York, al recibir la llamada había supuesto que el asalto quedaría dentro de su jurisdicción. No es que le importara la descomunal tarea que suponía coordinar a docenas de agentes y policías, así como a analistas, técnicos de laboratorio, psicólogos, fotógrafos y un sinfín más. Era lo que siempre había querido hacer.

Siempre había intuido que él podía cambiar las cosas. No, que podía *darlas a conocer*. Y lo *haría*.

El sentimiento se había cristalizado durante los años que había estado en la Escuela de Derecho de Notre Dame. Reilly tenía la sensación de que había muchas cosas en este mundo que no iban bien —la muerte de su padre cuando él tenía sólo diez años había sido una dolorosa prueba de ello— y quería ayudar a mejorarlo, si no para él mismo, al menos sí para otras personas. El sentimiento se hizo ineludible un día en que para preparar un trabajo sobre crímenes raciales asistió en Terre Haute a una reunión de los defensores de la supremacía de la raza blanca. Aquel acontecimiento afectó profundamente a Reilly. Le pareció que había visto al diablo y sintió la apremiante necesidad de entenderlo mejor para poder ayudar a luchar contra él.

Su primer plan no funcionó exactamente como él había previsto. En un juvenil estallido de idealismo, decidió convertirse en piloto de la Marina. La idea de ayudar al mundo a deshacerse del demonio desde la cabina de un Tomcat plateado le parecía perfecta. Tuvo la suerte de encajar en el tipo de perfil que la Marina buscaba, pero tenían otra cosa en mente para él. Les sobraban aspirantes a combatientes de élite y lo que necesitaban eran abogados. Los reclutadores hicieron cuanto pudieron para convencerle de que entrara en el cuerpo de abogados de la Marina, y Reilly barajó esa posibilidad durante algún tiempo, aunque al fin decidió no entrar y volvió a centrarse en aprobar el examen de habilitación estatal de Indiana.

Fue un encuentro casual en una librería de viejo lo que cambió de nuevo su rumbo, esta vez de forma definitiva. Allí conoció a un agente del FBI jubilado que estuvo encantado de hablarle del Bureau y animarle a presentar una solicitud, cosa que hizo en cuanto pasó el examen. A su madre no le gustaba demasiado la idea de que su hijo se hubiese pasado siete años en la universidad para acabar siendo un «poli condecorado», pero Reilly sabía que tenía que hacerlo.

Aún era un novato que apenas llevaba un año en la oficina de Chicago, recopilando información sobre el trabajo realizado por las brigadas antirrobo y antidrogas, cuando el 26 de febrero de 1993 todo cambió. Fue el día en que explosionó una bomba en el aparcamiento del World Trade Center, que mató a seis personas e hirió a más de mil. En realidad, los conspiradores habían tenido la intención de que una de las torres se desplomase sobre la otra y, al mismo tiempo, liberar una nube de gas cianógeno. Pero las limitaciones financieras les impidieron lograr su objetivo; simplemente, se quedaron sin dinero. No tenían suficientes cargas de gas para la bomba, que, además de ser demasiado pequeña para llevar a cabo su atroz propósito, había sido colocada erróneamente junto a una columna sin importancia estructural.

Pese a que fue un fracaso, el atentado no dejó de suponer una seria advertencia. Ponía de manifiesto que un pequeño grupo de terroristas inexpertos, de poca monta y con muy pocos fondos o recursos, podía ocasionar mucho daño. Los servicios de inteligencia se apresuraron a redistribuir sus medios y hacer frente a esta nueva amenaza.

De modo que menos de un año después de haber entrado en el Bureau, Reilly fue destinado a la delegación de Nueva York. Desde hacía muchos años esa oficina tenía fama de ser la peor de todas por el alto costo de la vida, los problemas de tráfico y la necesidad de vivir lejos de la ciudad si uno quería un hogar algo más espacioso que un armario de limpieza. Pero, dado que en Nueva York había más acción que en ninguna otra parte del país, era un destino con el que soñaban la mayoría de los agentes especiales nuevos e ingenuos. Y así era el agente Reilly cuando lo enviaron a la ciudad.

Pero ahora ya no era nuevo ni ingenuo.

Reilly miró a su alrededor y supo que el caos circundante monopolizaría su vida durante el futuro inmediato. Tomó nota mental para llamar al padre Bragg por la mañana y decirle que no podría jugar a *softball*. Cosa que lamentaba; odiaba decepcionar a los niños, y si había algo que intentaba que no quedara relegado a un segundo plano por motivos profesionales, eran esos domingos en el parque. Probablemente estaría en el parque este domingo, pero por otras razones menos agradables.

—¿Quieres echar un vistazo dentro? —inquirió Aparo.

—Sí. —Reilly se encogió de hombros y miró por última vez la surrealista escena que tenía delante.

5

Mientras Aparo y él intentaban no pisar los restos de objetos esparcidos por el suelo, Reilly contempló la devastación que reinaba en el museo.

Había piezas de inestimable valor diseminadas por doquier y sin arreglo posible. Aquí no había cinta amarilla y negra. El edificio entero era una escena del crimen. El suelo del vestíbulo era un feo bodegón de destrucción: trozos de mármol, fragmentos de cristal, manchas de sangre, todo muy útil para los CSI (Equipo de análisis de la escena del crimen). Cualquiera de esas cosas podía proporcionar una pista; claro que también cabía la posibilidad de que ninguna de ellas proporcionase ni un maldito dato.

Mientras miraba al grupo de unos doce CSI vestidos de blanco abriéndose paso entre los objetos destrozados y acompañados en esta ocasión por agentes del ERT (Equipo de Recolección de Evidencias del FBI), Reilly repasó mentalmente lo que sabían. Cuatro jinetes. Cinco muertos: tres policías, un guardia de seguridad y un civil; otros cuatro policías y más de una docena de civiles heridos de bala, dos de ellos en estado crítico; veinticuatro personas con cortes producidos por los cristales; cuarenta y ocho con golpes y magulladuras, y suficientes casos de traumas mentales para mantener a equipos de terapeutas ocupados durante meses.

En el otro extremo del vestíbulo, el director adjunto en funciones, Tom Jansson, hablaba con el delgado capitán de detectives del distrito diecinueve. Discutían acerca de la jurisdicción, un punto de controversia. La conexión con el Vaticano y la clara posibilidad de que hubiese terroristas involucrados en lo que había sucedido significaba que el mando de la investigación pasaba de forma automática del NYPD (Departamento de Policía de Nueva York) al FBI. El consuelo era que años antes ambas organizaciones habían llegado a un acuerdo. Cada vez que se llevara a cabo un arresto, el NYPD se atribuiría públicamente el mérito de la captura, con independencia de quién lo hubiera hecho posible en realidad, y el FBI obtendría sólo una parte del reconocimiento cuando el caso llegase a los tribunales, por haber ayudado ostensiblemente a conseguir una condena. Aun así, los egos a menudo interferían en una cooperación sensata y ése, al parecer, era el caso de esta noche.

Aparo llamó a un hombre que Reilly no reconoció y que le fue presentado como el detective Steve Buchinski.

—Steve estará encantado de ayudarnos mientras esos dos compiten para ver quién la tiene más grande —dijo Aparo, mirando hacia donde estaban discutiendo sus superiores.

—Decidme qué necesitáis —pidió Buchinski—. Tengo tantas ganas como vosotros de coger a los hijos de puta que han hecho esto.

Era un buen comienzo, pensó Reilly agradecido mientras sonreía al policía de facciones duras.

—Que toda la atención esté en la calle; eso es lo que necesitamos ahora mismo —repuso—. Vosotros tenéis efectivos e infraestructura.

—Nos estamos quedando sin agentes, pediré refuerzos a la policía de Central Park; no creo que haya ningún problema —aseguró Buchinski. El distrito contiguo al decimonoveno era Central Park; las patrullas a caballo formaban parte de su trabajo cotidiano. Reilly se preguntó si eso podría tener relación con el caso y tomó nota para comprobarlo más tarde.

—Iría bien que destináramos también refuerzos para las entrevistas que haya que hacer —comentó Reilly al policía.

—Sí, porque hay un montón de testigos —añadió Aparo mientras señalaba hacia la escalinata principal. La mayoría de las oficinas del piso de arriba se habían habilitado provisionalmente para interrogar a los testigos.

Reilly miró hacia arriba y vio a la agente Amelia Gaines bajar las escaleras procedente de la galería. Jansson había puesto a la impresionante y ambiciosa pelirroja al frente de las entrevistas a los testigos. Algo perfectamente lógico, ya que a todo el mundo le encantaba hablar con Amelia Gaines. Detrás de ella iba una rubia acompañada de un pequeña réplica de sí misma. Su hija, supuso Reilly. La niña parecía medio dormida.

Reilly miró de nuevo el rostro de la rubia. Normalmente, todas las mujeres palidecían por completo al lado de la seductora presencia de Amelia.

Pero ésta no.

Incluso en su estado actual, había algo en ella simplemente irresistible. Sus ojos se encontraron unos instantes antes de que ella mirase hacia el revoltijo que había debajo de sus pies. Fuese quien fuese, estaba muy conmocionada.

Reilly la observó mientras se dirigía nerviosa a la puerta y sorteaba los restos de objetos esparcidos por el suelo. La seguía otra mujer, mayor que ella pero con un cierto parecido. Juntas abandonaron el museo.

Reilly se volvió y se concentró otra vez.

—Los primeros interrogatorios son siempre una pérdida de tiempo, pero hay que pasar por ellos y hablar con todo el mundo. No podemos permitirnos lo contrario.

—Probablemente con mayor razón en este caso, porque todo el maldito suceso está grabado. —Buchinski señaló varias cámaras de vídeo. Eran parte del sistema de seguridad del museo—. Por no hablar de todo lo que han grabado los periodistas que estaban fuera.

Reilly sabía por experiencia que la alta seguridad estaba muy bien para los crímenes sofisticados, pero nadie había contado con unos ladrones de pacotilla a lomos de caballos.

—Estupendo —asintió—. Voy por palomitas.

6

Sentado ante una gran mesa de caoba, el cardenal Mauro Brugnone recorrió con la mirada la sala de techo alto cercana al corazón del Vaticano, examinando a sus hermanos cardenales. Aunque Brugnone era el único cardenal obispo presente y su ministerio era superior al de los demás, evitaba deliberadamente presidir la mesa. Le gustaba que hubiese un ambiente de democracia, aunque supiese que todos se someterían a él. Era consciente de ello y lo aceptaba, no con orgullo, sino desde el pragmatismo. Las asambleas carentes de líder eran siempre infructuosas.

Sin embargo, esta desafortunada situación no requería un líder ni una asamblea. Brugnone debería ocuparse él solo de ella, algo que había tenido claro nada más ver las imágenes que se habían emitido en todo el mundo.

Al fin, clavó los ojos en el cardenal Pasquale Rienzi. Pese a que era el más joven de todos ellos y únicamente cardenal diácono, Rienzi era el confidente más cercano de Brugnone. Igual que el resto de participantes en la reunión, estaba absorto en la lectura del informe que tenía delante. A continuación, pálido y serio como de costumbre, alzó la vista y tosió suavemente para atraer la atención de Brugnone.

—¿Cómo ha podido pasar una cosa así —preguntó uno de los allí presentes— en el corazón de la ciudad de Nueva York, en el Museo de Arte Metropolitano...? —Sacudió la cabeza con incredulidad.

«Este hombre vive en otro mundo», pensó Brugnone. En Nueva York todo era posible. ¿Acaso no lo había demostrado la destrucción del World Trade Center?

—Por lo menos el arzobispo no está herido —declaró otro cardenal con tono sombrío.

—Al parecer, los ladrones han huido. ¿Todavía no saben quién está detrás de esta... abominación? —preguntó otra voz.

—Ese país está lleno de criminales. De lunáticos que se inspiran en sus amorales programas de televisión y sus sádicos videojuegos —observó otro cardenal—. Hace años que sus cárceles están abarrotadas.

—Pero ¿por qué se vistieron así? Capas blancas con cruces rojas... ¿De qué iban disfrazados? ¿De templarios? —inquirió el cardenal que había hablado en primer lugar.

«Eso es», se dijo Brugnone.

Eso era lo que había hecho sonar sus alarmas. ¿Por qué los perpetradores iban vestidos de Caballeros del Temple? ¿Sería simplemente porque en el momento de buscar un disfraz se habían tenido que conformar con lo primero que encontraron, o el atavío de los cuatro jinetes tenía un significado más profundo y quizá más inquietante?

—¿Qué es un rotor codificador multidisco?

Brugnone levantó la vista con brusquedad. La pregunta procedía del cardenal de más edad que había allí.

—¿Un rotor codificador multidisco? —preguntó Brugnone a su vez.

El anciano aguzó la vista para leer el documento que les había sido entregado.

—«Objeto 129 —leyó en voz alta—. Siglo dieciséis. Rotor codificador multidisco. Número de referencia: VNS 1098.» Nunca había oído hablar de esto. ¿Qué es?

Brugnone fingió analizar el documento que tenía en las manos, una copia de un *e-mail* que contenía una lista provisional de los artículos robados durante el asalto. Se estremeció de nuevo; era el mismo estremecimiento que había sentido la primera vez que lo había localizado en la lista, pero mantuvo su rostro impasible. Sin levantar la cabeza, lanzó una mirada al resto de los presentes. Ninguno había reaccionado. ¿Cómo iban a hacerlo? Estaban lejos de saberlo.

Apartando el papel, se reclinó en la silla.

—Sea como sea —espetó con rotundidad—, lo tienen esos ladrones. —Mirando a Rienzi, inclinó levemente la cabeza—. Tal vez podrías encargarte de mantenernos informados. Ponte en contacto con la policía y diles que queremos estar al tanto de su investigación.

—Con el FBI —le corrigió Rienzi—, no con la policía.

Brugnone arqueó las cejas.

—El Gobierno estadounidense se ha tomado esto muy en serio —afirmó Rienzi.

—No me extraña —espetó el cardenal de más edad desde el otro lado de la mesa. A Brugnone le alegró que el anciano se hubiese olvidado momentáneamente de la máquina.

—Ni a mí —prosiguió Rienzi—. Me han asegurado que harán cuanto puedan.

Brugnone asintió y a continuación le hizo una señal a Rienzi para que siguiera adelante con la reunión, un gesto que le venía a decir: «Zanja el tema».

La gente siempre se había sometido a Mauro Brugnone. Él suponía que probablemente fuese por su aspecto, de gran fuerza física. Sabía que, sin su vestimenta, era como cualquier fornido granjero calabrés de hombros anchos, lo que habría sido de no ser por la vocación religiosa que había sentido hacía medio siglo. Su ruda apariencia y los similares modales que había cultivado con el paso de los años al principio habían convencido a los demás de que era un simple siervo de Dios. Y lo era, pero debido a la influencia que ejercía sobre la Iglesia, muchos acabaron suponiendo otra cosa: que era un manipulador y un maquinador. No era verdad, pero nunca se había molestado en convencerles de lo contrario. En algunas ocasiones alimentar las conjeturas era útil, aunque, en cierto modo, ésa fuese una forma de manipulación.

Diez minutos después, Rienzi hizo lo que Brugnone le había ordenado.

Mientras los demás cardenales salían en fila de la sala, Brugnone la abandonó por otra puerta y anduvo por un pasillo hasta la caja de una escalera que lo condujo al exterior del edificio y a un apartado patio. Avanzó por un resguardado sendero enladrillado, cruzó el patio del Belvedere, pasó de largo la célebre estatua de Apolo y se dirigió a los edificios que albergaban parte de la enorme biblioteca del Vaticano, el Archivio Segreto Vaticano.

En realidad, el archivo no era del todo secreto. En 1998 gran parte del mismo se abrió de manera oficial a especialistas e investigadores, quienes, al menos en teoría, podían acceder a su contenido, celosamente guardado. Entre los notables documentos que se sabía que se almacenaban en sus más de sesenta mil metros de estanterías estaba el proceso judicial manuscrito de Galileo y la petición del rey Enrique VIII para anular su matrimonio.

No obstante, al público nunca se le había permitido entrar a la zona donde Brugnone se dirigía ahora.

Sin tomarse la molestia de saludar al personal o a los especialistas que había trabajando en las polvorientas salas, se adentró en silencio en el espacioso y oscuro almacén. Bajó por una estrecha escalera de caracol y llegó a una pequeña antesala donde un miembro de la Guardia Suiza estaba de pie junto a una puerta de roble maravillosamente tallada. Bastó un breve gesto de asentimiento del anciano cardenal para que el guardia marcara la combinación en un teclado y le abriera la puerta. El cerrojo se descorrió de golpe y su eco ascendió por las gradas de piedra. Sin decir nada más, Brugnone se introdujo en la cripta abovedada, cuya puerta chirrió a sus espaldas al cerrarse.

Tras asegurarse de que estaba solo en la cavernosa cámara y mientras sus ojos se acostumbraban a la tenue luz, se abrió paso hasta la sección de archivos. En la silenciosa cripta daba la impresión de que se oía un zumbido; era una curiosa sensación que a Brugnone, al principio, le había desconcertado hasta que se enteró de que, aunque era casi imperceptible, había realmente un zumbido que emanaba del sofisticadísimo sistema de climatización que mantenía la temperatura y la humedad constantes. Se sintió raro con ese aire controlado y seco mientras consultaba un fichero. La verdad es que no le gustaba estar ahí abajo, pero esta visita era ineludible. Pasó rápidamente las fichas con dedos temblorosos. Lo que Brugnone buscaba no estaba incluido en ninguno de los diversos índices e inventarios conocidos de las colecciones del archivo, ni siquiera en el Schedario Garampi, el monumental fichero de casi un millón de fichas que contenía prácticamente todo lo que había en el archivo hasta el siglo XVIII. Pero Brugnone sabía dónde buscar; su mentor se había ocupado de enseñárselo poco antes de morir.

Localizó la ficha, la sacó de su cajón y, con una profunda corazonada, recorrió los montones de libros y manuscritos. Había gran cantidad de deteriorados lazos rojos atados alrededor de documentos oficiales —considerados como el origen del término cinta roja—, que caían silenciosamente de cada estante. Sus dedos se quedaron inmóviles cuando, al fin, encontró lo que buscaba.

Tremendamente turbado, bajó un volumen grande y muy antiguo encuadernado en cuero y lo depositó encima de una sencilla mesa de pino.

Brugnone se sentó y hojeó las gruesas páginas de ricas ilustraciones, que crujieron en medio del silencio. Incluso en este entorno controlado, las páginas habían acusado el paso del tiempo. El pergamino estaba desgastado y la humedad había corroído la tinta y formado diminutas grietas que sustituían ahora a algunos de los elegantes trazos del artista.

Brugnone notó que su pulso se aceleraba. Sabía que estaba cerca. Al volver la página apareció ante él la información que buscaba y sintió que se le hacía un nudo en la garganta.

Observó la ilustración. Describía el complejo funcionamiento de los discos interconectados y las palancas. Echó un vistazo a su copia del *e-mail* y asintió.

Brugnone notó que empezaban a dolerle los ojos. Se los frotó y luego volvió a clavar la vista en el dibujo. Estaba furioso. «¿Qué delincuentes habrían podido hacer esto?», pensó. Sabía que el artefacto no debía haber salido nunca del Vaticano; estaba enfadado consigo mismo. Rara vez perdía el tiempo dándole vueltas a lo que era obvio, y que ahora lo hiciera demostraba lo preocupado que estaba. No, preocupación no era la palabra adecuada. Esta noticia le había afectado sobremanera. A cualquiera le afectaría, a cualquiera que conociese la importancia de ese antiguo artefacto. Por suerte, incluso ahí, en el Vaticano, eran muy pocos los que estaban al corriente del legendario objetivo de esta máquina en particular.

«Nosotros nos lo hemos buscado; esto nos pasa por esforzarnos tanto en que no llamase la atención», pensó.

Repentinamente exhausto, Brugnone irguió la espalda. Antes de levantarse para devolver el libro a su sitio, metió al azar entre sus páginas la ficha que había extraído del fichero. No convenía que nadie más tropezara con esto.

Suspiró, notando todos y cada uno de sus setenta años. Sabía que la amenaza no procedía de un académico curioso o de algún despiadado y decidido coleccionista. Quienquiera que estuviese detrás de lo ocurrido sabía muy bien lo que perseguía; y era necesario detenerlo antes de que su adquisición, obtenida con malas artes, pudiese llegar a desvelar sus secretos.

7

A seis mil quinientos kilómetros de distancia, otro hombre tenía unas intenciones totalmente distintas.

Después de cerrar la puerta con llave al entrar, cogió la compleja máquina del lugar donde la había dejado, el primer peldaño. Entonces la bajó despacio y con cuidado hasta el sótano; no pesaba demasiado, pero lo último que quería era que se le cayese.

Ahora no.

No después de que el destino la hubiese puesto en su camino, y desde luego no después de lo mucho que le había costado hacerse con ella.

La habitación subterránea, pese a estar iluminada por el resplandor titilante de docenas de velas, era demasiado espaciosa para que la luz amarilla llegase a todos los rincones. Era de lo más lóbrega, fría y húmeda. Pero él ya no lo notaba. Llevaba tanto tiempo allí que se había acostumbrado, no se sentía nada incómodo. Era lo más parecido a un hogar.

«Un hogar», pensó.

¡Qué recuerdo tan lejano!

De una vida pasada.

Puso la máquina encima de una mesa de madera combada y anduvo hasta una esquina del sótano, donde buscó algo entre una pila de cajas y viejas carpetas de cartón. Llevó a la mesa la caja que necesitaba, la abrió y extrajo con cuidado una carpeta, de la que sacó varias hojas gruesas que ordenó junto a la máquina. A continuación se sentó y, saboreando el momento, miró los papeles, luego el artefacto lleno de discos y de nuevo los papeles.

Entonces exclamó:

—¡Por fin!

Habló en voz baja pero ronca; era la falta de costumbre.

Cogió un lápiz y centró su atención en el primer documento.

Leyó la primera línea de borrosa escritura y después pulsó las teclas de la parte superior de la máquina para dar comienzo a la siguiente y crucial etapa de su odisea personal.

Una odisea cuyo resultado sabía que conmocionaría al mundo.

8

Tras sucumbir finalmente al sueño apenas cinco horas antes, Tess se había vuelto a despertar, ansiosa por empezar a trabajar en algo que la había obsesionado nada más verlo en el Met, antes de hablar con Clive Edmondson y de que se desencadenara la tragedia. Y se pondría a trabajar, pero para eso su madre y Kim tenían que estar fuera de casa.

Eileen, la madre de Tess, se había ido a vivir con ellas a la casa de dos plantas que su hija tenía en una calle tranquila y arbolada de Mamaroneck, una población neoyorquina, poco después de que, tres años antes, falleciese su marido, un arqueólogo llamado Oliver Chaykin. Pese a que había sido la propia Tess la que lo había sugerido, la propuesta no la había convencido demasiado. Pero la casa disponía de tres dormitorios y era bastante espaciosa, lo que facilitaba las cosas. Lo cierto era que todo había ido bien, aunque, como ella misma reconocía en ocasiones, y no sin sentirse culpable, era ella la que más se había beneficiado con la convivencia. Eileen, por ejemplo, cuidaba de su nieta cuando Tess quería salir por la noche, la acompañaba a la escuela cuando su hija se lo pedía y, como ahora, se la llevaba a comprar un donut para evitar que pensase en los acontecimientos de la noche anterior, algo que seguramente le sentaría de maravilla.

—Nos vamos —anunció Eileen—. ¿Seguro que no necesitas nada?

Tess fue hasta la entrada para despedirlas.

—Vosotras guardadme un par de donuts.

Justo entonces sonó el teléfono. Tess no parecía que tuviese ninguna prisa por cogerlo. Eileen la miró.

—¿Lo coges o no?

—Dejaré que salte el contestador automático. —Tess se encogió de hombros.

—Más tarde o más temprano tendrás que hablar con él.

Tess puso cara de disgusto.

—Sí, ya lo sé; pero, tratándose de Doug, cuanto más tarde sea, mejor.

Intuía la razón de los mensajes que su ex marido le había dejado en el contestador. Doug Meritt era presentador del informativo de una cadena de televisión en Los Ángeles y su trabajo lo absorbía por completo. Probablemente, habría relacionado el asalto al Met con Tess, porque lo frecuentaba mucho, y seguro que había pensado que ella tenía buenos contactos. Contactos que a él le servirían para obtener pistas de lo que se había convertido en la mayor noticia del año.

Pero lo último que Tess necesitaba en ese momento era que él supiese no solamente que ella había estado allí, sino también que Kim había estado; porque no dudaría en usar esa información en su contra a la primera oportunidad.

«Kim.»

Tess volvió a pensar en lo que su hija había vivido la noche anterior, aunque fuese desde la relativa seguridad de los lavabos del museo, y en cómo habría que enfocarlo. Si la reacción tardaba en aflorar, porque lo más probable es que hubiese algún tipo de reacción, ella ganaría tiempo para pensar mejor en cómo abordarla; claro que no era algo que le apeteciese especialmente. Se odiaba a sí misma por haber arrastrado a Kim allí, pero echarse la culpa no servía de nada.

Miró a su hija y dio las gracias de nuevo por que estuviese ahí, frente a ella, sana y salva. Al sentirse observada, Kim hizo una mueca de disgusto.

—Mamá, ¿vas a parar ya o qué?

—¿De qué?

—De mirarme como si tuviese monos en la cara —protestó Kim—. Estoy bien, ¿vale? No me pasa nada, eres tú la que está todo el día viendo pelis.

Tess asintió.

—De acuerdo. Te veré luego.

Las miró mientras se alejaban en coche y luego fue hasta la cocina donde el contestador automático parpadeaba, indicando que tenía cuatro mensajes. Tess enarcó las cejas. «¡Este desgraciado es un caradura!», pensó. Hacía seis meses que Doug se había vuelto a casar. Su nueva mujer, mejorada gracias al bisturí, tenía veintipico de años y era *junior executive* de la cadena donde trabajaba Doug. Tess era consciente de que su cambio de estado la llevaría a pedir una revisión del régimen de visitas. No es que él echara de menos, quisiese a Kim o incluso que ésta le preocupase especialmente, era sólo una cuestión de ego, y de malicia. Era un imbécil y un rencoroso, y Tess sabía que tendría que seguir lidiando con sus ocasionales estallidos de instinto paterno hasta que su recién adquirida y joven esposa se quedase embarazada. Entonces, con un poco de suerte, ya no sería tan mezquino y las dejaría en paz.

Se sirvió una taza de café y se dirigió a su estudio.

Encendió el ordenador portátil, cogió el teléfono y consiguió averiguar que Clive Edmondson estaba en el Hospital Presbiteriano de Nueva York de la calle 68 Este. Llamó y le dijeron que su estado no era crítico, pero que tenía que permanecer allí unos cuantos días más.

Pobre Clive. Anotó el horario de visitas.

Abrió el catálogo de la desventurada exposición y lo hojeó hasta que dio con la descripción del artefacto que se había llevado el cuarto jinete.

Se llamaba rotor codificador multidisco.

Según la descripción, era un aparato criptográfico datado del siglo XVI. Quizá fuese antiguo y curioso, pero no reunía los requisitos para ser normalmente considerado un «tesoro» del Vaticano.

El ordenador ya había concluido su rutina habitual de encendido y Tess se conectó a una base de datos, y tecleó «criptografía» y «criptología». Los enlaces le proporcionaron páginas web, en su mayoría técnicas, sobre criptografía moderna, códigos generados mediante programas informáticos y transmisiones electrónicas codificadas. Echó un vistazo a los resultados de la búsqueda y, finalmente, encontró un documento que hablaba de la historia de la criptografía.

Navegó por él y halló una página que mostraba algunos codificadores antiguos. El primero era un codificador Wheatstone del siglo XIX. Consistía en dos anillos concéntricos, uno exterior con las veintiséis letras del alfabeto inglés más un hueco en blanco, y otro interior que contenía sólo el alfabeto. Dos manecillas como las de un reloj servían para sustituir las letras del anillo exterior por otras en clave del anillo interior. La persona que recibía el mensaje codificado necesitaba tener un aparato idéntico y conocer el funcionamiento de las dos manecillas. Varios años después de que se hubiese generalizado el uso del Wheatstone, los franceses inventaron un criptógrafo cilíndrico que tenía veinte discos con letras en los bordes exteriores, todos ellos dispuestos alrededor de un eje central, que complicaba aún más cualquier intento de descifrar un mensaje en clave.

Bajó por la pantalla con el cursor, y sus ojos se fijaron en un artefacto vagamente parecido al que había visto en el museo.

Leyó la leyenda que había debajo y se quedó helada.

Aparecía descrito como «el Conversor», uno de los primeros rotores codificadores que hubo y que fue usado por el Ejército estadounidense en la década de 1940.

Durante unos instantes permaneció absorta; no podía apartar la vista de las palabras.

«¿Uno de los primeros rotores? ¿En los años cuarenta?»

Intrigada, leyó el artículo. Los rotores codificadores eran un invento del siglo XX. Reclinándose en la silla, Tess se pasó la mano por la frente, volvió con el cursor al principio de la pantalla para ver la ilustración y releyó la descripción. No era en absoluto la misma, pero se parecía bastante. Y era mucho más moderna que el disco de cifras sencillo.

Si el Gobierno de Estados Unidos creía que su artefacto era el originario, no era de extrañar entonces que el Vaticano estuviese ansioso por mostrar uno de sus aparatos; uno que, al parecer, precedía al del Ejército en unos cuatrocientos años.

No obstante, esto inquietaba a Tess.

De todas las relucientes joyas que podría haberse llevado, el cuarto jinete se había apoderado directamente de ese misterioso aparato. ¿Por qué? Sin duda, la gente coleccionaba cosas extrañísimas, pero esto era exagerado. Se preguntó si el hombre habría cometido un error. No, desechó la idea, le había dado la impresión de que estaba muy seguro de su elección.

No solamente eso, es que no se había llevado nada más. Aquello era lo único que había querido.

Pensó en Amelia Gaines, la mujer que tenía más aspecto de haber salido de un anuncio de champú que de ser agente del FBI. Tess suponía que los investigadores querían hechos y no especulaciones, pero aun así, después de meditarlo unos segundos, fue hasta su habitación, buscó el bolso que había llevado la noche anterior y extrajo de él la tarjeta que Gaines le había dado.

Volvió al estudio, dejó la tarjeta sobre la mesa y recordó el momento en que el cuarto jinete había cogido el codificador. La manera en que lo había levantado, lo había sostenido en el aire y había susurrado algo.

Su actitud había sido casi... *reverencial*.

¿Qué era lo que había dicho? En el Met, Tess había estado demasiado aturdida para darle importancia a eso, pero, de repente, no podía pensar en otra cosa. Se concentró en aquellos instantes, alejando de su conciencia todo lo demás, y revivió la escena. El hombre había cogido la máquina y había dicho... ¿qué? «Piensa, ¡maldita sea!»

Tal como le había explicado a Amelia Gaines, estaba bastante segura de que la primera palabra era *veritas*... pero ¿qué más? ¿*Veritas*? *Veritas* algo...

¿*Veritas vos*? En cierto modo, las palabras le resultaban familiares. Trató de recordar, pero fue inútil. Las palabras del jinete habían sido interrumpidas por los tiros que habían disparado a sus espaldas.

Tess decidió trabajar con lo que tenía. Se volvió al ordenador y de su barra de herramientas de enlaces seleccionó el motor de búsqueda más potente que había. Escribió «*veritas vos*», pulsó «intro» y obtuvo veintidós mil resultados. No había por qué alarmarse, con el primer resultado tuvo suficiente.

Ahí estaba. Haciéndole señales.

«*Veritas vos liberabit*.»

«La verdad os liberará.»

Miró fijamente la pantalla. «La verdad os liberará.»

«¡Genial!», pensó.

Su magistral labor de detective había desvelado una de las frases más trilladas de nuestra época.

9

Gus Waldron salió de la estación de la calle Veintitrés Oeste y se dirigió al sur.

Odiaba esa parte de la ciudad. La clase media no le gustaba mucho. Más bien todo lo contrario. En su barrio, el hecho de ser un gigante lo había mantenido a salvo. Allí, su estatura sólo le servía para sobresalir entre los extravagantes y ridículos enanos que corrían por las aceras con sus vestidos de diseño y sus cortes de pelo de doscientos dólares.

Encorvó la espalda en un intento de parecer menos alto. Pero era tan grande que eso no le ayudó mucho, como tampoco le ayudaba el abrigo negro largo y deforme que se había puesto. Aunque no podía hacer nada al respecto; necesitaba el abrigo para ocultar lo que llevaba.

Giró por la calle Veintidós en dirección oeste. Su destino era un edificio situado a una manzana del Empire Diner, que estaba en medio de una callejuela con galerías de arte.

Al pasar por delante de ellas reparó en que la mayoría no tenía más que uno o dos cuadros en sus escaparates, en que algunos de éstos ni siquiera estaban enmarcados, y por lo visto ninguno tenía una etiqueta con el precio.

«¿Cómo puedes saber si esta mierda es o no es buena si no te dicen su jodido precio?», pensó.

Su destino estaba ahora a dos locales de distancia. De puertas afuera, el local de Lucien Boussard parecía una tienda de antigüedades elegante y lujosa. De hecho, era eso y mucho más. Las falsificaciones y las piezas de dudosa procedencia se mezclaban con los pocos objetos auténticos e impecables que había. Sin embargo, ninguno de sus vecinos intuía nada, ya que Lucien poseía el estilo, el acento y los modales para no despertar sospechas.

Con mucha cautela y aguzando la vista por si detectaba cualquier cosa o persona que se saliese de lo ordinario, Gus pasó de largo la galería, contó veinticinco pasos, y luego se detuvo y retrocedió. Fingió querer cruzar la calle, pero no vio nada que le llamase la atención y volvió para entrar en la galería; sus movimientos eran rápidos y ágiles para un hombre de su tamaño. ¿Por qué no iban a serlo? En sus treinta combates jamás lo habían golpeado lo bastante fuerte para hacerle caer, excepto cuando había tenido que dejarse ganar.

En el interior de la galería, mantuvo una mano dentro del bolsillo para sujetar una Beretta 92FS por la culata. No era su pistola predilecta, pero con la 45ACP había fallado unos cuantos tiros, y después de la gran noche, llevar la Cobray no era lo más inteligente. Echó un vistazo a su alrededor. No había turistas ni tampoco ningún otro cliente. Sólo el propietario de la galería.

Gus no sentía simpatía por muchas personas, pero aunque no hubiera sido así, Lucien Boussard no le habría caído bien. Pues era un lameculos y un mierdecilla. Tenía el rostro pequeño, los hombros estrechos, y llevaba el pelo largo recogido en una cola de caballo.

«¡Un jodido marica francés!»

Cuando Gus entró, Lucien alzó la vista; estaba sentado detrás de una pequeña mesa de largas patas, trabajando, y fingió una entusiasta sonrisa, un intento vano de ocultar el hecho de que, instantáneamente, había empezado a sudar y a crisparse. Eso era quizá lo único que a Gus le gustaba de Lucien. Que siempre estaba nervioso, como si creyese que él podía decidir hacerle daño en cualquier momento. Algo en lo que el jodido enano grasiento tenía razón.

—¡Gus! —Pronunció «*Gueusse*»; cada maldita vez que Gus oía eso odiaba todavía más a Lucien.

Se volvió y corrió el pestillo de la puerta antes de acercarse a la mesa.

—¿Hay alguien ahí detrás? —gruñó.

Lucien se apresuró a sacudir la cabeza.

—*Mais non, mais non, voyons*, aquí no hay nadie salvo yo mismo. —También tenía la irritante costumbre de repetir muchas veces sus expresiones francesas de mierda. A lo mejor lo hacían todos los franceses—. No te esperaba, no me habías dicho...

—Cierra tu jodida boca de una vez —espetó Gus—. Tengo algo para ti. —Forzó una sonrisa—. Algo especial.

Del interior del abrigo, Gus extrajo una bolsa de papel y la puso sobre la mesa. Lanzó una mirada hacia la puerta para asegurarse de que estaban fuera del campo de visión de cualquier transeúnte y sacó algo de la bolsa. Estaba envuelto en papel de periódico. Mientras lo desenvolvía miró con fijeza a Lucien.

Cuando sacó al fin el objeto, el francés se quedó boquiabierto y abrió los ojos desmesuradamente. Era un crucifijo de oro con piedras preciosas incrustadas, una asombrosa filigrana de unos cincuenta centímetros de largo, o tal vez menos.

Gus lo colocó encima del periódico abierto y Lucien contuvo el aliento.

—*Mon dieu, mon dieu!* —El francés, atónito, alzó la vista para mirar al otro; de pronto, el sudor le caía por su estrecha frente—. ¡Jesús, Gus!

Pues sí, era Jesús.

Miró otra vez el crucifijo, Gus hizo lo mismo y vio que el periódico mostraba una fotografía a toda página del museo.

—Esto es del...

—Sí —Gus sonrió con presunción—. No está mal, ¿eh? Es una buena pieza.

Lucien frunció la boca.

—*Non mais, il est complètement taré, ce mec.* Vamos, Gus, yo esto no me atrevo a tocarlo.

Gus no necesitaba que Lucien lo tocase, sólo que lo vendiera. Y tampoco podía esperar a que pujasen por el crucifijo. Durante los últimos seis meses había tenido una racha nefasta en las apuestas a las carreras de caballos. Anteriormente ya había estado endeudado, pero nunca como ahora; nunca le había debido dinero a gente como la que esta vez llevaba la cuenta de sus deudas. Desde hacía bastantes años, desde el día en que fue más alto y más gordo que su viejo y le dio una paliza al monstruo borracho, la gente le tenía miedo. Pero en este momento, y por primera vez desde los catorce años, sabía lo que era estar atemorizado. Sus acreedores no actuaban como el resto de personas a las que había conocido. Lo matarían en un abrir y cerrar de ojos.

Pero por ironías de la vida, las carreras también le habían proporcionado una salida, ya que gracias a ellas había conocido al tipo que lo metió en el robo del museo. Y ahí estaba ahora, aunque había recibido claras instrucciones de no intentar vender ningún objeto al menos hasta al cabo de medio año.

¡Una mierda! Necesitaba el dinero y lo necesitaba ya.

—Mira, olvídate de su procedencia, ¿vale? —ordenó Gus a Lucien—. Tú ocúpate sólo de buscar un comprador y negociar un precio.

Daba la impresión de que el francés iba a sufrir un infarto.

—*Non mais...* oye, *Gueusse*, esto es imposible. Absolutamente imposible. Todavía es demasiado peligroso, sería una locura...

Gus le agarró por el cuello y arrastró la parte superior de su cuerpo sobre la mesa, que se tambaleó inestable. Acercó su cara a menos de dos centímetros de la de Lucien.

—A mí como si fuera una bomba atómica —susurró—. Hay gente que colecciona esta mierda y tú sabes dónde encontrarla.

—Es demasiado pronto. —Lucien habló con un hilo de voz por la presión que estaba sufriendo en la garganta.

Gus lo soltó y el francés se dejó caer en la silla.

—No me hables como si fuese un idiota —gritó—. Siempre será demasiado pronto para esta mierda, nunca será el momento adecuado. Así que ¿por qué no ahora? Además, sabes que hay personas que lo comprarían precisamente por ser lo que es y venir de donde viene. Jodidos miserables que pagarán una pequeña fortuna y tendrán un orgasmo cada vez que piensen que lo tienen guardado en su caja fuerte. Lo único que tienes que hacer es encontrar a uno de esos tipos, y rápido. Y ni se te ocurra estafarme con el precio. Te quedarás el diez por ciento; el diez por ciento de una cantidad inestimable no está nada mal, ¿no crees?

Lucien tragó saliva, se frotó la nuca y luego sacó su pañuelo de seda parduzco para enjugarse la cara. Nervioso, recorrió la habitación con los ojos; era evidente que algo se traía entre manos. Levantó la vista, miró fijamente a Gus y dijo:

—El veinte.

Gus lo miraba estupefacto.

—Lucien —siempre pronunciaba «lu-shien» para hacerle rabiar—, no me provoques.

—Hablo en serio. Por una cosa como ésta, quiero el veinte por ciento. *Au moins.* Correré un gran riesgo.

Gus alargó de nuevo los brazos, pero en esta ocasión Lucien fue demasiado rápido; empujó la silla hacia atrás y su cuello quedó fuera del alcance de su agresor. Entonces Gus sacó tranquilamente la Beretta, se aproximó a Lucien y le apuntó a su entrepierna.

—No sé qué narices has dicho, amigo, pero la verdad es que no estoy de humor para negociar. ¡Te hago una oferta generosa y lo único que se te ocurre es aprovecharte de la situación! Me has decepcionado, chico.

—No, Gus, verás...

Gus alzó una mano y se encogió de hombros.

—¿Viste esa noche por la tele la mejor parte del espectáculo? En la escalinata. Con el guardia. ¡Aquello sí que estuvo bien! Todavía tengo la espada, ¿sabes? Lo cierto es que está empezando a gustarme esto de ir por ahí a lo Conan el Bárbaro... Me entiendes, ¿verdad?

Mientras Lucien empezaba a sudar, Gus reflexionó unos instantes. Sabía que, si dispusiese de todo el tiempo del mundo, el miedo que inspiraba a Lucien jugaría en su favor; pero no disponía de ese tiempo. El crucifijo valía una fortuna, quizá de hasta siete cifras, pero en ese momento se conformaba con lo que le ofrecieran. El dinero que había cobrado por anticipado al aceptar el asalto al museo le había permitido ganar tiempo; ahora lo que necesitaba era deshacerse de esas sanguijuelas.

—Hagamos una cosa —le dijo a Lucien—. Consigue un buen precio y te daré el quince por ciento.

Al francés le brillaron sus ojos de soplón; había caído en la trampa.

Abrió un cajón del que extrajo una pequeña cámara digital y levantó la mirada hacia Gus.

—Tengo que...

Gus asintió.

—Haz todas las que necesites.

Lucien hizo un par de fotografías al crucifijo mientras repasaba mentalmente su lista de clientes.

—Haré algunas llamadas —dijo—. Dame unos cuantos días.

De eso nada. Gus necesitaba un montón de cosas: necesitaba el dinero y la libertad que éste le proporcionaría. Y, además, tenía que largarse una temporada de la ciudad hasta que el asunto del robo se calmara un poco.

—No, tendrás que darte prisa. Un par de días como mucho.

De nuevo Gus notó que Lucien tramaba algo; probablemente pensase en cómo llegar a un acuerdo con el comprador, ofreciéndole un precio más alto del que hubiese acordado con Gus y quedándose una comisión por el camino. ¡Baboso de mierda! Decidió que dentro de unos meses, cuando llegase el momento, estaría realmente encantado de hacerle otra visita.

—Ven mañana a las seis —concluyó Lucien—. No te prometo nada, pero haré lo que pueda.

—Lo sé. —Gus cogió el crucifijo y un trapo limpio que encontró encima de la mesa de Lucien y envolvió el crucifijo de piedras preciosas antes de meterlo con cuidado en uno de los bolsillos de su abrigo. Luego escondió la pistola en otro—. Mañana —le dijo a Lucien, y forzó una sonrisa antes de salir a la calle.

El francés seguía temblando mientras contemplaba al grandullón andar hasta la esquina y luego desaparecer de su vista.

10

—La verdad es que esto no ha venido en un buen momento —gruñó Jansson mientras Reilly se sentaba en una silla frente a su jefe. Alrededor de la mesa del despacho que el director adjunto en funciones tenía en la sede del FBI en Federal Plaza ya estaban sentados Aparo y Amelia Gaines, así como Roger Blackburn, que dirigía el grupo especial contra los crímenes violentos y las agresiones graves, y dos de sus ayudantes.

Los cuatro edificios gubernamentales del bajo Manhattan estaban a sólo unas cuantas manzanas de distancia de la Zona Cero. En su interior trabajaban veinticinco mil funcionarios y albergaban la delegación neoyorquina del FBI. Allí sentado, se sintió aliviado lejos del incesante ruido que había en la zona principal del edificio. De hecho, la tranquilidad que había en el despacho de su jefe era casi lo único que a Reilly le atraía (aunque fuera sólo remotamente) del trabajo de Jansson.

Como director adjunto al frente de la oficina de Nueva York, durante los últimos años Jansson había soportado una enorme carga sobre sí. Las cinco áreas que más preocupaban al Bureau: las drogas y el crimen organizado, los crímenes violentos y agresiones graves, los delitos financieros, la contrainteligencia extranjera y la oveja negra más reciente de ese repugnante rebaño, el terrorismo nacional, estaban candentes. Sin duda, Jansson estaba hecho para ese trabajo: tenía el imponente físico del antiguo jugador de fútbol americano que había sido, aunque, enmarcado por su pelo gris, su adusto rostro tenía una expresión distante y de indiferencia. Pero la gente que trabajaba para él no se confiaba durante mucho tiempo, ya que no tardaban en aprender que, además de las dos cosas que según el proverbio eran ciertas en la vida (la muerte y los impuestos), había una tercera: si Jansson estaba de tu parte, arremetía contra lo que fuera que se interpusiese en tu camino. Pero si cometías el error de cabrearle, tenías que plantearte seriamente desaparecer del mapa.

Con Jansson tan cerca de la jubilación, Reilly comprendía que a su jefe no le hiciera mucha gracia que sus últimos meses en el despacho se complicaran con algo de tanta repercusión como el METRAID (el imaginativo nombre que acababan de ponerle al caso del robo). Como era de esperar, los medios de comunicación se habían volcado en la historia. Éste no era un robo a mano armada normal. Era un robo excepcional. Habían disparado con armas automáticas a la flor y nata neoyorquina; habían cogido a la mujer del alcalde como rehén; un hombre había sido asesinado a la vista de todo el mundo, y no con una pistola. Lo habían decapitado, y no en un patio amurallado de algún país dictatorial de Oriente Próximo, sino aquí, en Manhattan, en la Quinta Avenida.

«Retransmitido en directo.»

Reilly miró la bandera y la insignia del Bureau que había en la pared a espaldas de Jansson, y luego de nuevo al director adjunto, que apoyó los codos en la mesa e inhaló profundamente.

—Cuando pillemos a esos bastardos me aseguraré de decirles lo desconsiderados que han sido —comentó Reilly.

—Espero que lo hagas —replicó Jansson mientras se inclinaba hacia delante y miraba con indignación a todo el equipo reunido—, porque supongo que no hace falta que os diga la cantidad de llamadas que he recibido por esto ni de qué miembros de la cúpula. Explicadme qué tenemos y cómo podemos abordarlo.

Reilly lanzó una mirada a los demás y comenzó a hablar:

—Los primeros resultados del laboratorio no apuntan a ninguna dirección concreta. Esos tipos no dejaron muchas pistas salvo los casquillos y los caballos. El Equipo de Recolección de Evidencias está desesperado por la escasez de pruebas a las que agarrarse.

—¡Vaya, qué raro! —puntualizó Aparo.

—De todas formas, los casquillos indican que llevaban Cobray Mac 11 de nueve milímetros y Micro Uzi. Rog, vosotros os estáis ocupando de eso, ¿verdad?

Blackburn se aclaró la garganta. Era un titán que recientemente había desmantelado la mayor red de distribución de heroína de Harlem, con más de doscientos arrestos.

—Son armas corrientes. Estamos en ello, pero yo no me fiaría demasiado. No en un caso como éste. Dudo mucho que esos tipos las hayan comprado por Internet.

Jansson asintió.

—¿Y qué hay de los caballos?

Reilly retomó la palabra.

—Por ahora, nada. Tordos y zainos castrados, bastante comunes. Estamos cotejándolos con las listas de caballos desaparecidos y buscando la procedencia de las monturas, pero, como ya he dicho...

—¿No llevan marcas ni chips?

Debido a los más de cincuenta mil caballos robados al año en todo el país, el uso de las marcas de identificación en estos animales estaba cada vez más generalizado. El método más habitual era el marcaje a hielo, mediante una plancha helada que provocaba una alteración en las células de la pigmentación y como resultado en la zona marcada crecía pelo blanco en lugar de pelo de color. El otro método, menos frecuente, consistía en una inyección hipodérmica para introducir debajo de la piel del animal un diminuto microchip con un número de identificación.

—No, no llevan chips —contestó Reilly—, pero los estamos volviendo a examinar. Los chips son tan pequeños que, a menos que uno sepa exactamente dónde están, no son fáciles de encontrar. Además, suelen esconderse en lugares poco obvios con el fin de que sigan ahí cuando se recupera un caballo robado. La buena noticia es que sí están marcados, lo que pasa es que los han vuelto a marcar encima y no se puede leer la marca original. Los del laboratorio creen que separándoles el pelo tal vez podrían llegar a la identificación auténtica.

—¿Y qué hay de la vestimenta y las armaduras medievales? —Jansson se volvió hacia Amelia Gaines, que había seguido esa línea de la investigación.

—Eso nos llevará algo más de tiempo —declaró ella—. Ese tipo de vestuario, especialmente tratándose de espadas auténticas y no de mentira, lo suelen fabricar especialistas que hay repartidos por todo el país; creo que algo encontraremos.

—O sea que estos tipos han desaparecido por arte de magia, ¿no es eso? —Jansson empezaba a perder la paciencia.

—Seguro que había coches esperándolos. El parque tiene dos salidas cerca del lugar donde dejaron los caballos. Estamos buscando testigos, pero de momento no tenemos nada —confirmó Aparo—. Cuatro hombres que se separan y luego salen del parque, y a esas horas de la noche... es fácil que pasen desapercibidos.

Jansson se reclinó y asintió en silencio, su mente repasaba los diversos fragmentos de información y ponía en orden las ideas.

—¿Alguna sospecha en concreto? ¿Alguien tiene alguna teoría?

Reilly miró a sus compañeros antes de intervenir.

—Este caso es complicado. Lo primero que se me ocurre es elaborar una lista de posibles compradores.

Los robos de piezas de arte, sobre todo cuando se trataba de piezas conocidas, solían hacerse por encargo, o porque la venta de los objetos en cuestión se pactaba previamente con coleccionistas que querían esos objetos, aunque nunca pudiesen enseñárselos a nadie. Pero Reilly descartó esta hipótesis nada más llegar al museo, porque las listas de compradores casi siempre conducían a ladrones inteligentes. Y recorrer la Quinta Avenida a caballo no era un acto propio de gente inteligente, como tampoco lo era sembrar el pánico, y menos aún asesinar.

—Me parece que en esto estamos todos de acuerdo —prosiguió—. Y los informes preliminares también coinciden. Detrás de todo esto hay algo más que el robo de unos cuantos objetos de valor inestimable. Porque si lo único que querían era llevarse las piezas, no tenían más que escoger cualquier miércoles tranquilo y lluvioso, entrar antes de que llegara todo el mundo, sacar las metralletas Uzi y coger lo que quisiesen. Cuanta menos visibilidad haya, menos riesgo habrá también. En cambio, esos tipos eligieron el momento más concurrido posible y con mayores medidas de seguridad para perpetrar el robo. Es casi como si hubiesen querido reírse de nosotros y dejarnos en ridículo. Se llevaron el botín, pero creo que, además, su intención era decirnos algo.

—¿Como qué? —inquirió Jansson.

Reilly se encogió de hombros.

—Estamos en ello.

El director adjunto se volvió a Blackburn.

—¿Estáis de acuerdo?

Blackburn asintió.

—Mírelo de este modo: sean quienes sean estos tipos, la gente los considera unos héroes. Han hecho en la vida real lo que cualquier estúpido cocainómano sueña con hacer cuando se conecta a la Playstation. Sólo espero que esto no sirva de precedente. Pero, sí, creo que aquí hay algo más que unos tipos de calculada eficiencia.

Jansson miró otra vez a Reilly.

—Bueno, parece que ésta va a ser tu pequeña batalla.

Reilly le devolvió la mirada y asintió en silencio. Pequeña no era precisamente la primera palabra que le venía al pensamiento. El caso era más bien como un gorila de novecientos kilos de peso, y Jansson estaba en lo cierto: era todo suyo.

La reunión fue interrumpida por la llegada de un hombre delgado y discreto que llevaba un traje de lana marrón y un alzacuellos. Jansson se levantó de la silla y le ofreció su enorme mano para saludarlo.

—Monseñor, me alegro de que haya podido venir. Siéntese, por favor. Chicos, éste es monseñor De Angelis. Le prometí al arzobispo que le dejaría estar presente para que nos ayudase en lo que pudiera.

Jansson procedió a presentarle a De Angelis los agentes reunidos. No era nada usual permitir la entrada de terceras personas en una reunión tan delicada como ésa, pero el nuncio apostólico, el embajador del Vaticano en Estados Unidos, había hecho las llamadas pertinentes para conseguirlo.

El hombre debía de rozar la cincuentena, intuyó Reilly. Llevaba el pelo negro impecablemente peinado, que en las sienes retrocedía formando dos semicircunferencias perfectas con mechones plateados alrededor de las orejas. Sus gafas de montura metálica estaban ligeramente ahumadas, y escuchó los nombres y cargos de los agentes con actitud afable, silenciosa y respetuosa.

—Por favor, no es mi intención interrumpirles —comentó al sentarse.

Jansson cabeceó levemente quitándole importancia al asunto.

—Las pruebas todavía no apuntan en ninguna dirección, padre. Sin ánimo de hacer juicios precipitados, y que quede claro que no son más que conjeturas e intuiciones, estábamos hablando de los posibles autores del asalto.

—Comprendo —repuso De Angelis.

Jansson se volvió a Reilly, que, con cierta incomodidad, prosiguió. Sabía que tenía que poner a monseñor en antecedentes.

—Decíamos que salta a la vista que esto es algo más que un simple robo. La forma en que se realizó, el momento elegido, todo indica que hay más en juego que un simple robo a mano armada.

De Angelis frunció la boca, asimilando las implicaciones de cuanto se decía.

—Ya veo.

—La reacción inmediata —continuó Reilly— es señalar a los fundamentalistas islámicos, pero en este caso estoy bastante seguro de que no han tenido ninguna participación en esto.

—¿Por qué cree eso? —inquirió De Angelis—. Por lamentable que sea, da la impresión de que nos odian. Seguro que se acordará de la conmoción que supuso el expolio del museo de Bagdad. El doble rasero, la indignación... Aquello no sentó muy bien en la zona.

—Créame, esto no encaja con su *modus operandi*, de hecho, no tiene nada que ver. Normalmente, sus ataques son abiertos, les gusta reivindicar sus acciones y suelen usar *kamikazes*. Además, para cualquier fundamentalista islámico sería un anatema ir vestido con una cruz encima. —Reilly miró a De Angelis, que parecía que estaba de acuerdo—. De todas maneras, lo investigaremos. Hay que hacerlo. Pero yo me decantaría por otras opciones.

—Por los *bubba*. —Jansson usó la abreviatura, políticamente incorrecta, para los terroristas blancos procedentes de las áreas rurales de los estados del sur.

—Sí, yo lo encuentro mucho más probable. —Reilly asintió con la cabeza y encogió los hombros. Los «lobos solitarios» extremistas y los jóvenes radicales y violentos que había en el país formaban parte de su vida cotidiana tanto como los terroristas extranjeros.

De Angelis parecía perdido.

—¿*Bubba*?

—Terroristas locales, padre. Grupos con nombres absurdos como La Orden o La Hermandad Silenciosa, la mayoría de los cuales opera bajo una ideología del odio llamada Identidad Cristiana, que, según tengo entendido, es una perversión bastante extraña del término...

Monseñor se movió en su silla, incómodo.

—Yo pensaba que esta gente eran fanáticos cristianos.

—Así es, pero no olvide que estamos hablando del Vaticano, de la Iglesia católica. Y estos tipos no son entusiastas de Roma, padre. Sus iglesias inventadas (por cierto que ninguna de ellas es ni remotamente católica) no han sido reconocidas por el Vaticano. Es más, la Iglesia ha dejado bien claro que no quiere tener nada que ver con ellos, y con razón. Aparte de culpar a los negros, a los judíos y a los homosexuales de todos sus problemas, el denominador común de todos ellos es el odio hacia el gobierno organizado, el nuestro en concreto y el suyo por asociación. Nos llaman el gran Satanás, que es, curiosamente, el mismo apodo que nos puso Jomeini y que el mundo musulmán sigue empleando hoy en día. Recuerde que esos tipos pusieron una bomba en un edificio federal de Oklahoma City. Son cristianos y estadounidenses. Y están en todas partes. En Filadelfia acabamos de capturar a uno que llevábamos mucho tiempo persiguiendo, es miembro de un brazo del grupo de las Naciones Arias, la Iglesia de los Hijos de Yahvé. Por lo visto había sido el enlace de las Naciones Arias con los grupos islamistas. Como tal, ha reconocido que después del atentado del 11-S intentaba establecer alianzas con extremistas musulmanes antiamericanos.

—El enemigo de mi enemigo —musitó De Angelis.

—Exacto —convino Reilly—. Esos tipos tienen un concepto del mundo realmente distorsionado, padre. Lo único que tenemos que hacer es intentar entender qué declaración de principios tienen ahora entre ceja y ceja.

Cuando Reilly finalizó, en la sala reinó un breve silencio. Jansson tomó la palabra:

—Muy bien, ¿te ocupas tú de esto entonces?

Reilly asintió con tranquilidad:

—Sí.

Jansson se volvió a Blackburn:

—Y tú, Rog, abórdalo desde el punto de vista de un mero robo.

—De acuerdo. Hay que seguir las dos líneas hasta que haya algo que nos oriente en una u otra dirección.

—Bueno, padre —dijo Jansson, mirando ahora a De Angelis—, la verdad es que nos sería muy útil que nos consiguiese una lista lo más detallada posible de lo que robaron: fotografías en color, peso, tamaños, todo lo que tenga.

—Por supuesto.

—Acerca de esto, padre —intervino Reilly—, al parecer, uno de los jinetes se interesó únicamente por una cosa —declaró mientras extraía una foto ampliada de una secuencia de las cámaras de seguridad del museo. Mostraba al cuarto jinete, que sostenía el codificador. Se la dio a monseñor—. En el catálogo de la exposición aparece con el nombre de rotor codificador multidisco —anunció, y luego preguntó—: ¿Se le ocurre por qué alguien querría llevarse eso teniendo en cuenta todo el oro y las joyas que había allí?

De Angelis se ajustó las gafas y examinó la fotografía antes de sacudir la cabeza.

—Lo siento, pero no sé gran cosa de esta... máquina. Sólo se me ocurre que pueda tener valor como una curiosidad tecnológica. A todo el mundo le gusta hacer gala de sus pertenencias de vez en cuando, por lo visto, incluso a mis hermanos encargados de seleccionar lo que debía incluirse en la exposición.

—En ese caso, tal vez podría consultarlo con ellos. Quizá tengan alguna idea, no sé, o conozcan a algún coleccionista que previamente se hubiese puesto en contacto con ellos en relación con esta máquina.

—Lo investigaré.

Jansson miró a los presentes. La reunión había terminado.

—Muy bien, chicos —concluyó, recogiendo sus papeles—, cojamos a esos monstruos.

Mientras los demás abandonaban la sala, De Angelis se aproximó a Reilly y lo saludó.

—Gracias, agente Reilly. Algo me dice que estamos en buenas manos.

—Los capturaremos, padre. Siempre cometen algún desliz.

Monseñor lo miraba fijamente.

—Puede llamarme Michael.

—Prefiero llamarle padre, si no le importa. Es un hábito difícil de romper.

De Angelis puso cara de sorpresa.

—¿Es usted católico?

Reilly asintió.

—¿Practicante? —De Angelis bajó los ojos repentinamente avergonzado—. Disculpe el atrevimiento; supongo que a mí también hay hábitos que me cuesta romper.

—No pasa nada. Y, sí, soy practicante.

De Angelis parecía bastante satisfecho.

—¿Sabe una cosa? En cierto modo, nuestros trabajos no son tan diferentes. Ambos ayudamos a la gente a asumir sus pecados.

Reilly sonrió.

—Es posible, pero... no creo que usted esté expuesto a los pecadores de gran calibre que vemos por aquí.

—Sí, es preocupante... el mundo no marcha bien. —Hizo una pausa y levantó la vista hacia Reilly—. Lo que hace que nuestro trabajo adquiera más valor.

Monseñor se percató de que Jansson miraba en su dirección; daba la impresión de que quería hablar con él.

—Confío plenamente en usted, agente Reilly. Estoy seguro de que los capturará —dijo el hombre con alzacuellos antes de irse.

Reilly lo observó mientras se alejaba y a continuación cogió la fotografía de la mesa. Antes de meterla de nuevo en la carpeta, le echó otro vistazo. En una esquina, aunque borrosa debido a la poca resolución de las cámaras de vigilancia del museo, pudo fácilmente distinguir una silueta agachada detrás de una vitrina, que miraba horrorizada al jinete y al artefacto. Por la cinta de vídeo sabía que era la rubia que había visto abandonar el museo aquella noche. Pensó en el trago amargo que debía de haber pasado, en lo asustada que debía de haber estado, y sintió lástima por ella. Esperaba que estuviese bien.

Guardó la fotografía en la carpeta. Al salir de la sala no pudo evitar pensar en la palabra que Jansson había utilizado.

«Monstruos.»

La idea no resultaba ni mucho menos tranquilizadora.

Averiguar los motivos por los que las personas que estaban en su sano juicio cometían crímenes era bastante difícil, pero introducirse en la mente de los depravados a menudo era imposible.

11

Clive Edmondson estaba pálido, pero no tenía aspecto de sufrir mucho dolor, lo que sorprendió a Tess cuando lo vio tumbado en la cama del hospital.

Sabía que uno de los caballos lo había golpeado y lo había tirado al suelo, y que en medio del pánico consiguiente había acabado con tres costillas rotas localizadas demasiado cerca de los pulmones para no sentir molestias. Dada la edad de Clive, su estado de salud general y su tendencia a las actividades que requerían esfuerzo físico, los médicos del Hospital Presbiteriano de Nueva York habían decidido tenerlo varios días bajo observación.

—Me están suministrando un buen cóctel —le dijo a Tess mientras lanzaba una mirada hacia la bolsa que colgaba de la percha del suero—. No siento nada.

—No es exactamente la clase de cóctel a la que tenías pensado asistir, ¿eh? —bromeó Tess.

—He estado en alguno mejor.

Clive se rió entre dientes y ella lo miró, preguntándose si sacar o no a colación la razón primordial de su visita.

—¿Te apetece hablar de algo?

—¡Claro que sí! Siempre y cuando no esté relacionado con lo que sucedió en el museo, porque eso es lo único que le interesa a todo el mundo. —Suspiró—. Y supongo que lo entiendo, pero...

—Pues sí que está relacionado —admitió Tess tímidamente.

Edmondson la miró y sonrió.

—¿En qué estás pensando?

Tess titubeó y luego se lanzó:

—Cuando charlamos en el museo, ¿te fijaste por casualidad en lo que yo estaba mirando?

Él sacudió la cabeza.

—No.

—Era una máquina, una especie de caja con teclas de la que salían palancas. En el catálogo pone que es un rotor codificador multidisco.

Clive arrugó la frente unos instantes, pensativo.

—No, no me fijé. —Naturalmente que no, sobre todo teniéndola a ella al lado—. ¿Por qué?

—Porque uno de los jinetes se la llevó. Es lo único que se llevó.

—¿Y?

—¿No te parece raro que con la cantidad de cosas de incalculable valor que había allí se llevara sólo ese artefacto? Además, cuando lo cogió, me dio la impresión de que para él aquello formaba parte de un ritual, parecía completamente absorto.

—Bueno, a lo mejor se trata de algún coleccionista apasionado por los codificadores misteriosos. Avisa a la Interpol. Seguro que la máquina Enigma de los nazis está en su lista de prioridades. —Le dedicó una mirada irónica—. Hay gente que colecciona cosas peores.

—Hablo en serio —protestó Tess—. Incluso dijo algo cuando sostuvo la máquina en el aire. «*Veritas vos liberabit.*»

Clive la miró.

—¿*Veritas vos liberabit?*

—Eso creo. Estoy bastante segura de que eso es lo que dijo.

Clive reflexionó un momento y luego sonrió.

—Vale, entonces no estamos sólo ante un obseso de los codificadores, sino ante un coleccionista que además estudió en la Universidad Johns Hopkins. Eso tendría que reducir la búsqueda.

—¿Johns Hopkins?

—Sí.

—¿De qué estás hablando? —Tess estaba totalmente perdida.

—Es el lema de la universidad. «*Veritas vos liberabit.*» «La verdad os liberará.» Hazme caso, lo conozco bien; yo estudié allí. Incluso está incluido en esa canción tan horrible que cantábamos, ya sabes, la *Oda a Johns Hopkins.* —Empezó a cantar—: «Deja que el conocimiento crezca más y más, y que los mayores eruditos...». —Clive observaba a Tess, disfrutaba con su cara de estupefacción.

—¿Crees que...? —Entonces reparó en su mirada. Conocía esa sonrisa burlona—. Me tomas el pelo, ¿verdad?

Edmondson asintió con aires de culpabilidad.

—O es eso, o es un ex agente de la CIA descontento. ¿Sabes qué es lo primero que uno ve cuando entra en el edificio de la CIA en Langley? —Desviándose de la pregunta de Tess, añadió—: Soy el mayor fan de las novelas de Tom Clancy, ¡qué se le va a hacer!

Tess cabeceó, molesta por ser tan ingenua. Entonces Clive la sorprendió.

—Aunque no vas desencaminada; lo que dices no carece de sentido.

—¿A qué te refieres? —Notó que ahora Clive hablaba en serio.

—¿Qué llevaban los caballeros?

—¿Qué quieres decir con qué llevaban?

—Yo he preguntado primero.

Tess no lo seguía.

—Pues llevaban la típica indumentaria medieval. Cotas de malla, capas, cascos...

—¿Y...? —insistió él—. ¿Algo más específico?

Tess era consciente de que Edmondson la estaba poniendo a prueba. Trató de recordar la aterradora visión de los caballeros irrumpiendo en el museo.

—No.

—Capas blancas con cruces rojas. Cruces de color rojo sangre.

Tess torció el gesto, aún no sabía adónde quería llegar Clive.

—Los cruzados —adivinó ella.

Él no había terminado todavía.

—Te vas acercando. ¡Vamos, Tess! ¿No notaste nada extraño en sus cruces? ¿Una cruz roja en el hombro izquierdo y otra en el pecho? ¿No te dice nada eso?

Entonces lo vio claro.

—¡Templarios!

—¿Es tu respuesta definitiva?

Su mente pensaba veloz. Aún no entendía lo que quería decir.

—Tienes toda la razón, iban vestidos de templarios, pero eso no explica nada necesariamente. Así iban todos los cruzados, ¿no? Por lo que sabemos se limitaron a copiar la primera indumentaria de los caballeros cruzados con la que se toparon, y lo más probable es que fuese la de los templarios, que es la más conocida.

—Yo pensaba lo mismo. Al principio no me parecía que hubiese nada especial; los templarios son, con mucho, el grupo más famoso, o impopular, de caballeros asociados a las cruzadas. Pero la frase en latín que me acabas de decir... cambia las cosas.

Tess miró fijamente a Clive, desesperada por saber de qué hablaba. Permaneció callada. Se estaba volviendo loca.

—¿Por qué?

—*Veritas vos liberabit*, ¿recuerdas? Casualmente, es también el lema de un castillo del Languedoc, en el sur de Francia. —Hizo un alto—. Un castillo templario.

12

—¿Qué castillo? —Tess contuvo el aliento.

—El castillo de Blanchefort. El nombre está a la vista, esculpido en el dintel del portón de la entrada del castillo. «*Veritas vos liberabit.*» «La verdad os liberará.» —Daba la impresión de que esa frase había provocado una sucesión de recuerdos en Edmondson.

Tess frunció las cejas. Algo la inquietaba.

—Pero los templarios desaparecieron... —Hizo una mueca al caer en la cuenta de su desafortunada elección de palabras—. ¿No fueron disueltos en el siglo catorce?

—En 1314.

—Pues entonces no encaja, porque según el catálogo el codificador es del siglo dieciséis.

Clive reflexionó.

—Bueno, a lo mejor se han equivocado de fecha. El siglo catorce no es precisamente la época más memorable del Vaticano. Todo lo contrario: en el año 1305, el papa Clemente V, un títere del rey francés Felipe el Hermoso, tuvo que pasar por la humillación de ser obligado a abandonar el Vaticano y trasladar la Santa Sede a Aviñón, donde estuvo aún más controlado, sobre todo en el momento de ayudar al rey a acabar con los templarios. De hecho, el papado estuvo setenta años bajo absoluto control francés, período conocido como el Cautiverio de Babilonia. Duró hasta que el papa Gregorio XI tuvo el coraje de romper con aquello y volvió a Roma impulsado por la mística santa Catalina de Siena, pero eso es harina de otro costal. A lo que me refiero es a que si este codificador es del siglo catorce...

—Lo más probable es que ni siquiera se inventase en Roma —intervino Tess—. Especialmente si es de los templarios.

Edmondson sonrió.

—Exacto.

Tess vaciló.

—¿Crees que estoy detrás de algo, o que me agarro a un clavo ardiendo?

—No, no dudo de que aquí hay algo. Pero... los templarios no son tu especialidad que digamos, ¿verdad?

—Se escapan de mi campo por sólo un par de miles de años y algún que otro continente. —Tess hizo una mueca. Su especialidad era la historia asiria. Los templarios estaban fuera de su radar.

—Tendrías que hablar con un experto en el tema de los templarios. Los que conozco, y me consta que saben lo suficiente para serte útiles, son Marty Falkner, William Vance y Jeb Simmons. Falkner tendrá más de ochenta años, quizá demasiados para poder ayudarte. A Vance no lo he visto desde hace años, pero sé que Simmons está en activo...

—¿Bill Vance?

—Sí, ¿lo conoces?

William Vance había aparecido en una de las excavaciones en que ella había acompañado a su padre. Debía de hacer diez años, recordó. Su padre y ella trabajaban en el noreste de Turquía, lo más cerca del monte Ararat que les dejaron los militares. Recordó que su padre, Oliver Chaykin, había tratado a Vance como un igual, cosa rara en él. Lo visualizaba perfectamente. Un hombre alto y guapo, tal vez unos quince años mayor que ella.

Vance había sido encantador con ella, muy solícito, y le había dado muchos ánimos. Tess no pasaba entonces por un buen momento. Las condiciones del terreno eran nefastas y el embarazo molesto. Y pese a que apenas la conocía, al parecer Vance detectó su malestar y su incomodidad, y fue tan amable con ella que la hizo sentirse bien cuando se sentía fatal, y atractiva cuando sabía que estaba horrible. Y a Tess jamás le dio la impresión de que él quisiese algo más, nunca se le insinuó. Ahora le avergonzaba pensar que la había decepcionado un poco la actitud platónica de Vance, porque ella sí se había sentido atraída por él. Aunque justo antes de que él finalizase su breve estancia en el campamento, a Tess le había dado la impresión de que quizá, sólo quizá, Vance había empezado a sentir lo mismo por ella, y eso que, embarazada como estaba de siete meses, no se sentía muy sexy.

—Lo he visto una vez, me lo presentó mi padre. —Hizo una pausa—. Pero yo creía que su especialidad era la historia fenicia.

—Y así es, pero ya sabes lo que sucede con los templarios. Es como con la «pornografía arqueológica», prácticamente es un suicidio académico interesarse en ellos. Ha llegado un punto en que los interesados no quieren que se sepa que se toman el tema en serio. Hay demasiados chiflados obsesionados con toda clase de teorías de la conspiración alrededor de la historia de los templarios. Ya sabes lo que decía Umberto Eco, ¿no?

—No.

—«Un claro síntoma de un lunático es que más tarde o más temprano saca a colación los templarios.»

—Trataré de tomármelo como un cumplido.

—Mira, yo estoy de tu parte en todo esto. Es un tema que merece realmente la pena estudiar. —Edmondson se encogió de hombros—. Pero, tal como te he dicho, hace años que no sé nada de Vance. Lo último que supe de él es que estaba en la Universidad de Columbia, pero yo que tú probaría con Simmons, no tengo ningún problema en ponerte en contacto con él.

—Está bien, ¡fantástico! —Tess sonrió.

Una enfermera asomó la cabeza por la puerta.

—Haremos los análisis dentro de cinco minutos.

—¡Estupendo! —gruñó Clive.

—¿Me informarás de los resultados? —inquirió Tess.

—¡Por supuesto! Y cuando salga de aquí, ¿qué te parece si te invito a cenar y me explicas qué tal marcha el tema?

Tess recordó la última vez que había cenado con Edmondson. En Egipto, después de haber buceado juntos para explorar los restos de un barco fenicio frente a la costa de Alejandría. Él se había emborrachado bebiendo *arak*, se le había insinuado sin demasiada pasión (proposición que ella había rechazado educadamente) y se había quedado dormido en el restaurante.

—¡Perfecto! —repuso, pensando que tenía mucho tiempo por delante para que se le ocurriera alguna excusa para no ir, pero al instante se sintió culpable por haber pensado algo tan descortés.

13

Lucien Boussard paseaba lentamente de un lado a otro de su tienda.

Llegó hasta la ventana y clavó la vista en un falso reloj de Ormu-lu. Permaneció allí varios minutos, reflexionando. Parte de su cerebro percibió que el reloj necesitaba una limpieza, y lo llevó a la mesa para ponerlo encima del periódico.

El periódico donde aparecían las fotos del asalto al Met, que parecía que estuviesen mirando a Lucien.

Pasó un dedo por las fotos, alisando los pliegues del periódico.

«No pienso involucrarme en esto», pensó.

Pero no podía quedarse con los brazos cruzados. Gus lo mataría sin pensárselo dos veces tanto si no hacía nada como si daba un paso en falso.

Sólo había una escapatoria, que se le había ocurrido durante la amenazadora visita de Gus a su galería. Decirle a aquel gigantón que no, especialmente sabiendo lo que había hecho en el museo, era peligroso. Claro que él conocía el número de Gus con la espada a la entrada del Met, y eso sí que podía jugar en su favor. Era imposible que el grandullón saliese algún día de la cárcel para vengarse. Si la ley no cambiaba y lo condenaban a la inyección letal, ya podía Gus despedirse de que le concedieran la libertad condicional. Seguro que no.

Además de éste, Lucien tenía otros problemas personales. Tenía a un poli que le pisaba los talones. Un cabrón implacable que llevaba años detrás de él y que no mostraba signos de dejarle en paz o de darle al menos un respiro. Y todo por una maldita figura de un dogón de Malí que resultó ser menos antigua de lo que él había asegurado y que, en consecuencia, valía sólo una parte del precio por el que lo había vendido. Por fortuna para Lucien, su septuagenario comprador murió de un ataque al corazón antes de que los abogados tuviesen claro cómo proceder. Se había librado por los pelos, pero el detective Steve Buchinski no se olvidó de él. Era como su cruzada personal. Lucien había intentado sobornar al policía unas cuantas veces, pero no había sido suficiente. Nada sería suficiente.

No obstante, esto era distinto. «Si le entrego a Gus Waldron, tal vez, sólo tal vez, me vea libre de esa sanguijuela.»

Consultó su reloj. La una y media.

Lucien abrió un cajón y rebuscó en un tarjetero hasta que dio con la tarjeta que quería; entonces descolgó el teléfono y marcó.

14

Apostado frente a la maciza puerta de un quinto piso de Central Park Oeste, el jefe de la unidad táctica del FBI levantó una mano y lanzó una mirada a su equipo. Su número dos le hizo una señal alargando un brazo y esperó. Al otro lado del pasillo, otro agente se acomodó contra el hombro la culata de una escopeta con cargador de siete balas. El cuarto miembro del equipo le quitó la anilla de seguridad a una granada de aturdimiento, y los otros dos hombres que completaban la unidad aprestaron sus fusiles de asalto Heckler & Koch MP5.

—¡Adelante!

El agente que estaba más cerca de la puerta, la golpeó con fuerza y gritó:

—¡FBI! ¡Abran!

La reacción fue casi inmediata. Varios disparos atravesaron la puerta, enviando al pasillo astillas de madera.

El de la escopeta devolvió tan cordial recibimiento y disparó con su arma hasta hacer en la puerta varios agujeros del tamaño de una cabeza. Incluso con los tapones que llevaba en los oídos, Amelia Gaines sintió el estridente impacto en el angosto espacio.

Del interior salieron más disparos, que astillaron las jambas y perforaron el yeso de la pared del pasillo. El cuarto hombre avanzó y lanzó la granada por uno de los agujeros de la puerta. A continuación la escopeta arrancó lo que quedaba de la puerta y segundos después entraron los dos hombres con los fusiles de asalto.

Se produjo una pausa momentánea. El silencio reverberaba. Un disparo. Otra pausa. Una voz chilló: «¡Despejado!» Se oyó «¡despejado!» unas cuantas veces más. Entonces uno de los agentes dijo con indiferencia:

—Muy bien, ¡se acabó la fiesta!

Amelia entró en el apartamento después que los demás. La palabra lujoso no bastaba para describir aquello. El piso rezumaba opulencia por los cuatro costados. Pero en cuanto Amelia y el jefe de la unidad revisaron el lugar, enseguida tuvieron claro que esa riqueza procedía de las drogas.

Sus ocupantes, cuatro hombres, fueron rápidamente identificados como traficantes de droga colombianos. Uno de ellos estaba herido de gravedad en el pecho. En otra parte de la vivienda encontraron un importante alijo de droga, dinero en efectivo y suficientes pistas para tener feliz a la DEA durante meses.

El chivatazo, una llamada de teléfono anónima, los había alertado de que allí había dinero a raudales, armas y varios hombres que hablaban en una lengua extranjera; y todo era cierto, pero aquello no tenía relación alguna con el asalto al museo.

Otra decepción.

Y no sería la última.

Desanimada, Amelia echó un vistazo al apartamento mientras los colombianos eran esposados y sacados de allí. Comparó el piso con el suyo. Su casa era bastante bonita. Desde luego, era elegante, con buen gusto. Pero esto era simplemente asombroso. Lo tenía todo, incluso una magnífica vista al parque. Al mirar a su alrededor decidió que aquella opulencia desmedida no era su estilo y que no la envidiaba en absoluto. Excepto quizá por las vistas que tenía.

Se quedó unos instantes frente a la ventana, observando el parque. Distinguió a dos personas que recorrían un sendero a caballo. Incluso a esa distancia, pudo ver que los jinetes eran mujeres. Una de ellas tenía problemas; al parecer, su caballo se había encabritado, o tal vez lo hubiesen asustado los dos jóvenes que habían pasado con patines por su lado.

Amelia echó otro vistazo al piso, dejó que el jefe de la unidad táctica acabase la operación, y se dirigió a la oficina para darle a Reilly el decepcionante parte.

Reilly había estado atareado programando una serie de visitas a las mezquitas y otros puntos de reunión de los musulmanes de la ciudad. Tras una breve conversación preliminar con Jansson acerca de la política adecuada en esta fase de la investigación, había tomado la decisión de que las visitas fueran exactamente eso, simples visitas realizadas por no más de dos agentes o policías, uno de los cuales fuese, en la medida de lo posible, musulmán. No tenía que haber el más mínimo indicio de que hacían una redada. Buscaban cooperación, y casi siempre la obtenían.

Los ordenadores de la oficina del FBI en Federal Plaza no paraban de arrojar datos que había que sumar a la creciente oleada de información procedente de la Oficina Central de la Policía de Nueva York, de Inmigración y de Seguridad Nacional. Bases de datos que se habían multiplicado después de que Oklahoma City se inundase de nombres de radicales y extremistas locales; las que se crearon tras el 11-S estaban repletas de nombres de musulmanes de diferentes nacionalidades. Reilly sabía que la mayoría de ellos figuraba en esas listas no porque las autoridades los encontraran sospechosos de actos o tendencias terroristas o criminales, sino simplemente por su religión. Era algo que le inquietaba, además de que generaba un montón de trabajo innecesario, porque había que separar a los pocos que posiblemente fueran fundamentalistas radicales de los muchos que no eran culpables de nada salvo de sus creencias.

Seguía teniendo la sensación de que la línea que debía seguir era la de los terroristas locales, pero se le escapaba algo. La inquina específica, la conexión existente entre un grupo de fanáticos fuertemente armados y la Iglesia católica romana. A ese respecto, había un equipo de agentes dedicados a examinar manifiestos y bases de datos en busca del escurridizo nexo común.

Observó la diáfana sala, el ordenado caos de agentes que trabajaban al teléfono y frente a sus ordenadores, antes de dirigirse a su mesa. Al llegar vio que Amelia Gaines se aproximaba hacia él desde el otro lado de la sala.

—¿Tienes un minuto?

Para Amelia Gaines todo el mundo tenía siempre un minuto.

—¿Qué pasa?

—¿Te has enterado de lo del apartamento que hemos encontrado esta mañana?

—Sí, lo he oído —contestó un desalentado Reilly—. Al menos servirá para tener a la DEA contenta durante meses, que no está mal.

Amelia ignoró el comentario.

—Verás, cuando estaba allí me he puesto a mirar por la ventana, que tiene vistas al parque, y había dos personas a caballo. Una de ellas tenía ciertos problemas con su caballo y eso me ha hecho pensar.

Reilly le acercó una silla y Amelia se sentó. Era una bocanada de aire fresco en el Bureau, dominado por hombres, donde últimamente el porcentaje de fichajes femeninos había ascendido sólo a un extraordinario diez por ciento. Los de selección de personal del Bureau no ocultaban su deseo de que hubiese más candidatas femeninas, pero eran pocas las que solicitaban un empleo. De hecho, no había más que una agente que hubiese llegado al rango de agente especial local, proceso durante el cual se ganó el burlón apodo de Abeja Reina.

En los últimos meses Reilly había trabajado mucho con Amelia. Era una compañera muy útil cuando había que tratar con sospechosos de Oriente Próximo. Le encantaban sus rizos pelirrojos y las pecas de su piel, y una sonrisa en el momento oportuno o un escote estratégico a menudo daban mejor resultado que semanas de seguimiento. Aunque en el Bureau nadie se tomaba la molestia de ocultar su atracción por ella, Amelia no había sufrido ningún tipo de acoso sexual; costaba imaginársela siendo agredida por alguien. Era hija de un militar y había crecido con cuatro hermanos, fue cinturón negro de kárate a los dieciséis años y era una experta tiradora. Se defendía bastante bien en cualquier situación.

Hacía menos de un año habían ido a tomar algo a una cafetería y Reilly estuvo a punto de invitarla a cenar, pero prefirió no hacerlo, consciente (en su fantasiosa mente) de que era bastante probable que tras la cena ocurriese algo más. Las relaciones con los compañeros de trabajo nunca eran fáciles; él sabía que dentro del Bureau no tenían futuro alguno.

—Adelante, sigue —le dijo a Amelia.

—He pensado en los jinetes del museo. En las cintas de vídeo se ve claramente que esos tipos no se limitaban a montar a caballo, sino que los controlaban hábilmente. Al subir la escalinata, por ejemplo. Puede que para los dobles de las películas de Hollywood no sea difícil, pero en la vida real la cosa no es tan fácil.

Hablaba con mucha seguridad, pero parecía algo incómoda con este tema.

Amelia reparó en la mirada de Reilly y esbozó una sonrisa.

—Es que monto a caballo —declaró.

Reilly supo al instante que aquello los conduciría a alguna parte. Aunque desde el principio, nada más caer en la cuenta de que la policía del distrito de Central Park usaba caballos, había pensado en una posible conexión con el caso Met, no había desarrollado la idea. De haberlo hecho, habrían ganado tiempo.

—¿Quieres ponerte a buscar dobles que tengan antecedentes penales?

—Habría que empezar por ahí, pero no me refiero sólo a los jinetes, sino a los caballos. —Amelia se acercó un poco a Reilly—. Por lo que sabemos y hemos visto en los vídeos, la gente gritó y chilló, y hubo disparos; y, sin embargo, los caballos no se asustaron.

Amelia hizo una pausa y miró en dirección a Aparo, que acababa de coger una llamada; era como si le costase formular la siguiente idea.

Reilly sabía adónde quería llegar y terminó la desagradable reflexión por ella.

—Caballos de la policía.

—Exacto.

¡Maldita sea! A Reilly esto le gustaba tan poco como a ella. Si se trataba de caballos de la poli, podía haber polis implicados; y a nadie le gustaba considerar la posibilidad de que otros miembros de las fuerzas del orden estuviesen involucrados.

—Todo tuyo —concedió Reilly—, pero ten cuidado.

Amelia no tuvo tiempo para responder. Aparo venía corriendo hacia el despacho de Reilly.

—Era Steve. Tenemos algo. Y, por lo visto, es un bombazo.

15

Al girar por la calle Veintidós, Gus Waldron empezó a ponerse nervioso. Sí, cierto, estaba nervioso desde el domingo por la noche, pero esto era diferente. Reconocía los síntomas. Hacía muchas cosas por instinto. Apostar en las carreras de caballos era una de ellas. ¿El resultado? Pésimo. Pero había otras cosas que también hacía instintivamente y que a veces salían de maravilla, de modo que siempre estaba atento.

Ahora comprendió que había motivos para estar nervioso. Un coche anodino. Demasiado corriente. En su interior, dos hombres que fingían no mirar nada en particular. «Polis. ¿Qué otra cosa podían ser?», pensó.

Contó los pasos y se detuvo a mirar un escaparate. En su cristal vio el reflejo de otro coche, que se asomaba por la esquina. Era tan corriente como el anterior, y al lanzar una mirada por encima del hombro vio que en él también había dos hombres.

Estaba acorralado.

Gus pensó de inmediato en Lucien. Fantaseó con las mil crueles maneras en que podía poner fin a la estúpida vida del miserable francés.

Llegó a la galería de arte, abrió rápidamente la puerta, entró como un huracán y en dos zancadas se plantó frente a un sorprendido Lucien, que se levantaba en ese momento de su silla. Gus apartó la mesa de una patada, enviando al suelo el horrible y enorme reloj Ormulu, así como una lata de líquido limpiador, y le dio una bofetada a Lucien en la oreja.

—Te has chivado a la poli, ¿verdad?

—No, *Gueusse...*

Cuando Gus alzó la mano para volver a pegarle, vio que Lucien inclinaba la cabeza y miraba con ansia en dirección a la parte trasera de la galería. «De modo que ahí también había polis.» Entonces Gus percibió un olor, de gasolina quizá. El líquido de la lata que había tirado de la mesa se estaba esparciendo por el suelo.

Cogió la lata, levantó a Lucien y lo lanzó hacia la puerta, donde le propinó una patada en un muslo, que envió de nuevo al suelo al chivato delgaducho. Le pisó el tronco con una bota, impidiéndole levantarse, y vertió el contenido de la lata sobre su cabeza.

—Así aprenderás a no jugar conmigo, enano de mierda —gruñó mientras lo rociaba.

—¡Por favor! —farfulló el francés, cegado por la gasolina; entonces, con un movimiento tan rápido que le impidió oponer resistencia, Gus abrió la puerta de golpe, levantó a Lucien por el cogote, sacó un encendor, prendió fuego a la gasolina y echó a la calle a patadas al propietario de la galería de arte.

La cabeza y los hombros de Lucien ardían con llamas azules y amarillas mientras se tambaleaba por la acera, sus gritos se mezclaban con los de los sorprendidos transeúntes y un repentino estruendo de bocinas de coches. Al salir de la tienda, Gus miró a izquierda y derecha, clavando los ojos como un halcón en los cuatro policías divididos en dos grupos, uno en cada extremo de la manzana, y que ahora, pistola en mano, se disponían a bajar de los coches, mucho más preocupados por el hombre que ardía por él.

Era exactamente lo que necesitaba.

Reilly supo que los habían descubierto en cuanto vio que el hombre se dirigía con rapidez hacia la galería de arte. «Nos ha visto. Tenemos una oportunidad, repito, ¡tenemos una oportunidad!», dijo al micrófono que llevaba escondido en la manga, luego cargó su pistola Browning Hi-Power y se dispuso a bajar del coche mientras Aparo hacía lo propio por la puerta del asiento contiguo.

Aún no había abierto la puerta del vehículo cuando vio que un hombre salía de la galería de arte haciendo eses. Reilly no daba crédito. El hombre tenía la cabeza en llamas.

Mientras Lucien se tambaleaba por la acera, con el pelo y la camisa en llamas, Gus apareció también, pero se pegó lo suficiente a él para que la policía no se atreviese a disparar.

O eso esperaba.

Con el objetivo de ahuyentar a los agentes, disparó en ambas direcciones. La Beretta no servía una mierda para este tipo de acción, pero obligó a los cuatro policías a ponerse a cubierto.

Los parabrisas se hicieron añicos y los gritos de pánico reverberaron en la calle mientras las aceras se quedaban desiertas.

Reilly vio que Gus apuntaba con el arma y pudo esconderse detrás de la puerta del coche. Los disparos resonaron en la calle, dos balas zumbaron en dirección a una pared de ladrillo que había detrás de él, y una tercera dio contra el faro izquierdo de su Chrysler y produjo una explosión de cromo y cristal. Reilly echó una mirada a su derecha y se fijó en que había cuatro personas agazapadas detrás de un Mercedes estacionado, visiblemente atemorizadas. Intuyó que pretendían intentar huir, pero no era una buena idea. Estarían más seguras detrás del coche. Una de ellas miró hacia donde estaba él. Reilly hizo un gesto de arriba abajo con la mano y gritó: «¡Agáchense! ¡No se muevan!» El hombre, nervioso, asintió, obedeció asustado y se acurrucó de nuevo, desapareciendo de su vista.

Reilly se volvió, se asomó por la puerta del coche e intentó apretar el gatillo, pero el hombre al que conocía como Gus se había colocado justo detrás del propietario de la tienda. Estaba demasiado pegado a él. Reilly no tenía buena visibilidad. Y lo que era aún peor, no podía hacer nada por el dueño de la galería de arte, que ahora se había caído de rodillas y cuyos gritos de agonía reverberaban en la calle ahora vacía.

Justo entonces, Gus se apartó del hombre en llamas y disparó unas cuantas veces en dirección de los otros agentes. Reilly vio su oportunidad y tuvo la sensación de que el tiempo se congelaba. Contuvo el aliento, se asomó por detrás de la puerta del coche, empuñó la Hi-Power con las dos manos y los brazos estirados, y en décimas de segundo alineó la mira de la pistola y apretó el gatillo con un movimiento uniforme, firme y seco. La bala salió con fragor del cañón de la Browning y de la pierna de Gus brotó un chorro rojo.

Reilly se puso de pie con la intención de correr hacia el hombre en llamas, pero Gus interrumpió sus heroicos planes al ver aparecer una furgoneta de reparto, que avanzaba lentamente por la calle.

Lucien giraba a un lado y otro, sacudiendo los brazos, desesperado por apagar las llamas. Gus sabía que tenía que huir cuando algo le hirió el muslo izquierdo haciendo que se tambaleara. Tocó la zona herida y la sangre le goteó de la mano.

«Hijos de puta.» Los policías habían tenido suerte.

Entonces vio la furgoneta y, disparando una ráfaga de tiros a los dos grupos de policías, aprovechó el paso del vehículo para cubrirse y entonces actuó. Dobló la esquina cojeando; ahora le tocaba a él tener suerte. Había un taxi detenido, del que bajó un pasajero, un hombre de negocios japonés con traje claro. Gus empujó al hombre, abrió la puerta, se metió en el coche y sacó al conductor. Se puso al volante, puso en marcha el motor y en ese momento notó que algo le golpeaba un lado de la cabeza. Era el taxista, que, empeñado en recuperar su vehículo, gritaba algo en una lengua ininteligible. «¡Maldito cabrón!» Gus asomó el cañón de la Beretta por la ventanilla, apretó el gatillo y le disparó a la cara del hombre enfurecido. Luego desapareció por la calle a toda velocidad.

16

Pisando a fondo el acelerador del Chrysler, Reilly lo subió a la acera y, al adelantar a la furgoneta de reparto, vislumbró a un grupo de gente inclinada sobre el taxista muerto.

Aparo hablaba por la radio con Buchinski, que se disponía a pedir refuerzos y organizar controles policiales. ¡Lástima que se les hubiese escapado! Deberían haber cerrado previamente toda la calle, pero entonces, tal como había apuntado Buchinski, si ésta hubiese estado anormalmente tranquila, a lo mejor habrían ahuyentado al grandullón antes incluso de que llegase a la galería de arte. Pensó en el individuo en llamas que había visto salir de la tienda tambaleándose, y en el taxista, que había caído hacia atrás por un balazo en la cabeza. «Más nos hubiese valido ahuyentar al sospechoso.»

Miró por el retrovisor del Chrysler, preguntándose si Buchinski los seguiría.

No, estaban solos.

—¡Cuidado con los coches!

Concentrándose de nuevo gracias a la advertencia de Aparo, Reilly sorteó a varios coches y camiones adelantándolos a gran velocidad por la izquierda o la derecha. La mayoría de los conductores hacían sonar el claxon con fuerza al ver que un taxi los adelantaba a toda velocidad. Ahora el taxi torció por una callejuela. Reilly lo siguió, intentando orientarse entre la sucia nube de restos de inmundicia que levantaba el taxi a su paso y que dejaba tras de sí.

—¿Dónde narices estamos? —gritó.

—Vamos en dirección al río.

«¡Pues sí que estamos bien!», pensó.

El taxi salió de la callejuela a toda velocidad y torció a la derecha con un chirrido de ruedas. Segundos después, Reilly hizo lo propio.

Los coches zumbaban en todas direcciones; del taxi no había ni rastro.

Se había esfumado.

Reilly miraba rápidamente a derecha y a izquierda mientras intentaba sortear el tráfico.

—¡Ahí está! —exclamó Aparo, señalando.

Reilly echó un vistazo en la dirección señalada, frenó y giró a la izquierda derrapando y metiéndose por otra callejuela; ahí estaba el taxi. Pisó el acelerador a fondo mientras traqueteaban por la angosta calle, rozando contenedores de basura. El roce de metal contra metal producía chispas.

Esta vez desembocaron en una calle llena de coches estacionados; Reilly oyó chirridos metálicos: el taxi había arrancado los guardabarros y tapacubos de otros vehículos, y el choque le había hecho aminorar la marcha.

En el siguiente giro a la derecha Reilly se fijó en los letreros que anunciaban el Lincoln Tunnel. Cuando se acercaban al túnel, se pegó al taxi. Miró de reojo y vio que Aparo tenía la pistola en el regazo.

—No te la juegues —advirtió Reilly—. Con suerte podrás darle.

Provocar la colisión del taxi en esa calle y a esa velocidad podía ser desastroso.

Entonces el taxi torció de nuevo y ahuyentó a los peatones que cruzaban por un paso de cebra.

Reilly observó un objeto que se asomaba por la ventanilla del conductor del taxi. No podía ser una pistola. Hay que ser estúpido para conducir y disparar a la vez. O ser estúpido o estar loco.

Sin embargo, de la pistola vieron salir humo y un fogonazo.

—¡Agárrate! —gritó Reilly.

Dio un volantazo que hizo que el Chrysler derrapara, localizó una explanada donde un edificio había sido demolido y se metió en ella, arrancando la valla metálica y levantando una nube de polvo.

Segundos más tarde, el Chrysler salía de la explanada a toda velocidad y seguía de nuevo al taxi. Reilly vio que el brazo y la pistola del conductor ya no se asomaban por la ventanilla del coche.

Aparo gritó:

—¡Cuidado!

Una mujer que paseaba un terrier negro tropezó y chocó con un repartidor que empujaba una carretilla cargada de cajas de cerveza, que a su vez se interpuso en el camino del Chrysler. Reilly dio otro volantazo y pudo esquivar a los peatones por los pelos, pero no las cajas de cerveza, que cayeron sobre el capó del coche y se estrellaron contra el parabrisas, que no se rompió pero sí se cuarteó.

—¡No veo nada! —gritó Reilly. Con la culata de su pistola, Aparo golpeó el cristal, que a la tercera se partió, salió volando sobre el coche y fue a parar al techo de otro vehículo estacionado.

Entrecerrando los ojos por los embates del viento, Reilly vio que la calle se estrechaba abruptamente y una señal prohibía su paso. ¿Se la jugaría el conductor del taxi? Si se encontraba con otro coche, no podría esquivarlo. Reilly localizó una salida a la derecha, a unos cincuenta metros de distancia de la señal de prohibido el paso, y supuso que el taxi torcería por allí. Trató de acelerar aún más con la intención de forzarle a girar. El Chrysler se pegó al taxi.

Casi lo consiguió. El taxi torció por la callejuela derrapando hacia la izquierda y chocó contra la esquina de un edificio, provocando que saltaran chispas de las neumáticos.

Cuando Reilly siguió al vehículo por la callejuela, Aparo musitó: «¡Oh, mierda!»; ambos vieron que había un niño en monopatín por la calle perpendicular a la que atravesaban ahora. El chico llevaba los cascos puestos, completamente ajeno a la tragedia que se avecinaba.

De manera instintiva, Reilly aminoró la marcha, pero en ningún momento se encendieron las luces de frenada del taxi, que iba directo hacia el niño.

«Le va a dar. Se lo va a cargar», pensó.

Reilly tocó el claxon con la intención de interrumpir el concierto privado del muchacho. El taxi se acercó al niño. Entonces éste, ajeno a lo que sucedía, miró a su izquierda y vio el vehículo a escasos metros de distancia, lo que le dio el tiempo justo para apartarse antes de que pasara zumbando, llevándose por delante el monopatín.

Cuando dejaron atrás al aturdido joven, Reilly se dio cuenta de que la calle en la que estaban era bastante tranquila. No circulaba ningún vehículo. Tampoco había peatones. Si quería hacer algo, ahora era el momento. «Antes de que esto se ponga realmente feo.»

Pisó otra vez el acelerador a fondo y se aproximó al taxi. Se fijó en que salía humo de la rueda izquierda trasera y se imaginó que al chocar de lado contra el edificio, la cubierta de la rueda se había dañado.

Al ver lo cerca que estaban del taxi, Aparo preguntó:

—¿Qué haces?

El Chrysler embistió contra la parte posterior del taxi, impacto que Reilly percibió en nuca y hombros.

¡Pum! Una vez.

Dos.

Desaceleró, pisó de nuevo el pedal y lo embistió por tercera vez.

En esta ocasión, el taxi hizo un trompo antes de caer de costado sobre la acera y estrellarse contra un escaparate. Mientras pisaba el freno y el Chrysler chirriaba hasta detenerse, Reilly miró en dirección al taxi, aún de costado, cuyo maletero se asomaba por lo que ahora vio que era una tienda de instrumentos musicales.

Cuando el Chrysler se detuvo, Reilly y Aparo se apresuraron a bajar del coche. Aparo ya empuñaba la pistola y Reilly se disponía a sacar la suya, pero en seguida se dio cuenta de que no hacía falta.

El conductor del taxi había salido volando a través del parabrisas y yacía boca abajo rodeado de cristales rotos e instrumentos de música doblados y torcidos. Varias partituras descendieron por el aire y aterrizaron sobre su cuerpo inerte.

Con cautela, Reilly metió la puntera del zapato por debajo del cuerpo del conductor y lo giró boca arriba. Estaba inconsciente, pero respiraba y tenía la cara llena de surcos sangrientos. Con el movimiento, los brazos del hombre quedaron paralelos al cuerpo y la pistola se le soltó de la mano. Reilly la apartó con el pie y entonces descubrió algo más.

Por debajo del abrigo del hombre se asomaba un crucifijo de oro y de piedras preciosas.

17

Cuando Tess llegó a su despacho del Instituto Arqueológico Manoukian de la calle Lexington con la Setenta y nueve, sólo se encontró unos cuantos mensajes. Seguramente la mitad serían de su ex marido, Doug; y seguramente también, la otra mitad serían de Leo Guiragossian, el director del instituto. Guiragossian nunca había ocultado el hecho de que toleraba a Tess únicamente porque tener en el instituto a la hija de Oliver Chaykin era muy útil para recaudar fondos. Ella detestaba a ese calvo asqueroso, pero necesitaba el empleo, y con los rumores que corrían acerca de una posible reducción de plantilla debido a los actuales recortes presupuestarios, ahora no era el momento de tratar a su jefe como le gustaría hacerlo.

Tiró todos los mensajes a la papelera, ignorando el gesto de desesperación de Lizzie Harding, la discreta y maternal secretaria que Tess compartía con otros tres científicos. Tanto Leo como Doug querían lo mismo de ella: los escabrosos detalles de los sucesos del sábado por la noche. Aunque, en cierto modo, las razones de su jefe, aparte de la curiosidad morbosa, resultaban algo menos fastidiosas que las puramente egoístas de Doug.

Tess tenía el ordenador y el teléfono dispuestos de manera que, girando un poco la cabeza, podía contemplar el jardín empedrado que había detrás del edificio de color rojizo. La casa había sido maravillosamente reconstruida, años antes de que ella naciera, por el fundador del instituto, un magnate naviero armenio. Un imponente sauce llorón presidía el jardín, su elegante follaje caía en cascada dando cobijo a un banco, así como a un gran número de palomas y gorriones.

Tess se concentró en el trabajo y rescató el número de teléfono de Jeb Simmons que Clive Edmondson le había proporcionado. Lo marcó y le salió el contestador automático. Colgó y probó el otro número que le había dado Clive. La secretaria que Simmons tenía en el Departamento de Historia de la Universidad Brown le informó de que su jefe se había ido por tres meses a una excavación en el desierto del Neguev, pero que si era importante podía localizarlo. Tess dijo que volvería a llamar y colgó.

Recordando su conversación con Edmondson, decidió probar otro plan de acción. Consultó las Páginas Amarillas *on line*, hizo clic sobre el icono de conexión telefónica y estableció comunicación con la recepción de la Universidad de Columbia.

—Con el profesor William Vance —le pidió a la voz chillona que contestó.

—Un momento, por favor —repuso la mujer. Después de una breve pausa, le dijo—: Lo siento, aquí no consta nadie con ese nombre.

Se lo había imaginado.

—¿Podría pasarme con el Departamento de Historia? —Tras un par de clics y tonos, se puso al teléfono otra mujer. Al parecer, ésta sí conocía a William Vance.

—Sí, me acuerdo de Bill Vance. Nos dejó, mmm..., hará unos cinco o seis años.

Tess se impacientó.

—¿Sabe dónde podría encontrarlo?

—La verdad es que no, creo que se ha jubilado. Lo siento.

Pero Tess no había perdido la esperanza.

—¿Le importaría hacerme un favor? —insistió—. Necesito hablar con él. Soy del Instituto Manoukian y nos conocimos hace años, en una excavación. Tal vez podría preguntar por ahí y averiguar si alguno de sus colegas del departamento sabe dónde se le puede encontrar.

La mujer se mostró encantada de ayudarle. Tess le dio su nombre y números de teléfono de contacto, le dio las gracias y colgó. Reflexionó unos instantes y volvió a navegar por Internet para hacer una búsqueda de William Vance en las Páginas Blancas. Empezó por la zona de Nueva York, pero no obtuvo resultados. Una de las desventajas de la proliferación de los teléfonos móviles era que la mayoría de ellos no estaban listados. Probó Connecticut. Sin resultados. Amplió la búsqueda a todo el país, pero las posibilidades eran infinitas. A continuación escribió el nombre en su motor de búsqueda y aparecieron cientos de resultados, pero al echarles un vistazo no encontró nada que le diera una pista sobre dónde encontrar a Vance.

Permaneció sentada, pensando unos segundos. En el jardín, las palomas habían alzado el vuelo y los gorriones habían duplicado su presencia y se peleaban entre sí. Giró la silla y dejó que su mirada recorriera los estantes de libros. Se le ocurrió una idea y volvió a llamar a la Universidad de Columbia, esta vez para pedir que le pasaran con la biblioteca. Después de darle su nombre al bibliotecario que se puso al teléfono, le dijo que buscaba cualquier trabajo de investigación o publicación que tuvieran de Vance. Deletreó el apellido y recalcó que estaba especialmente interesada en cualquier cosa que hablase de las cruzadas, aunque sabía que lo más probable era que Vance no hubiese escrito nada concreto sobre los templarios.

—A ver, espere un momento —le dijo el hombre. Al cabo de un rato estaba de nuevo al teléfono—: He ido a buscar todo lo que tenemos de William Vance. —Leyó en voz alta los títulos de los trabajos y artículos que éste había escrito y que, aparentemente, encajaban con la petición de Tess.

—¿Podría enviarme una copia de todos?

—Desde luego, pero tendré que cobrarle.

Tess le proporcionó la dirección del despacho y se aseguró de que se lo facturara a ella misma y no al instituto; no era el mejor momento para hacer enfadar a los encargados del presupuesto. Colgó y sintió una curiosa excitación. Aquello le traía recuerdos del trabajo sobre el terreno y de la emoción que siempre sentía, sobre todo al comienzo de una excavación, cuando todo era posible.

Pero esto no era una excavación.

«¿Se puede saber qué haces jugando a los detectives? Llama al FBI, diles lo que piensas y deja que sigan ellos.» Tess se preguntó si, de alguna manera, obstaculizaba la investigación del FBI al no informar de lo que estaba haciendo. Pero desechó la idea. Lo más seguro es que se rieran de ella y la enviasen a casa. Además, los detectives y los arqueólogos tampoco eran tan diferentes, ¿no? Ambos se dedicaban a descubrir el pasado; aunque había que reconocer que los arqueólogos no solían buscar cosas relacionadas con sucesos de hacía un par de días.

Daba igual.

No podía contenerse, todo aquello la intrigaba demasiado; al fin y al cabo, ya había empezado a investigar. Y había establecido la conexión. Y, sobre todo, su vida necesitaba un poco de emoción. Volvió a conectarse a Internet y empezó a documentarse sobre los Caballeros Templarios. Levantó la mirada y vio que Lizzie, la secretaria, la observaba con interés. Tess le sonrió. Lizzie le caía bien y en algunas ocasiones le contaba cosas de su vida privada. Pero de esto ya había hablado con Edmondson y no tenía intención de hablarlo con nadie más.

Con nadie más.

18

Ni Reilly ni Aparo tenían lesiones, tan sólo unas cuantas magulladuras producidas por el cinturón de seguridad y un par de heridas leves a causa de los cristales del parabrisas. Habían seguido a la ambulancia encargada de trasladar a Gus Waldron por la avenida Franklin Delano Roosevelt hasta el Hospital Presbiteriano de Nueva York. Nada más meter a Waldron en el quirófano, una malhumorada enfermera negra los persuadió de que se dejaran examinar. Finalmente accedieron, la mujer les limpió y vendó los cortes con más brusquedad de la que hubieran deseado, y los dejó marchar.

Según los médicos de urgencias, su hombre no estaba en condiciones de hablar al menos hasta dentro de un par de días, quizá más. Estaba gravemente herido. Lo único que podían hacer era esperar a que se encontrase mejor para poderlo interrogar, y rezar para que los agentes y detectives que investigaban la vida del ladrón averiguasen dónde se había alojado desde el día del asalto.

Aparo le dijo a Reilly que daba la jornada por finalizada y se fue a casa con su mujer, quien a sus cuarenta y cinco años había logrado quedarse embarazada de su tercer hijo. Reilly decidió quedarse por ahí y esperar hasta que el ladrón saliese del quirófano antes de irse a casa. Pese a que estaba física y mentalmente agotado tras los sucesos del día, nunca tenía excesiva prisa por regresar a la soledad de su apartamento. Era lo que les pasaba a quienes vivían solos en una ciudad rebosante de vida.

Se fue en busca de un café caliente y montó en un ascensor, donde se topó con una cara conocida que tenía los ojos clavados en él. Esos ojos verdes eran inconfundibles. La mujer le dedicó un breve y cordial saludo con la cabeza antes de volverse. Parecía preocupada por algo, y Reilly desvió la vista y la clavó en las puertas del ascensor, que estaban cerrándose.

Le sorprendió sentirse desconcertado por la cercana presencia de esa mujer en un espacio tan reducido. Mientras el ascensor bajaba,

Reilly miró en su dirección y ella volvió a saludarlo. Él trató de esbozar una sonrisa, una media sonrisa, y le asombró que ella lo reconociera.

—Estuviste allí, ¿verdad? En el museo, la noche del... —se atrevió a decir la mujer.

—Sí, supongo que sí, pero llegué más tarde. —Reilly hizo una pausa y pensó que estaba siendo demasiado esquivo—. Soy del FBI. —Le horrorizaba lo mal que debía de haber sonado aquello, pero no había otra forma más sencilla de decirlo.

—¡Oh!

Hubo un incómodo silencio antes de que los dos hablaran al unísono; el «¿Qué tal va la...?» de ella se mezcló con el «¿Has venido a...?» de él. Ambos sonrieron, dejando sus frases a medias.

—Perdón —se disculpó Reilly—. ¿Qué decías?

—Únicamente iba a preguntarte qué tal va la investigación, pero supongo que no puedes hablar del asunto.

—Pues la verdad es que no. —Aquello sí que había sonado pretencioso, pensó Reilly, que enseguida añadió—: Aunque, de todas formas, tampoco hay mucho que contar. ¿Y a ti qué te trae por aquí?

—He venido a ver a un amigo al que hirieron la otra noche.

—¿Está bien?

—Sí, se pondrá bien.

El ascensor emitió una señal de aviso, habían llegado a la planta baja. Reilly vio que la mujer se alejaba cuando de pronto se volvió; le dio la impresión de que quería hablarle de algo.

—He intentado ponerme en contacto con vuestra oficina. La agente Gaines me dio su tarjeta aquella noche.

—¿Amelia? Sí, trabajamos juntos. Yo soy Reilly. Sean Reilly. —Le dio la mano.

Tess le ofreció la suya y se presentó.

—¿Puedo ayudarte en algo? —inquirió él.

—Bueno, es que... la agente Gaines me dijo que llamase si se me ocurría algo, y, en fin, he estado pensando en una cosa. En realidad, me ha estado ayudando mi amigo, el que está aquí ingresado. Pero estoy segura de que ya lo habréis investigado.

—No necesariamente. Además, siempre estamos abiertos a nuevas pistas. ¿De qué se trata?

—De los templarios.

Reilly no tenía ni idea de lo que estaba hablando.

—¿Qué templarios?

—Ya sabes, de cómo iban vestidos aquellos hombres, del codificador que se llevaron y de la frase en latín que pronunció el jinete cuando cogió la máquina.

Reilly la miró perplejo.

—¿Tienes tiempo para un café?

19

La cafetería de la planta baja del hospital estaba casi vacía. Después de llevar los cafés a la mesa, a Tess le sorprendió que lo primero que hiciera Reilly fuese preguntarle si la niña que estaba con ella en el museo era su hija.

—Sí, es mi hija —contestó con una sonrisa—. Se llama Kim.

—Se parece a ti.

Tess se sintió desilusionada. Aunque en el Met lo había visto sólo de refilón y hacía apenas unos minutos que se conocían, había algo en él que la hacía sentir a gusto. «¡Dios! Creo que tendré que reajustar mis sensores masculinos.» Decepcionada, se preparó para el típico cumplido de los ligones: «Jamás hubiera dicho que eras madre»; «Pensé que erais hermanas», o algo por el estilo. Pero se sorprendió de nuevo cuando él preguntó:

—¿Dónde estaba cuando sucedió todo?

—¿Kim? Había ido con su abuela al lavabo. Una vez dentro, mi madre oyó el alboroto y decidió quedarse allí.

—Entonces no presenció la peor parte.

Tess asintió, le extrañaba tanto interés.

—Ninguna de las dos vio nada.

—¿Y qué pasó luego?

—Que fui a buscarlas y no las dejé salir de los servicios hasta que las ambulancias se fueron —le explicó Tess, sin saber aún a qué venían tantas preguntas.

—O sea que tu hija no vio a los heridos ni...

—No, sólo los destrozos del vestíbulo.

Reilly asintió.

—Estupendo. Aunque me imagino que sabe lo que ocurrió.

—Tiene nueve años. Nunca había tenido tantos amigos en la escuela; todos quieren que les cuente que pasó.

—Ya veo; aun así, es importante que estés pendiente de ella.

Porque, aunque no presenciase nada, una experiencia como ésa puede producir efectos secundarios, sobre todo a esa edad. Podría tener pesadillas o algo más serio. Tú vigílala, eso es todo. Nunca se sabe.

Tess no daba crédito al interés que Reilly demostraba por Kim. Asintió aturdida.

—Por supuesto.

Él se reclinó.

—¿Y qué me dices de ti? Tú sí que estuviste en el meollo del asunto.

—¿Cómo lo sabes? —preguntó Tess intrigada.

—Por las cámaras de seguridad. Te he visto en las cintas de vídeo. —Reilly no estaba seguro de si aquello había sonado un tanto falso. Esperaba que no, pero por la cara que ponía Tess era imposible saberlo—. ¿Estás bien?

—Sí. —Tess recordó a los jinetes destrozando el museo y disparando sus pistolas, y al cuarto de ellos, el que había cogido el codificador a sólo unos centímetros de ella, con su caballo respirando literalmente en su nuca. Jamás olvidaría aquella escena; el miedo tardaría en disiparse. Procuró no dejar entrever sus sentimientos—. Pasé bastante miedo, pero..., en cierto modo, fue tan surrealista que, no sé, a veces pienso que lo he almacenado en la sección de ficción de mi memoria.

—Es lógico. —Reilly titubeó—. Siento insistir tanto, pero es que he vivido situaciones como ésa y no siempre son fáciles de llevar.

Tess lo miró, más animada.

—Lo entiendo, y agradezco tu interés —dijo ella, ligeramente sorprendida al darse cuenta de que con él no tenía que ponerse a la defensiva, algo que le sucedía siempre que alguien le hablaba de Kim. Su preocupación parecía auténtica.

—Bueno —Reilly cambió de tema—, ¿qué es todo eso de los templarios?

Ella se acercó a él, perpleja.

—No habéis investigado nada sobre los templarios, ¿verdad?

—No que yo sepa.

Tess se desanimó.

—Lo sabía, sabía que sería una tontería.

—Háblame de ello —le pidió Reilly.

—¿Qué sabes del tema?

—No mucho —confesó él.

—Bueno, pues la buena noticia es que no eres un lunático. —Tess sonrió antes de arrepentirse de su comentario, que Reilly no entendió, y continuar—: Bien, veamos... 1118. Termina la Primera Cruzada y Tierra Santa está otra vez en manos de los cristianos. Balduino II es rey de Jerusalén y en toda Europa la gente está eufórica, y empieza el desfile de peregrinos para ver en primera persona el motivo de tanto alboroto. Lo que los peregrinos a menudo no sabían era que se adentraban en un territorio peligroso. Una vez «liberada» Tierra Santa, los cruzados consideraron que habían cumplido con su deber y regresaron a sus hogares repartidos por toda Europa, llevándose consigo sus botines y dejando la zona precariamente rodeada de estados islámicos enemigos. Los turcos y los musulmanes, que habían perdido muchas de sus tierras a manos de los ejércitos cristianos, no estaban dispuestos a olvidar y perdonar, y muchos de los peregrinos nunca llegaron a Jerusalén. Fueron asaltados y esquilmados, y con frecuencia asesinados. Los bandidos árabes eran una amenaza tan constante para los viajeros, que podríamos decir que frustraron el propósito principal de las cruzadas.

Tess le contó a Reilly cómo ese mismo año, en un solo ataque, los saqueadores sarracenos tendieron una emboscada y mataron a más de trescientos peregrinos en los peligrosos caminos que iban de la ciudad portuaria de Jaffa, donde desembarcaban, en la costa palestina, a la ciudad santa de Jerusalén, cuyos muros los sarracenos acabaron rodeando permanentemente. Y fue entonces cuando los templarios aparecieron por primera vez. Nueve devotos caballeros liderados por Hugues de Payns se presentaron en el palacio de Jerusalén del rey Balduino y le ofrecieron sus humildes servicios. Explicaron que habían hecho los tres solemnes votos de castidad, pobreza y obediencia, a los que añadieron un cuarto: la perpetua protección de los peregrinos que viajaban desde la costa hasta la ciudad. Dada la situación, la llegada de los caballeros fue muy oportuna. El reino cristiano necesitaba urgentemente guerreros experimentados.

Al rey Balduino le sorprendió sobremanera la devoción religiosa de los caballeros y les cedió alojamiento en el ala este de su palacio, construido en el lugar otrora ocupado por el Templo del Rey Salomón. Se los conoció como la Orden de los Pobres Caballeros de Cristo y del Templo de Salomón o, simplemente, los Caballeros Templarios.

Tess se inclinó hacia delante.

—La importancia religiosa del emplazamiento que el rey Balduino otorgó a la recién creada Orden resulta esencial —explicó.

El rey Salomón había erigido el primer templo en el año 950 a.C. Su padre, David, había iniciado la construcción siguiendo el mandato divino de construir un templo que albergara el Arca de la Alianza, que contenía las tablas de la ley en las que estaba escrito el decálogo que Dios había dictado a Moisés. El glorioso reinado de Salomón finalizó a su muerte, cuando los estados orientales conquistaron tierras judías y se establecieron en ellas. El propio Templo fue destruido en el año 586 a.C. por los invasores caldeos, que enviaron a los judíos a Babilonia como esclavos. Más de quinientos años después, Herodes reconstruyó el Templo en un intento de congraciarse con sus súbditos judíos y demostrarles que su rey, pese a que tenía orígenes árabes, era un devoto practicante de su religión. Fue su mayor logro. Ubicado en un punto que dominaba el valle del Cedrón, el nuevo Templo era un magnífico edificio construido con profusión de detalles y mucho más suntuoso que los anteriores. Su santuario, al que se entraba a través de dos enormes puertas de oro y al que únicamente podían acceder los sumos sacerdotes judíos, albergaba el sanctasanctórum.

Tras morir Herodes, resurgieron las sublevaciones judías y en el año 66 de nuestra era los insurgentes volvían a controlar Palestina. El emperador romano Vespasiano envió a su hijo Tito a sofocar la rebelión. Después de una feroz batalla que duró seis meses, Jerusalén cayó al fin en manos de las legiones romanas en el año 70. Tito ordenó destruir la ciudad, cuya población, a esas alturas, ya había sido totalmente aniquilada. Y así fue como «el edificio más hermoso jamás visto o del que jamás se oyese hablar», tal como lo describió el historiador judío coetáneo Flavio Josefo, se volvió a perder.

Una segunda sublevación judía, menos de cien años después, fue también aplastada por los romanos. Esta vez, todos los judíos fueron expulsados de Jerusalén y en el monte del Templo se construyeron santuarios en honor a Zeus y a Adriano, el dios-emperador romano. Casi setecientos años más tarde, ese mismo paraje sería testigo de la construcción de otro santuario: con el ascenso del islam y la conquista árabe de Jerusalén, el lugar más sagrado del judaísmo se redefinió como aquel desde el que el caballo del profeta Mahoma había subido al cielo. De modo que en el año 691, Calif Abd El-Malik erigió allí la mezquita de la Cúpula de la Roca. Desde entonces ha sido un punto sagrado para el islam, excepto durante el período en que los cruzados controlaron Tierra Santa, en el cual la Cúpula de la Roca se convirtió en una iglesia cristiana llamada Templum Domini, el Templo de Nuestro Señor, y la mezquita Al-Aqsa, construida en el mismo recinto, pasó a ser el cuartel general de los Caballeros Templarios en expansión.

La heroica idea de nueve valerosos monjes que defendían con valentía a los vulnerables peregrinos no tardó en calar en la imaginación de la población de toda Europa. Fueron muchos los que en seguida miraron a los templarios con romántica reverencia y se ofrecieron para entrar en la Orden. Además, hubo nobles que fueron muy generosos en el apoyo que les dieron y los agasajaron con dinero y tierras. A todo ello contribuyó en gran medida el hecho de que recibieran bendiciones papales, algo nada frecuente y de gran relevancia en unos tiempos en que los reyes y las naciones consideraban al Papa como la mayor autoridad de la cristiandad. Así fue como la Orden creció, despacio al principio y luego mucho más deprisa. Sus guerreros habían sido arduamente preparados, y a medida que aumentaron sus triunfos en el campo de batalla, sus actividades se diversificaron. De su misión original de proteger a los peregrinos, poco a poco pasaron a ser considerados los soldados defensores de Tierra Santa.

En menos de un siglo, los templarios, poseedores de enormes extensiones de tierras en Inglaterra, Escocia, Francia, España, Portugal, Alemania y Austria, se convirtieron, después de los Estados Pontificios, en una de las organizaciones más ricas y poderosas de Europa. Y con semejante red de territorios y castillos, pronto se erigieron en los primeros banqueros internacionales del mundo, concedieron créditos a monarquías de toda Europa que estaban en bancarrota, y salvaguardaron los bienes de los peregrinos, inventando así el concepto del cheque de viaje. En aquella época el dinero era oro o plata y valía simplemente su peso. Y en lugar de llevarlo consigo, arriesgándose a que se lo robaran, los peregrinos podían, de esta forma, depositar su dinero en una casa o castillo de los templarios de cualquier punto de Europa por el que les daban un pagaré codificado. En cuanto alcanzaban su destino tenían que acercarse a la casa local de los templarios, presentar el documento, que éstos descodificaban mediante un sistema secreto, y canjearlo por dinero.

Tess miró a Reilly para asegurarse de que seguía el hilo de la explicación.

—Lo que empezó siendo un pequeño grupo de nobles bien intencionados dedicados a defender Tierra Santa de los sarracenos pronto se convirtió en la organización más influyente y secreta de la época, que rivalizó con el Vaticano en riqueza y poder.

—Y luego las cosas se torcieron, ¿no? —inquirió Reilly.

—Sí, ¡y de qué manera! Los ejércitos musulmanes, finalmente, reconquistaron Tierra Santa en el siglo trece y echaron a los cruzados, esta vez para siempre. Ya no hubo más cruzadas. Los templarios fueron los últimos en irse, después de ser derrotados en Acre en 1291. Cuando volvieron a Europa, su razón de ser había desaparecido. No había peregrinos a los que escoltar, ni Tierra Santa que defender. No tenían ni hogar, ni enemigo, ni causa. Y tampoco tenían muchos amigos. El poder y la riqueza se les había subido a la cabeza, los soldados pobres de Cristo ya no eran tan pobres, y se habían vuelto arrogantes y avariciosos. Y muchas casas reales, el rey de Francia concretamente, les debían dinero.

—Y se hundieron.

—Cayeron en picado —afirmó Tess—. Literalmente. —Tomó un sorbo de café y le explicó a Reilly cómo comenzó una campaña de desprestigio de los templarios, sin duda facilitada por la ceremonial reserva con la que la Orden había llevado a cabo sus ritos de iniciación durante esos años. Enseguida fueron acusados de una sorprendente y ultrajante lista de herejías.

—¿Y qué pasó entonces?

—Un viernes 13 fue fatal para ellos —contestó Tess irónica—. Peor no les podría haber ido.

20

Jacques de Molay volvió en sí poco a poco.

¿Cuánto tiempo había pasado esta vez? ¿Una hora? ¿Dos? El Gran Maestre sabía que era imposible que fuese más; más horas de inconsciencia era un lujo que ellos jamás permitirían.

A medida que recuperaba la claridad mental sintió los habituales pinchazos de dolor, que, como habitualmente, neutralizó. La mente era algo curioso y poderoso, y tras todos estos años de prisión y torturas, había aprendido a utilizarla como un arma. Un arma defensiva, pero un arma en definitiva, una con la que al menos podía protegerse de parte de lo que sus enemigos trataban de llevar a cabo.

Podían partirle el cuerpo entero, ya lo habían hecho, pero su alma y su mente, aunque deterioradas, seguían siendo suyas.

Igual que sus creencias.

Abrió los ojos y vio que no había cambiado nada; bueno, había una extraña diferencia que al principio no detectó. Las paredes del sótano estaban todavía cubiertas con una capa de suciedad verde que goteaba en el suelo toscamente empedrado y casi nivelado por la acumulación de polvo, sangre seca y excrementos que lo poblaban. ¿Cuánta de esa mugre provendría de su propio cuerpo? Se temía que mucha; al fin y al cabo, llevaba allí... Se concentró. ¿Seis años? ¿Siete? Era mucho tiempo para destrozar un cuerpo.

Le habían roto los huesos y dejado que se recolocaran solos para volvérselos a romper. Le habían dislocado articulaciones y cortado tendones. Era consciente de que no podía hacer gran cosa con las manos y los brazos, y de que tampoco podía andar. Pero no podían impedirle pensar. Podía viajar con la mente, abandonar estas lúgubres y miserables mazmorras del subsuelo de París y viajar... a donde quisiera.

¿Adónde iría hoy? ¿A las ondulantes tierras agrícolas del centro de Francia? ¿A las colinas de los Alpes? ¿A la costa, o más lejos, a su amado ultramar?

«¿Estaré loco? —pensó; no era la primera vez que se lo preguntaba—. Probablemente», decidió. Para poder soportar todo lo que le habían infligido los torturadores que dirigían ese infernal agujero subterráneo debía de haber perdido la cordura.

Se concentró un poco más para averiguar el tiempo que llevaba allí. Ya lo sabía. Habían pasado seis años y medio desde la noche en que los vasallos del rey arrasaron el Temple de París.

Su Temple de París.

Fue un viernes, recordó. El 13 de octubre de 1307. Como la mayoría de sus hermanos, el Gran Maestre dormía cuando docenas de senescales asaltaron, al rayar el alba, la preceptoría, o sede central, de París. Los Caballeros Templarios deberían haber estado mejor preparados. Sabía desde hacía meses que el venal rey y sus lacayos intentaban encontrar la manera de acabar con el poder de los templarios. Finalmente, aquella madrugada reunieron el valor y el pretexto para hacerlo. También tenían ganas de luchar, y aunque los caballeros no se rindieron con facilidad, los hombres del rey contaban con la ventaja del efecto sorpresa y eran más numerosos que ellos, así que no tardaron mucho en dominarlos.

Impotentes, los templarios se rindieron y contemplaron el saqueo del Temple. Lo único que el Gran Maestre podía hacer era esperar que el rey y sus secuaces no averiguaran la importancia del botín que la noche anterior habían puesto a salvo, o que los consumiese de tal forma el deseo de apoderarse del oro y las joyas que no se fijasen en ciertos objetos de escaso valor aparente, pero que en realidad tenían un valor incalculable. Entonces reinó el silencio hasta que, lentamente y con sorprendente amabilidad, De Molay y sus hermanos fueron conducidos a los carros que los trasladarían a su destino.

Ahora, mientras De Molay evocaba aquel silencio, se dio cuenta de que ésa era la diferencia que había hoy.

El silencio.

Normalmente, las mazmorras eran ruidosas: el chasquido de las cadenas, el chirrido de los potros de tormento, el susurro de los braseros y los incesantes gritos de las víctimas que estaban siendo torturadas.

Sin embargo, hoy no.

Entonces el Gran Maestre oyó algo. El ruido de pasos que se aproximaban. Al principio pensó que era Gaspard Chaix, el jefe de los torturadores, pero los pasos de ese monstruo resonaban distinto: eran lentos y amenazantes. Tampoco se trataba de ninguno de los animales de su cuadrilla. No, se acercaban muchos hombres, que se movían a toda prisa por el túnel y que se presentaron en la celda en la que De Molay estaba colgado con cadenas. Con los ojos hinchados e inyectados de sangre vio que delante de él había media docena de hombres vestidos con colores claros. Y en el centro estaba ni más ni menos que el mismísimo rey.

Esbelto e imponente, el rey Felipe IV les sacaba una cabeza al grupo de serviles parásitos que lo rodeaban. El estado de De Molay era precario, pero eso no impidió que le sorprendiera una vez más el aspecto del soberano francés. ¿Cómo podía un hombre de semejante gracilidad ser tan malvado? Felipe el Hermoso, un joven que aún no había cumplido los treinta, tenía la piel blanca y una melena rubia. Era el vivo retrato de un noble; sin embargo, durante casi diez años, empujado por una codicia insaciable de riqueza y poder, sólo igualada por su vulgar libertinaje, asesinó y destruyó a placer, y torturó a todos aquellos que se interponían en su camino o incluso que, simplemente, le disgustaban.

Y los Caballeros Templarios lo habían más que disgustado.

De Molay oyó de nuevo pasos en el túnel. Pasos vacilantes e inseguros que anunciaron la llegada a la celda de una delgada figura vestida con una túnica con capucha gris. El hombre resbaló y se derrumbó con torpeza en el suelo. La capucha se le cayó hacia atrás y De Molay reconoció al Papa. Llevaba mucho tiempo sin ver al papa Clemente, intervalo durante el cual el rostro del hombre había cambiado. Unas profundas arrugas enmarcaban su boca como si viviese permanentemente preocupado, y los ojos se le habían hundido en unas oscuras cavidades.

El rey y el Papa. Juntos.

Esto no auguraba nada bueno.

El rey miraba fijamente a De Molay, pero no era su presencia lo que ahora despertaba el interés del maltrecho Gran Maestre. Sus ojos estaban clavados en el hombre diminuto y con capucha que estaba ahí de pie, inquieto y nervioso, y que esquivaba su mirada. De Molay se preguntó el motivo de la reticencia del Papa. ¿Habría sido él quien, engañando y manipulando al rey con sutileza, había precipitado la caída de la Orden del Temple? ¿O era que sus ojos no podían soportar los miembros penosamente deformados del Gran Maestre, las enormes llagas abiertas, o la carne no cicatrizada de sus heridas putrefactas?

El rey avanzó.

—¿Nada? —le preguntó a un hombre que estaba en un extremo del grupo. Éste dio un paso adelante y De Molay reconoció a Gaspard Chaix, el torturador, que sacudía la cabeza y miraba hacia abajo.

—Nada —respondió el hombre fornido.

—¡Que se vaya al infierno! —gritó el rey consumido por la ira.

«Ya estoy en el infierno», pensó De Molay. Vio que Gaspard miraba hacia él; debajo de sus gruesas cejas, sus ojos eran tan fríos como las piedras de las que estaba hecho el suelo. El monarca avanzó y examinó de cerca a De Molay, tapándose la nariz con un pañuelo para protegerse de un hedor que el Gran Maestre sabía que estaba ahí, pero que hacía mucho tiempo que había dejado de percibir.

El susurro del rey cortó el aire viciado.

—¡Habla, maldito seas! ¿Dónde está el tesoro?

—No hay ningún tesoro —se limitó a responder De Molay con un hilo de voz que ni siquiera él oyó.

—¿Por qué eres tan terco? —preguntó el rey con voz áspera—. ¿De qué te servirá? Tus hermanos, tus humildes caballeros de la cruz, ya lo han confesado todo: las sórdidas ceremonias de iniciación, la negación de la divinidad de Cristo, cómo han escupido en la cruz e incluso se han orinado en ella. Lo han reconocido... todo.

Lentamente, De Molay se lamió los labios agrietados con la lengua hinchada.

—Sometidos a una tortura así —logró decir—, hasta reconocerían haber matado al propio Dios.

El rey se aproximó más a él.

—La Santa Inquisición triunfará —aseguró indignado—. Es algo que debería saber alguien tan inteligente como tú. Dame lo que quiero y me apiadaré de ti.

—No hay ningún tesoro —repitió De Molay con el tono de alguien resignado ante su falta de persuasión. Durante mucho tiempo De Molay había tenido la sensación de que Gaspard Chaix le creía, si bien es cierto que nunca titubeó cuando tuvo que agredir brutalmente a su víctima. También sabía que el Papa le creía, pero el cabeza de la Iglesia no estaba dispuesto a revelarle su pequeño secreto al rey. Y éste, por otra parte, necesitaba las riquezas que sabía que los Caballeros Templarios habían amasado en los últimos doscientos años, necesidades que le impedían llegar a la conclusión a la que cualquiera que estuviese en su sano juicio habría llegado al ver al hombre destrozado y colgado de la pared que él veía ahora.

—Es inútil. —El rey se volvió, aún enfadado, pero aparentemente tan resignado como su víctima—. Seguro que el tesoro fue puesto a salvo antes de que los prendiéramos.

De Molay observó al Papa, que seguía apartando la vista. «Ha calculado brillantemente la jugada», pensó el Gran Maestre sintiendo una perversa satisfacción. Lo que reforzaba todavía más su determinación; la actitud ladina del Papa no hacía sino confirmar la nobleza de la causa de los templarios.

El rey miró con frialdad al torturador.

—¿Cuántos hay aún con vida entre estas paredes?

El cuerpo de De Molay se puso rígido. Por primera vez iba a conocer el destino de sus hermanos del Temple de París. Gaspard Chaix le dijo al rey que, aparte del Gran Maestre, el único que había sobrevivido era su ayudante, Geoffroi de Charnay.

El anciano templario cerró los ojos, su mente se inundó de una maraña de horribles imágenes. «Han muerto todos —dijo para sí—. Nos faltaba tan poco para lograrlo. Si...» Si al menos hubiesen tenido noticias del *Falcon Temple*, de Aimard y de sus hombres...

Pero no habían vuelto a saber nada.

El *Falcon Temple*, y su valioso cargamento, simplemente habían desaparecido.

El rey se volvió y miró una vez más al preso destrozado.

—Acaba con él —ordenó.

El torturador avanzó arrastrando los pies.

—¿Cuándo, Su Majestad?

—Mañana por la mañana —contestó el rey, malévolamente animado por la idea.

Al escuchar las palabras del soberano, a De Molay le recorrió una sensación por el cuerpo que en un primer momento no reconoció. Era una sensación que no había experimentado desde hacía muchos años.

Alivio.

Con los ojos hinchados miró en dirección al Papa y fue testigo de su contenida alegría.

—¿Y qué hacemos con sus posesiones? —preguntó el Papa con voz temblorosa. De Molay era consciente de que lo que aún quedaba no podía venderse para ayudar al rey a pagar sus deudas—. Los libros, los documentos, los artefactos. Pertenecen a la Iglesia.

—Quédeselos. —El rey hizo un gesto de desdén con la mano antes de lanzar una última mirada cargada de ira a De Molay y salir de la celda con paso decidido seguido de su séquito, que se apresuraba tras él.

Durante un instante las miradas del Papa y el Gran Maestre se cruzaron, luego el papa Clemente se volvió y abandonó rápidamente la celda. En esas décimas de segundo De Molay pudo leer el pensamiento del Papa, lo que confirmó de nuevo qué clase de persona era el hombrecillo: un astuto oportunista que había manipulado al codicioso rey en su propio interés. En el interés de la Iglesia.

Un maquinador que le había ganado la batalla.

Pero De Molay se negaba a darle la satisfacción de que lo supiera. Vio que tenía una oportunidad y la aprovechó; haciendo acopio de todas sus fuerzas le dedicó una desafiante mirada al causante de sus torturas por venganza. Durante unos instantes, el miedo ensombreció los apergaminados rasgos del Papa, pero enseguida mudó su expresión, miró a De Molay con firmeza y se puso la capucha.

Los agrietados labios del Gran Maestre dibujaron lo que antaño había sido una sonrisa. Sabía que había conseguido sembrar la duda en la mente del Papa.

Algo era algo.

El Papa no dormiría bien esa noche.

«Puede que hayas ganado esta batalla —pensó De Molay—, pero nuestra guerra no se acabará aquí.» Después cerró los ojos y esperó su inminente muerte.

21

Reilly se esforzó cuanto pudo para evitar mostrar su desconcierto. Por mucho que le gustara estar allí sentado con Tess, no entendía por qué era tan importante lo que acababa de explicarle. Un grupo de desinteresados caballeros se convierte en un superpoder medieval al que, finalmente, le cortan las alas y desaparece de manera ignominiosa en los anales de la historia. ¿Qué tenía eso que ver con una banda de ladrones armados que había destrozado un museo setecientos años más tarde?

—¿Crees que los tipos del museo iban vestidos como los templarios? —inquirió.

—Sí. Los templarios vestían con sencillez, su indumentaria no era llamativa como la que llevaban otros caballeros de la época. No olvides que eran monjes que habían hecho voto de pobreza. Las capas blancas simbolizaban la pureza con la que vivían, y las cruces rojas de color sangre indicaban la especial relación que mantenían con la Iglesia.

—De acuerdo, pero si me pidieras que hiciese un dibujo de un caballero, seguramente, y sin yo quererlo, se parecería bastante a un templario. Su aspecto es bastante icónico, ¿no crees?

Tess asintió.

—Mira, sé que la cosa en sí, no es concluyente, pero luego está el codificador.

—¿El objeto que se llevó el cuarto jinete, el que estaba cerca de ti?

Tess habló ahora más animada:

—Exacto. Lo he estado estudiando y es mucho más avanzado que cualquier otro construido siglos más tarde. Quiero decir que es una máquina revolucionaria. Y los templarios fueron conocidos por ser expertos en criptografía. Los códigos eran la columna de todo su sistema bancario. Cuando los peregrinos que viajaban a Tierra Santa depositaban dinero en las preceptorías de los templarios, los pagarés que les daban estaban codificados, y sólo los templarios podían descifrarlos. De esta forma, nadie podía falsificar un pagaré y timarlos. Fueron pioneros en este terreno y, en cierto modo, el codificador encaja con sus métodos sofisticados y misteriosos.

—Pero ¿qué hace un codificador de los templarios entre los tesoros del Vaticano?

—El Vaticano y el rey de Francia conspiraron para acabar con la Orden. Ambos querían sus riquezas. No sería de extrañar que todo lo que los templarios tenían en sus conventos-fortalezas (que ellos llamaban preceptorías) acabara en el Louvre o en el Vaticano.

Reilly no parecía convencido.

—¿Y lo de la frase en latín?

Tess recuperó visiblemente el optimismo.

—Eso es lo que hizo sonar mis alarmas. El cuarto jinete, el que se llevó el codificador; cuando lo cogió, lo sostuvo un momento ante él y era como si ese gesto formase parte de un ritual, como si estuviese en trance. Entonces dijo algo en latín, creo que dijo: «*Veritas vos liberabit*».

Hizo una pausa para ver si Reilly sabía lo que quería decir esa frase, pero su mirada le indicó que no tenía ni idea.

—Significa «la verdad os liberará». He estado investigando y, aunque es una frase muy conocida, da la casualidad de que, además, es el lema de un castillo templario que hay en el sur de Francia.

Reilly parecía meditabundo, pero Tess no supo con seguridad qué pensaba. Jugueteó con su taza y tomó el último sorbo de café, ya frío, antes de continuar.

—Puede que no lo consideres relevante, pero cambiarás de idea cuando entiendas el grado de interés que los templarios despiertan en la gente. Sus orígenes, sus actividades y sus creencias, y su brusca desaparición están rodeados de misterio. Tienen un montón de seguidores. No te imaginas la cantidad de libros y material que he encontrado sobre ellos, y no he hecho más que empezar. Es realmente impresionante. Y ahora viene lo mejor; lo que suele alimentar las conjeturas es el hecho de que sus riquezas nunca se recuperaron.

—Pero ¿no era eso lo que perseguía el rey de Francia? ¿No les hizo una encerrona con el fin de quedarse con sus riquezas? —preguntó Reilly.

—Ésa era su intención, pero nunca las encontró. Nadie las encontró. Ni el oro ni las joyas. Nada. Y, sin embargo, siempre se creyó que los templarios habían descubierto un extraordinario tesoro. Hay un historiador que asegura que encontraron ciento cuarenta y ocho toneladas de oro y plata en Jerusalén y sus alrededores la primera vez que viajaron a la ciudad, antes incluso de que les lloviesen las donaciones procedentes de toda Europa.

—¿Y nadie sabe lo que pasó con el tesoro?

—Hay teorías ampliamente aceptadas que afirman que la noche antes de que los templarios fueran arrestados, veinticuatro caballeros huyeron de la preceptoría de París con varios carros cargados de cajas en dirección al Atlántico, al puerto de La Rochelle. Supuestamente, escaparon a bordo de dieciocho galeras que jamás volvieron a ser vistas.

Reilly reflexionó sobre el asunto.

—¿Qué me estás diciendo entonces? ¿Que, en realidad, los ladrones del museo iban detrás del codificador para poder, de algún modo, encontrar el tesoro de los templarios?

—Tal vez. La cuestión es: ¿en qué consistía ese tesoro? ¿Eran monedas de oro y joyas, o algo más, algo más esotérico, algo... —Tess titubeó— que requiera un poco más de fe? —Esperó a ver la reacción de Reilly, que le dedicó una reconfortante sonrisa.

—Te sigo, te sigo.

Tess se inclinó hacia delante y, sin darse cuenta, bajó el tono de voz.

—Muchas de estas teorías aseguran que los templarios formaban parte de una antiquísima conspiración para descubrir y guardar un conocimiento arcano. Podría tratarse de un montón de cosas. Se rumoreó que eran los encargados de custodiar muchas reliquias sagradas (hay un historiador francés que cree incluso que tenían la cabeza embalsamada de Jesucristo), pero hay una teoría, que he leído en bastantes sitios y que por lo visto tiene más fundamento que las demás, que habla del Santo Grial. Me imagino que ya sabrás que no tiene por qué tratarse de una taza o de alguna clase de cáliz físico del que, supuestamente, bebió Jesús en la Última Cena, sino que podría referirse de manera metafórica a un secreto relacionado con las verdaderas circunstancias que rodearon su muerte y la supervivencia de su linaje hasta la época medieval.

—¿Su *linaje*?

—Por herético que pueda parecer, esta línea de pensamiento, que por cierto es muy popular, afirma que Jesús y María Magdalena tuvieron un hijo, quizá más, que creció a escondidas de los romanos, y que el linaje de Jesús ha sido un secreto cuidadosamente guardado durante los últimos dos mil años, a través de toda clase de misteriosas sociedades que protegían a sus descendientes y transmitían el secreto a un selecto grupo de *illuminati*. Da Vinci, Isaac Newton, Victor Hugo, y se supone que casi todas las ilustres personalidades que ha habido a lo largo de los siglos, han formado parte de esta cábala secreta destinada a proteger el sagrado linaje. —Tess hizo un alto para ver cómo reaccionaba Reilly—. Sé que suena ridículo, pero es una teoría muy conocida y que ha investigado mucha gente; no estamos hablando de una novela *best seller*, sino de eruditos y académicos.

Observó a Reilly, preguntándose en qué estaría pensando. «Si había conseguido ponerlo de mi parte con lo del tesoro, ahora se me ha escapado del todo», pensó. Reclinándose en la silla, tuvo que admitir que, contada en voz alta, la historia parecía absurda.

Reilly se mostró pensativo unos instantes antes de que una ligera sonrisa curvara sus labios.

—Así que el linaje de Jesús, ¿eh? Si tuvo un par de hijos, y supongamos que esos hijos también tuvieron hijos, etcétera... Han pasado dos mil años, que son algo así como setenta u ochenta generaciones, lo que significa que tendría que haber miles de descendientes, que el planeta estaría repleto de descendientes de Jesús, ¿no? —Chasqueó la lengua—. ¿De verdad la gente se toma esto en serio?

—Completamente. La desaparición del tesoro de los templarios es uno de los grandes misterios por resolver de todos los tiempos. Y es comprensible que la gente se sienta atraída por él. El punto de partida ya resulta fascinante: aparecen en Jerusalén nueve caballeros con la intención de defender a miles de peregrinos. Sólo nueve caballeros. Suena bastante ambicioso, ¿no crees? Como Los Siete Magníficos. Al enterarse de esto, el rey Balduino les concede una de las mejores zonas urbanas de Jerusalén, el monte del Templo, el sitio donde estaba el segundo Templo de Salomón, que las legiones de Tito destruyeron en el año 70 de nuestra era y cuyo tesoro se llevaron de vuelta a Roma. Y ahí va la gran pregunta: ¿y si, al enterarse del inminente asalto de los romanos, los sacerdotes del Templo escondieron algo? ¿Algo que los romanos no pudieron hallar?

—Pero los templarios sí.

Tess asintió.

—Lo que fue un alimento perfecto para los mitos. Permanece enterrado allí durante mil años y después excavan para recuperarlo. Luego está el llamado Rollo de Cobre que encontraron en Qumrán.

—¿También los Manuscritos del Mar Muerto tienen que ver con todo esto?

«Calma, Tess.» Pero no pudo contenerse y siguió adelante.

—Uno de los manuscritos habla concretamente de enormes cantidades de oro y otros valiosos objetos enterrados debajo del propio Templo; al parecer se trataba de veinticuatro lotes. Pero también hace referencia a un tesoro sin especificar. ¿Qué era? No lo sabemos; podría tratarse de cualquier cosa.

—Muy bien, y, dime, ¿dónde encaja en todo esto la Sábana de Turín? —apuntó Reilly.

Una fugaz expresión de desconcierto se apoderó de los finos rasgos de Tess antes de que recuperase la compostura y sonriera con amabilidad.

—No te crees nada de lo que te dicho, ¿verdad?

Reilly alzó las manos, ligeramente abrumado.

—Perdona, lo siento. Sigue, por favor.

Tess ordenó sus ideas.

—A estos nueve caballeros, que no tenían nada de particular, el rey Balduino les dio un ala de un palacio real con establos que, al parecer, eran suficientemente grandes como para albergar a dos mil caballos. ¿Por qué fue tan generoso con ellos?

—No lo sé, a lo mejor fue un hombre adelantado a su tiempo. A lo mejor le sorprendió la entrega de esos caballeros.

—Pues ése es el gran enigma —continuó Tess con obstinación—. Aún no habían hecho nada. Les dan una enorme base desde la que trabajar, ¿y qué hacen nuestros magníficos? ¿Salen a la calle y realizan todo tipo de proezas, asegurándose de que los peregrinos llegan a sus destinos, como era su misión? No. Pasan los primeros nueve años dentro del Templo. Encerrados. No salen ni amplían el número de caballeros. Se quedan encerrados dentro del Templo. ¡Nueve años!

—Pues o padecían de agorafobia o...

—O era todo una estafa. La teoría que tiene más fuerza y, personalmente, creo que es acertada, es la de que estaban cavando en busca de algo que había allí enterrado.

—Algo que los sacerdotes escondieron de los legionarios de Tito mil años atrás.

Tess tuvo la sensación de que, al fin, habían sintonizado y sus ojos brillaron.

—Exacto. El hecho es que estuvieron nueve años escondidos y luego aparecieron de repente en escena; su poder y su riqueza creció de manera vertiginosa, y contaron con el incondicional respaldo del Vaticano. Quizás encontraron algo allí dentro, algo enterrado debajo del Templo que posibilitó todo esto. Algo que hiciera que el Vaticano se desviviese por tenerlos contentos, como por ejemplo una prueba de que Jesús había tenido descendencia.

El rostro de Reilly se ensombreció.

—Espera un momento, ¿crees que chantajearon al Vaticano? Pero ¿no eran soldados de Cristo? ¿No sería más lógico que hubiesen encontrado algo que realmente fuese del agrado del Vaticano y que el Papa decidiese recompensarlos por su descubrimiento?

Tess frunció el ceño.

—En ese caso, ¿no lo habrían dado a conocer al mundo entero? —Se reclinó en la silla; también estaba un poco perdida—. Sé que aún me falta una pieza del puzzle. Se pasaron doscientos años luchando por la cristiandad, pero tienes que reconocer que hay algo que no está claro en toda esta historia. —Hizo una pausa y observó a Reilly—. Entonces ¿qué? ¿Hay alguna cosa en todo esto que te parezca que tiene sentido?

Reilly analizó la información que Tess se había afanado en darle. Al margen de lo absurdo que sonaba todo, no podía descartarlo por completo. El asalto al Met era, sin duda, un síntoma de algo terriblemente retorcido; todos coincidían en que detrás de su excepcional puesta en escena debía de haber algo más que un simple robo. Estaba al tanto de cómo los extremistas radicales se obsesionaban con un mito, con alguna idea básica, y la hacían suya; de cómo ese mito luego se tergiversaba y distorsionaba de forma gradual hasta que sus seguidores perdían todo contacto con la realidad y se apartaban de la esencia. ¿Podía ser ésta la conexión que buscaba? Por lo visto las leyendas sobre los templarios estaban muy distorsionadas. ¿Habría alguien tan fascinado por el trágico destino de los templarios que se identificara con ellos hasta el punto de vestirse como ellos, vengarse del Vaticano en su nombre e intentar incluso recuperar su legendario tesoro?

Reilly miró a Tess fijamente.

—¿Debo creer que los templarios custodiaron un gran secreto, bueno o malo, relacionado con los primeros tiempos de la Iglesia? No tengo ni idea.

Tess desvió la vista, procurando ocultar cualquier indicio de decepción, cuando Reilly se inclinó hacia delante y continuó:

—¿Podría ser posible que exista una conexión entre los templarios y lo que sucedió en el Met? —Hizo un alto y asintió casi imperceptiblemente antes de esbozar una sonrisa—. Desde luego, creo que vale la pena investigarlo.

22

Sin duda, Gus Waldron no estaba viviendo uno de sus mejores días.

Recordó que se había despertado hacía un rato, pero no sabía cuánto. Horas, minutos... Luego había vuelto a dejarse llevar. Ahora estaba despierto, un poco más que antes.

Sabía que no estaba bien. Dio un respingo al recordar el choque con el taxi. Sentía su cuerpo como si lo hubiesen vapuleado más que a una costilla de ternera en el famoso restaurante Cipriani's. Y los molestos e incesantes pitidos de los monitores que lo rodeaban tampoco le ayudaban.

Sabía que estaba en un hospital; los pitidos y el sonido del entorno lo indicaban claramente. Tenía que confiar en su oído, porque no veía nada. Los ojos le escocían horrores. Intentó moverse, pero no pudo. Algo oprimía su pecho. «Me han atado a la cama.» Aunque no muy fuerte; de modo que la correa estaba ahí por motivos médicos y no policiales. Bien. Se tocó la cara, tenía vendas y otras cosas. Estaba lleno de tubos.

De nada servía resistirse, ahora mismo no. Tenía que saber cuál era la gravedad de sus heridas, y desde luego necesitaría sus ojos para poderse largar de allí. Así que hasta que lo supiese, intentaría llegar a un acuerdo con la poli. Pero ¿qué podía ofrecerles? Necesitaba algo gordo, porque no les gustaría enterarse de que le había cortado la cabeza a aquel jodido guardia de seguridad. La verdad es que no tendría que haberlo hecho. Pero al verse subido a ese caballo y vestido como el cabrón del Príncipe Valiente, se preguntó qué se debía de sentir atacando a alguien con la espada. Pues algo fantástico; para qué negarlo.

Podía delatar a Branko Petrovic. Ya estaba enfadado con el imbécil ése por no haberle dicho el nombre del tipo que lo había contratado y haberse ido por las ramas hablándole de lo fantástico que era lo de las células independientes. Ahora entendía por qué. Él había sido contratado por Petrovic, que había sido contratado por alguien más y a quien a su vez lo había contratado algún otro idiota. ¿Cuántas jodidas células independientes habría antes de llegar al tipo que los polis buscaban?

Los sonidos del hospital se intensificaron brevemente y volvieron a calmarse. La puerta debía de haberse abierto y cerrado. Oyó pasos que crujían en el suelo y se aproximaban a su cama. Quienquiera que fuese levantó la mano de Gus con la palma hacia arriba. Algún médico o alguna enfermera le estaría tomando el pulso. No, era un médico. Sus dedos eran más ásperos y fuertes que los de una enfermera. Al menos que los de la clase de enfermera con la que él fantaseaba.

Necesitaba saber la gravedad de sus heridas.

—¿Quién es? ¿Doctor?

Fuese quien fuese no contestó. Ahora los dedos sacaron las vendas que le envolvían la cabeza y las orejas.

Gus abrió la boca para hacer una pregunta, pero entonces sintió que una mano le presionaba la boca con fuerza y al instante notó un doloroso pinchazo en el cuello. Todo su cuerpo se sacudió para librarse de la opresión.

Pero la mano seguía tapándole la boca, convirtiendo los gritos de Gus en un amortiguado quejido. Notó una sensación de calor en el cuello y alrededor de su garganta; y después, poco a poco, la mano dejó de ejercer presión.

Una voz masculina, muy suave, le susurró al oído. Podía sentir su cálido aliento.

—Los médicos todavía no dejan que nadie te haga preguntas, pero no puedo esperar tanto. Necesito saber quién te contrató.

«Pero ¿qué coño...?»

Gus intentó incorporarse, pero la correa que sujetaba su cuerpo y la mano que ahora le apretaba la cabeza se lo impidieron.

—Contesta a la pregunta —dijo el hombre.

¿Quién era? No podía ser un poli. Seguramente sería algún desgraciado que pretendía sacar tajada de los objetos que Gus había robado del museo. Pero, entonces, ¿para qué querría saber quién lo había contratado?

—Contesta. —El hombre seguía hablando en voz baja, pero ahora con más sequedad.

—Que te jodan —dijo Gus.

Sólo que no lo dijo. En realidad, no. Había movido los labios y había oído las palabras en su cabeza, pero no había emitido ningún sonido.

«¿Qué pasa con mi jodida voz?»

—¡Aaah...! —susurró el hombre—. Es por el efecto de la lidocaína. Es una dosis de nada, pero suficiente para paralizarte las cuerdas vocales. ¿A que molesta no poder hablar? Verás, lo mejor es que tampoco puedes chillar.

«¿Chillar?»

Los dedos que tan suaves le habían parecido al tomarle el pulso aterrizaron sobre su muslo izquierdo, justo donde le había disparado el policía. Los dejó ahí unos instantes antes de moverlos repentinamente y apretar. Con fuerza.

El dolor recorrió el cuerpo de Gus como si le estuvieran quemando por dentro con un hierro candente, y chilló.

En silencio.

Creyó que iba a perder el conocimiento cuando el dolor disminuyó ligeramente y la saliva se acumuló en su garganta. Sintió que iba a vomitar. Entonces los dedos del hombre volvieron a tocarle y Gus se estremeció, pero esta vez le tocó con suavidad.

—¿Eres diestro o zurdo? —inquirió la voz.

Ahora Gus sudaba a chorros. «¿Que si soy diestro o zurdo? ¿Y qué coño importa eso?» Levantó la mano derecha débilmente y enseguida notó que le colocaban algo entre los dedos. Un lápiz.

—Pues escribe los nombres —le ordenó el hombre mientras dirigía el lápiz hacia lo que parecía una libreta.

Con los ojos vendados y sin poder hablar, Gus se sentía completamente desconectado del mundo y solo como nunca se hubiese imaginado. «¿Dónde está la gente? ¡Dios! ¿Dónde están los médicos, las enfermeras y los jodidos policías?»

Los dedos pellizcaron la carne que había alrededor de su herida y apretaron de nuevo, esta vez más fuerte y durante más rato. El dolor era insoportable. Era como si le ardiesen todos y cada uno de los nervios de su cuerpo, y se revolvió debajo de la correa, gritando, silenciosamente agónico.

—Esto no tiene por qué durar toda la noche —afirmó el hombre con tranquilidad—. Únicamente necesito los nombres.

Sólo podía escribir uno. Y lo escribió.

—¿Branko... Petrovic? —confirmó la voz.

Gus se apresuró a asentir.

—¿Y los demás?

Gus cabeceó lo mejor que supo. «¡Joder, es todo lo que sé!», pensó.

De nuevo los dedos.

Presionando con fuerza, apretando. Hundiéndose.

Dolor.

Gritos silenciosos.

«¡Dios santo! ¡Joder!» Gus perdió la noción del tiempo. Logró escribir el nombre del sitio donde Branko trabajaba. Aparte de eso, lo único que podía hacer era sacudir la cabeza y decir no con los labios.

Una y otra, y otra vez.

Finalmente, por suerte, el hombre le quitó el lápiz de la mano. Por fin le había creído.

Gus oyó ahora unos suaves sonidos que no reconoció y volvió a notar cómo los dedos del hombre levantaban el borde de la misma venda. Se encogió, pero en esta ocasión apenas notó el pinchazo de la aguja.

—Este analgésico te calmará —susurró el hombre—. Te aliviará el dolor y te ayudará a dormir.

Gus sintió que un espeso cansancio se extendía con lentitud por su cabeza y empezaba a descender por su cuerpo, y con él, llegó el alivio; el sufrimiento y el dolor habían terminado. Entonces cayó en la cuenta de algo horrible: el sueño en el que irremediablemente se iba sumiendo era un sueño del que jamás volvería a despertar.

Desesperado, intentó moverse, pero no pudo, y al cabo de un momento ya no quiso moverse. Se relajó. Fuese a donde fuese, seguro que sería un lugar mejor que la cloaca en la que había estado metido toda su miserable vida.

23

Reilly se levantó de la cama, se puso una camiseta y miró por la ventana de su apartamento, en un cuarto piso. Fuera, las calles estaban absolutamente tranquilas. Al parecer, él era el único que vivía la ciudad en estado de ebullición.

Había una serie de razones por las que no solía dormir bien; una era, simplemente, su incapacidad para desconectar. Era un problema que se le había agudizado en los últimos años: no podía dejar de darle vueltas a las pistas y la información relacionada con el caso en el que estuviese trabajando. En realidad, su problema no era conciliar el sueño, porque estaba exhausto. Pero luego llegaba la hora temida, las cuatro de la madrugada, y de pronto se despertaba y se devanaba los sesos, ordenando y analizando pensamientos, en busca de la pieza que faltaba en el puzzle y que podía salvar vidas.

En algunas ocasiones, el volumen de trabajo era suficiente para monopolizar su mente. Sin embargo, a veces ésta hacía un paréntesis y derivaba hacia asuntos personales, perdiéndose en territorios aún más oscuros que los bajos fondos de que eran objeto sus investigaciones, y entonces afloraban unos desagradables ataques de ansiedad que se apoderaban de él.

Gran parte de la culpa la tenía lo que le sucedió a su padre, que se había pegado un tiro cuando él tenía diez años. Llegó de la escuela, entró en el estudio de su padre y se lo encontró allí, sentado, como siempre, en su sillón favorito, sólo que esa vez se había volado media cabeza.

Sea como fuere, cuando Reilly se despertaba, vivía con enorme frustración las dos horas siguientes. Demasiado cansado para levantarse de la cama y aprovechar el tiempo haciendo algo útil, y demasiado alterado para dormirse de nuevo, se limitaba a permanecer tumbado, a oscuras, y su mente lo conducía a un sinfín de lugares desoladores. Y esperaba. Misericordiosamente, el sueño reaparecía alrededor de las seis de la mañana, lo que tampoco era un gran consuelo, teniendo en cuenta que una hora más tarde debía levantarse para ir a trabajar.

Esa noche se despertó a las cuatro de la madrugada por cortesía de una llamada del agente que hacía el turno de noche. Le informó de que el hombre al que había perseguido por las calles del bajo Manhattan había fallecido. El agente mencionó algo de derrame interno y paro cardíaco, y fallidos intentos por resucitar al hombre muerto. Como de costumbre, Reilly dedicó las dos horas siguientes a la revisión del caso, mismo que acababa de perder su pista más prometedora y la única real, pues no creía que Lucien Broussard pudiese decirles gran cosa, eso si volvía a hablar. Pero sus reflexiones sobre el caso pronto se mezclaron con otros pensamientos que ocupaban su mente desde que, horas antes, abandonara el hospital. Pensamientos en su mayoría relacionados con Tess Chaykin.

Miró por la ventana y pensó cómo lo primero que le había llamado la atención mientras estaban en la cafetería del hospital era que Tess no llevaba anillo de boda; la verdad es que no llevaba ningún anillo. Era importante para su trabajo observar cosas como ésas. Los años de experiencia habían desarrollado en él un instinto para fijarse en los detalles.

Sólo que esto no era trabajo ni Tess una sospechosa.

—Se llamaba Gus Waldron.

Reilly escuchó atentamente con una taza de café caliente entre las manos mientras Aparo repasaba sucintamente los antecedentes penales en consideración al equipo de agentes federales allí reunidos.

—Sin duda, era un puntal de la sociedad; le echarán mucho de menos —prosiguió Aparo—. Boxeador profesional en combates de segunda, un salvaje dentro y fuera del ring, le prohibieron pelear en tres estados. Cuatro acusaciones por agresión y robo a mano armada tanto aquí como en New Jersey. Un par de estancias en la cárcel Rikers Island —alzó la vista y recalcó—: y una visita a la de Vernon Bain. —La cárcel Vernon C. Bain, llamada así en honor a un popular comandante de prisión que murió en un accidente de coche, era un recinto de media y máxima seguridad con camas para ochocientos presos—. Sospechoso de dos homicidios sin cargos, ambos por apaleamiento. Jugador compulsivo. Tuvo mala racha durante casi toda su vida. —Aparo levantó la mirada—. Eso es todo.

—Me da la impresión de que este tipo siempre necesitaba hacer dinero rápido —observó Jansson—. ¿Con quién se veía?

Aparo pasó una hoja y leyó en voz alta la lista de los conocidos de Waldron:

—Josh Schlattmann, murió el año pasado; Reza Fardousi, una mole de ciento treinta y cinco kilos de mierda... Dudo que haya un caballo en el país capaz de soportar su peso. —Echó un vistazo a los nombres, descartando posibilidades—. Lonnie Morris, un comerciante de poca monta actualmente en libertad y que, lo creáis o no, vive y trabaja para su abuela, dueña de una floristería de Queens. —Entonces Aparo miró de nuevo la lista, pero, por la expresión de su rostro, esta vez Reilly supo que algo no le había gustado—. Branko Petrovic —dijo con disgusto—, ex policía. Y no os perdáis esto, estuvo en la división montada de la policía de Nueva York. —Alzó la vista—. Jubilado y no por decisión propia, ya me entendéis.

Amelia Gaines lanzó una mirada de complicidad a Reilly y luego preguntó:

—¿Qué hizo?

—Robó. Hurgó en la prueba del delito después de la incautación de un alijo de drogas —explicó Aparo—. Por lo visto, no cumplió condena. Lo despidieron y perdió los derechos de pensión.

Reilly frunció las cejas y dijo a regañadientes:

—Tenemos que hablar con él. Y averiguar cómo se gana la vida en la actualidad.

24

Por mucho que se esforzaba, Branko Petrovic no lograba concentrarse en lo que hacía, aunque su trabajo en las caballerizas tampoco necesitaba una atención total; la mayoría de los días les daba agua y comida a los caballos, y recogía con una pala sus excrementos como un autómata. Era una forma de mantener su rechoncho cuerpo fuerte y firme. Así su cerebro estaba libre para elaborar tortuosos planes, calcular opciones y diseñar estrategias. Eso era lo que normalmente hacía.

Pero hoy era diferente.

Contratar a Gus Waldron había sido idea suya. Le habían pedido que encontrase a alguien robusto que supiera montar a caballo y pensó en Gus. De acuerdo, sabía que a veces se comportaba como un animal, pero no había contado con que decapitara a un hombre con la espada. «¡Dios! Ni siquiera los jodidos colombianos se la jugaban así; y menos en público», pensó.

Algo no iba bien. Aquella mañana había intentado sin éxito hablar con Gus por teléfono. Se acarició con el dedo una vieja cicatriz que tenía en la frente; sabía que, siempre que las cosas se torcían, volvería el dolor. «No hagas nada que llame la atención», le habían dicho, incluso advertido, y eso mismo le había dicho él a Gus. Pero no había servido para una mierda. En este momento, llamar la atención era lo que menos le preocupaba.

Un pánico repentino recorrió su cuerpo. Tenía que largarse de Dodge cuanto antes.

Se precipitó a las caballerizas y abrió uno de los *boxes*, donde una potranca de dos años sacudió, retozona, la cola al verlo. En una esquina había un tubo cerrado por arriba lleno de comida para los caballos. Lo abrió, metió las manos dentro apartando las bolas de pienso, y extrajo de él una bolsa. Comprobó brevemente su peso y luego introdujo una mano y sacó una reluciente estatuilla de oro de un caballo encabritado, con suntuosas incrustaciones de diamantes y rubíes. La miró fijamente durante unos instantes antes de volver a buscar y sacar un medallón de esmeraldas engastadas en plata. El contenido de la bolsa podía cambiarle la vida; si se tomaba el tiempo necesario y vendía bien esas joyas, ganaría lo suficiente para comprarse, entre otras cosas, el apartamento en el Golfo que siempre se había prometido a sí mismo y que, desde que lo habían expulsado del cuerpo, tenía la sensación de que jamás conseguiría.

Cerró la puerta del *box* de la potranca, caminó por el pasillo que había entre los *boxes*, y ya estaba casi en la puerta cuando oyó que uno de los caballos se ponía a relinchar y a dar coces nervioso y asustado. Otro caballo hizo lo mismo, y luego otro. Se volvió para mirar, pero no vio nada, sólo oía el alboroto que ahora armaban todos los caballos de esa zona del establo.

Entonces lo vio.

De un *box* vacío que había en el otro extremo salía un hilo de humo.

El extintor más cercano estaba en medio del pasillo; fue hasta él, dejó la bolsa en el suelo, sacó el cilindro de su abrazadera y se dirigió hacia el *box* vacío. Ahora el humo ya no era un simple hilo. Abrió la puerta y vio que el fuego provenía de un montón de paja que había en un rincón. Tiró de la argolla y apretó el mango del extintor para apagar rápidamente el fuego, cuando cayó en la cuenta de que hacía menos de una hora había estado trabajando en ese *box*, y no había dejado ningún montón de paja, sólo la que él mismo había esparcido y rastrillado por el suelo.

Branko salió aprisa del *box*, atento. De nada servía intentar escuchar. Lo único que se oía era a los caballos, que relinchaban como locos, algunos incluso tiraban coces contra la paredes y las puertas de sus *boxes*.

Se disponía a volver por el pasillo cuando detectó más humo, esta vez en la otra punta del establo. «¡Maldita sea!» Tenía compañía. Entonces se acordó de la bolsa. Debía recuperarla. Su vida entera dependía de ella.

Soltó el extintor, corrió hacia la bolsa, la cogió y se paró en seco.

«Los caballos.»

No podía irse y dejarlos allí.

Descorrió el cerrojo del *box* más próximo y se hizo a un lado cuando el caballo salió disparado por la puerta. Después abrió el siguiente *box*, y el caballo que había dentro salió también como una bala, haciendo un ruido ensordecedor con sus cascos en ese espacio cerrado. Quedaban sólo tres caballos por soltar, pero un brazo le asió con fuerza por el cuello.

—No te resistas —le susurró un hombre con los labios pegados a su oreja—. No quisiera tener que hacerte daño.

Branko estaba estupefacto. Ese hombre le agarraba con firmeza, era un profesional. No tenía ninguna duda de que hablaba completamente en serio.

Lo arrastró deprisa hacia la entrada de las cuadras. Branko notó la otra mano del hombre en su muñeca y luego una dura anilla de plástico en contacto con su piel, y con un movimiento más rápido de lo que él habría sido capaz en sus mejores días en el cuerpo le esposó la mano a una de las dos hojas de la enorme puerta corredera de las caballerizas. El profesional le sujetó el cuello con el otro brazo, repitió el procedimiento en la otra muñeca, y Branko quedó esposado en cruz en la entrada.

Los tres caballos que estaban todavía en sus *boxes* relinchaban y corcoveaban salvajemente, dando coces contra las paredes de madera mientras las llamas se abrían paso a lametazos.

El hombre agarró la mano derecha de Branko y con rapidez y sin esfuerzo aparente le rompió el pulgar.

Branco chilló de dolor y dio patadas con ambas piernas, pero el hombre se apartó hábilmente.

—¿Qué quieres de mí? —preguntó el ex policía.

—Nombres —respondió el hombre con voz casi inaudible debido al estruendo producido por los caballos—. Y rápido. No tenemos mucho tiempo.

—¿Qué nombres?

Branko notó que la indignación se apoderaba del rostro del hombre, que alargó el brazo y cogió su mano izquierda. En esta ocasión no le agarró del dedo, sino del brazo; de repente lo torció con una intensidad feroz y le rompió la muñeca. Branko sintió un dolor insoportable que le hizo perder el conocimiento momentáneamente; sus gritos se oían más que el furor de los enloquecidos caballos.

Levantó la vista hacia el desconocido que lo miraba, impasible, a través del humo cada vez más denso.

—Los nombres de tus amigos. De los amigos con los que vas a ver museos.

Branko tosió y miró hacia los *boxes* desesperado; detrás del hombre las llamas avanzaban quemando las puertas de madera. Sería mejor que no lo engañara.

—Gus —confesó asustado—. Gus y Mitch. Es todo lo que sé.

—¿Mitch qué?

Tenía dificultades para hablar más deprisa.

—Adeson. Mitch Adeson. Es todo lo que sé, lo juro por Dios.

—Mitch Adeson.

—Exacto. Así es como lo hicimos. Funciona como una cadena de mando con células independientes.

El hombre lo examinó con detenimiento, después asintió.

—Sé lo que es.

«Menos mal que el jodido loco me cree.»

—Ahora sácame las jodidas esposas —suplicó—. ¡Venga!

—¿Dónde puedo encontrar a ese Mitch Adeson? —inquirió el hombre. Escuchó atentamente mientras Branko farfullaba cuanto sabía; a continuación asintió, y añadió—: Falta el cuarto hombre. ¿Qué sabes de él?

—No le vi la cara, llevaba un jodido pasamontañas, nunca se lo quitó. Lo llevaba puesto debajo de la armadura y la mierda ésa de disfraz.

El hombre asintió de nuevo.

—Está bien —musitó. Entonces dio media vuelta y se fue.

—¡Eh! ¡Eh! —chilló Branko.

Pero el hombre lo ignoró. Se alejó en dirección al otro extremo, deteniéndose sólo para recoger del suelo la bolsa que contenía las reliquias robadas del museo.

—¡No puedes dejarme aquí! —suplicó Branko.

En ese momento entendió lo que el hombre estaba haciendo: soltar a los caballos restantes.

Branko gritó mientras la despavorida potranca torda conducía a los otros dos caballos hacia la salida. Los tres animales corrieron a galope tendido en dirección a Branko, con estrépito, los ojos inyectados, los ollares inflados, y en el fondo, las llamas; daba la impresión de que salían directamente de la boca del infierno.

Branko se interponía ante los animales, atrapado en medio de la única salida.

25

—A ver, cuéntame más cosas de esa monada.

Reilly protestó con un gruñido. Nada más contarle a su compañero su encuentro con Tess, supo que su conversación se alargaría.

—¿De esa monada? —repuso impasible.

Se dirigían hacia el este entre las congestionadas calles de Queens. Aparte del color, el Pontiac que les habían adjudicado era prácticamente un clon del Chrysler que habían destrozado persiguiendo a Gus Waldron. Aparo torció el gesto mientras sorteaba con cuidado un camión estacionado de cuyo radiador salía humo; frustrado, su conductor le daba patadas a una rueda delantera.

—Perdona, de la señorita Chaykin.

Reilly se esforzó para que su perplejidad no se trasluciera.

—No hay nada que contar.

—¡Vamos, anda! —Aparo conocía a su colega mejor que nadie; no es que fuera un experto. Reilly era un hombre que guardaba las distancias con los demás.

—¿Qué quieres saber?

—Se acerca a ti, como salida de la nada. De repente, te recuerda del museo, de haberte visto de refilón desde la otra punta del vestíbulo, y eso después de todo lo que había pasado esa noche.

—¿Y yo qué quieres que haga si esa mujer tiene memoria fotográfica? —Los ojos de Reilly estaban clavados en la calle.

—Y una mierda, memoria fotográfica —se burló Aparo—. Esa preciosidad busca algo.

Reilly puso los ojos en blanco.

—No busca nada. Simplemente es... curiosa.

—Vamos a ver: tiene una memoria fotográfica, una mente inquieta y además está buenísima, pero tú en eso no te fijaste. ¡Claro! Tú sólo pensabas en el caso.

Reilly se encogió de hombros.

—De acuerdo, puede que me fijase un poco.

—¡Gracias a Dios! ¡Respira, está vivo! —se burló Aparo con una voz que parecía salida de una vieja película de Frankenstein—. Supongo que sabes si está soltera.

—Digamos que lo he notado. —Reilly había intentado no darle importancia a ese dato. Esa misma mañana, temprano, había leído la declaración que Tess le había hecho a Amelia Gaines en el museo justo antes de pedirle a un analista de información que buscara cualquier cosa que hiciese referencia a la Orden del Temple en los abultados expedientes que guardaban de grupos extremistas de todo el país.

Aparo lo miró. Conocía tan bien a Reilly que podía leerle el pensamiento. Y le encantaba pincharle.

—No sé tú, pero si a mí se me insinuara una tía como ésa, no dudaría en abalanzarme sobre ella.

—Tú estás casado.

—Sí, de acuerdo, pero puedo soñar, ¿no?

Ahora habían dejado la 405 y pronto estarían fuera de Queens. La dirección que figuraba en el expediente de Petrovic no estaba actualizada, pero su antiguo casero había asegurado que sabía dónde trabajaba. Las caballerizas estaban por allí cerca y Reilly consultó un callejero, guió a Aparo y luego, consciente de que su compañero no iba a rendirse, retomó el hilo de la conversación a regañadientes:

—Además, no se me insinuó —objetó.

—¡Pues claro que no! No es más que una ciudadana concienciada que se preocupa por todos los demás. —Sacudió la cabeza—. No lo entiendo; estás soltero, no eres un cardo y, que yo sepa, no despides ningún olor nauseabundo, y en cambio... Verás, nosotros, los casados, necesitamos que haya tipos como tú, necesitamos vivir indirectamente a través de vosotros y, la verdad, no estás dejando el pabellón muy alto.

Reilly no podía discutirle eso. Hacía bastante tiempo que no pasaba un buen rato con una mujer y, aunque ni se le pasaba por la cabeza decírselo a Aparo, no podía negar que se había sentido atraído por Tess. Pero también sabía que, igual que Amelia Gaines, Tess Chaykin no era una mujer a la que probablemente le gustara ser tratada como una del montón, y estaba bien, porque él tampoco era así. Y ahí, en el centro de su soledad, estaba lo paradójico. Si una mujer no le fascinaba por completo, no le interesaba. Y si reunía esa cualidad especial que hacía que él se lanzara, lo que le ocurrió a su padre pronto interfería en su camino, y en algún momento dado aparecían esos miedos que impedían que la relación se desarrollase.

«Olvídalo ya; no tiene por qué pasarte lo mismo», pensó.

Con los ojos clavados al frente, Reilly vio humo y al lado las centelleantes luces de los vehículos de bomberos. Miró a su compañero, cogió la luz roja intermitente y la fijó en el techo del Pontiac mientras Aparo conectaba la sirena y pisaba el acelerador a fondo. Pronto empezaron a sortear el tráfico, zumbando entre las filas de coches y camiones pegados unos a otros.

Al girar hacia el aparcamiento de las caballerizas, Reilly se fijó en que, además de los vehículos de bomberos, había un par de coches negros y blancos y una ambulancia. Estacionaron dejando la salida despejada, bajaron del Pontiac y se dirigieron al lugar del incendio con las placas en la mano. Uno de los policías que había allí comenzó a andar hacia ellos con los brazos en alto delante del pecho, pero al ver las placas los dejó pasar.

Pese a que el fuego estaba casi apagado, el aire era denso y olía a madera quemada. Había tres o cuatro personas, que a juzgar por su aspecto debían de trabajar en las cuadras, y que iban y venían en medio de la humareda intentando controlar a los asustados caballos entre la maraña de mangueras extintoras que serpenteaban por el suelo. Un hombre con expresión malhumorada y vestido con un impermeable gris los observaba, de pie, mientras se acercaban.

Reilly se presentó e hizo lo mismo con Aparo. El policía, un sargento llamado Milligan, no parecía muy emocionado con su presencia.

—No me diga que pasaban por aquí casualmente —soltó con sarcasmo.

Reilly asintió indicando las caballerizas chamuscadas.

—Branko Petrovic —se limitó a decir.

Milligan se encogió de hombros y los condujo al interior del establo, donde había dos auxiliares técnicos sanitarios agachados junto a un cadáver. Muy cerca había una camilla.

Reilly la miró y a continuación miró a Milligan, que captó el mensaje: esto tenía que ser tratado como la escena de un crimen con una muerte sospechosa.

—¿Qué sabemos? —inquirió.

Milligan se inclinó sobre el cuerpo, carbonizado y arrugado entre astillas de madera.

—Dígamelo usted; yo pensaba que éste iba a ser un caso fácil.

Reilly se asomó por detrás de Milligan. Resultaba difícil distinguir la carne chamuscada de la sangre mezclada con el hollín y el agua de las mangueras extintoras. A la macabra situación había que añadir otro escabroso detalle: el brazo izquierdo del cadáver yacía junto al cuerpo, pero estaba separado del tronco. Reilly arqueó las cejas. En cualquier caso, lo que quedaba de Branko Petrovic apenas era identificable como ser humano.

—¿Cómo puede estar seguro de que es él? —preguntó Reilly.

Milligan alargó el brazo y señaló un lado de la frente del fallecido. Incluso en el estado en que estaba, Reilly se fijó en que tenía una cicatriz que, desde luego, no era reciente.

—Lo golpeó un caballo hace muchos años, cuando estaba en el cuerpo. Y solía presumir de haber sobrevivido a una coz en la cabeza.

Reilly se acuclilló para examinar el cadáver más de cerca y reparó en uno de los auxiliares técnicos sanitarios, una chica morena de algo más de veinte años. Se la veía ansiosa por intervenir. Intercambiaron brevemente sus miradas.

—¿Tenéis algo?

La joven sonrió y levantó la mano izquierda de Petrovic.

—No se lo diga al forense. Tal vez me esté adelantando, pero yo diría que este tipo tenía algún enemigo. La muñeca de la otra mano la tiene totalmente quemada, pero fíjese en ésta. —Señaló el brazo desmembrado—. Las magulladuras aún son visibles. Lo esposaron. —Levantó un dedo en dirección a la puerta—. Yo diría que le esposaron las manos en cruz a las hojas de la puerta corredera.

Aparo hizo una mueca de disgusto al imaginarse la escena.

—¿Te refieres a que alguien dejó que los caballos salieran de estampida hacia él?

—O contra él —añadió Reilly.

La chica asintió. Reilly les dio las gracias a los dos auxiliares técnicos sanitarios, y se fue con Milligan y Aparo.

—¿Por qué buscaban a Petrovic? —quiso saber Milligan.

Reilly observó los caballos.

—Antes que nada, ¿se le ocurre algún motivo por el que alguien quisiera matarlo?

Milligan movió la cabeza hacia los rescoldos de las caballerizas.

—Nada en particular. Bueno, ya sabe cómo son estos sitios. A los que se dedican a esto les gustan sus caballos, y dado el pasado de Petrovic... Pero no, nada concreto. ¿Y usted que cree?

Escuchó atentamente mientras Reilly le informaba de la conexión que había entre Gus Waldron y Branko Petrovic, y entre ellos y el asalto al Met.

—Pediré que le den prioridad al caso —le aseguró Milligan a Reilly—. Haré que venga el equipo de análisis de la escena del crimen, que el jefe del cuerpo de bomberos analice hoy mismo si el incendio ha sido provocado, y que hagan la autopsia lo antes posible.

Cuando Reilly y Aparo llegaron al coche empezó a lloviznar.

—Alguien intenta atar los cabos sueltos —comentó Aparo.

—Eso parece. Convendría que el médico forense examinase bien a Waldron.

—Y habrá que encontrar a los otros dos jinetes antes de que lo haga quienquiera que haya hecho esto.

Reilly miró al cielo nublado antes de volverse a su colega:

—A dos jinetes o a uno —replicó—, si el cuarto es el asesino.

26

Después de forzar la vista durante horas estudiando los antiguos manuscritos, los ojos le escocían y se quitó las gafas para frotarlos suavemente con una toallita húmeda.

¿Cuánto tiempo había pasado? ¿Era de día o de noche? Desde su regreso a casa tras el asalto a caballo al Museo de Arte Metropolitano, había perdido la noción del tiempo.

Seguramente, los medios de comunicación, esa panda de retrasados y semianalfabetos, habían hablado del asunto como de un robo o un atraco. Ningún periodista, ni siquiera los más importantes, entendería jamás que para él se trataba de un ejercicio de investigación. Pero eso es lo que era. Y no faltaba mucho para que llegase el momento en que el mundo entero conociese la realidad del incidente del sábado por la noche: el primer paso hacia algo que alteraría irrevocablemente la forma en que mucha gente veía su propio mundo. Un paso que, algún día no lejano, les obligaría a quitarse la venda de los ojos y abrir sus mezquinas mentes a algo que superaba a sus débiles imaginaciones.

«Ya casi lo tengo; no falta mucho», pensó.

Se volvió y echó un vistazo a la pared que tenía detrás y de la que colgaba un calendario. Aunque la horas del día no le importaban, las fechas siempre eran importantes.

Y una fecha como aquélla tenía que estar marcada en rojo.

Observó de nuevo los resultados de su trabajo con el rotor codificador multidisco y releyó un pasaje que le había creado problemas desde que lo había descifrado.

«Esto es como un puzzle», murmuró. Entonces sonrió al darse cuenta de que, inconscientemente, había dicho la palabra exacta, ya que antes de escribir el manuscrito entero en clave, ese pasaje concreto había sido diseñado como un puzzle.

Sintió una profunda admiración por el hombre que había escrito ese documento.

Pero entonces frunció el ceño. Tenía que darse prisa en resolverlo. Había ocultado minuciosamente todas las pistas, pero no era tan idiota como para subestimar al enemigo. Y por desgracia, para resolver el puzzle necesitaba una biblioteca; lo que significaba que tendría que abandonar la seguridad de su morada subterránea y aventurarse a salir a la calle.

Reflexionó unos instantes y dedujo acertadamente que aún era por la tarde. Iría a la biblioteca. Pero extremaría las medidas de seguridad, por si alguien había atado cabos y alertado al personal de que informaran en el caso de que alguien se interesase por determinado material.

Sonrió. «Eres un paranoico», pensó. No eran tan listos.

Después de la biblioteca volvería a su cubil, esperaba que con la solución en la mano, y acabaría de descifrar los pasajes que quedaban.

Miró otra vez el calendario y la fecha marcada con un círculo.

Una fecha que permanecería eternamente grabada en su memoria.

Una fecha que jamás olvidaría.

Tenía pendiente una pequeña pero importante y dolorosa tarea. Una vez llevada a cabo, si todo iba bien y descifraba el manuscrito entero, cumpliría con el destino que le había sido injustamente impuesto.

27

Monseñor De Angelis estaba sentado en la dura silla de rota que había en su habitación de la última planta del austero hotel de Oliver Street, que la diócesis había dispuesto para su estancia en Nueva York. No estaba mal; además, su ubicación le resultaba muy práctica, porque se encontraba a sólo unas cuantas manzanas al este de Federal Plaza. Y desde sus plantas superiores la vista del puente de Brooklyn no hacía sino inspirar románticas visiones de la ciudad en los corazones de los místicos que ocupaban normalmente esas habitaciones. Pero ahora no podía disfrutar de la panorámica.

No estaba precisamente de ánimos para misticismos.

Consultó la hora, cogió su teléfono móvil y llamó a Roma. Contestó el cardenal Rienzi, que se mostró un poco reacio a molestar al cardenal Brugnone, pero que, tal como De Angelis se había imaginado, finalmente accedió a hacerlo.

—Dime que tienes buenas noticias, Michael —pidió Brugnone, aclarándose la garganta.

—Los del FBI están haciendo progresos y han recuperado algunos de los objetos robados.

—Eso es alentador.

—Sí, lo es. El FBI y la policía de Nueva York están cumpliendo su palabra y han dedicado muchos recursos a este caso.

—¿Y qué hay de los ladrones? ¿Han detenido a alguno más?

—No, Eminencia —contestó De Angelis—. El hombre al que habían detenido ha muerto antes de que pudieran interrogarlo. Y el segundo miembro de la banda también ha muerto, en un incendio. Esta mañana a primera hora he hablado con el agente que supervisa el caso; aún no tienen los resultados de las pruebas forenses, pero él cree que es posible que lo hayan asesinado.

—¿Asesinado, dices? ¡Qué horror! —Brugnone suspiró—. ¡Y qué trágico! La avaricia los ha consumido, se están peleando por el botín.

Monseñor se encogió de hombros.

—Eso parece, sí.

Brugnone hizo una pausa.

—Aunque, naturalmente, hay otra posibilidad, Michael.

—Yo también he pensado en ella.

—A lo mejor nuestro hombre está borrando todas las pistas.

De Angelis asintió imperceptiblemente.

—Me temo que de eso se trata.

—Pues no me gusta nada, porque cuando sólo quede él será incluso más difícil encontrarlo.

—Todo el mundo comete errores, Eminencia. Y cuando él cometa uno, me aseguraré de que no se nos escape.

De Angelis oía a Brugnone, que se revolvía inquieto en su asiento.

—El cariz de los acontecimientos no es nada tranquilizador. ¿No podrías hacer algo para acelerar la resolución del asunto?

—No sin que el FBI lo considerase una interferencia indebida.

Brugnone permaneció unos instantes callado, y luego dijo:

—Bueno, de momento, no los molestaremos; pero quiero que te asegures de que estamos al corriente de toda la investigación.

—Haré lo que pueda.

La voz de Brugnone adquirió un tono más amenazante:

—Entiendes lo importante que es esto, ¿verdad, Michael? Es preciso que recuperemos *todo* antes de que se produzca algún daño irreparable.

De Angelis sabía perfectamente lo que significaba el énfasis en la palabra «todo».

—Por supuesto, Eminencia —repuso—. Lo sé muy bien.

Después de colgar el teléfono, De Angelis se quedó unos minutos sentado, reflexionando. A continuación se arrodilló junto a la cama para rezar; no pidiendo la intervención divina, sino que su débil persona no le hiciera fracasar.

Había demasiadas cosas en juego.

28

Esa tarde Tess recibió en su despacho un sobre con las copias de la biblioteca de la Universidad de Columbia y le pareció peligrosamente delgado. Un vistazo confirmó la decepción. No encontró nada que le fuese útil. Clive Edmondson ya le había dicho que no esperase hallar nada sobre los Caballeros Templarios. No era la especialidad oficial de William Vance. Se había centrado sobre todo en la historia fenicia hasta el siglo III a.C. Sin embargo, la conexión existente era natural y hasta prometedora: los grandes puertos fenicios de Sidón y Tiro se convirtieron mil años más tarde en formidables baluartes templarios. Era como si hubiese que quitar capas y capas de la historia de las cruzadas y los templarios para echar una ojeada a la vida de los fenicios.

Además, en ninguno de los documentos publicados de Vance se mencionaba algo remotamente relacionado con criptografía o criptología.

Se desanimó. Después de todo lo que había leído e investigado en la biblioteca, era evidente que esos artículos de Vance no le servían de nada para solucionar el enigma.

Decidió hacer un último rastreo por Internet, y al introducir el nombre de Vance en el motor de búsqueda volvieron a aparecer los varios cientos de resultados que le habían salido la vez anterior. Sin embargo, en esta ocasión se tomó su tiempo para mirarlos con mayor detenimiento.

Había consultado ya dos docenas de páginas cuando dio con una que mencionaba a Vance sólo de pasada y en tono descaradamente burlón. El artículo, una transcripción de un discurso pronunciado hacía casi diez años por un historiador francés en la Universidad de Nantes, era un mordaz repaso de unas ideas absurdas que, en opinión del autor, enfangaban las aguas de otros académicos más serios.

El nombre de Vance aparecía casi al final de la exposición. En ella, el historiador aludía de pasada a que había llegado a sus oídos la ridícula idea de Vance de que Hugues de Payns podría haber sido cátaro simplemente porque el árbol genealógico del hombre indicaba que sus antepasados eran del Languedoc.

Tess releyó el párrafo. «¿El fundador de los templarios, cátaro?», pensó. Eso era ridículo. Ser templario y cátaro era absolutamente contradictorio. Durante doscientos años, los templarios fueron intrépidos defensores de la Iglesia; y los cátaros, por su parte, eran un movimiento gnóstico.

Aun así había algo interesante, seductor, en la sugerencia de Vance.

La doctrina cátara había surgido a mediados del siglo X, tomando su nombre de la palabra griega *katharos*, que significaba «los puros». Se basaba en la idea de que el mundo era malo y de que las almas se reencarnaban una y otra vez (incluso en animales, razón por la cual los cátaros eran vegetarianos) hasta que trascendían el mundo material y alcanzaban un cielo espiritual.

Todo aquello en lo que creían los cátaros era herético para la Iglesia. Eran dualistas que creían que, además de un Dios bueno y misericordioso, tenía que haber otro Dios igualmente poderoso pero malo para explicar los horrores que plagaban el mundo. El Dios benévolo creaba los cielos y el alma humana, y el Dios malo encerraba el alma en el cuerpo del hombre. Para el Vaticano, los cátaros elevaban a Satanás sacrílegamente a la categoría de Dios. Como consecuencia de esta creencia, los cátaros consideraban que todos los bienes materiales eran malos, por lo que rechazaban las trampas de la riqueza y el poder que, sin duda, habían corrompido a la Iglesia católica y romana medieval.

Pero lo que más le preocupaba a la Iglesia es que también eran gnósticos. El gnosticismo —que como la palabra *katharos* procede de un término griego, *gnosis*, que quiere decir «conocimiento supremo o espiritual»— es la creencia de que el hombre puede entrar en íntimo contacto con Dios sin la necesidad de un sacerdote o una Iglesia, cosa que liberaba a los cátaros de toda prohibición moral u obligación religiosa. Además, al no necesitar suntuosas iglesias ni opresivas ceremonias, tampoco necesitaban sacerdotes. El culto religioso se realizaba con sencillez en las casas o en el campo; y, por si eso no fuera suficiente, a las mujeres se las trataba como iguales y se les permitía convertirse en *parfaits*, lo más cercano a un sacerdote para los cátaros. Dado que lo físico no contaba para ellos, el alma que residía en un cuerpo humano podía ser indistintamente masculina o femenina, con independencia de la apariencia externa.

Cuando la creencia se popularizó y se extendió por todo el sur de Francia y norte de Italia, la preocupación del Vaticano se incrementó y, al fin, decidió que esa herejía no podía seguir tolerándose. No sólo amenazaba a la Iglesia católica, sino también a la base del sistema feudal europeo, pues los cátaros consideraban que el juramento era un pecado porque ligaba a las personas al mundo material, y por tanto malo. Esto socavaba seriamente el voto de fidelidad de los siervos para con los señores. El Papa no dudó en apoyar a la nobleza francesa para acabar con esta amenaza. En 1209, un ejército de cruzados invadió el Languedoc, y durante los treinta y cinco años siguientes se dedicó a masacrar a más de treinta mil hombres, mujeres y niños. Se dijo que en las iglesias donde algunos de los villanos perseguidos se habían refugiado la sangre llegaba hasta la altura del tobillo, y que cuando uno de los soldados del Papa se quejó de que no sabía si mataba a herejes o a cristianos, simplemente recibió la orden de matar a todos: «Dios reconocerá a los suyos».

«Esto no tiene sentido», pensó Tess. Los templarios habían ido a Tierra Santa para escoltar a los peregrinos cristianos. Eran las tropas de asalto del Vaticano, sus firmes defensores; en cambio, los cátaros eran enemigos de la Iglesia.

A Tess le sorprendía que alguien tan culto como Vance sugiriese tan alocada idea, especialmente cuando se basaba en la resbaladiza premisa de la procedencia de un hombre. Tal vez fuese un error consultar a Vance, pero tenía que hablar con él en persona. Independientemente de su metedura de pata académica, si había una conexión entre los templarios y el robo en el Met, seguro que él lo averiguaría en un abrir y cerrar de ojos.

Llamó de nuevo a la Universidad de Columbia y enseguida le pasaron con el Departamento de Historia. Tras recordar a la secretaria su conversación anterior, le preguntó si había tenido suerte y había encontrado a alguien en el departamento que supiese cómo localizar a William Vance. La mujer le explicó que les había preguntado a un par de profesores que habían trabajado con Vance, pero que le habían dicho que al marcharse de la universidad habían perdido el contacto con él.

—Ya veo —repuso Tess contrariada. No sabía a quién más dirigirse.

La mujer notó su disgusto.

—Sé que necesita encontrarlo, pero a lo mejor él no quiere que lo localicen. A veces la gente no quiere que le recuerden, ya sabe..., los momentos dolorosos.

Tess se animó de golpe.

—¿Momentos dolorosos?

—¡Imagínese! Después de lo que pasó... Fue tan triste. Verá, es que la quería mucho.

La mente de Tess iba a toda velocidad; ¿se le habría escapado algo?

—Perdone, pero no entiendo a qué se refiere exactamente. ¿Perdió a alguien el profesor Vance?

—¡Oh! Creí que ya lo sabía. Perdió a su mujer. Cayó enferma y falleció.

Tess no tenía noticia de ese hecho; no aparecía en ninguna de las páginas de Internet que había consultado, claro que eran puramente académicas y no ahondaban en temas personales.

—¿Cuándo sucedió?

—Pues hace unos cuantos años, cinco o seis. Déjeme pensar... Recuerdo que fue en primavera. El profesor se había tomado unos meses sabáticos y nunca más volvió.

Tess dio las gracias a la secretaria y colgó el teléfono. Se preguntó si debería olvidarse de Vance y concentrarse en ponerse en contacto con Simmons. Pero estaba intrigada. Entró en Internet e hizo clic en la página web del *New York Times*. Seleccionó la función de búsqueda avanzada y le alivió ver que su archivo llegaba hasta 1996. Tecleó «William Vance», pulsó la sección de necrológicas y apareció un dato.

El breve artículo anunciaba la muerte de su mujer, Martha. Sólo hablaba de complicaciones tras una breve enfermedad, pero no daba más detalles. Por casualidad, Tess leyó el lugar donde había sido enterrada: cementerio Green-Wood, Brooklyn. Se preguntó si Vance estaría pagando los gastos de conservación de la tumba. De ser así, en el cementerio probablemente tuviesen su dirección actual.

Pensó en telefonear, pero decidió no hacerlo. De todas formas, lo más seguro era que no proporcionasen ese tipo de información. Buscó a regañadientes la tarjeta que Reilly le había dado y llamó a su despacho. Le dijeron que el agente estaba reunido. Tess consideró la idea de hablar con el agente que estaba al teléfono, pero prefirió esperar a hacerlo con Reilly en persona.

Miró de nuevo el obituario de la pantalla y de repente la sacudió una ola de excitación.

La secretaria tenía razón; Martha Vance había fallecido en primavera.

Mañana se cumplían exactamente cinco años.

29

—La autopsia confirma que Waldron también fue asesinado —declaró Reilly recorriendo con la mirada al resto de los asistentes a la reunión en las oficinas del FBI. El único miembro que no pertenecía a la agencia era monseñor De Angelis—. Hemos encontrado restos de lidocaína en su sangre. Es un anestésico y no se lo suministró ninguno de los empleados del hospital. La dosis fue lo suficientemente alta para producirle un paro cardíaco. Lo más interesante es que, además, tiene marcas de un pinchazo en el cuello. Le inyectaron el fármaco para paralizarle las cuerdas vocales y que no pudiese pedir ayuda.

Monseñor dio un respingo al oír el informe de Reilly, que estaba igual de asombrado. En la reunión estaban también presentes los principales investigadores del METRAID: Jansson, Buchinski, Amelia Gaines, Aparo, Blackburn y dos de sus ayudantes, así como una joven técnica encargada del sistema de audio y vídeo. El informe no era especialmente tranquilizador.

—También hemos encontrado material para marcar a hielo en las caballerizas —prosiguió Reilly—, que Petrovic podría haber usado para ocultar las marcas de los caballos que utilizaron en el asalto. Lo que quiere decir dos cosas: o que el que está detrás de esto se dedica a liquidar a sus colegas, o que uno de los que participaron en el robo ha decidido quedarse con todo. Sea como sea, tenemos uno o tal vez dos jinetes como posibles objetivos. Y no creo yo que el autor de esta historia sea un prófugo exactamente.

De Angelis se volvió a Reilly:

—¿Han logrado recuperar alguno de nuestros objetos en las caballerizas?

—No, padre, por desgracia no. Es por esos objetos por los que se están matando entre sí.

De Angelis se quitó las gafas y limpió los cristales con la manga.

—¿Y qué hay de esos grupos extremistas de los que me habló? ¿Ha habido suerte investigando esa línea?

—De momento, no. Estamos siguiendo de cerca a un par de grupos en concreto, grupos que recientemente han manifestado su indignación con la Iglesia por lo crítica que es con ellos. Los dos son de Oriente Próximo, así que nuestras delegaciones locales se ocupan del tema. Pero todavía no han establecido una conexión sólida, son sólo líneas muy débiles.

Con las cejas enarcadas, De Angelis volvió a ponerse las gafas. Aunque intentaba disimularla, su intranquilidad era patente.

—Supongo que tendremos que esperar y ver qué pasa.

Reilly echó un vistazo a su alrededor. Sabía que no habían hecho ningún progreso drástico hacia el meollo del caso. Hasta ahora reaccionaban ante los acontecimientos en lugar de iniciarlos.

—¿Quieres comentar lo de los templarios? —le preguntó Aparo a Reilly.

De Angelis miró a Aparo y a continuación a Reilly.

—¿Qué templarios?

Reilly no esperaba que su compañero sacase a relucir el asunto y trató de quitarle importancia como buenamente pudo.

—Es otra de las pistas que estamos siguiendo.

Pero De Angelis lo miró expectante.

—Una de las testigos del Met, una arqueóloga..., cree que puede haber una conexión entre los templarios y el asalto.

—¿Por las cruces rojas de las capas de los jinetes?

«Al menos no le parece un disparate», pensó Reilly.

—Sí, por eso y por algunos detalles más. El jinete que se llevó el codificador dijo algo en latín que, al parecer, es el lema de un castillo templario que hay en Francia.

De Angelis observó a Reilly y esbozó una sonrisa de incredulidad.

—¿Y esa arqueóloga cree que el asalto al museo fue perpetrado por una orden religiosa que dejó de existir hace casi setecientos años?

Reilly sintió todas las miradas sobre él.

—No exactamente, es sólo que dada su historia es plausible que los templarios hayan sido la inspiración de un grupo de fanáticos religiosos que los idealiza y actúa llevado por algún tipo de venganza o fantasía resurgida.

De Angelis asintió pensativo. Con aspecto bastante decepcionado se levantó y recogió sus papeles.

—Sí, bueno, suena muy prometedor. Que tenga suerte en la investigación, agente Reilly. Caballeros, agente Gaines —se despidió lanzando una mirada a Jansson antes de abandonar la sala en silencio y dejar a Reilly con la incómoda sensación de que los académicos interesados en los templarios no eran los únicos lunáticos.

30

Mitch Adeson sabía que si tenía que quedarse mucho más tiempo escondido en esa pocilga se volvería loco. Pero también sabía que habría sido una locura quedarse en su casa, y posiblemente las calles de su barrio fuesen más peligrosas. Al menos allí, en el piso de su padre, en Queens, estaba a salvo.

«Primero Gus y luego Branko», pensó. Mitch era listo, pero, incluso si fuese tan estúpido como Gus Waldron, habría deducido que alguien tenía una lista y que sin duda alguna su nombre no sólo estaba incluido en ella, sino que era el siguiente.

Había llegado el momento de irse a un lugar más seguro.

Lanzó una mirada hacia el otro extremo del salón a su padre medio sordo, que hacía lo mismo de siempre: mirar fijamente las borrosas imágenes de la televisión, que mostraban, también como siempre, una infinita sucesión de asquerosas tertulias contra las que no paraba de soltar improperios.

A Mitch le hubiese encantado averiguar más cosas del tipo que lo había contratado. Se había preguntado si ése era el hombre del que debía protegerse, pero pensó que era imposible. Se había defendido bastante bien encima del caballo, pero le parecía muy poco probable que hubiese matado a Branko, y mucho menos que le hubiese puesto la mano encima al gigantesco Gus Waldron. Tenía que tratarse de un eslabón más alto de la cadena de mando. Y para llegar hasta él, quienquiera que fuese, y molerlo a golpes, Mitch sabía que antes debía vérselas con el tipo que se había acercado primero a él para hablarle de ese absurdo plan. El único problema era que no tenía modo de contactar con él. Ni siquiera sabía su nombre.

Entonces oyó que a su padre se le escapaba una ventosidad. «¡Dios! —pensó—. No puedo quedarme aquí sentado. Necesito hacer algo.»

Fuese de día o no, tenía que moverse. Le dijo a su padre que volvería al cabo de varias horas. El viejo lo ignoró, pero luego, cuando

Mitch se puso el abrigo y se dirigió hacia la puerta, gruñó: «Cerveza y cigarrillos».

Era la frase más larga que le había oído decir desde la madrugada del domingo, cuando Mitch había ido allí directamente desde Central Park después de que él y los otros jinetes se sacaran las armaduras y se fueran cada uno por su lado. Su tarea había consistido en guardar las vestimentas en una furgoneta que había escondido en un garaje a dos manzanas de su casa. Se pagó por anticipado el alquiler de un año entero; hasta entonces no tenía pensado acercarse por allí.

Salió del piso y descendió las escaleras. Atardecía y tras mirar atentamente a izquierda y a derecha para comprobar que no había nada sospechoso, se dirigió al metro.

Llovía mientras Mitch avanzaba cautelosamente por la callejuela que había detrás del mugriento edificio de siete plantas del barrio de Astoria en el que estaba su apartamento. Llevaba una bolsa de papel con seis cervezas Coors y un cartón de Winston para su viejo debajo del brazo, y estaba empapado. Su intención no era acercarse a su casa todavía, pero pensó que, si pretendía esfumarse, sería mejor arriesgarse y coger algo de ropa.

Permaneció un par de minutos inmóvil en la calle antes de estirar el brazo para bajar el tramo abatible de la escalera de incendios. Siempre la engrasaba, por si acaso, y ahora descendió sin rechinar en absoluto. Se apresuró a subir mientras, nervioso, miraba hacia el suelo. Dejó la bolsa de papel junto a la escalera, y ya frente a la ventana de su habitación palpó con los dedos la abertura que había entre la escalera y la pared, y cogió la barra de acero que guardaba allí. Forzó rápidamente el tirador de la ventana y entró en su casa.

No encendió ninguna luz y recorrió a tientas la habitación, que tan bien conocía. Apartó una vieja bolsa de viaje del estante del armario, rebuscó detrás de ésta y extrajo cuatro cajas de balas que introdujo en la bolsa. Fue al cuarto de baño y sacó una bolsa de nailon de la cisterna del váter. En su interior había un gran paquete envuelto con tela encerada que abrió, y que contenía una Kimber 45 y la pequeña

Bersa de nueve milímetros. Las examinó, cargó la Bersa, que se metió por dentro del cinturón, y guardó la Kimber con las balas. Cogió algo de ropa y las botas que usaba para trabajar, sus favoritas. Con eso tendría suficiente.

Salió por la ventana de la habitación, la cerró, se colgó la bolsa de viaje al hombro y alargó el brazo en busca de la bolsa de papel.

Había desaparecido.

Durante unos instantes, Mitch se quedó helado; después sacó la pistola. Escudriñó la callejuela. No detectó ningún movimiento. Con el tiempo que hacía, ni siquiera los gatos salían en busca de sus presas, y desde esa altura las ratas eran invisibles.

¿Quién se habría llevado la bolsa? Seguramente, algunos gamberros. Si había alguien siguiéndolo, dudaba mucho que se dedicase a ir por ahí como un gilipollas con unas latas de cervezas y un cartón de cigarrillos, pero no estaba de humor para hacer hipótesis. Decidió subir a la azotea desde donde podría saltar a otro edificio y bajar a la calle a noventa metros de distancia de su casa. Lo había hecho con anterioridad, pero no con las azoteas mojadas.

Empezó a subir por la escalera intentando no hacer ruido, hasta que llegó a la azotea. Al pasar junto a una torre de ventilación tropezó con unos tubos de acero para andamios que alguno de mantenimiento había olvidado allí. Salió volando y aterrizó boca abajo en un charco de agua de lluvia. Se puso de pie con dificultad y caminó hasta el parapeto de la azotea, que le llegaba a la altura del muslo. Levantó una pierna para saltar el parapeto, y en ese momento alguien le dio una patada en la rodilla de la pierna que tenía apoyada en el suelo, que enseguida se dobló.

Buscó su pistola, pero el hombre le agarró del brazo y se lo torció. La pistola voló por los aires y Mitch oyó cómo se estrellaba contra el suelo. Intentó soltarse con todas sus fuerzas, se deshizo del hombre y saboreó brevemente su victoria, pero perdió el equilibrio y fue a parar al lado exterior del parapeto.

Tratando desesperadamente de sujetarse a algo, logró agarrarse a la cornisa con ambas manos. Entonces su agresor le cogió por los brazos, justo por encima de las muñecas, sujetándolo e impidiendo que resbalase hacia lo que sería una muerte segura. Mitch alzó la vista, vio la cara del hombre y no lo reconoció.

Fuese lo que fuese lo que ese tipo quería, se lo daría encantado.

—¡Súbeme! —jadeó—. ¡Súbeme!

El hombre obedeció con lentitud hasta que Mitch quedó tendido boca abajo con medio cuerpo colgando de la cornisa. Notó que el desconocido le soltaba uno de los brazos, y entonces vio algo que reflejaba la luz. Al principio Mitch pensó que era una navaja, pero luego se dio cuenta de lo que era: una jeringa hipodérmica.

No entendía nada y se retorció para liberarse, pero antes de que pudiera moverse sintió un repentino y agudo dolor en los tensos músculos del hombro y de la nuca.

El hombre acababa de clavarle la jeringa en el cuello.

31

Mientras miraba la copia de la fotografía en la privacidad de su habitación del hotel, De Angelis tocaba con el dedo la estatuilla de oro con diamantes y rubíes incrustados de un caballo encabritado.

En su fuero interno, el objeto le parecía bastante vulgar. Sabía que era un regalo que la Iglesia ortodoxa rusa le había hecho al Santo Padre con ocasión de una audiencia papal a fines del siglo XIX, y también sabía que su valor era incalculable. La estatuilla era fea y vulgar, pero de inestimable valor.

Examinó la fotografía más de cerca. Reilly se la había dado en su primera reunión, cuando el agente le había preguntado acerca de la importancia del codificador multidisco. La escena seguía acelerándole el pulso. Incluso esa borrosa imagen lograba reavivar en él la inmensa felicidad que había sentido la primera vez que había visto las grabaciones de las cámaras de seguridad en Federal Plaza.

Caballeros con radiantes armaduras saqueando un museo de Manhattan en el siglo XXI.

«¡Menuda audacia! —pensó—. Realmente memorable.»

En la imagen se veía al jinete, que ahora De Angelis sabía que se trataba del cuarto caballero, sostener el codificador. Miró fijamente el casco, intentando traspasar la tinta y el papel, y acceder a los pensamientos de ese hombre. Era una foto de tamaño folio y había sido tomada desde el ángulo posterior izquierdo. El caballero estaba rodeado de vitrinas hechas añicos. Y en la esquina superior izquierda, asomada por detrás de una vitrina, aparecía el rostro de una mujer.

«La arqueóloga que oyó al cuarto jinete pronunciar algo en latín», pensó De Angelis. Debía de estar bastante cerca de él para oírle; miró atentamente la imagen y supo que tenía que tratarse de ella.

Se concentró en su cara: tensa por el miedo, estupefacta. Completamente aterrorizada.

Seguro que era ella.

Dejó la foto del codificador y el caballo con piedras incrustadas encima de su cama, junto al medallón, que ahora cogió. Estaba hecho de rubíes engastados en plata, un regalo del Nizam de Hyderabad. Valía un potosí, ahora y entonces. Le dio la vuelta y enarcó las cejas: estaba en un callejón sin salida.

Su presa había ocultado bien sus huellas; no esperaba menos de un hombre de semejante osadía. Los secuaces del líder de la banda, los desgraciados de los bajos fondos que De Angelis había encontrado, interrogado y liquidado con tanta facilidad, no le habían servido para nada.

El hombre en cuestión seguía esquivándolo.

Lo que necesitaba era otro plan de acción. Una especie de intervención divina.

Y ahora esto. Un estorbo.

Una distracción.

Miró otra vez el rostro de la mujer. Cogió su teléfono móvil y utilizó la marcación rápida. Al cabo de dos tonos contestó una voz grave y ronca.

—¿Diga?

—¿A cuánta gente le has dado este número exactamente? —replicó un lacónico monseñor.

Oyó que el hombre espiraba ruidosamente.

—Me alegro de oírle, señor.

De Angelis supo que ahora el hombre estaría apagando un cigarrillo mientras, instintivamente, cogía otro. Siempre le había parecido un hábito repugnante, pero el resto de virtudes que tenía lo compensaban con creces.

—Necesito tu ayuda para un asunto. —Al decir esto enarcó las cejas. Hubiese preferido no tener que involucrar a nadie más. Clavó de nuevo los ojos en el rostro de Tess—. Necesito que accedas a la base de datos que tiene el FBI sobre el METRAID. —Y añadió—: Con discreción.

El hombre respondió enseguida.

—Ningún problema. Es uno de los gajes de la lucha antiterrorista. Todos estamos preocupados y con ganas de ayudar. Dígame qué necesita.

32

Tras dejar uno de los muchos caminos serpenteantes del cementerio, Tess caminaba ahora por un sendero de grava.

Eran poco más de las ocho de la mañana. Las lápidas estaban rodeadas de primaverales plantas en flor y de hierba impecablemente cortada, y húmeda a causa de la lluvia de la noche anterior. El leve aumento de la temperatura del aire había generado una ondulante neblina que envolvía sepulcros y árboles.

Sobre su cabeza, rompiendo la queda escena con un inquietante reclamo, pasó volando una solitaria cotorra. Pese a la subida de la temperatura y el abrigo que llevaba, Tess se estremeció mientras se adentraba en el cementerio. Caminar por un camposanto era desagradable en cualquier circunstancia y, estando allí, Tess pensó en su padre y en lo mucho que hacía desde la última vez que había visitado su tumba.

Se detuvo y consultó el plano que había comprado en el quiosco que había junto a la enorme entrada gótica. Creía que iba en la dirección correcta, pero ahora ya no estaba tan segura. El cementerio ocupaba más de ciento sesenta hectáreas y era fácil perderse, especialmente porque no iba en coche. Había cogido la línea R del metro desde el Midtown, junto a Central Park, hasta la estación de la calle Veinticinco de Brooklyn, había andado una manzana hacia el este y había entrado en el cementerio por la entrada principal.

Miró a su alrededor intentando orientarse, y se preguntó si, después de todo, habría sido una buena idea ir hasta allí. Porque lo cierto es que no tenía nada que ganar. Si Vance estaba visitando la tumba de su mujer, interferiría en un momento tremendamente íntimo, y si no estaba allí, habría hecho el viaje en balde.

Desechó sus dudas y siguió caminando. Ahora había llegado a la parte antigua del cementerio. Al pasar por delante de una recargada tumba coronada por un ángel de granito recostado, oyó un ruido a su lado. Sobresaltada, escudriñó la niebla. No vio nada salvo las oscuras y cambiantes siluetas de los árboles. Inquieta, apretó un poco el paso, consciente de que se adentraba aún más en los recovecos del camposanto.

Echó un vistazo al mapa; ya debía de estar cerca. Convencida de que no se había equivocado, decidió tomar un atajo por una pequeña loma y anduvo con paso decidido por la resbaladiza hierba. Tropezó con una cerca de piedra enmohecida y con los dedos se agarró a un desvencijado jalón para evitar la caída.

Y entonces lo vio.

Estaba a menos de cincuenta metros de distancia, solo, solemnemente de pie frente a la pequeña lápida, delante de la cual había un ramo de claveles rojos y blancos. Tenía la cabeza inclinada. Y en el camino de al lado había un solitario Volvo gris estacionado.

Tess aguardó unos instantes antes de aproximarse a él despacio, en silencio, y contemplar la lápida en la que pudo leer las palabras «Vance» y «Martha». Aunque no había nadie más por allí, él seguía sin notar la presencia de Tess, que ahora estaba a tres metros de distancia.

—Profesor Vance —dijo titubeante.

William Vance se quedó inmóvil unos segundos antes de volverse.

Parecía otra persona.

Tenía el pelo apelmazado y canoso, y la cara demacrada. Aunque todavía era alto y delgado, ya no era de complexión atlética y su espalda estaba ligeramente encorvada. Tenía las manos dentro de los bolsillos de un abrigo oscuro abrochado hasta el cuello. Tess se fijó en que sus puños estaban raídos y tenían alguna mancha. De hecho, por mucha pena que le diera admitirlo, su aspecto era bastante zarrapastroso. Sea lo que fuere a lo que ahora se dedicara, saltaba a la vista que estaba muy por debajo de la posición de la que tiempo atrás había gozado. Llevaba diez años sin verlo y, de haberse cruzado con él por la calle, probablemente no lo habría reconocido, pero allí, en ese entorno, no tenía ninguna duda de que era él.

Vance la miró con cautela.

—Siento muchísimo interrumpirte —balbució— y te pido disculpas por ello. Sé que es un momento sumamente íntimo, y de verdad que si hubiese otra forma de contactar contigo... —Hizo una pausa y vio que el rostro de Vance se iluminaba al caer en la cuenta de quién era ella.

—Tess. Tess Chaykin, la hija de Oliver.

Ella inspiró profundamente y suspiró aliviada. La expresión de la cara de Vance se relajó, sus penetrantes ojos grises brillaron y Tess detectó en él parte del carisma que tenía la última vez que se habían visto, hacía muchos años. Estaba claro que no tenía problemas de memoria, porque dijo:

—Ahora entiendo por qué estás tan distinta. Estabas embarazada cuando nos conocimos, siempre pensé que el desierto turco no era lo que más te convenía en aquel entonces.

—Lo sé —afirmó Tess con tranquilidad—. Tengo una hija, se llama Kim.

—Debe de tener... —Vance hacía cálculos del tiempo que había pasado.

—Nueve años —se anticipó Tess con amabilidad y apartó la vista, avergonzada—. Lo siento... sé que no debería estar aquí.

Sintió el impulso de dar media vuelta, pero entonces vio que Vance había dejado de sonreír. Todo su rostro se ensombreció cuando lanzó una mirada hacia la lápida. En voz baja dijo:

—Mi hija Annie tendría ahora cinco años.

«¿Mi hija?» Desconcertada, Tess observó a Vance y luego miró en dirección a la lápida. Era blanca, de una elegante sobriedad, y tenía una inscripción escrita con letras de unos cinco centímetros de alto:

Martha y Annie
Vance
Que sus sonrisas alegren
un mundo mejor que éste.

Tardó unos instantes en entenderlo.

Su mujer debió de morir en el parto.

Tess sintió que se sonrojaba, estaba absolutamente avergonzada por su imprudencia, por haber ido a ver a ese hombre a la tumba de su mujer y su hija. Alzó la vista hacia Vance, que la miraba, la tristeza había dejado profundos surcos en su rostro. Se le cayó el alma a los pies.

—Lo lamento muchísimo —musitó—. No lo sabía.

—Ya habíamos elegido el nombre, ¿sabes? Si era niño iba a llamarse Matthew, y si era niña, Annie. Los decidimos en la noche de la boda.

—¿Qué...? ¿Cómo...? —Tess fue incapaz de acabar la pregunta.

—Sucedió a mitad del embarazo. Había estado bajo observación desde el comienzo. Ella era, bueno, los dos éramos bastante mayores para tener el primer hijo. Y en su familia había antecedentes de hipertensión. La cuestión es que le diagnosticaron eclampsia. Se desconocen las causas. Me dijeron que era bastante común, y que podía ser mortal, y ése fue el caso de Martha. —Hizo un alto e inspiró hondo, con los ojos clavados en el horizonte. Era evidente que le resultaba doloroso hablar de todo eso, y Tess quiso que parara, quiso que la tierra se la tragara para evitar que ese hombre tuviese que revivir su drama por culpa de su egoísta presencia. Pero era demasiado tarde—. Los médicos dijeron que no se podía hacer nada —prosiguió con pesar—. Nos recomendaron que Martha abortase. Annie era demasiado pequeña para poder sobrevivir en una incubadora, y las posibilidades de que mi mujer sobreviviese al parto disminuían cada día que pasaba.

—Pero el aborto no...

Su mirada se entristeció.

—En circunstancias normales, ni nos lo habríamos planteado, pero esto era diferente. La vida de Martha corría peligro; de modo que hicimos lo que hacíamos siempre. —La expresión de su rostro se endureció—. Fuimos a pedir consejo al cura de nuestra parroquia, el padre McKay.

Tess se imaginó lo que había ocurrido y se le encogió el corazón.

Vance tensó los músculos de la cara.

—Su posición, la posición de la Iglesia, estaba muy clara. Nos dijo que aquello era un asesinato, y no cualquier tipo de asesinato, sino el más horrible de cuantos puedan cometerse. Un crimen abominable. ¡Oh! Se mostró muy elocuente al respecto. Nos dijo que si abortábamos, violaríamos el mandamiento de Dios: «No matarás».

Decía que se trataba de una vida humana, que mataríamos a un ser humano que empezaba a vivir, la criatura más inocente que uno podía asesinar. Una víctima que no entiende, que no puede protestar ni defenderse. Nos preguntó si mataríamos a nuestro hijo, si pudiésemos oír sus gritos y ver sus lágrimas. Y por si eso no era suficiente, su argumento final fue la guinda: «Si vuestro hijo tuviese un año, ¿lo mataríais? ¿Lo sacrificaríais para salvar vuestra propia vida? No. Por supuesto que no. ¿Y si tuviese un mes de vida? ¿Y si tuviese un día? ¿Cuándo empieza la vida realmente?» —Hizo una pausa y sacudió la cabeza al recordar—. Le hicimos caso, Martha no abortó y dejamos todo en manos de Dios.

Vance miró hacia la tumba, era patente que una mezcla de dolor y rabia le hervía en las venas.

—Martha aguantó hasta que empezó a tener convulsiones y murió de un derrame cerebral. Y Annie, bueno, sus pequeños pulmones ni siquiera tuvieron la oportunidad de oler nuestro aire contaminado.

—¡Lo siento mucho! —Tess apenas podía hablar. Pero en realidad tampoco importaba. Era como si Vance estuviese en su propio mundo. Al mirarle a los ojos, vio que la tristeza había sido reemplazada por una ira que emergía de sus entrañas.

—Fuimos unos estúpidos por poner la vida de Martha y la del bebé en manos de esos charlatanes ignorantes y arrogantes. Pero no volverá a pasar. Me aseguraré de que no vuelva a pasarle a nadie. —Contempló la quietud que los rodeaba—. El mundo ha cambiado mucho en los últimos mil años. Ya no estamos hablando de la voluntad de Dios o la maldad del demonio, sino de que la vida es un hecho científico. Y ha llegado el momento de que la gente lo sepa.

Y en ese instante, Tess lo entendió todo.

Se le heló la sangre; ahora lo veía con claridad.

«Él era el hombre del museo. William Vance era el cuarto jinete.»

Se sucedieron en su mente las imágenes del pánico en el museo, del asalto de los caballeros, de los disparos, de la confusión y los gritos.

«*Veritas vos liberabit*», pronunciaron sus labios en voz alta.

Vance la miró, sus ojos grises se clavaron en ella llenos de ira; se había dado cuenta de que ella lo sabía.

—Exacto.

Tess debía irse, pero sus piernas se negaban a moverse. Su cuerpo estaba completamente rígido y en ese momento pensó en Reilly.

—Lo siento, sé que no tenía que haber venido —fue todo lo que logró decir. Pensó otra vez en el museo, en que por culpa de ese hombre habían muerto varias personas. Miró a su alrededor con la esperanza de ver a otras personas enlutadas o a alguno de los turistas u observadores de pájaros que frecuentaban el cementerio, pero todavía era demasiado temprano. Estaban solos.

—No, me alegro de que lo hayas hecho. Agradezco la compañía, y tú más que nadie deberías apreciar lo que intento hacer.

—Por favor, yo... Yo sólo intentaba... —Consiguió mover las piernas y, vacilante, retrocedió unos cuantos pasos mientras, nerviosa, lanzaba miradas a un lado y a otro tratando de averiguar cómo salir de allí. Y entonces su teléfono móvil sonó.

Miró a Vance con los ojos desmesuradamente abiertos y, aún tambaleándose y con él cada vez más cerca, alzó una mano mientras metía la otra en el bolso para coger el teléfono.

—Por favor —suplicó.

—No lo hagas —ordenó él. Y en ese instante se fijó en que Vance tenía una especie de pistola en la mano. Parecía de juguete, con franjas amarillas pintadas en su cañón, corto y cuadrado. Y antes de que pudiese moverse o chillar y mientras sujetaba con los dedos el teléfono en el interior del bolso, vio que él apretaba el gatillo y salían dos dardos despedidos por el aire. Le dieron en el pecho y sintió una ardiente oleada de un dolor insoportable.

Al instante le fallaron las piernas y se quedó paralizada, impotente.

Perdió el conocimiento y se desplomó.

Detrás de un árbol cercano, un hombre alto cuya oscura vestimenta apestaba a cigarrillo sintió que se le disparaba la adrenalina al ver cómo Tess era atacada y caía al suelo. Escupió un chicle Nicorette, cogió su teléfono móvil y marcó la tecla de llamada rápida mientras con la otra mano sacaba la pistola Heckler & Koch modelo USP Compact de la pistolera que llevaba a la espalda.

De Angelis no tardó en contestar.

—¿Qué ocurre?

—Sigo en el cementerio. La chica... —Joe Plunkett hizo una pausa y la observó tumbada sobre la húmeda hierba—. Se ha visto con un hombre que le acaba de disparar con una pistola Taser de electrochoque.

—¿Cómo?

—Lo que oye, le ha disparado. ¿Qué quiere que haga? ¿Quiere que lo mate? —En su mente ya había empezado a elaborar un plan de ataque. La Taser no supondría ningún problema. No estaba seguro de si el hombre de pelo canoso que estaba de pie junto a la chica tendría o no otra arma, pero le daba igual; sería capaz de reducirlo antes de que el tipo pudiese reaccionar, sobre todo porque le daba la impresión de que estaba solo.

Plunkett esperó una orden. Su pulso ya se había acelerado, listo para el ataque; prácticamente oía los pensamientos de De Angelis. Entonces monseñor habló con voz serena y ronca:

—No, no hagas nada. Olvídate de ella. Él es ahora nuestra prioridad. Síguelo y no lo pierdas de vista. Voy para allá.

33

A Reilly le recorrió un escalofrió mientras escuchaba con la oreja pegada al teléfono.

—¡Tess! ¡Tess! —Sus gritos no obtuvieron respuesta y luego la línea se cortó.

Pulsó inmediatamente la tecla de rellamada, pero tras cuatro tonos saltó el buzón de voz, que le pidió que dejara un mensaje. Llamó de nuevo, tampoco hubo respuesta.

«Algo va mal, muy mal», pensó.

Sabía que Tess había telefoneado, pero no había dejado ningún mensaje, y cuando él le devolvió la llamada, ella ya se había marchado de la oficina. De todas formas, tampoco sabía con seguridad hasta qué punto quería seguir con la tesis de los templarios. Le había resultado desagradable y hasta bochornoso sacar a relucir el tema en medio de la reunión con monseñor y el resto del equipo. Aun así, había llamado a su despacho a primera hora de la mañana y había hablado con Lizzie Harding, su secretaria, quien le había dicho que Tess no había ido a trabajar.

—Ha telefoneado para decir que a lo mejor llegaba tarde —le había explicado Lizzie.

—¿Como a qué hora?

—Eso no me lo ha dicho.

Al pedirle el número del móvil de Tess, la secretaria le dijo que no podían dar datos personales; fue entonces cuando Reilly decidió que ya era hora de tenerlo, comentó que era del FBI, y la actitud del Instituto Manoukian cambió rápidamente.

Después de tres tonos Tess descolgó, pero no dijo nada. Lo único que Reilly oyó fue el ruido de cosas que se entrechocaban, como cuando alguien aprieta una tecla sin querer y el teléfono se activa dentro del bolso o del bolsillo, y luego oyó que decía «por favor» en un tono inquietante. Le había parecido que estaba asustada. Como si suplicase algo. Y a continuación se había producido una sucesión de ruidos que él se esforzaba por comprender: un chasquido estridente, un par de sonidos sordos, algo que sonó como un breve y ahogado grito de dolor, y de nuevo un gran ruido. Reilly había vuelto a chillar «¡Tess!», pero no había obtenido respuesta, y entonces la línea se había cortado.

Miró fijamente el teléfono, el corazón le latía a toda velocidad. No le había gustado nada cómo había sonado ese «por favor».

Claramente, algo horrible había pasado.

Mientras la cabeza le daba vueltas, llamó de nuevo al instituto y le pasaron con Lizzie.

—Soy el agente Reilly otra vez. Necesito saber dónde está Tess —se corrigió enseguida—, quiero decir la señora Chaykin. Es urgente.

—No sé dónde está. No ha dicho adónde iba. Lo único que ha dicho es que llegaría tarde.

—Pues necesito que mire en su agenda y revise su correo electrónico. ¿Hay alguna manera de entrar en su calendario electrónico? Tiene que haber algo.

—Déme un minuto —repuso la secretaria, nerviosa.

Reilly vio que su compañero lo miraba con cara de preocupado.

—¿Qué ocurre? —inquirió Aparo.

Reilly tapó el extremo del auricular con una mano y con la otra garabateó para Aparo el número del móvil de Tess.

—Es Tess, le ha pasado algo. Llámala desde tu teléfono.

En la margen opuesta del East River, un Volvo gris avanzaba lentamente hacia la autopista de Brooklyn-Queens en dirección al puente de Brooklyn.

A una distancia prudencial del Volvo, tres coches más atrás, había un Ford también gris a cuyo volante iba un hombre que tenía el desagradable hábito de tirar las colillas encendidas de los cigarrillos por la ventanilla del coche.

A su izquierda, al otro lado del río, sobresalían los rascacielos del Lower East Side.

Tal como se había imaginado, el Volvo cruzó el puente en dirección a Manhattan.

34

Incluso antes de abrir los ojos, Tess notó el olor a incienso. Al abrirlos le pareció que estaba rodeada de cientos de velas, cuyas llamas amarillas irradiaban una luz tenue que iluminaba la habitación en la que se encontraba.

Estaba echada en una especie de alfombra, un viejo kilim. Era áspero al tacto, debía de estar desgastado. De pronto le vino a la memoria su encuentro con Bill Vance y se estremeció de miedo. Pero él no estaba allí, estaba sola.

Se incorporó y, aunque se sentía mareada, se puso de pie tambaleándose. Sintió un dolor agudo en el pecho y otro en el costado izquierdo. Miró hacia abajo para examinarse mientras intentaba recordar lo sucedido.

«Me ha disparado, no me lo puedo creer.»

«¡Pero estoy viva!»

Miró su ropa en busca de algún orificio y se preguntó cómo podía seguir respirando. Entonces descubrió dos puntos donde la ropa estaba perforada y los bordes de los agujeros ligeramente deshilachados y quemados. En ese instante empezó a recordar la escena de Vance y la pistola. Cayó en la cuenta de que su intención no había sido matarla, sino sólo incapacitarla, y de que la pistola con la que le había disparado debía de ser un tipo de arma para aturdir.

Claro que ése tampoco era un pensamiento especialmente reconfortante.

Echó un vistazo a su alrededor todavía algo aturdida y se percató de que estaba en un sótano de paredes desnudas, suelo embaldosado, y un techo bajo abovedado apoyado en columnas labradas. No tenía ventanas. De una esquina partía hacia arriba una oscura escalera de madera a la que no llegaba la luz de las velas, la mayoría de las cuales eran masas informes de cera derretida.

Poco a poco se dio cuenta de que aquello era más que un sótano.

Allí vivía alguien. Junto a una de las paredes había un catre con una caja de madera al lado que hacía las veces de mesilla de noche y que estaba repleta de libros y papeles. En el extremo opuesto de la habitación había un mesa alargada y, frente a ésta, levemente inclinada como si llevara muchos años prestando servicio, una gran silla de despacho giratoria. Encima de la mesa había más montones de libros y papeles, y ahí, céntricamente colocado y rodeado aún de más velas, estaba el codificador del Met.

Incluso en la semipenumbra producida por las velas brillaba como si hubiera salido de otro mundo. Estaba en mejor estado de lo que Tess recordaba.

Localizó su bolso sobre la mesa, vio su monedero abierto al lado y de pronto se acordó del teléfono móvil. Recordaba vagamente que lo había oído sonar antes de perder el conocimiento. Recordaba haberlo palpado con la mano mientras sonaba, y estaba convencida de que había conseguido descolgarlo. Dio un paso hacia delante para coger su bolso, pero antes de que pudiera alcanzarlo un repentino ruido la obligó a volverse. Intuyó que procedía de lo alto de la escalera; se abrió una puerta, que se cerró de nuevo con un sordo ruido metálico. Luego oyó pasos que bajaban y vio un par de piernas; era un hombre que llevaba un abrigo largo.

Cuando lo reconoció, Tess se apresuró a retroceder. Vance la miró y le dedicó una cálida sonrisa. Durante unos instantes ella pensó que era imposible que Vance le hubiese disparado.

Avanzó hacia Tess con una gran botella de plástico de agua.

—Lo siento mucho —se disculpó Vance—. Pero no he tenido otra opción.

Cogió un vaso que había entre los libros de la mesa y le sirvió agua. Después rebuscó en sus bolsillos hasta que encontró un blíster con pastillas.

—Son analgésicos. Ten, tómate uno y bebe toda el agua que puedas. Te irá bien para el dolor de cabeza.

Tess miró el blíster, que parecía sin uso, y reconoció su nombre.

—Es Voltarol. ¡Venga!, tómate una pastilla. Te irá bien —la animó Vance.

Titubeó unos instantes antes de sacar una y tragársela con un sorbo de agua. Vance rellenó el vaso y Tess lo apuró con avidez. Todavía aturdida por lo que le había ocurrido, miró fijamente a Vance aguzando la vista a la luz de las velas.

—¿Dónde estamos? ¿Qué lugar es éste?

El rostro del hombre adquirió un aspecto sombrío, casi de desconcierto.

—Supongo que podría decir que es mi casa.

—¿Tu casa? ¿Vives aquí? ¡No hablarás en serio!

Él no contestó.

Tess tenía dificultades para entender lo que estaba sucediendo.

—¿Qué quieres de mí?

Vance la miró fijamente.

—Eres tú la que ha venido a buscarme.

—Quería verte para que me ayudaras a averiguar algo —espetó enfadada—. No esperaba que me dispararas y me secuestraras.

—Tranquilízate, Tess, que aquí nadie ha secuestrado a nadie.

—¿Ah, no? ¿O sea que puedo irme cuando quiera?

Vance desvió la vista, pensativo, y después se volvió para mirarla de nuevo.

—A lo mejor no querrás irte cuando te cuente mi versión de la historia.

—Créeme, me largaría de aquí sin pensármelo dos veces.

—Está bien... tal vez tengas razón. —Vance parecía perdido, incluso avergonzado—. Puede que todo sea un poco más complicado.

Tess notó que su rabia daba paso a la prudencia. «Pero ¿qué haces? No le lleves la contraria. ¿No te das cuenta de que se ha vuelto loco? Está desequilibrado. Va por ahí decapitando a la gente. Mantén la calma.» Ignoraba a dónde mirar o qué decir. Lanzó otra mirada al codificador y vio que había una abertura en la pared contra la que estaba apoyada la mesa. Una abertura pequeña, estrecha y tapiada con listones de madera. La inundó el optimismo, que no tardó en desvanecerse en cuanto pensó que Vance no habría dejado libre una salida. «Puede que esté loco, pero no es estúpido.»

Se concentró otra vez en el codificador. ¡De eso se trataba! Sintió que necesitaba saber más. Se obligó a calmarse y luego preguntó:

—Es de los templarios, ¿verdad?

—Sí... Y pensar que he ido mil veces a la Biblioteca del Vaticano, y que debía de estar abandonado en algún sótano, acumulando polvo. No creo ni que supieran lo que tenían.

—¿Y funciona después de tantos años?

—Había que limpiarlo y engrasarlo, pero sí, funciona perfectamente. Los templarios eran unos artesanos muy minuciosos.

Tess examinó el aparato. Junto a él había un montón de papeles. Eran documentos antiguos, como hojas de un manuscrito. Vance y ella intercambiaron sus miradas. Le dio la impresión de que el profesor casi disfrutaba con su desconcierto.

—¿Por qué haces esto? —preguntó Tess al fin—. ¿Por qué lo necesitabas tan desesperadamente?

—Todo empezó en Francia hace unos cuantos años. —Mientras reflexionaba, miró con nostalgia los antiguos documentos—. De hecho, fue poco después de que Martha y Annie fallecieran —explicó con tristeza—. Había dejado la universidad y estaba... confuso, y enfadado. Tenía que alejarme de aquel mundo y acabé en el sur de Francia, en el Languedoc. Había estado allí con anterioridad, haciendo senderismo con Martha. Es una zona preciosa. Imagínate cómo debía de ser en aquel entonces. Tiene una gran riqueza histórica, aunque gran parte de ella sea bastante sangrienta... La cuestión es que durante mi estancia me topé con una historia que ya no pude quitarme de la cabeza. Era algo que había ocurrido varios siglos atrás. Al parecer, le habían pedido a un sacerdote joven que fuese a visitar a un monje en su lecho de muerte para darle la extremaunción y escuchar su confesión. Se creía que el moribundo era uno de los últimos templarios que aún seguían con vida. El sacerdote fue a verlo, a pesar de que el monje no pertenecía a su congregación y de que no había pedido que lo visitara; es más, en un primer momento incluso se había negado a recibirlo. Finalmente accedió a ver al sacerdote, y cuenta la leyenda que cuando éste salió, estaba pálido y estupefacto. No sólo su cara estaba blanca, sino también su pelo. Dicen que después de aquel día el hombre nunca más volvió a sonreír. Y años más tarde, justo antes de morir, dio a conocer la verdad. Resulta que el templario le había contado algo y le había enseñado unos misteriosos papeles. Y eso es todo. No pude olvidar aquella historia, ni alejar de mí la imagen de ese sacerdote al que se le había quedado blanco el pelo tras pasar sólo varios minutos asistiendo a un anciano moribundo. Desde entonces encontrar los papeles y averiguar qué eran se convirtió en una...

«En una obsesión», pensó Tess.

—... especie de misión. —Vance esbozó una sonrisa mientras evocaba imágenes de bibliotecas solitarias y lejanas—. No sé cuántos archivos habré recorrido, en los museos, en las iglesias, en los monasterios de toda Francia, hasta en los Pirineos. —Hizo una pausa y a continuación alargó el brazo para apoyar la mano encima de los papeles que había junto al codificador—. Y un día, de repente, encontré algo en un castillo templario.

«Un castillo con una inscripción en el portón.» Tess se sentía aturdida. Pensó en las palabras en latín que le había oído pronunciar a Vance, las mismas que Clive le había explicado que estaban esculpidas en el dintel del portón del castillo de Blanchefort. Miró los documentos. Se fijó en que eran antiguos y estaban escritos a mano.

—¿El manuscrito original? —inquirió sorprendida por sentir parte de la excitación que sabía que Vance debía de haber experimentado. De pronto, lo vio claro—. Pero estaba en clave... ¡Por eso necesitabas el codificador!

Vance asintió despacio, confirmando la hipótesis de Tess.

—Sí, aquello fue de lo más frustrante. Sabía desde hacía algunos años que estaba detrás de algo importante y que no me había equivocado de papeles, pero no podía leerlos. La sustitución monoalfabética y la transposición no me funcionaron, y me di cuenta de que los templarios habían sido más inteligentes que todo eso. Hallé misteriosas referencias a aparatos codificadores templarios, pero no localicé ninguno. Era realmente desesperante. Todas sus pertenencias habían sido destruidas cuando los acorralaron en 1307. Pero entonces el destino quiso que encontrase esta pequeña joya en las entrañas del Vaticano, donde había estado guardada, escondida y olvidada durante todos estos años.

—Y ahora ya puedes leer los papeles.

Vance dio unos golpecitos sobre ellos.

—Con absoluta claridad.

Tess observó los documentos. Se reprochó a sí misma la tremenda excitación que la inundaba y se recordó que había muerto gente, que lo más probable era que ese hombre estuviese trastornado y que, a tenor de los últimos acontecimientos, fuese hasta peligroso. El descubrimiento en el que Vance trabajaba era potencialmente significativo y más importante que cualquiera de las cosas que ella había desenterrado, pero para ello había sido necesaria la sangre de inocentes, cosa que Tess no podía permitirse olvidar, como tampoco podía olvidar que en toda esa historia había algo oscuro y profundamente inquietante.

Contempló a Vance, que daba otra vez la impresión de que estaba en su propio mundo.

—¿Qué esperas encontrar? —inquirió Tess.

—Algo que lleva demasiado tiempo olvidado. —La miró con ojos entreabiertos y penetrantes—. Y que pondrá las cosas en su sitio.

«Y por lo que vale la pena matar», quiso añadir Tess, pero prefirió callarse. Recordó lo que había leído, la idea de Vance de que el fundador de la Orden del Temple era cátaro. Él acababa de decirle que había encontrado el manuscrito en el Languedoc, lugar del que (para disgusto del historiador francés cuyo artículo Tess había leído) Vance sostenía que procedía la familia de Hugues de Payns. Quería saber más detalles, pero cuando iba a hablar, oyó un extraño ruido en el techo, como un ladrillo que entrechocara contra un suelo de piedra.

El profesor se puso de pie de un salto.

—No te muevas de aquí —le ordenó.

Tess recorrió el techo con la mirada tratando de localizar de dónde venía el ruido.

—¿Qué ha sido eso?

—Tú quédate aquí —insistió Vance, que rápidamente se puso en marcha. Fue hasta detrás de la mesa y sacó la Taser con la que había disparado a Tess, pero cambió de idea y la dejó. Luego rebuscó en una pequeña bolsa de la que extrajo una pistola clásica que cargó con cierta dificultad mientras se precipitaba escaleras arriba.

Las subió con decisión, y cuando las piernas estaban fuera del alcance de su vista, Tess oyó el ruido metálico y sordo de la puerta al cerrarse.

35

De Angelis se maldijo cuando golpeó con el pie el carbonizado trozo de madera y se movieron los escombros de alrededor. Andar con sigilo por la iglesia abrasada no era fácil; el lugar, oscuro y húmedo, estaba repleto de vigas quemadas y fragmentos de piedra rota que habían caído del techo desmoronado.

Al principio le había sorprendido que Plunkett hubiese seguido a Tess y a su raptor de pelo cano hasta ese sitio en ruinas; pero a medida que fue recorriendo los fantasmales restos de la iglesia de la Ascensión, se dio cuenta de que era un lugar perfecto para alguien que quisiera trabajar sin ser molestado, alguien para quien su dedicación fuese más importante que las menudencias de la comodidad material. Un dato que volvía a confirmar, aunque De Angelis no lo necesitara, que el hombre al que perseguía sabía perfectamente lo que se había llevado del Met la noche del asalto.

Monseñor había accedido a la iglesia por una puerta lateral; menos de cuarenta minutos antes, Plunkett había visto a Tess Chaykin, con los ojos vendados, bajar del Volvo con ayuda y ser conducida por su secuestrador al interior de la iglesia. No parecía muy consciente y había subido los pocos escalones de la puerta con un brazo sobre los hombros de su raptor.

La pequeña iglesia estaba en la calle 114 Oeste, escondida entre dos construcciones de piedra rojiza, y en la fachada que daba al este había una callejuela en la que ahora estaban estacionados el Volvo y el Ford.

El templo había sido devastado por las llamas no hacía mucho tiempo y, por lo visto, su reedificación estaba pendiente de programación. En la entrada había un gran tablón que mostraba los progresos logrados en la recaudación de fondos destinados a la reconstrucción: aparecía un termómetro de dos metros de alto, y en lugar de grados podían leerse los miles de dólares que se precisaban para devolver al templo su antiguo esplendor; de momento sólo se había conseguido reunir un tercio del dinero necesario.

A través de un angosto pasillo, monseñor se había abierto paso hasta la nave. Filas de columnas la dividían en tres secciones, dos laterales y una central, con montones de bancos chamuscados. El estuco de las paredes se había quemado y habían quedado al descubierto los ladrillos ennegrecidos y ocasionalmente agujereados. Debajo del techo e irreconocibles, los pocos arcos de yeso que quedaban, y que conectaban las paredes exteriores con las columnas, habían sido carbonizados y deformados por las llamas. Del rosetón, cuyo vitral había presidido la entrada a la iglesia, no quedaba más que el hueco tapiado.

Avanzó con cautela por un lateral de la nave, rodeó las puertas de bronce derretido del presbiterio y subió despacio las gradas. A su derecha vio los restos carbonizados de un gran púlpito. Reinaba el silencio, sólo ocasionalmente se oía algún ruido de la calle que se colaba por una de las muchas cavidades del derruido esqueleto del templo. De Angelis había supuesto que quienquiera que se hubiese llevado a la chica estaría utilizando las habitaciones traseras. Mientras Plunkett estaba fuera, vigilando, él sorteó con sigilo los cascotes del altar hasta llegar a un pasillo que había detrás del santuario, y entonces acopló el silenciador a su pistola Sig Sauer.

Fue en ese momento cuando golpeó el trozo de madera.

El sonido reverberó en el oscuro pasillo. De Angelis se quedó helado, escuchando, alerta, atento a cualquier alteración que pudiese haber producido. Aguzando la vista, distinguió con dificultad una puerta al final del pasillo justo cuando, de pronto, se oyó un sonido seco al otro lado de ésta y a continuación unos tímidos pasos cada vez más cercanos. Rápidamente se apartó, pegándose a la pared y levantando la pistola. Los pasos seguían acercándose y oyó el ruido del pomo de la puerta, pero en lugar de abrirse hacia fuera, hacia él, se abrió hacia dentro, y lo único que vio fue un espacio oscuro. Era él quien estaba en la zona más iluminada.

Como era demasiado tarde para retroceder, lo que además de ser peligroso no formaba parte de su naturaleza, se adentró en la penumbra.

Sujetando la pistola con fuerza, Vance vio al abrir la puerta al hombre que se había colado en el santuario, pero no lo reconoció. Vislumbró algo que le pareció un alzacuellos, y vaciló.

Entonces el hombre se abalanzó sobre Vance y éste intentó utilizar la pistola, pero antes de que pudiese apretar el gatillo el intruso lo había tirado al suelo, con lo que el arma se le cayó de la mano. El pasillo era estrecho y de techo bajo, de modo que el profesor se apoyó en la pared para ponerse de pie, pero el hombre volvió a golpearle y cayó de nuevo al suelo. Sólo que esta vez Vance le propinó un rodillazo y oyó un grito de dolor. Una segunda pistola, la de su agresor, aterrizó en el suelo con estrépito. Sin embargo, el intruso se recuperó enseguida y le dio un puñetazo a Vance en la cabeza.

El golpe le hizo daño, pero no lo dejó aturdido. Al contrario: le hizo perder los nervios. Era la segunda vez en un mismo día, la primera con Tess Chaykin y la segunda con ese hombre, que intentaban echar por tierra todo su trabajo. Le dio otro rodillazo, luego un puñetazo y después varios más seguidos. No era un luchador experto, pero la ira jugaba a su favor. Nada ni nadie tenía derecho a interponerse entre él y su objetivo.

El intruso bloqueó sus puñetazos con pericia y retrocedió, pero entonces tropezó con unos listones de madera. Vance vio su oportunidad y le dio una fuerte patada en la rodilla. Se apresuró a recuperar la pistola, apuntó y apretó el gatillo; pero el hombre era rápido y tuvo tiempo para esquivar las balas. Entonces oyó un grito y Vance pensó que alguna de ellas habría alcanzado el blanco, aunque no estaba seguro. El intruso aún se movía y caminaba tambaleándose hacia el altar.

Vance titubeó unos instantes.

¿Debería ir tras él, averiguar quién era y liquidarlo? Pero en ese momento oyó un ruido procedente del otro extremo de la iglesia; el hombre no había venido solo.

Decidió que lo mejor era huir. Se volvió y corrió hasta la puerta secreta que ocultaba el sótano.

36

Tess escuchó un fuerte disparo al que siguió una especie de grito; alguien había sido herido. Después oyó unos pasos que se precipitaban hacia la puerta secreta. No sabía con certeza si se trataba de Vance o de otra persona, y tampoco estaba dispuesta a quedarse allí esperando para averiguarlo.

Cruzó la habitación, cogió su bolso de la mesa y sacó su teléfono móvil. A la tenue luz de las velas, la pantalla del teléfono se iluminó como una linterna y Tess comprobó que no tenía cobertura. La verdad es que tampoco le importaba; no se sabía el número del FBI de memoria y, aunque podía llamar al número de información telefónica, sabía que tardaría demasiado tiempo en explicarles lo sucedido. Además, no tenía la más mínima idea de dónde estaba.

«¡Socorro! Estoy en un sótano en alguna parte de la ciudad.»

«O eso creo.»

¡Genial!

Todavía aturdida y sintiendo como el corazón le latía con fuerza, paseó la vista por toda la sala, nerviosa, y entonces recordó la abertura tapiada que había descubierto detrás de la mesa. Impulsivamente, tiró al suelo parte del montón de cosas que había sobre la mesa, se subió a ella y trató, no sin esfuerzo, de arrancar los listones de madera que bloqueaban la cavidad. No se soltaban. Desesperada, los aporreó con los puños, pero no cedieron. En ese instante oyó un ruido; la puerta del sótano se había abierto. Se volvió y vio que unas piernas bajaban las escaleras. Reconoció los zapatos. Era Vance.

Sin perder un segundo, Tess registró a toda prisa la habitación y localizó la Taser con la que Vance la había atacado. Estaba allí, en la mesa, en la esquina más próxima a ella, detrás del montón de libros. La agarró y, con manos temblorosas, apuntó a Vance, que emergía ahora de la penumbra y cuyos ojos la miraban fijamente, serenos.

—¡No te acerques! —le gritó.

—Tess, por favor —repuso él conminándola a que se calmara con un gesto—, tenemos que salir de aquí.

—¿Tenemos? ¡No hables en plural y no te acerques a mí!

Vance seguía avanzando hacia ella.

—Tess, baja la pistola.

Atemorizada, apretó el gatillo, pero no ocurrió nada. Vance estaba a menos de tres metros de distancia. Giró la pistola y la examinó, indignada, preguntándose si se habría olvidado de hacer algo mientras Vance estaba a punto de abalanzarse sobre ella. Entonces, nerviosa, localizó finalmente el seguro de la pistola y lo soltó. En la parte posterior del arma se encendió una pequeña luz roja. Tess apuntó de nuevo y comprobó que de alguna manera también había activado el láser, que dibujaba un diminuto círculo rojo en el pecho de Vance. Le temblaban tanto las manos que el círculo oscilaba de izquierda a derecha; su objetivo estaba ahora muy cerca de ella. Con el pulso a cien por hora, cerró los ojos y apretó el gatillo, que por el tacto se parecía más a un botón de plástico que al frío acero que siempre se había imaginado. La Taser funcionó y emitió una fuerte detonación, y a Tess se le escapó un chillido cuando del cañón salieron despedidos dos dardos con lengüetas de acero inoxidable, de los que partían finos cables metálicos que unían los dardos a la pistola.

El primer dardo se desvió ligeramente, pasó junto al costado de Vance y desapareció en la oscuridad, pero el segundo le dio en el muslo izquierdo. Durante cinco segundos sufrió una descarga de cincuenta mil voltios, que le paralizó el sistema nervioso central y le provocó en los músculos unas contracciones incontrolables. Vance se sacudió y arqueó mientras los ardientes espasmos recorrían su cuerpo, y sus piernas cedieron. Paralizado, cayó al suelo; tenía el rostro contraído por el dolor.

A Tess la desconcertó fugazmente la nube de diminutos discos metálicos parecidos a confeti, que expulsó la pistola cuando la disparó, pero los quejidos de Vance, que se retorcía de dolor en el suelo, enseguida le recordaron el apuro en el que se encontraba. Pensó en pasar junto a él y subir las escaleras, pero no quería acercarse tanto. Tampoco sabía con seguridad con quién se había enfrentado Vance allí arriba, y le daba demasiado miedo ir a averiguarlo. Se volvió de nuevo a la abertura tapiada y le dio patadas, y tiró de los listones de madera hasta que, al fin, uno de ellos se soltó. Lo sacó, lo usó para forzar unos cuantos listones más y se asomó por el agujero recién abierto.

Lo que había era un oscuro túnel.

No tenía otra salida, así que se metió en el agujero, pero antes miró otra vez a Vance, que seguía retorciéndose de dolor; entonces vio el codificador y se fijó en que los papeles, el manuscrito, estaban a su alcance.

Era como si la estuviesen llamando; la tentación fue irresistible.

Sorprendida por su propia reacción, salió del túnel, cogió el montón de documentos y los embutió en el bolso. Pero algo más le llamó la atención: su cartera, que estaba entre las cosas que había esparcidas por el suelo. Dio un paso hacia delante para recuperarla cuando, de reojo, vio que Vance se movía. Titubeó unas décimas de segundo, pero decidió que había corrido suficiente riesgo y que ya era hora de salir de allí. Se volvió, se introdujo de nuevo en el túnel y se adentró en la penumbra.

Agachada y con la cabeza rozando el techo, habría recorrido ya unos treinta metros del túnel cuando vio que éste desembocaba en otro más ancho y más alto. A Tess le recordó fugazmente unas viejas catacumbas mexicanas que había visitado durante su época de estudiante. Sólo que aquí el aire era todavía más húmedo, y al mirar hacia abajo entendió por qué. Por el centro del túnel fluía un riachuelo de agua negra. Tess perdió el equilibrio y resbaló con un pie en la desgastada y húmeda piedra. El agua helada le mojó las puntas de los zapatos. Entonces el riachuelo llegó a su fin; el agua caía en cascada, aproximadamente entre un metro y medio o dos y desembocaba en un túnel aún más grande.

Miró hacia atrás y aguzó el oído. ¿Qué era eso? ¿Era sólo agua o era algo más? Entonces un angustioso grito resonó en la oscuridad.

—¡Tess!

Era la voz de Vance, que tras reponerse la había seguido.

Tess respiró hondo, se volvió y se colgó del borde del túnel con los brazos; el agua se le metió por una manga del abrigo, y le empapó la ropa y el cuerpo. Por suerte, sus pies enseguida tocaron el suelo y pudo soltar los brazos; sin embargo, ahora el riachuelo de agua turbia era más hondo y ancho. Una capa de asqueroso lodo era arrastrada por su superficie y el olor era tan nauseabundo que supo que estaba en una cloaca. Tras un par de intentos de andar por el lateral del túnel, desistió. La curvatura era demasiado pronunciada y la superficie muy resbaladiza, por lo que, tratando de no pensar en lo que habría en el aceitoso líquido, se dispuso a caminar por el centro, donde el agua le llegaba casi a las rodillas.

De repente, vislumbró a los lados movimiento y color, y miró en esa dirección. Unos leves destellos de luz rojiza iluminaron la penumbra y Tess oyó un murmullo.

Eran ratas, que corrían por los bordes del turbio riachuelo.

—¡Tess!

La voz de Vance retumbó en el húmedo canal, rebotando en sus paredes; el eco era atronador.

Avanzó unos cuantos metros más y se fijó en que la oscuridad que tenía delante ya no era tan intensa. A punto de perder el equilibrio, siguió hacia delante tan rápido como se atrevió. No quería arriesgarse a caer de bruces en el agua. Cuando, finalmente, llegó a la luz vio que ésta venía de arriba, de una rejilla de ventilación. Oyó voces de gente. Se acercó un poco más y vio que a unos seis metros de distancia sobre su cabeza había personas andando.

Sintió una oleada de esperanza y empezó a chillar.

—¡Socorro! ¡Socorro! ¡Estoy aquí abajo! ¡Socorro! —Pero, al parecer, nadie la oyó y, de haberla oído, simplemente habían ignorado sus gritos. «¡Pues claro que no te hacen caso! ¿Qué esperabas? Esto es Nueva York. Lo último que harían en esta ciudad es tomarse en serio a una loca que grita desde una cloaca.»

Tess se dio cuenta de que sus gritos resonaban en todo el túnel. Escuchó unos ruidos cada vez más próximos; era el chapoteo del agua. No estaba dispuesta a quedarse allí esperando a que Vance le diese alcance, así que continuó avanzando, ahora ya le daba igual mojarse, le daba igual el nauseabundo olor, y casi al instante llegó a una bifurcación.

Uno de los túneles que se abrían ante ella era más ancho, pero más oscuro y parecía más húmedo. ¿Sería un escondite mejor? Tal vez. Siguió por allí. Pero tras recorrer unos quince metros le dio la impresión de que se había equivocado, porque frente a ella había una pared de ladrillo desnuda.

No había salida.

37

Después de librarse del intruso junto al altar de la iglesia en ruinas, Vance tenía pensado utilizar los túneles para huir del sótano, llevándose el codificador y el manuscrito, que aún no había acabado de descifrar. Pero lo único que en ese momento tenía, y que cargaba en sus brazos, era la compleja máquina. Los papeles habían desaparecido. Sintió que la rabia se apoderaba de él y chilló el nombre de Tess; su iracundo grito rebotó en las húmedas paredes que lo rodeaban.

No tenía nada en contra de Tess Chaykin. Recordó que le había caído bien, antes, cuando él todavía era capaz de sentir afecto por las personas, y ahora no encontraba motivo para sentir antipatía por ella; en realidad, hasta se le había pasado por la cabeza invitarla a su... cruzada particular.

Pero le había robado los documentos, sus documentos, y eso le enfurecía.

Se colocó el codificador en una posición más cómoda y siguió persiguiendo a Tess. Si no la alcanzaba pronto, probablemente ella acabaría encontrando alguna de las diversas salidas que había en el tortuoso laberinto.

Y eso era algo que no podía consentir.

La ira hervía en su interior; no podía permitirse un movimiento en falso.

Ahora no.

Y menos aún allí abajo.

Tess dio media vuelta con la intención de dejar el desvío sin salida que había elegido, cuando vio que en una de las paredes laterales había una puerta de hierro. Con la mano tiró de su oxidado pomo. No estaba cerrada, pero sí atascada. Haciendo acopio de todas sus fuerzas abrió la puerta y distinguió una escalera de caracol que descendía. Bajar aún más y a un sitio más oscuro no le parecía una decisión muy inteligente, pero no tenía muchas opciones.

Palpó a tientas los angulosos peldaños antes de apoyar sobre ellos todo su peso, y bajó por las escaleras, a cuyo pie encontró otro túnel. «¡Dios mío! Pero ¿cuántos túneles hay aquí?», pensó. Al menos éste era más grande que el anterior y, lo que era mejor, de momento estaba seco. Por lo menos no estaba en una cloaca.

No sabía qué camino elegir. Decidió girar a la izquierda. Vio que más adelante una luz centelleaba. Era amarilla. «¿Serán más velas?»

Vacilante, caminó con cautela.

La luz desapareció.

Tess se quedó helada. Pero entonces cayó en la cuenta de que no se había apagado, sino que alguien la tapaba con su cuerpo.

Seguía oyendo ruidos a sus espaldas, de modo que era imposible que fuese Vance quien estuviese frente a ella. ¿O no? Quizá conocía al dedillo esos túneles. ¿Acaso no le había dicho que vivía allí? Se obligó a continuar avanzando y ahora, a varios metros de distancia, pudo distinguir no una sino dos siluetas. Dudaba mucho que se tratase de Vance. Ignoraba si eran hombres o mujeres, aunque la verdad es que allí abajo ninguna de las opciones presagiaba nada bueno.

—¿Qué pasa, nena? ¿Te has perdido? —inquirió una voz ronca.

Pensando que titubear no la beneficiaría, Tess prosiguió con dificultades su camino en la semipenumbra.

—Me parece que hoy es tu día de suerte, colega —comentó otra voz más aguda.

No le parecieron especialmente amables.

Tess siguió andando. A sus espaldas se oyó un ruido más fuerte. El corazón le dio un vuelco. Ahora estaba cerca de las dos siluetas, pero la oscuridad todavía ocultaba sus rostros. La tenue luz de la vela que había detrás de los dos hombres le permitió vislumbrar un revoltijo de cajas de cartón, una especie de alfombra enrollada y fardos de harapos.

Tess pensó con rapidez.

—Viene la poli —espetó mientras se aproximaba a las siluetas.

—¿Y qué coño quieren? —gruñó uno de ellos.

Tess se abrió paso entre los dos hombres, pero en ese instante uno de ellos alargó el brazo y la agarró del abrigo.

—¡Eh! ¡Vamos, muñeca...!

De manera instintiva, ella se volvió, le dio un puñetazo al hombre en la sien, y éste se tambaleó hacia atrás al tiempo que soltaba un grito, asustado. Su compañero, el de la voz más aguda, hizo ademán de probar suerte, pero algo debió de ver en los ojos de Tess, que brillaban a la luz de la vela, porque desistió.

Ella se volvió y corrió para alejarse lo máximo posible de ese par de vagabundos. Estaba cansada, jadeante, la desolación de ese tenebroso mundo subterráneo había empezado a agobiarla.

Llegó a otra bifurcación. No tenía ni idea de adónde ir. Esta vez escogió el camino de la derecha. Anduvo a trompicones varios metros más y localizó un hueco en la pared, en el que había una reja que se abrió al empujar. De nuevo, otra escalera que iba hacia abajo. Pero ¡lo que necesitaba era subir, no bajar! Sin embargo, debía alejarse de Vance; así que, con la esperanza de librarse de él, empezó a descender.

La escalera desembocaba en un túnel mucho más grande y también seco, pero de paredes rectas. No obstante, era más oscuro y avanzó lentamente mientras tocaba la pared con la mano para orientarse. Ya no oía los pasos de Vance, ni sus gritos. Suspiró. «¡Muy bien! ¿Y ahora qué?», dijo para sí. Y, luego, después de aproximadamente un minuto que a ella le pareció una eternidad, oyó un ruido a sus espaldas. En esta ocasión no eran ratas ni un ruido producido por una persona. Era el estrépito de un tren.

«Mierda, estoy en la vía de un tren.»

Una luz débil y oscilante rebotó en las paredes e iluminó las vías del suelo mientras el tren se acercaba a ella. Tess corrió desesperada procurando no perder de vista el raíl para no tropezar. El tren se aproximaba a toda velocidad con su rítmico traqueteo y estaba a punto de arrollarla cuando, gracias a sus faros, pudo ver una pequeña cavidad en la pared y acurrucarse en ella. Justo entonces el tren pasó atronando a escasos centímetros de su tembloroso cuerpo. El corazón le latía; se tapó la cara con los brazos, cerró los ojos, aunque eso no impidió que a su paso la luz la deslumbrara, y esperó. Sintió que la sacudía un aire cálido y sucio, que cubrió cada poro de su piel y se le metió por la nariz y la boca. Tess se acurrucó y se pegó a la pared lo máximo que pudo. El ruido era ensordecedor y bloqueaba todos sus sentidos. No abrió los ojos hasta que, finalmente, el tren terminó de pasar y empezó a frenar con un agudo chirrido que cortaba el aire. Con el pulso aún acelerado, sintió un inmenso alivio.

«¡Una estación! ¡Debo de estar cerca de una estación!», pensó.

Reunió las pocas reservas de energía que aún tenía y, tambaleándose, recorrió los interminables metros que le quedaban. En el momento en que el tren arrancó de nuevo, llegó a la luminosa estación y se subió al andén. Los últimos pasajeros ya estaban ascendiendo por las escaleras y era evidente que nadie se había fijado en su presencia.

Tess permaneció unos instantes allí, a cuatro patas, en el borde del andén con el corazón a cien por hora a consecuencia del miedo y el agotamiento. Después, empapada y sucia, se puso de pie y, exhausta y con las piernas temblorosas, subió por las escaleras al encuentro de la civilización.

38

Envuelta en una manta y sosteniendo un enorme vaso de café caliente, Tess, sentada en el coche de Reilly frente a la estación de metro de la calle Ciento tres, tiritaba. Tenía el frío metido dentro del cuerpo. De cintura para abajo, estaba congelada, y el resto no es que estuviera mucho mejor.

Reilly se había ofrecido a acercarla a un hospital o a casa, pero ella había insistido en que no estaba herida y en que no tenía ganas de volver a casa todavía. Antes quería contarle lo que había descubierto.

Cuando los equipos de la policía entraron en la estación, empezó a hablarle a Reilly de su encuentro con Vance. De cómo Clive le había sugerido que consultase al profesor, de cómo ella lo había conocido años atrás y había ido al cementerio con la esperanza de encontrarlo y de que pudiese ayudarle a resolver lo sucedido en el Met. Le habló de lo que Vance le había explicado, del fallecimiento de su mujer durante el parto y de cómo había culpado a su párroco por ello, y repitió la frase que le había oído decir a Vance de que su descubrimiento pondría las cosas en su sitio, algo que, al parecer, inquietó a Reilly. Le contó la historia del monje templario moribundo y el sacerdote al que se le había vuelto blanco el pelo, y le contó que Vance le había disparado y de cómo al volver en sí se encontró en un sótano; de que alguien se había presentado allí, de la pelea y los tiros que había oído, y de cómo, finalmente, había logrado escapar.

Mientras hablaba, Tess se imaginó a los equipos de búsqueda desperdigándose por los diversos túneles con la intención de localizar a Vance en esa pesadilla subterránea, pero sabía que lo más seguro era que se hubiese marchado hacía rato. El recuerdo de los túneles la hizo estremecerse. No era un sitio al que le apeteciese regresar, ¡ojalá no le pidieran que lo hiciera! No había sentido tanto miedo en toda su vida. Por lo menos desde el asalto al Met, del que no había pasado ni una semana. Salía de una para meterse en otra. ¡Qué mala racha!

Al terminar su relato, Reilly sacudió la cabeza.

—¿Qué? —preguntó Tess.

Él se limitaba a mirarla en silencio.

—¿Por qué me miras así? —insistió ella.

—Porque estás loca, ¿lo sabías?

Ella suspiró, cansada.

—¿Por qué?

—¡Vamos, Tess! No tendrías que ir por ahí en busca de pistas para intentar resolver el caso por tu cuenta. Es más, es que no deberías ni intentar resolverlo. Ése es mi trabajo.

Tess esbozó una sonrisa.

—A ti lo que te da miedo es que los honores sean para mí.

Reilly no bromeaba.

—Hablo en serio. Podrían haberte herido. O peor que eso. No lo entiendes, ¿verdad? Ha muerto gente por este asunto, Tess. No es un juego. ¡Dios, que tienes una hija!

Ella se puso visiblemente tensa cuando Reilly mencionó a Kim.

—¡Para un momento! Yo lo único que pretendía era tomarme un café con un profesor de historia para hablar un poco del tema, ¿entiendes? No esperaba que me atacara con esa... —Se le quedó la mente en blanco.

—Una Taser. Una pistola de electrochoque.

—Pues con eso, y que me metiera en su coche y luego me persiguiera por unas cloacas infestadas de ratas. ¡Por Dios, que es un profesor de historia! Se supone que los académicos fuman en pipa y son hombres refinados que viven en su propio mundo, y no...

—¿Psicópatas?

Tess enarcó las cejas y levantó la mirada. De algún modo y a pesar de todo lo sucedido, esa palabra no le parecía apropiada.

—Yo no diría tanto, pero... lo que está claro es que Vance no está bien. —Sintió cierta compasión hacia el profesor y añadió sorprendida—: Necesita ayuda.

Reilly la observó en silencio.

—De acuerdo, repasaremos todo minuciosamente como es debido en cuanto te recuperes, pero, de momento, lo que necesitamos es averiguar adónde te llevó. ¿No tienes ni idea de dónde estabas, de dónde está ese sótano?

Tess negó con la cabeza.

—No, ya te he dicho que no. En todo el trayecto en coche y hasta que estuve dentro del escondite tenía los ojos vendados. Y logré escapar por un inmenso laberinto de oscuros túneles. Pero no debe de estar muy lejos, me refiero a que lo he hecho todo andando.

—¿A cuántas manzanas dirías que estabas?

—No lo sé, puede que a cinco.

—Muy bien, iré a buscar un mapa para ver si podemos encontrar esa mazmorra.

Reilly se disponía a marcharse cuando Tess le agarró del brazo y lo detuvo.

—Hay algo más... que no te he contado.

—¿Por qué será que no me sorprende? —bromeó—. ¿De qué se trata?

Tess introdujo la mano en el bolso, extrajo el rollo de papeles que se había llevado de la mesa de Vance y los desenrolló para enseñárselos a Reilly; era la primera vez que podía verlos bien, con luz. Los documentos, antiguos pergaminos, no tenían ilustraciones, pero eran una preciosidad. Eran singulares, porque los textos, escritos con una letra de trazo impecable e ininterrumpido, ocupaban prácticamente toda la hoja, de lado a lado; entre las palabras o los párrafos no había espacios.

Sin salir de su asombro, Reilly examinó las hojas en silencio y luego miró a Tess. Ella sonrió y su sonrisa iluminó su cara sucia tras su estancia en los túneles.

—Son de Vance —le informó—. Son los manuscritos templarios del Languedoc. Pero aquí viene lo más curioso. Sé reconocer el latín escrito, y esto de latín no tiene nada. Es un auténtico galimatías. Por eso Vance necesita el codificador. En estos documentos está la clave de todo el caso.

El rostro de Reilly se ensombreció.

—Pero estos textos no nos sirven de nada sin la máquina.

A Tess le brillaban los ojos; era consciente de ello.

—Es cierto... pero el codificador tampoco sirve de nada sin los documentos.

Siempre disfrutaría recordando ese momento: recordando a Reilly contrariado y sin habla. Seguro que la noticia le alegraba, pero no podía exteriorizar sus sentimientos ni aunque lo mataran. Lo último que Reilly quería era alimentar la temeridad de Tess. De modo que se limitó a mirarla antes de bajar del coche y llamar a otro de los agentes para pedirle que fotografiara los documentos de inmediato. Minutos después, un agente se acercó corriendo con una gran cámara y Reilly le dio los papeles.

Tess lo observó mientras colocaba los manuscritos sobre el maletero del vehículo y empezaba su trabajo. Entonces se fijó en que Reilly cogía un *walkie-talkie* y se ponía al tanto de la situación que se vivía en los túneles. El empeño con que ejecutaba su trabajo tenía cierto atractivo. Tess lo miró mientras él se comunicaba crípticamente por el aparato, él le devolvió la mirada y a ella le pareció adivinar una sonrisa.

—Tengo que ir ahí abajo —anunció después de cortar la transmisión—. Han encontrado a tus dos amigos.

—¿Y qué hay de Vance?

—Ni rastro de él. —Saltaba a la vista que aquello le disgustaba—. Le pediré a alguien que te lleve a casa.

—No hay prisa —objetó ella. No era verdad, se moría de ganas de deshacerse de esa ropa mojada y sucia, y quedarse horas debajo del chorro de agua de la ducha, pero no se iría hasta que el fotógrafo acabara. Porque no había cosa que le apeteciera más que echarles una ojeada a los documentos que habían originado toda esa historia.

Reilly se alejó, dejándola en su coche. Tess vio que hablaba con un par de agentes más antes de dirigirse con ellos hacia la entrada de la estación.

De pronto, el teléfono móvil sonó e interrumpió sus pensamientos. El identificador de llamada mostraba el número de su casa.

—Tess, cariño, soy yo. —Era Eileen, su madre.

—Mamá, perdona, debería haberte llamado.

—¿A mí? ¿Por qué? ¿Ocurre algo?

Tess suspiró aliviada. No tenía que preocuparse de su madre. Seguro que, si habían llamado preguntando por ella, el FBI se habría cuidado de no alarmarla.

—No, claro que no. ¿Qué pasa?

—Pues quería saber a qué hora piensas venir, porque tu amigo ya está aquí.

Tess notó que un escalofrío le subía por la espalda.

—¿Mi amigo?

—Sí —contestó su madre alegremente—, es un hombre encantador. Espera, que se pone un segundo, cariño. Y no tardes mucho. Le he invitado a cenar.

Tess oyó que el auricular cambiaba de mano y se ponía al teléfono una voz que le resultaba familiar.

—¡Tess, preciosa! Soy Bill. Bill Vance.

39

Sentada en el asiento del coche de Reilly, Tess se quedó helada y se le hizo un enorme nudo en la garganta. Vance estaba en su propia casa. Con su madre... ¿Y Kim?

Se apartó de la ventanilla mientras sujetaba el teléfono con fuerza.

—¿Se puede saber qué...?

—Supuse que ya estarías en casa —la interrumpió Vance con serenidad—. No me he equivocado de hora, ¿no? En el mensaje decías que era bastante urgente.

«¿En el mensaje? —Tess pensaba a toda velocidad—. ¡Se presenta en mi casa y ahora pretende que le siga el juego!», pensó. Una ola de ira se apoderó de ella.

—Si les haces daño, te juro que...

—No, no, no —replicó él—, por eso no te preocupes. Lo que pasa es que no puedo quedarme mucho rato. Me encantaría aceptar la invitación de tu madre y cenar con vosotras, pero tengo que volver a Connecticut. Antes me has dicho que tenías algo que querías enseñarme.

«¡Naturalmente! Los documentos. Quiere que se los devuelva.» Se dio cuenta de que su intención no era hacerles daño alguno ni a su madre ni a Kim. Se había hecho pasar por un amigo y estaba actuando como tal. Su madre no sospecharía nada. «Muy bien, será mejor así», pensó.

—¿Tess? —preguntó Vance con una tranquilidad inquietante—. ¿Estás ahí?

—Sí. ¿Qué quieres? ¿Que te acerque los documentos?

—¡Eso sería estupendo!

Se acordó de su cartera, que se había dejado entre el revoltijo esparcido por el suelo del sótano de Vance y se reprochó a sí misma por no haberla cogido. Miró nerviosa por la ventanilla del coche. La única persona que tenía cerca era el fotógrafo, que seguía haciendo fotos a los documentos. Tess respiró hondo y, sintiendo un pinchazo en el pecho, apartó la vista del agente.

—Voy para allá. Por favor, no les hagas nada...

—Por supuesto que no —replicó, y se rió entre dientes—. Entonces nos vemos ahora. ¿Vendrás con alguien más?

Tess frunció el ceño.

—No.

—Perfecto. —Vance hizo una breve pausa, que Tess no comprendía—. Entre tanto será un placer conocerlas un poco mejor —prosiguió—; la verdad es que tienes una hija encantadora.

De modo que Kim estaba en casa. «¡Será cabrón! Pierde a su hija y ahora se dedica a amenazar a la mía.»

—Iré sola, no te preocupes —aseguró Tess tajante.

—No tardes.

La comunicación se cortó y ella permaneció unos instantes con el móvil pegado a la oreja mientras repasaba otra vez la conversación, intentando comprender lo que pasaba.

Debía tomar una importante decisión. «¿Se lo digo a Reilly?», se preguntó. La respuesta era: por supuesto. Cualquiera que hubiese visto un poco la tele sabía que, dijese lo que dijese un secuestrador, en las películas avisabas a la policía. Siempre se les avisaba. Pero esto no era una película, era la vida real. Se trataba de su familia, que estaba en manos de un hombre destrozado. Por muchas ganas que tuviese de decírselo a Reilly, no quería correr el riesgo de que su madre y su hija se convirtieran en sus rehenes. No, en el estado psíquico de Vance.

Se agarró a un clavo ardiendo y quiso convencerse de que su familia no sufriría ningún daño. A ella tampoco le había pasado nada, ¿no? Vance le había pedido incluso perdón por lo que le había hecho. Pero ahora estaba enfadado y ella tenía unos documentos que eran cruciales para su «misión». Documentos, tal como había apuntado Reilly con acierto, por los que algunas personas habían muerto.

No podía arriesgarse. Su familia estaba en peligro.

De nuevo, miró con disimulo al fotógrafo. Ya había terminado. Con el móvil todavía al oído, salió del coche y fue a su encuentro.

—Sí —dijo en voz alta fingiendo que hablaba con alguien—,

acaba de terminar. —Asintió y miró al fotógrafo, forzando una sonrisa—. ¡Claro! Ahora mismo te los llevo —continuó—. Ve montando el equipo.

Fingió colgar y se dirigió al fotógrafo.

—¿Está seguro de que saldrán bien?

Al fotógrafo le sorprendió la pregunta.

—Eso espero. Para eso me pagan.

Tess enrolló los pergaminos mientras el agente se alejaba extrañado.

—Tengo que irme volando al laboratorio. —La excusa no estaba mal, sólo faltaba que fuera remotamente creíble. Lanzó una mirada a la cámara y añadió—: A Reilly le interesa tenerlas pronto. ¿Podría darse prisa en revelarlas?

—¡Pues claro! Ningún problema; la cámara es digital —repuso él en tono burlón.

Consciente de su patinazo, Tess hizo una mueca de fastidio, y aparentando la mayor seguridad posible a la vez que conteniéndose para no salir corriendo, volvió hacia el coche de Reilly. Al llegar a la puerta del conductor, echó un vistazo en su interior y vio que las llaves seguían donde él las había dejado. Se metió dentro y puso el vehículo en marcha.

Buscó a Reilly con la mirada, deseando no encontrarlo. No estaba por allí, y su compañero tampoco. Puso en marcha el vehículo y circuló lentamente entre el resto de coches de la policía, sonriendo con timidez al par de agentes que le indicaron con un gesto que pasara, y esperando que no se notase el pánico que la embargaba.

En cuanto abandonó la zona y tras echar una mirada por el espejo retrovisor, aceleró en dirección a Westchester.

40

Al entrar en el camino de acceso a su casa, Tess calculó mal el giro y golpeó el bordillo; lanzó un chillido y frenó.

Sentada en el coche y paralizada por el miedo, se miró las manos. Le temblaban, y su respiración era entrecortada. Se esforzó por sobreponerse. Tenía que calmarse. «¡Venga, Tess! Ánimo», pensó. Si lograba manejar la situación, tal vez, sólo tal vez, tanto Vance como ella podrían tener lo que querían.

Bajó del coche y de pronto lamentó su decisión de no explicarle a Reilly lo ocurrido; porque habría podido volver a casa igualmente mientras él organizaba... ¿qué? ¿Un equipo de agentes especiales con pistolas y megáfonos que rodearían la casa, y gritarían: «¡Salga con las manos arriba!»? ¿Horas de interminables negociaciones para que Vance soltara a las rehenes y, por muy bien planificado que estuviese, un rescate altamente arriesgado? Dejó volar su imaginación antes de volver a la realidad. No, después de todo, quizá su decisión había sido acertada.

De cualquier forma, ahora era demasiado tarde.

Ya estaba en casa.

Anduvo hasta la puerta y, de pronto, la asaltaron las dudas. Visualizó lo que debía de haber sucedido. Vance había llamado al timbre y había estado hablando un par de minutos con Eileen sobre Oliver Chaykin y luego sobre Tess, lo que habría dejado a su madre completamente desarmada y hasta fascinada.

¡Si se lo hubiera explicado a Reilly!

Introdujo la llave en la cerradura, abrió la puerta y entró en el salón. La escena que se encontró era de lo más surrealista. Vance estaba allí, sentado con su madre en el sofá, charlando afablemente mientras tomaban sorbos de sendas tazas de té. Hasta los oídos de Tess llegó música procedente del cuarto de Kim. Su hija estaba arriba.

Eileen se quedó literalmente boquiabierta al ver el desaliñado aspecto de su hija y saltó del sofá.

—¡Oh, Dios mío! Pero ¿qué te ha pasado, hija?

—¿Te encuentras bien? —inquirió Vance fingiendo un interés sincero y levantándose también.

«¡Hay que tener valor para preguntarme esto!» Tess lo miró fijamente e intentó por todos los medios reprimir la rabia que sentía, que en ese momento superaba al miedo.

—Sí, estoy bien —contestó forzando una sonrisa—. Es que ha habido un escape de agua en la calle, delante del instituto, y justo ha pasado un camión por delante, y en fin... No necesito entrar en detalles.

Eileen agarró a su hija por el brazo.

—Cariño, vete a cambiar o pillarás un resfriado. —Se volvió a Vance—. Bill, con tu permiso...

Tess le lanzó una mirada a Vance. Seguía allí de pie, irradiando cordialidad e interés.

—No, si yo ya me iba. —Le devolvió la mirada a Tess—. ¿Me das los papeles? Además, seguro que ahora mismo lo último que necesitáis es tener invitados.

Tess permaneció de pie, indignada; el silencio era sepulcral. Eileen miró a Vance y luego a Tess, que se dio cuenta de que su madre empezaba a olerse algo raro. Cambió rápidamente su actitud y le dedicó a Vance una sonrisa.

—Enseguida te los doy, los tengo aquí. —Metió la mano en el bolso y sacó los manuscritos. Alargó el brazo para dárselos y durante unos segundos ambos sujetaron los papeles.

—Gracias, me los miraré lo antes posible.

Tess forzó otra sonrisa.

—¡Fantástico!

Vance se volvió a Eileen y le cogió una mano entre las suyas.

—Ha sido un placer.

La mujer se relajó y se ruborizó, y agradeció el cumplido con una sonrisa. A Tess la alivió enormemente que su madre no hubiera tenido que enterarse de quién era Vance en realidad; al menos por ahora. Miró al profesor, que la estaba observando atentamente, pero no pudo leerle el pensamiento.

—Será mejor que me vaya —dijo él finalmente—. Gracias otra vez.

—No hay de qué.

Se detuvo en la puerta. Se giró y se despidió de Tess:

—Hasta pronto. —Y abandonó la casa.

Tess se acercó a la puerta y lo vio alejarse en coche. Eileen se reunió con ella.

—Es un hombre encantador. ¿Por qué no me habías dicho que lo conocías? Me ha contado que trabajó con tu padre.

—¡Venga, entremos! —dijo Tess mientras cerraba la puerta.

Todavía le temblaban las manos.

41

Tess pudo verse, finalmente, en el espejo del cuarto de baño. Nunca había estado tan sucia, empapada ni pálida. Pese a que debido a la tensión aún le temblaban las piernas, contuvo su impulso de sentarse. Después de todo lo que había pasado ese día, sabía que si se sentaba, probablemente no podría volver a levantarse en varias horas. Como también sabía que el día no había terminado. Reilly estaba en camino; la había llamado al poco de irse Vance y no tardaría en llegar. Por teléfono había aparentado serenidad, pero Tess suponía que estaría furioso con ella. Tendría que darle una explicación.

Otra vez.

Sólo que en esta ocasión la cosa era más seria. Tendría que explicarle por qué no confiaba en él lo suficiente para pedirle ayuda.

Miró fijamente a la desconocida del espejo. La rubia decidida y segura se había esfumado para dar paso a un desastre físico y mental. Las dudas la asaltaban. Repasó los acontecimientos de la jornada, cuestionándose cada uno de sus movimientos y reprochándose por haber puesto en peligro a su madre y a su hija.

«Esto no es un juego, Tess. Déjalo ya. Tienes que parar», pensó.

Mientras se desnudaba le entraron ganas de llorar. Se había aguantado al abrazar a Kim después de que Vance se fuera; había reprimido las lágrimas de felicidad cuando, apartándose de ella, Kim le había dicho: «¡Uf, mamá, apestas! Necesitas una buena ducha». Se había aguantado al hablar por teléfono con Reilly mientras se aseguraba de que su madre y Kim no escuchaban la conversación. Bien pensado, no recordaba la última vez que había llorado, pero ahora ya no aguantaba más. Se sentía fatal y le temblaba todo el cuerpo, tanto por el miedo como al imaginarse lo peor que podía haber sucedido.

Además de quitarse la suciedad y el olor del cuerpo, aprovechó el rato que estuvo en la ducha para tomar algunas decisiones; entre ellas, que Kim y Eileen merecían algo mejor.

Merecían seguridad.

Y entonces se le ocurrió una idea.

Enfundada en un albornoz y con el pelo aún goteando, Tess fue en busca de su madre. La encontró en la cocina.

—He estado pensando en lo que hablamos de ir este verano a casa de tía Hazel —dijo Tess sin preámbulos. Hazel, la hermana de su madre, vivía sola en un pequeño rancho de las afueras de Prescott, en Arizona (sola, a excepción de varias docenas de animales diversos).

—¿Y?

Tess no perdió comba.

—Y creo que deberíamos ir ahora, en Pascua.

—¿Y eso por qué? —se extrañó su madre, que añadió—: Tess, ¿hay algo que no me hayas contado y deba saber?

—No —mintió, y se acordó del hombre que había venido a buscar a Vance en el sótano, de los disparos y su grito de dolor.

—Entonces...

Tess interrumpió a su madre.

—Nos irá bien un descanso. Yo también iré, ¿sabes? Iré dentro de un par de días, tengo que organizarme la agenda y dejar resueltas unas cosas en el trabajo, pero quiero que vosotras dos os marchéis mañana.

—¿Mañana?

—¿Por qué no? Tú llevas tiempo queriendo ir, y a Kim no le pasará nada por empezar las vacaciones unos días antes. Reservaré los billetes de avión, sí, será lo mejor, así nos aseguraremos las plazas —insistió.

—Tess. —El tono de su madre era serio—. ¿Qué está pasando?

Ella sonrió nerviosa, consciente de que su madre estaba molesta. Ya se disculparía en otro momento.

—Es importante, mamá —dijo en voz baja.

Eileen la miró con detenimiento. Siempre le había leído el pensamiento a su hija y hoy no iba a ser menos.

—¿Qué ocurre? ¿Estás en peligro? Quiero una respuesta sincera, ahora. ¿Estás en peligro?

No mintió del todo, pero su respuesta fue evasiva:

—Creo que no, pero de lo que estoy segura es de que en Arizona no habrá nada de qué preocuparse.

Su madre frunció las cejas. Evidentemente, la respuesta no la había convencido.

—Entonces ven mañana con nosotras.

—No puedo. —Su expresión y su tono no dieron pie a réplica.

Eileen inspiró hondo y observó a su hija.

—Tess...

—Mamá, de verdad, no puedo.

Eileen asintió disgustada.

—Pero te reunirás pronto con nosotras, ¿me lo prometes?

—Te lo prometo. Iré dentro de un par de días.

De repente, Tess sintió un gran alivio.

Entonces sonó el timbre.

—Tendrías que habérmelo dicho, Tess. Tendrías que habérmelo dicho. —Reilly estaba lívido—. Podríamos haberlo detenido al irse de tu casa, podríamos haberlo seguido, podríamos haberlo hecho de muchas maneras. —Sacudió la cabeza—. Podríamos haberlo capturado y acabar con todo esto.

Hablaron en el patio trasero de la casa, lejos de su madre y de Kim. Tras asegurarle que estaban bien, Tess le había pedido que fuese discreto y no apareciese con un despliegue de hombres armados. De modo que Aparo se había quedado en la parte frontal de la casa vigilando y esperando a que llegase el coche patrulla de la policía local, y Reilly comprobó que, como Tess le había dicho, la situación estaba bajo control y el peligro, ciertamente, había pasado.

Ella llevaba un albornoz blanco, el pelo largo, que mojado parecía más oscuro, y las piernas desnudas. Sentados debajo de una malva arbórea y pese a lo frustrado y enfadado que sabía que estaba Reilly por su culpa, Tess se sentía curiosamente tranquila; debido en gran parte a la presencia de él. Era la segunda vez en un mismo día que se había visto amenazada como nunca en toda su vida, y las dos veces él había estado a su lado.

Desvió la vista, ordenando sus ideas y dejando que Reilly también se relajara, y después lo miró a los ojos.

—Lo siento, lo siento mucho... No sabía qué hacer. Supongo que me he equivocado; me imaginé un desfile de equipos de agentes especiales y las negociaciones con el secuestrador, y...

—... y te entró miedo. Lo entiendo, es comprensible. Quiero decir, que el tipo era una amenaza para tu hija y tu madre, pero aun así... —Suspiró con resignación y cabeceó de nuevo.

—Lo sé, tienes razón, lo siento.

Reilly la miró.

No le gustaba nada el hecho de que Tess y su hija hubiesen corrido peligro. Pero tampoco podía culparla por ello. No era una agente del FBI; era arqueóloga y madre. No podía pedirle que pensara igual que él, y reaccionara fría y racionalmente en una situación límite como ésa. No, estando su hija involucrada; no, después del día que había tenido.

Reilly esperó un rato antes de hablar.

—Mira, has hecho lo que creías que era mejor para tu familia y nadie puede culparte por ello. Seguramente yo habría hecho lo mismo. Las tres estáis sanas y salvas, y eso es lo único que realmente importa.

A Tess se le iluminó la cara. Asintió con cierto sentimiento de culpa y recordó la escena vivida con Vance en el salón.

—Le he tenido que devolver los papeles.

—Pero tenemos las copias —le recordó Reilly antes de añadir—: Los del laboratorio están trabajando a marchas forzadas. —Tess esbozó una sonrisa, que Reilly le devolvió mientras asentía y consultaba su reloj—. Bueno, no te molesto más, necesitas descansar. He dado la orden de que un coche de policía vigile la casa, y no te olvides de cerrar la puerta con llave cuando me vaya.

—No te preocupes. —De pronto, Tess tomó conciencia de su vulnerabilidad, de lo vulnerables que eran todos—. No tengo nada más que a Vance le pueda interesar.

—¿Estás segura? —repuso él bromeando sólo a medias.

—Palabra de *girl scout*.

Reilly sabía cómo hacerla relajarse.

—Muy bien, pues si mañana te ves con ánimos, me gustaría que te acercaras a mi oficina. Creo que sería estupendo volverlo a repasar todo con el resto del equipo y poner sobre la mesa la información que tenemos.

—¡Por supuesto! Pero deja que primero meta a mi madre y a Kim en un avión.

—De acuerdo. Nos vemos mañana.

Sus ojos se encontraron.

—Sí. —Tess se puso de pie para acompañarlo a la salida.

Reilly había dado unos cuantos pasos cuando se detuvo y se volvió:

—Verás, es que hay algo que antes no he podido preguntarte.

—Dime.

—¿Por qué te llevaste los documentos? —Hizo una pausa—. Me refiero a que debías de estar desesperada por largarte de allí... y, sin embargo, retrasaste la huida para coger los papeles.

Tess no sabía con certeza qué la había impulsado a hacerlo. Todo era un tanto confuso.

—No lo sé —dijo—. Los vi y los cogí.

—Ya, pero aun así... Supongo que me sorprende, nada más. Lo lógico hubiese sido que te escaparas de aquel agujero lo más rápido posible.

Tess desvió la vista. Ahora veía por dónde iba Reilly.

—¿Crees que podrás olvidarte de este asunto —insistió él—, o por tu propia seguridad tendré que encerrarte? —Hablaba completamente en serio—. ¿Tan importante es esto para ti, Tess?

Ella esbozó una sonrisa.

—Es que... no sé... hay algo en ese manuscrito, en su historia, que... Tengo la sensación de que debo estar ahí, necesito averiguar de qué se trata realmente. Me gustaría que entendieras algo —prosiguió Tess—: la arqueología no es una profesión muy agradecida. No todo el mundo descubre un Tutankhamón o una ciudad de Troya. Me he pasado catorce años viajando y excavando en los rincones más remotos e infestados de mosquitos del planeta, siempre con la esperanza de topar con algo como esto, no sólo con insignificantes piezas de cerámica o un mosaico parcialmente conservado, sino con algo grande, ya sabes. Es el sueño de cualquier arqueólogo. Siempre he querido encontrar algo que pasase a la historia para poder ir con Kim al Met dentro de unos años y decirle con orgullo: «Esto lo descubrí yo». —Hizo una pausa, esperando la reacción de Reilly—. Supongo que para ti es sólo un caso más, ¿no?

Reilly pensó en lo que le acababa de explicar Tess y luego bromeó:

—¡Claro que sí! Todas las semanas nos encontramos con dementes montados a caballo que se dedican a destrozar museos. Eso es lo que más odio de mi trabajo, la rutina. Quema a cualquiera. —Volvió a ponerse serio—: Tess, te olvidas de un pequeño detalle. Esto no se trata sólo de un desafío académico, de un manuscrito y de su significado... Estamos ante una investigación criminal en la que han muerto muchas personas.

—Lo sé.

—Deja que primero los capturemos y después ya tendrás tiempo de averiguar qué buscaban. Ven mañana, explícanos lo que sabes y déjanos continuar la investigación. Si necesitamos ayuda, no dudaremos en llamarte. Y no sé, si quieres que lleguemos a algún tipo de acuerdo sobre...

—No, no es eso, es que... —Se dio cuenta de que nada de lo que pudiera decir haría que Reilly cambiara de idea.

—Tienes que dejar el tema, Tess. Por favor. Necesito que lo dejes.

Su forma de hablar era conmovedora.

—¿Lo harás? —continuó él—. No es un juego del que ahora mismo puedas salir bien parada.

—Lo intentaré —accedió Tess.

Él la observó, y luego sonrió sacudiendo la cabeza.

Los dos sabían que Tess no tenía elección.

Y sabían que estaba completamente involucrada en el caso.

42

Inquieto, sentado en una silla de la austera y acristalada sala de conferencias en Federal Plaza, De Angelis estudió a Tess Chaykin con detenimiento. Saltaba a la vista que era un mujer muy inteligente, pensó. Pero lo más preocupante era su aparente falta de miedo. Una combinación curiosa y potencialmente peligrosa, aunque, si lo enfocaba bien, podía serle muy útil. Daba la impresión de que era una mujer que sabía las preguntas que tenía que hacer y las pistas que debía seguir.

De Angelis echó un vistazo al resto de los presentes en la reunión y escuchó el relato del secuestro de Tess y de su posterior huida. Con discreción, se masajeó la zona de la pierna donde la bala de Vance le había rozado. Le escocía mucho, especialmente cuando andaba, pero esperaba que los calmantes que tomaba paliaran el dolor lo suficiente para que no se notara su cojera.

Las palabras de Tess le hicieron recordar su enfrentamiento con Vance en el oscuro pasillo, detrás del altar. La rabia se apoderó de él. Se reprochó a sí mismo haber dejado escapar a ese débil y atormentado profesor de historia. Era imperdonable. No volvería a repetirse. Entonces se le ocurrió que, de haber reducido a Vance, después habría tenido que ocuparse de Tess, y eso habría sido más complicado. No tenía nada contra ella, al menos de momento. No, mientras sus intereses no fuesen antagónicos a su misión.

Necesitaba comprenderla mejor. «¿Por qué hace esto? ¿Qué pretende realmente?», se preguntó De Angelis. Indagaría en su pasado, pero sobre todo cuál era su punto de vista acerca de asuntos de vital importancia.

Mientras Tess hablaba, monseñor se fijó en otra cosa. En la forma en que Reilly la miraba. Había algo raro en ello, pensó. Curioso. Era evidente que el agente la consideraba algo más que un elemento de apoyo en la investigación, lo que viniendo de Reilly no era de extrañar, pero ¿era recíproco?

Estaba claro que no podía perderla de vista.

Cuando Tess terminó su relato, Reilly intervino y recuperó del ordenador portátil una imagen de la iglesia en ruinas, que apareció en la gran pantalla que había frente a la mesa de la sala de conferencias.

—Ahí es donde te retuvo —le explicó a Tess—. En la iglesia de la Ascensión.

Tess no pudo disimular su sorpresa.

—¡Pero si está carbonizada!

—Sí, todavía están recaudando fondos para su reconstrucción.

—El olor, la humedad... sin duda todo encaja, pero... —Tess estaba estupefacta—. De modo que Vance vivía en el sótano de una iglesia en ruinas... —Hizo una pausa mientras intentaba asociar la imagen que tenía delante con los recuerdos de lo que había vivido y de lo que Vance le había dicho. Miró a Reilly—. Pero yo creía que él odiaba a la Iglesia.

—Es que no era una iglesia cualquiera. Se quemó hace cinco años. Por aquel entonces las pruebas para determinar si el incendio había sido provocado no mostraron nada sospechoso, y eso que su párroco murió durante el mismo.

Tess se esforzó en recordar el nombre del cura que Vance había mencionado.

—¿El padre McKay?

—Exacto.

Reilly la miró; era evidente que ambos habían llegado a la misma conclusión.

—El cura al que Vance culpaba de la muerte de su mujer. —La imaginación de Tess echó ahora a volar y pensó en escenas horribles.

—Y las fechas concuerdan. El incendio tuvo lugar tres semanas después de que enterrara a su esposa. —Reilly le dijo a Jansson—: Tendremos que reabrir el caso.

Jansson asintió y Reilly se dirigió a Tess, que parecía ensimismada.

—¿Qué pasa?

—No lo sé —contestó ella, volviendo a la realidad—. ¡Es que me parece tan contradictorio! Por un lado, es un erudito y un profesor encantador, y por otro, el polo opuesto, alguien capaz de tanta violencia...

Aparo intervino.

—Lamentablemente, no es algo infrecuente. Es como el que tiene un vecino tranquilo y simpático que guarda cuerpos descuartizados en el congelador. Esos tipos suelen ser mucho más peligrosos que los que van por la noche buscando camorra por los bares.

Reilly retomó la palabra:

—Necesitamos averiguar qué persigue o qué cree que persigue. Tess, tú fuiste la primera en ver la conexión que había entre Vance y los templarios; si repasases con nosotros lo que has descubierto hasta ahora, tal vez podríamos anticiparnos a su siguiente paso.

—¿Por dónde queréis que empiece?

Reilly se encogió de hombros.

—¿Qué tal por el principio?

—Es una larga historia.

—Pues resume un poco y, si hay algo que nos parezca interesante, ya te pediremos que nos des detalles.

Tess se tomó unos instantes para poner sus pensamientos en orden y empezó el relato.

Les explicó los orígenes de los templarios; cómo los nueve caballeros se presentaron en Jerusalén; sus nueve años de reclusión en el Templo y las teorías que sostenían que habían pasado ese tiempo excavando en busca de algo; su posterior y, en cierto modo, inexplicable y vertiginoso ascenso; sus victorias en las batallas y su derrota final en Acre. Les habló del regreso de los templarios a Europa, de su poder y su arrogancia, de lo mucho que eso había molestado al rey francés y al sumiso Papa, y de su caída final.

—Con el apoyo de su lacayo, el papa Clemente V, el rey empezó una oleada de persecuciones, acorraló a los templarios y los acusó de herejía. En cuestión de varios años fueron eliminados; la mayoría de ellos murió de forma extremadamente dolorosa.

Aparo parecía confuso.

—Espera un momento: ¿has dicho herejía? ¿Y cómo la justificaron? Yo tenía entendido que esos tipos eran defensores de la cruz, que eran los elegidos del Papa.

—Estamos hablando de una época en que la religión era muy importante —continuó Tess—. El diablo estaba muy presente en la mente de la gente. —Hizo una pausa y miró a los allí presentes. El silencio la animó a seguir—. Se llegó a asegurar que los caballeros no eran aceptados en la Orden si antes no escupían la cruz, e incluso orinaban sobre ella, y negaban a Jesucristo. Pero no fue eso lo único de lo que se les acusó. También circuló el rumor de que veneraban a un extraño demonio llamado Baphomet y practicaban la sodomía. En definitiva, las acusaciones de prácticas esotéricas que el Vaticano esgrimía cada vez que quería deshacerse de algún rival en la carrera del monopolio religioso.

Le dirigió una mirada a De Angelis, que escuchaba con expresión benigna, pero no decía nada.

—Durante esos últimos años —prosiguió Tess—, los templarios reconocieron muchas de esas acusaciones, aunque resultaban tan poco creíbles como las que tuvieron lugar en tiempos de la Inquisición en España. Yo creo que la amenaza de que a uno le introduzcan en el cuerpo un hierro candente es suficiente para hacerle confesar cualquier cosa. Sobre todo cuando todos tus amigos la han sufrido en sus carnes.

De Angelis se sacó las gafas, las limpió con la manga de su chaqueta y se las volvió a poner mientras asentía a Tess con cara seria. Era evidente de qué parte estaba esa mujer.

Ella metió otra vez los papeles en su carpeta.

—Cientos de Caballeros Templarios de toda Francia fueron acorralados y obligados a pasar por esta farsa. Cuando la venganza ya no fue posible, docenas de obispos y abades se sumaron a esta lucha, y los templarios empezaron su huida. Pero la cosa es que, al parecer, su tesoro desapareció con ellos. —Les habló de las historias de los cofres de oro y joyas preciosas escondidos en cuevas o lagos de toda Europa, y de las embarcaciones que zarparon del puerto de La Rochelle la noche antes de ese fatídico viernes trece.

—Entonces, ¿se trata de eso? —preguntó Jansson mientras levantaba su copia del manuscrito en clave—. ¿De un tesoro perdido?

—¡Vaya, por fin unos cazadores de tesoros de verdad! —soltó Aparo—. Ya empezaba a estar harto de los pirados a los que siempre perseguimos.

De Angelis se inclinó hacia delante, se aclaró la garganta y miró a Jansson:

—Todo el mundo coincide en que su tesoro no se encontró nunca.

Jansson golpeteó los papeles con los dedos.

—O sea que este manuscrito podría ser una especie de mapa del tesoro que Vance ahora puede interpretar.

—Eso no tiene sentido —intervino Tess, que se sintió como pez fuera del agua mientras todos los presentes se volvían a ella. Miró a Reilly y continuó, animada por lo que interpretó como una mirada de complicidad—. Si Vance hubiera querido dinero, podría haberse llevado muchas más cosas del Met.

—Es verdad —concedió Aparo—, pero sería prácticamente imposible vender los objetos de la exposición. Y, por lo que nos has dicho, el tesoro de los templarios tiene que valer mucho más que lo que había expuesto, además de que podría venderse fácilmente y sin miedo, porque no sería robo, sino un hallazgo.

Los agentes mostraron su acuerdo asintiendo, pero De Angelis se fijó en que Tess titubeaba y no se atrevía a decir lo que pensaba.

—No parece usted muy convencida, señorita Chaykin.

Tess hizo una mueca de disgusto.

—Lo que está claro es que Vance quería el codificador para poder leer el manuscrito que había encontrado...

—¿Que es la llave de acceso al lugar del tesoro? —la interrumpió Jansson, acabando la frase en tono de pregunta.

—Probablemente sí —repuso Tess, volviéndose hacia él—. Pero depende de lo que entendamos por tesoro.

—¿Y qué más podría ser? —De Angelis quería comprobar si Vance le había dado alguna pista.

Tess negó con la cabeza.

—No estoy segura.

Eso estaba bien; siempre y cuando dijese la verdad, pensó De Angelis. Y esperaba que así fuese.

Pero la esperanza de De Angelis se desvaneció cuando Tess dijo:

—A mí me dio la impresión de que Vance busca algo más que dinero. Está como poseído, como si estuviese llevando a cabo una misión. —Les habló de las teorías esotéricas acerca del tesoro templario, incluida la idea de que éste estuviese relacionado con una protección secreta de la descendencia de Jesús. Durante la explicación clavó los ojos en De Angelis, que la miraba impasible.

Cuando Tess terminó, él arremetió.

—Dejando aparte su ocurrente conjetura —dijo mientras le dedicaba una sarcástica sonrisa—, lo que está diciendo es que ese hombre busca una venganza, que para él esto es una especie de cruzada.

—Sí.

—Bien —prosiguió De Angelis con la actitud serena y tranquila de un mundano profesor universitario—, el dinero, el dinero a raudales, puede ser un medio extraordinario. Las cruzadas, fueran en el siglo doce o en la actualidad, cuestan mucho dinero, ¿no es cierto? —preguntó dirigiéndose a todos los presentes.

Tess guardó silencio.

La pregunta flotó unos instantes en el aire antes de que Reilly interviniera.

—Hay algo que no entiendo. Sabemos que Vance culpa al sacerdote, y por extensión a la Iglesia, de la muerte de su mujer.

—De su mujer y de su hija —le corrigió Tess.

—Exacto. Y ahora tiene en sus manos este manuscrito, que, según él, fue lo suficientemente poderoso para que a un sacerdote se le volviese blanco el pelo a los pocos minutos de enterarse de su existencia. Y todos estamos de acuerdo en que este manuscrito codificado es un documento templario, ¿no es así?

—¿Adónde quieres llegar? —se impacientó Jansson.

—Yo tenía entendido que los templarios y la Iglesia estaban en el mismo bando. Quiero decir que, tal como yo lo veo, lo que esos tipos hacían era defender a la Iglesia. Durante más de doscientos años participaron en sangrientas batallas en nombre del Vaticano. Y es lógico que sus descendientes le tuviesen tirria a la Iglesia por lo que les hicieron, pero lo que tú sostienes —dijo mirando a Tess— es que, supuestamente, descubrieron algo doscientos años antes de ser perseguidos. ¿Cómo es posible entonces que desde el primer día tuviesen algo en su poder que pudiese inquietar a la Iglesia?

—Eso podría explicar por qué fueron quemados en la hoguera —sugirió Amelia Gaines.

—¿Doscientos años después? Y luego hay otra cosa —siguió Reilly—, que estos tipos pasaron de defender la cruz a profanarla. ¿Y por qué iban a hacer eso? Sus ceremonias de iniciación carecen de sentido.

—Bueno, eso es de lo que fueron acusados —replicó Tess—, pero no significa que lo hicieran realmente. Era una acusación muy típica de la época. La misma que utilizó el rey unos cuantos años antes para librarse del papa Bonifacio VIII.

—De acuerdo, pero sigue sin tener sentido —insistió Reilly—. ¿Por qué iban a defender a la Iglesia si ocultaban algo que ésta no quería que saliese a la luz?

De Angelis volvió a participar en la conversación con su agradable tono de voz.

—Si me permiten... Creo que, puestos a hablar de fantasías, deberían considerar otra posibilidad que aún no se ha puesto sobre el tapete.

Todas las miradas recayeron sobre él. De Angelis hizo una pausa para crear expectación y después continuó.

—Las conjeturas acerca de la descendencia de Nuestro Señor surgen cada cierto tiempo y, sea en el campo de la literatura o en los pasillos de las universidades, nunca dejan de generar interés. Hablamos del Santo Grial, el San Graal o el Sang Real, llámenlo como quieran. Pero tal como la señorita Chaykin ha dicho muy bien —recalcó, asintiendo hacia ella con amabilidad—, gran parte de lo que les sucedió a los templarios encuentra su simple explicación en el más básico de los rasgos del hombre, es decir —y se volvió a Aparo—, la avaricia. No solamente habían amasado demasiado poder; además, habían dejado de defender Tierra Santa, habían regresado a Europa, sobre todo a Francia, estaban armados y tenían mucho poder, y mucho, muchísimo dinero. Eso hizo que el rey de Francia se sintiese amenazado, lo que no es de extrañar. Estaba lo que se dice en bancarrota, desesperado, les debía a los templarios un montón de dinero y codició sus riquezas. Todas las fuentes coinciden en que el rey era un ser detestable, por eso estoy de acuerdo con la señorita Chaykin en todo el asunto del arresto de los templarios. Yo no daría mucho crédito a las acusaciones; estoy seguro de que fueron unos verdaderos creyentes, inocentes

Soldados de Cristo hasta la muerte. Pero las acusaciones fueron el pretexto del rey para poder deshacerse de ellos, con lo que mató dos pájaros de un tiro. Se libró de sus rivales y se quedó con el tesoro, o por lo menos lo intentó, porque jamás fue encontrado.

—Pero ¿estamos hablando de un tesoro físico o de algún tipo de «conocimiento» esotérico? —inquirió Jansson.

—Bueno, dada mi escasa capacidad imaginativa, a mí me gusta pensar que es físico, aunque comprendo lo atractivas y llamativas que pueden llegar a resultar las teorías alternativas de una conspiración. Sin embargo, hay otra forma en la que lo físico y lo esotérico podrían estar unidos. Verán, mucho del interés que despiertan los templarios tiene su origen en el hecho de que nadie puede explicar, sin que quepa ninguna duda, cómo se hicieron tan ricos y poderosos en tan poco tiempo. Yo creo que no fue más que el fruto de las numerosas donaciones que recibieron en cuanto su misión se dio a conocer. Claro que, ¡quién sabe!, quizá llegaron a conocer un secreto muy bien guardado que los hizo increíblemente ricos en un tiempo récord. Pero ¿qué era? ¿Estaba relacionado con los míticos descendientes de Cristo, una prueba de que Nuestro Señor había tenido uno o dos hijos mil años atrás... —preguntó en tono burlón—, o se trataba de algo mucho menos controvertido pero potencialmente más lucrativo?

De Angelis hizo un alto para asegurarse de que todos seguían su línea de pensamiento.

—Me refiero a los secretos de la alquimia, a la fórmula que transforma los metales ordinarios en oro —anunció tranquilamente.

43

Todos los presentes se quedaron callados, estupefactos, mientras De Angelis les exponía brevemente la misteriosa ciencia.

Las pruebas históricas apoyaban su tesis, porque, en realidad, la alquimia llegó a Europa a través de las cruzadas. Los primeros tratados de alquimia aparecieron en Oriente Próximo y se escribieron en árabe mucho antes de ser traducidos al latín.

—Los experimentos alquímicos se basaban en la teoría aristotélica de la tierra, el aire, el fuego y el agua. Creían que todo lo que existe está compuesto de una combinación de estos elementos y que, con la dosis y el método adecuados, cada elemento podía ser transformado en cualquiera de los otros tres: el agua podía transformarse en aire si se hervía, etcétera. Y dada la creencia de que el planeta entero estaba hecho de una combinación de tierra, agua, aire y fuego, al menos en teoría, se pensaba que era posible transmutar un material en cualquier otro. Y el que encabezaba la lista, el más deseado era, sin duda, el oro.

Monseñor explicó cómo la alquimia también funcionaba a nivel fisiológico. Así, los cuatro elementos de Aristóteles se manifestaban en los cuatro humores: flemático, sanguíneo, colérico y melancólico. En un ser humano sano los humores estaban supuestamente equilibrados y se creía que las enfermedades aparecían cuando había un exceso o defecto de alguno de ellos. La alquimia no se quedó sólo en la búsqueda de una fórmula que transmutara el plomo en oro; sino que fue más allá, prometía descubrir los secretos de las transformaciones fisiológicas, curar las enfermedades o rejuvenecer a las personas. Además, muchos alquimistas utilizaron la búsqueda de esta fórmula como una metáfora de la búsqueda de la perfección moral, en el sentido de que creían que lo que podía lograrse en la naturaleza, también podía conseguirse en el corazón y la mente. Desde un punto de vista espiritual, consideraban que la Piedra Filosofal que buscaban era capaz de producir una conversión tanto espiritual como física. La alquimia le prometía todo a aquel que descubriera sus secretos: riqueza, longevidad, y hasta inmortalidad.

Sin embargo, en el siglo XII la alquimia también era misteriosa, y a quienes nunca habían estado en contacto con ella les producía miedo. Los alquimistas se servían de extraños instrumentos y conjuros místicos; para su arte utilizaban el simbolismo críptico y colores sugerentes. Finalmente, las obras de Aristóteles fueron prohibidas, ya que en aquel entonces se consideraba que cualquier clase de ciencia, como se las llamaban antes, era un desafío a la autoridad de la Iglesia; y una ciencia que prometía una purificación espiritual era una clara amenaza para ella.

—Lo que —De Angelis siguió su relato— podría explicar por qué el Vaticano no se opuso a la persecución de los templarios. El momento, el lugar, el origen, todo encaja. —Monseñor miró a todos los presentes—. Ahora bien, no me malinterpreten —advirtió con una reconfortante sonrisa—. No estoy diciendo que esa fórmula exista, aunque para mí desde luego no es sino otra más de las fantasiosas teorías que hay acerca del gran secreto de los templarios y que ha sido objeto de discusión no sólo en esta mesa, sino en muchos otros sitios. Lo único que yo digo es que un hombre que ha perdido el sentido de la realidad puede fácilmente creer en la existencia de dicha fórmula.

Tess le lanzó una mirada a Reilly y titubeó antes de volverse a De Angelis.

—¿Y por qué iba Vance a querer hacer oro?

—Olvida usted que ese hombre no piensa con mucha claridad que digamos. Usted misma lo ha dicho, señorita Chaykin. Basta con recordar lo que sucedió en el Met para darse cuenta de ello; no fue un plan ideado por un hombre en su sano juicio. Y, si partimos de que ese hombre no se está comportando racionalmente, cualquier cosa es posible. Podría ser un medio para conseguir un fin, para lograr el demente objetivo que se haya marcado, sea el que sea. —Se encogió de hombros—. Está claro que ese hombre, Vance..., sufre alucinaciones y se ha embarcado en la búsqueda de un absurdo tesoro. En mi opinión, están ustedes ante un loco; sea lo que sea lo que busque, más tarde o más temprano se dará cuenta de que está persiguiendo a un fantasma, y puedo imaginarme cómo reaccionará entonces.

Un incómodo silencio reinó en la sala mientras los presentes reflexionaban sobre tan sensata exposición.

Jansson se inclinó hacia delante.

—No sé qué busca, pero no parece que le importe que vaya muriendo gente por el camino. Hay que detenerlo, aunque me temo que lo único con lo que podemos trabajar ahora es con estos malditos papeles —declaró sosteniendo la copia del manuscrito—. Si lográramos leerlos, podríamos anticiparnos a su siguiente paso. —Se dirigió a Reilly—: ¿Qué dice la Agencia de Seguridad Nacional?

—Pues que la cosa es complicada. He hablado con Terry Kendricks antes de venir aquí, y no se ha mostrado muy optimista.

—¿Por qué no?

—Saben que el documento está escrito mediante un cifrado de sustitución polialfabética. Nada demasiado sofisticado. El ejército lo ha usado durante décadas, pero los códigos se descifran en función de la frecuencia de aparición y de patrones; hay que localizar las palabras repetidas, deducir qué son, y eso proporciona un punto de partida hasta que, al fin, se consigue dar con la clave mnemotécnica y de ahí se vuelve hacia atrás. En este caso, lo que ocurre es que simplemente no disponen de suficiente material con el que trabajar. Si el manuscrito fuese más largo y tuviesen otros documentos escritos con el mismo código, podrían inferir la clave con bastante facilidad; pero seis páginas es demasiado poco como punto de partida.

El rostro de Jansson se ensombreció.

—No me lo puedo creer. Disponen de fondos por valor de varios miles de millones de dólares, ¿y son incapaces de descifrar algo que un puñado de monjes escribió hace setecientos años? —Se encogió de hombros y suspiró, su boca permaneció un rato fruncida—. Está bien, pues, olvidémonos del maldito manuscrito y centrémonos en otra cosa. Hay que volverlo a repasar todo y abrir otra línea de investigación.

De Angelis observó a Tess, que estaba callada. Ella le devolvió la mirada, y monseñor vio algo en sus ojos que le indicó que su exposición no le había convencido y que intuía que todo esto era algo más que una mera venganza personal.

«Está mujer es realmente peligrosa», pensó De Angelis. No obstante, de momento la utilidad potencial de Tess Chaykin era superior al peligro que suponía.

¿Durante cuánto tiempo? Eso estaba por ver.

44

—¿Qué emisora es ésta?

Tess había accedido a que Reilly la llevara en coche y, ahora, sentada con él en el vehículo, escuchando la animada música y contemplando el sol del atardecer, que se asomaba por detrás de un racimo de plomizas nubes y pintaba el horizonte de color malva, se alegró de haber aceptado su ofrecimiento.

Se sentía relajada, y segura. Más que eso, se había dado cuenta de que le gustaba estar cerca de él. Había algo en su firmeza, en su determinación, en su... honestidad. Reilly no tenía trampa ni cartón y Tess sabía que podía confiar en él, que ya era más de lo que podía decir de la mayoría de los hombres que había conocido, empezando por su ex marido, que encabezaba el grupo de hombres que ni siquiera llegaban a esa categoría. Ahora que Kim y su madre se habían ido a Arizona y la casa estaba vacía, le apetecía mucho tomar un baño caliente y una copa de vino tinto; tampoco le vendría mal un somnífero para asegurarse una buena noche de sueño.

—Es un CD. La canción anterior era *Caliente*, de Willie and Lobo, y ésta es de Pat Metheny. Lo he grabado yo. —Sacudió la cabeza levemente—. Acabo de contarte algo que un hombre jamás debería confesar.

—¿Por qué no?

Reilly sonrió burlonamente.

—¿Me tomas el pelo? Porque contando que me grabo mis propias canciones doy a entender que tengo mucho tiempo libre.

—¡Oh! Yo no estaría tan segura. También podría ser señal de que uno es bastante exigente y sabe perfectamente lo que le gusta y lo que no.

Él asintió.

—Me gusta tu forma de verlo.

—Lo suponía. —Tess sonrió y clavó la vista al frente unos instantes mientras se dejaba llevar por la sutil combinación de la guitarra eléctrica y la compleja instrumentación que caracterizaba a ese grupo—. Está bien esta música.

—¿Te gusta?

—Es muy relajante... e inspiradora. Además, llevo diez minutos escuchándola y aún no me he quedado sorda; lo que es agradable, teniendo en cuenta las torturas a las que normalmente me somete Kim.

—¿Tanto te tortura?

—¡Esos grupos son infernales! Y las letras de las canciones, ¡Dios mío!... Yo me consideraba una madre moderna, pero algunas de esas canciones, si es que pueden llamarse así...

Reilly sonrió.

—¡Adónde iremos a parar!

—¡Eh! Ni que tú fueras el rey del hip-hop.

—¿No cuenta Steely Dan?

—Me temo que no.

Reilly puso cara de fingido disgusto.

—¡Lástima!

Tess miró hacia delante.

—Lo que yo digo es que poco más allá nos espera una nueva frontera. —Lo soltó como si tal cosa, mirando a Reilly de soslayo para ver si había entendido la broma; Tess había hecho una sutil mención de *New Frontier,* el título de una canción de Donald Fagen, y le encantó pillarle desprevenido. Reilly asintió, impresionado, y sus ojos se encontraron. Pero entonces sonó el teléfono móvil de Tess y ésta se ruborizó.

Molesta por la intrusión, lo sacó del bolso y miró la pantalla. No aparecía ningún número. Decidió contestar, aunque al instante se arrepintió.

—¡Hola! Soy yo, Doug.

Si normalmente no le hacía mucha ilusión hablar con su ex marido, desde luego en ese momento no le hacía ninguna. Tess evitó la mirada de Reilly y habló en voz baja.

—¿Qué quieres? —le espetó.

—Sé que estuviste en el Met esa noche y quería preguntarte si hubo algo que...

«Ya empezamos.» Doug siempre llamaba por interés y Tess le interrumpió.

—No puedo hablar de ello, ¿entiendes? —mintió—. El FBI me ha pedido explícitamente que no hable con la prensa.

—¿En serio? ¡Magnífico! —¿Magnífico? ¿Qué era tan magnífico?—. Porque eres la única a la que se lo han dicho —comentó con entusiasmo—. ¿A qué crees que se debe, eh? ¿Sabes algo que los demás no saben?

Su plan había fallado.

—Olvídalo, Doug.

—No seas así. —Ahora le daba coba—. Soy yo, ¿recuerdas?

¡Como si pudiese olvidarlo!

—No —repitió Tess.

—Tess, dame un respiro.

—Voy a colgar.

—¡Venga, cariño...!

Tess colgó, introdujo el teléfono dentro del bolso con mucha más fuerza de la necesaria, y después suspiró profundamente y clavó la vista al frente.

Al cabo de un par de minutos trató de relajar la nuca y los hombros y, sin mirar a Reilly, dijo:

—Lo siento. Era mi ex marido.

—Ya me lo imaginaba. Para algo fui a la academia del FBI en Quantico.

Tess soltó una carcajada.

—No se te escapa ni una, ¿verdad?

Reilly la miró.

—Normalmente, no. A menos que se trate de los templarios, en cuyo caso ya hay una pesada arqueóloga que siempre va dos pasos por delante del resto de los mortales.

Tess sonrió.

—¡Eso, tú métete conmigo!

Reilly la miró de nuevo y esta vez sus ojos se encontraron durante más rato.

Estaba realmente encantado de que Tess le hubiese dejado acompañarla a casa en coche.

Cuando llegaron a su calle, las farolas estaban encendidas, y al ver su casa a Tess le vinieron a la memoria todos los miedos y las inquietudes de los últimos días.

«Vance estuvo aquí, en mi casa», pensó con un escalofrío.

Pasaron junto al coche patrulla aparcado en la calle. Reilly saludó con la mano al policía que había en el interior del vehículo y éste, que reconoció a Tess, hizo lo propio.

Al torcer por el camino de acceso a su casa, Reilly detuvo el coche y apagó el motor. Tess estaba nerviosa. No sabía si pedirle o no a Reilly que entrara un momento con ella, pero las palabras salieron solas de su boca:

—¿Quieres entrar?

Él vaciló y luego contestó:

—¡Por supuesto! —Su tono no era de flirteo—. No estará de más que eche un vistazo. Dame la llave.

Reilly abrió la puerta de la casa y entró primero.

Estaba anormalmente tranquila y Tess lo siguió hasta el salón y, de manera automática, encendió todas las luces y puso la televisión, bajando el volumen. Estaba sintonizada en el canal WB, el favorito de Kim, pero Tess no se molestó en cambiarlo.

Algo sorprendido, Reilly la miró.

—Cuando estoy sola siempre lo hago —se justificó ella—. Así tengo la sensación de que hay alguien.

—Estarás bien, seguro —la tranquilizó él—. Revisaré las habitaciones —propuso, pero entonces dudó y le preguntó—: ¿Te importa?

«Seguro que duda porque tiene que entrar en mi cuarto», pensó Tess. Agradeció su interés y su sensibilidad.

—No, adelante.

Reilly asintió, y cuando abandonó el salón, Tess se dejó caer en el sofá, cogió el teléfono y llamó a Prescott, Arizona. Su tía Hazle descolgó al tercer tono. Acababan de llegar a casa; había ido al aeropuerto de Phoenix a recoger a Kim y a Eileen, y después se las había llevado a cenar. Le dijo que las dos estaban bien. Tess habló brevemente con su madre mientras su tía iba a buscar a Kim, que estaba en el establo viendo los caballos. Eileen parecía mucho más tranquila que antes de irse. Debía de ser por una combinación de dos cosas: porque la agradable presencia de su simpática hermana la calmaba, y por lo lejos que estaba de Nueva York. Kim se puso al teléfono, y le pareció que estaba muy emocionada ante la idea de montar mañana a caballo; no le dio la impresión de que la echara nada de menos.

Les deseó buenas noches, colgó el teléfono y en ese momento Reilly volvió al salón.

Lo notó tan cansado como estaba ella.

—Todo en orden, como me imaginaba. No creo que haya nada de qué preocuparse.

—Si tú lo dices, seguro que es así. De todas formas, gracias por echar un vistazo.

—No hay de qué. —Hizo una última verificación y asintió sin saber qué hacer; detalle que a ella no le pasó desapercibido.

—¿Te apetece beber algo? —le preguntó Tess mientras se levantaba del sofá y lo conducía a la cocina—. ¿Qué tal una cerveza o una copa de vino?

—No —respondió Reilly con una sonrisa—, pero gracias igualmente.

—¡Vaya! Me había olvidado de que estás de servicio, ¿verdad? ¿Mejor un café?

—No, no es eso. Es que... —Parecía reticente.

—¿Qué?

Reilly hizo una pausa antes de terminar la frase:

—Estamos en Cuaresma.

—¿En Cuaresma? ¿Hablas en serio?

—Sí.

—Y me imagino que no será una excusa para adelgazar, ¿no?

Reilly se limitó a sacudir la cabeza.

—Cuarenta días sin beber. ¡Vaya! —Tess se ruborizó—. Vale, me he pasado, ¿verdad? No quiero que te lleves una impresión equivocada, tampoco es que yo sea de Alcohólicos Anónimos ni nada de eso.

—Demasiado tarde para arreglarlo.

—Genial. —Tess se acercó a la nevera y se sirvió una copa de vino blanco—. Es curioso, yo pensaba que ya nadie guardaba esos días. Especialmente en esta ciudad.

—Al revés, es un sitio idóneo para vivir una... vida espiritual.

—¿Me tomas el pelo? ¿Una vida espiritual en Nueva York?

—¡Claro! Es un lugar perfecto para eso. Piénsalo. Hay suficientes desafíos morales y éticos a los que hacer frente. En esta ciudad están bastante diferenciados el bien del mal, lo correcto de lo incorrecto. Hay que elegir.

Tess trataba de asimilar la información.

—Entonces, ¿eres muy religioso? Espero que no te moleste mi pregunta.

—Tranquila, no pasa nada.

Ella forzó una sonrisa.

—No me digas que eres capaz de irte hasta un prado de vacas en medio de la nada sólo porque alguien cree que ha visto a la Virgen encima de una nube o algo por el estilo.

—No, no es algo que haya hecho últimamente. Veo que tú no eres especialmente religiosa.

—Bueno..., digamos que necesitaría algo un poco más concluyente para que me vieras atravesar medio país por una cosa así.

—Un poco más concluyente... Me estás diciendo que necesitarías una señal. ¿Un milagro irrefutable y comprobable?

—Más o menos.

Reilly no dijo nada, sólo sonrió.

—¿Qué? —preguntó Tess.

—Verás, lo que ocurre con los milagros... es que si tienes fe no los necesitas, y si no la tienes, ningún milagro es suficiente.

—¡No! Hay un par de cosas que seguro que me convencerían.

—Tal vez ya estén ahí y no te hayas dado cuenta.

Aquello la dejó helada.

—A ver, para un momento. ¿Eres un agente del FBI y me estás diciendo que crees realmente en los milagros?

Reilly se encogió de hombros y contestó:

—Supón que vas por la calle y estás a punto de cruzar cuando, de pronto y sin saber por qué, justo antes de bajar del bordillo de la acera te detienes. Y en ese instante, en el instante en que te paras, un autobús o un camión pasa zumbando a tu lado, a pocos centímetros de tu cara, en el punto exacto en el que habrías estado de no haberte parado. No sabes por qué, pero algo te ha hecho detenerte. Algo te ha salvado la vida. ¿Y sabes qué? Lo más probable es que le dijeras a la gente: «¡Estoy viva de milagro!» Para mí es eso, un milagro.

—Pues para mí es pura casualidad.

—Es muy fácil tener fe cuando se produce un milagro. La verdadera prueba de la fe es tenerla sin que haya ninguna señal.

Tess seguía asombrada, le sorprendía esa faceta de Reilly. No sabía con certeza cómo se sentía ella al respecto, aunque tenía cierta predisposición antirreligiosa.

—¿Hablas en serio?

—Absolutamente.

Tess lo observó mientras reflexionaba.

—Explícame una cosa entonces —dijo—. ¿Cómo se conjuga la fe, la fe auténtica y sincera como la tuya, con un trabajo de investigación como el que haces?

—¿A qué te refieres?

Algo le decía que Reilly ya se había planteado eso con anterioridad, que ya se había enfrentado a ello.

—El que investiga no puede basarse en la confianza, no puede dar nada por sentado. Y tú tienes que tratar con hechos y con pruebas, más allá de toda duda razonable.

—Sí. —La pregunta no parecía haberle sorprendido.

—¿Y cómo encaja eso con la fe?

—Mi fe es en Dios, no en los hombres.

—¡Venga ya! No me creo que sea tan sencillo.

—Pues la verdad es que sí —replicó él con una serenidad desconcertante.

Tess cabeceó y esbozó una tímida sonrisa que iluminó su rostro.

—Siempre he pensado que se me daba bastante bien catalogar a las personas, pero contigo me he equivocado. No me imaginaba que fueras..., ya sabes, creyente. ¿Tus padres también lo eran?

—No, mis padres nunca fueron especialmente religiosos. Digamos que sucedió después.

Esperó a que Reilly siguiera hablando, pero no lo hizo y, de repente, Tess se sintió abrumada.

—Te pido perdón, porque esto es algo muy personal y no he parado de bombardearte con preguntas. ¡Qué falta de tacto!

—No, no me importa, de verdad. Es que..., verás, mi padre murió cuando yo era pequeño y lo pasé muy mal, y la única persona a la que pude recurrir era al cura de mi parroquia. Me ayudó a superar los momentos difíciles, y después supongo que aquello pasó a formar parte de mi vida, eso es todo.

Pese a haberle asegurado que no le importaban sus preguntas, Tess tuvo la sensación de que Reilly no quería ahondar más en el tema, cosa que entendió.

—Está bien.

—¿Y qué me dices de ti? Deduzco que tu familia tampoco era muy religiosa.

—La verdad es que no. No lo sé, supongo que en casa se respiraba un ambiente académico, arqueológico y científico, y me resultó imposible vincular lo que veía a mi alrededor con el concepto de divinidad. Y luego descubrí que Einstein tampoco creía en nada sobrenatural y pensé que, en fin, si el tipo más inteligente del planeta no se lo había creído...

—Tranquila —comentó Reilly impasible—, algunos de mis amigos son ateos.

Tess le lanzó una mirada, vio que él se reía y dijo:

—Gracias por la información. —Aunque no había acertado del todo, porque ella se consideraba más agnóstica que atea—. Para la mayoría de la gente que conozco esa opción equivale a carecer completamente de moral.

Fueron de nuevo hasta el salón y Reilly clavó los ojos en la televisión. Daban un capítulo de *Smallville*, la serie sobre las aventuras adolescentes de Superman. Mientras miraba la pantalla, Reilly cambió totalmente de tercio y le dijo:

—Necesito preguntarte algo sobre Vance.

—¡Claro! Dime.

—Verás, es que cada vez que me has hablado de lo que te ha pasado con él, de lo del cementerio y el sótano... ¿Qué opinas de Vance exactamente?

El rostro de Tess se ensombreció.

—Cuando lo conocí era un hombre encantador, muy normal, ya sabes. Lo que ocurrió con su mujer y su hija supongo que fue algo horrible para él.

Reilly parecía un tanto incómodo.

—Te da pena.

No era la primera vez que Tess sentía eso por Vance.

—En cierto modo, sí.

—¿Incluso después del asalto al Met, del hombre decapitado, de los disparos..., y de ser una amenaza para Kim y tu madre?

Tess se sintió incomoda. Reilly la estaba obligando a confrontarse con unas emociones inquietantes y contradictorias que no acababa de entender.

—Sé que es una locura y que es extraño, pero hasta cierto punto sí que me da pena. Su forma de hablar y esos cambios de humor que le hacen actuar de otra manera... Lo que ese hombre necesita es tratamiento y no que lo metan en la cárcel; necesita ayuda.

—Pero para eso hay que capturarlo. Tess, no te olvides de que, por muy mal que ese hombre esté de la cabeza, es peligroso.

Ella recordó la serena expresión de Vance cuando lo vio sentado con su madre en el sofá de su casa. Su opinión sobre él había empezado a cambiar.

—Te parecerá raro, pero... No estoy segura de que sus amenazas fueran en serio.

—Entonces tienes que creerme; hay cosas que no sabes.

Tess lo miró intrigada. Todo el rato había pensado que les llevaba ventaja a los demás.

—¿Qué cosas?

—Ha habido otras muertes. Ese tipo es peligroso, y punto. ¿De acuerdo?

Su afirmación categórica no dejaba lugar a dudas y Tess se sintió confundida.

—¿Qué quiere decir que ha habido otras muertes? ¿De quién hablas?

Reilly tardó unos minutos en contestar; y no porque no quisiera hacerlo. Algo le había distraído. Era como si se hubiese quedado hipnotizado, como si traspasase a Tess con la mirada; y ella se dio cuenta de que no estaba centrado en la conversación. Se volvió y miró hacia donde él miraba, la televisión. En la pantalla, el joven Clark Kent estaba, como siempre, a punto de salvar a alguien.

Tess sonrió burlonamente.

—¿Qué ocurre? ¿No habías visto este capítulo o qué?

Pero Reilly ya se iba hacia la puerta.

—Tengo que irme.

—¿Irte? ¿Adónde?

—Me tengo que ir, adiós. —Y en cuestión de segundos se fue, la puerta se cerró de golpe y ella, sin dar crédito, se quedó mirando a ese joven que atravesaba paredes y se subía a los edificios con un simple salto.

Estaba absolutamente desconcertada.

45

El tráfico nocturno aún era denso cuando Reilly y Aparo se dirigían en el Pontiac hacia el sur por la autopista Van Wyck. Por encima de sus cabezas se oía el estruendo de centelleantes *jumbos*; parecían una procesión interminable de aviones a punto de aterrizar. El aeropuerto ya estaba a poco más de un kilómetro de distancia.

Aparo se frotó los ojos mirando hacia fuera, bajó la ventanilla, y el aire fresco y primaveral le dio en la cara.

—¿Cómo me has dicho que se llamaba?

Pero Reilly estaba concentrado, atento a las numerosas señales que los bombardeaban desde todos los rincones. Al fin, dio con la que buscaba y la señaló con el dedo.

—Ahí está.

Su compañero también lo vio. El letrero verde que tenían a su derecha los conduciría al Edificio 7, la terminal de transporte de carga. Debajo de la señal principal, y perdida entre los pequeños logos de las aerolíneas, aparecía el nombre concreto que a Reilly le interesaba.

Alitalia Cargo.

Poco después de los ataques terroristas del 11-S, el Congreso aprobó la Ley de Seguridad de la Aviación y el Transporte. Según dicha ley, la responsabilidad de registrar a las personas y las pertenencias transportadas por las compañías aéreas se transfería a un nuevo organismo, la TSA (Administración para la Seguridad en el Transporte). Cualquier persona u objeto que entrara en Estados Unidos debería pasar unos controles mucho más estrictos. Por todo el país se instalaron escáneres de tomografía computarizada que detectaban sustancias explosivas tanto en los pasajeros como en el equipaje facturado. A los pasajeros incluso se los sometió a rayos X durante algún tiempo, hasta que se dejó de hacer debido a las protestas surgidas no por el peligro de la radiación, sino por el mero hecho de que no había nada, por íntimo que fuese, que escapara a los escáneres de las máquinas de rayos X Rapiscan: lo mostraban todo.

Había un área que a la TSA le preocupaba sobremanera: el transporte internacional de mercancías, una amenaza potencialmente enorme para la seguridad nacional, aunque se le había dado menos publicidad. Decenas de miles de contenedores, palés y cajas entraban cada día en Estados Unidos procedentes de todos los rincones del mundo. De ahí que en esta nueva era de estrictas medidas de seguridad, la aplicación del escáner no se limitase sólo al equipaje de los pasajeros. Así, cualquier cargamento que llegara al país por aire, tierra o mar, era inspeccionado con sofisticados sistemas de rayos X desplegados prácticamente en todos los puntos de entrada.

Algo que ahora Reilly agradeció mientras tomaba asiento en la sala de operaciones de la terminal de carga de las aerolíneas italianas del aeropuerto JFK, en la que un técnico se dedicaba a recuperar eficazmente en un monitor las imágenes almacenadas en un banco de datos.

—Yo que usted me pondría cómodo, porque se trata de un embarque muy grande.

—La caja que nos interesa es bastante peculiar. Si le parece, vaya pasando las imágenes de los objetos y en cuanto la vea le aviso —sugirió Reilly, sentado en una vieja silla.

—Muy bien. —El hombre asintió y empezó a mostrar las imágenes del banco de datos.

Éstas se sucedieron en la pantalla. Vistas laterales y superiores de embalajes de diversos tamaños. Se distinguían perfectamente las siluetas de los objetos que el Vaticano había enviado para la exposición del Met. Reilly, que todavía estaba enfadado consigo mismo por no haber pensado en esta posibilidad antes, clavó los ojos en el monitor, igual que Aparo. Su pulso se aceleró mientras asistían a un desfile de espectros azules y grises: recargados objetos, crucifijos y estatuillas. La resolución era asombrosa, mucho mejor de lo que se había imaginado: podía incluso distinguir pequeños detalles como piedras preciosas engastadas o relieves.

Y entonces, entre el torrente de confusas imágenes, apareció.

—Espere un momento. —A Reilly se le aceleró el pulso.

La pantalla mostraba una imagen nítida en la que aparecía —en el interior del embalaje que lo contenía— el codificador en toda su magnificencia.

46

Nada más entrar en la sala de conferencias, Tess se detuvo en seco.

Se había alegrado bastante de tener noticias de Reilly después de tres días de frustrante silencio, tres días durante los cuales le había costado cada vez más esquivar las insistentes llamadas de su madre para preguntarle cuándo iba a reunirse con ellas en Arizona. Además, había empezado a ponerse nerviosa; se había dado cuenta de que la investigación había absorbido su vida entera y que, por mucho que Reilly le hubiese advertido, no podía sacársela de la cabeza.

Y, ahora, al ver lo que había encima de la mesa, cualquier pensamiento de alejarse del caso se había esfumado.

Lo que allí había era una réplica exacta del rotor codificador multidisco hecha de metacrilato.

Casi no pudo pronunciar palabra.

—¿Cómo...?

Tess levantó la vista y miró a Reilly, completamente atónita. Estaba claro que éste le había guardado la sorpresa, porque al pedirle por teléfono que se acercara a la sede en Federal Plaza le había dicho que era sólo «para repasar un par de cosas».

De pronto, se percató de que había más gente en la sala. Estaban Jansson, Aparo, Gaines, unas cuantas personas más a las que no reconoció, y monseñor.

Volvió a mirar a Reilly, que le dedicó una fugaz y tímida sonrisa.

—Pensé que tal vez querrías presenciar esto. —Señaló a uno de los hombres que no conocía y que en ese momento repartía a cada uno de los presentes unas fotocopias engrapadas—. Es Terry Kendricks, el constructor de la máquina.

—Bueno, la hemos hecho mi equipo y yo —se apresuró a interrumpirle Kendricks, que sonrió a Tess con efusividad—. Encantado de conocerla.

A Tess le resultaba difícil apartar los ojos de la máquina. Examinó las fotocopias que tenía en la mano y sus esperanzas se confirmaron. Entonces miró a Kendricks.

—¿Funciona?

—¡Desde luego! Todo ha encajado a la perfección. En latín, naturalmente. Al menos eso es lo que me ha dicho el equipo de lingüistas encargado de la traducción.

Tess seguía sin entenderlo. Se volvió a Reilly, suplicante.

—Pero... ¿cómo?

—Al pasar por la aduana todo se somete a rayos X —le aclaró Reilly—. Incluso aunque sea un préstamo de la Santa Sede.

Tess tuvo que sentarse. Tenía la sensación de que le iban a fallar las piernas. Con manos un tanto temblorosas estudió el documento que le habían dado y se concentró con afán en el texto impecablemente impreso.

Era una carta fechada en mayo de 1291.

—¡Ése es el año de la caída de Acre! —exclamó—. La última ciudad que perdieron los cruzados.

Se centró de nuevo en el texto y comenzó a leerlo; era emocionante, como si pudiese viajar en el tiempo y conectar directamente con esos hombres cuyas hazañas se habían convertido en leyenda.

«Con gran pesar os comunico —rezaba la carta— que Acre ya no está bajo nuestra protección. Hemos abandonado la ciudad al cerrarse la noche, el corazón se nos encogía al ver que Acre ardía en llamas...»

47

Habían estado toda la noche navegando en dirección norte a lo largo de la costa, y al rayar el alba pusieron rumbo a Chipre y a la seguridad de la preceptoría que tenían allí.

Tras el devastador ataque de esas últimas horas en Acre, Martin había bajado a la bodega para procurar descansar, pero el balanceo de la galera lo hacía difícil y, además, le perseguían las imágenes del Gran Maestre moribundo y de la precipitada huida. Cuando al amanecer volvió a subir a cubierta, lo que vio le sorprendió. Frente a ellos, intensos relámpagos atravesaban la negrura de la tormenta que se cernía, y su incipiente rugido era más fuerte que el del viento que azotaba el aparejo. Y a sus espaldas, al este, una masa de enfurecidas nubes color púrpura ocultaba el sol naciente, cuyos rayos pugnaban por despuntar en lo alto en un desesperado intento por iluminar el ceñudo cielo.

«¿Cómo es posible que tengamos una tormenta delante y otra persiguiéndonos?», pensó Martin. Un breve intercambio de impresiones con Hugh confirmó que el patrón tampoco había visto nada semejante en toda su vida.

Estaban atrapados.

El viento sopló con más fuerza, provocando grandes ramalazos de una lluvia fría y punzante. La vela golpeaba violentamente contra la verga, la tripulación se esforzaba por mantener las escotas bajo control, y el mástil gruñía en señal de protesta. En la bodega, los caballos inquietos relinchaban y daban coces a las tablas de la sentina. Martin observó al patrón, que, nervioso, consultó la carta náutica y localizó su posición actual antes de decirle al contramaestre que ordenara a los esclavos que remaran más rápido y dar nuevas instrucciones al timonel en un desesperado esfuerzo por alejarse de las tormentas.

Martin se reunió con Aimard en la proa. El anciano caballero también contemplaba las cercanas tormentas con creciente preocupación.

—Es como si Dios quisiera que el mar nos engullese —dijo a Martin con una mirada de profunda inquietud.

La tempestad no tardó mucho en desatarse a su alrededor con una ferocidad salvaje. El cielo se oscureció, impenetrable, convirtiendo el día en noche, y el viento sopló con violencia. El mar se agitó formando enormes olas que rompían por estribor contra la popa. Se produjo una interminable descarga de rayos amén de ensordecedores truenos, y una cortina de agua cayó con fuerza sobre el barco, aislándolos del resto del mundo.

Hugh ordenó a un miembro de la tripulación que trepase a la cofa y escudriñara el horizonte para intentar avistar tierra. Martin observó cómo el hombre, a regañadientes, encaraba la lluvia torrencial y obedecía la orden. La galera siguió su avance mientras era batida por enormes olas, algunas de las cuales se elevaban por encima de la popa antes de caer con violencia sobre la cubierta. Los remos cobraron vida propia: algunos se estrellaron contra el casco, y otros golpearon brutalmente a los encadenados esclavos, soltándose de sus manos e hiriendo a varios, por lo que Hugh se vio obligado a dar la orden de que los recogieran.

Las imponentes olas llevaban varias horas sacudiendo con crueldad el barco cuando, por encima del ruido casi ensordecedor, Martin oyó un crujido: las tapas de las escotillas de popa habían cedido y el agua azul oscura entraba en la bodega. Casi al instante, la galera empezó a escorarse peligrosamente, y justo entonces se escuchó un crujido de madera. El mástil se había partido, y Martin alzó la vista a tiempo para ver cómo aplastaba a tres miembros de la tripulación y catapultaba al pobre hombre que estaba en la cofa a las revueltas aguas.

Sin vela ni remos, la galera estaba a merced de la tempestad y las corrientes, y el furioso mar hacía que se balanceara a la deriva. Durante tres días y tres noches la tormenta no amainó, y el *Falcon Temple* se sometió a su violenta voluntad consiguiendo de algún modo mantenerse a flote y entero. Al cuarto día, en medio del incesante viento, una voz solitaria gritó: «¡Tierra! ¡Tierra!» Martin aguzó la vista, había un hombre señalando al frente, pero él sólo veía el mar revuelto. De pronto lo vio: una masa oscura y distante en el horizonte, apenas distinguible.

Y entonces sucedió.

Tenían tierra a la vista, y en ese momento la galera empezó a resquebrajarse sin piedad. Los tablones del buque habían sufrido unas embestidas brutales y ahora comenzaban a partirse. Se oyeron unos crujidos atronadores, y el casco empezó a abrirse. El pánico se desató entre los remeros encadenados mientras los caballos de la bodega se encabritaban y relinchaban frenéticos.

—¡Los esclavos! —gritó Hugh—. ¡Soltadlos antes de que se ahoguen! —Sus hombres se apresuraron a liberarlos de las cadenas, pero su libertad no duró mucho, porque el agua irrumpió en el barco y los arrastró consigo.

Hugh no podía impedir lo inevitable.

—¡Preparad el esquife —ordenó— y salgamos de aquí! —Martin corrió para ayudar a asegurar su única tabla de salvación, y se fijó en que Aimard llevaba un voluminoso saco de piel y se dirigía en la dirección contraria, hacia la proa. Martin lo llamó, pero en ese momento otra enorme ola batió contra el barco y Aimard fue empujado por el puente hasta chocar con la mesa donde, con buen tiempo, se desplegaban las cartas náuticas, y se clavó una de sus esquinas en el pecho. Gritó de dolor, pero hizo acopio de todas sus fuerzas y se levantó mientras con una mano se apretaba las costillas. Aimard declinó la oferta de ayuda de Martin y se negó a soltar el saco, aunque era evidente que su tamaño y su peso no le ponían las cosas nada fáciles.

El esquife estaba ahora al nivel de la cubierta de la galera, y con gran esfuerzo consiguieron subirse a él; la última imagen que Martin de Carmaux tuvo del destartalado *Falcon Temple* fue la del momento en que el mar feroz lo engulló. El sólido y reforzado espolón rematado por el mascarón de proa simplemente se partió como una insignificante rama cediendo ante la poderosa tempestad, su ruido quedó amortiguado por el demoníaco rugido del viento y los horribles relinchos de los caballos, que se ahogaban. Martin miró a los ocho hombres que estaban con él en el esquife y vio su propio miedo reflejado en sus miradas de desolación mientras el barco desaparecía poco a poco tragado por las gigantescas olas.

Avanzaron gracias al oleaje y al viento, que mecían el esquife como si fuese de papel, pero el patrón no tardó en ordenar que seis hombres, de los nueve supervivientes, remaran para esquivar las salvajes sacudidas. Mientras remaba, Martin se limitó a mirar al frente, con la mirada vacía; el cansancio y la desesperación se apoderaban de él. Los habían echado de Tierra Santa, y ahora habían perdido el *Falcon Temple*. Se preguntó cuánto tiempo sobrevivirían, aunque llegaran a tierra firme. Estuviesen donde estuviesen, estaban lejos de casa, adentrados en territorio enemigo y precariamente pertrechados incluso para defenderse del menos peligroso de los adversarios.

El esquife navegó durante lo que parecieron horas antes de que la altura de las olas disminuyese y, por fin, avistaron la tierra que el vigía había vislumbrado. Muy pronto se encontraron arrastrando el esquife sobre las olas que rompían hasta la seguridad de una arenosa playa. La tormenta seguía bramando y la fría lluvia caía punzante sobre sus cuerpos, pero al menos habían pisado suelo firme.

Después de perforar el casco del esquife con sus espadas, lo empujaron de vuelta al mar, todavía agitado, pese a que el ojo de la tormenta ya había pasado. Tenían que intentar que nadie se percatara de su presencia. Hugh les explicó que al empezar la tormenta iban en dirección norte y que creía que el *Falcon Temple* había rodeado la isla de Chipre y luego continuó navegando hacia el norte. Haciendo caso de la experiencia y la sabiduría del patrón, Aimard tomó la decisión de evitar la costa, demasiado expuesta, y caminar tierra adentro antes de dirigirse al oeste en busca de un puerto.

Pronto las colinas bajas los resguardaron del viento y, lo más importante, de las miradas de cualquiera que pudiese habitar esas tierras. Aunque no les daba la impresión de que hubiera peligro alguno; hasta ahora no habían visto a nadie ni oído nada salvo el rugido de la tormenta. No había ni siquiera vida salvaje, amedrentada, sin duda, por la ferocidad del mal tiempo. Durante su marcha, larga y agotadora, Martin se fijó en que el estado de Aimard empeoraba. Comenzaban a notarse las graves consecuencias del fuerte golpe que se había dado en las costillas. Sin embargo, Aimard, aparentemente impasible ante el dolor, continuó andando con valentía, siempre sujetando el voluminoso saco con una mano mientras con la otra se aguantaba su adolorido costado.

Con cierto temor ante la incertidumbre de tener que luchar en su estado actual, llegaron a un pueblo. Además de estar heridos y exhaustos, no disponían de muchas armas. No obstante, la esperanza de encontrar comida atenuó el miedo. Pero tanto el miedo como la esperanza fueron infundados. El pueblo estaba desierto y sus casas vacías. En medio de la villa vieron los restos de una iglesia; sus paredes estaban intactas, pero el techo era un esqueleto carbonizado de vigas chamuscadas que se sostenían sobre altas columnas de piedra. Era difícil saber cuándo había tenido lugar semejante profanación. Seguro que hacía varias semanas o incluso meses; quizás años.

Enfrente de la iglesia las ramas llenas de hojas de un inmenso y antiguo sauce llorón caían sobre un pozo.

Con cautela, los supervivientes del naufragio se tumbaron en el suelo a descansar. De todos ellos Aimard de Villiers era el que estaba en peores condiciones. Martin se disponía a llevarle agua del pozo cuando oyó un ruido, el suave y melodioso sonido de unos cencerros. Los maltrechos hombres se pusieron rápidamente a cubierto y vieron aparecer por la angosta calle un pequeño rebaño de cabras, que no tardó en rodear el pozo, escarbando en vano en busca de alimento, mientras otras tiraban y mordisqueaban las ramas del sauce. A continuación llegó el pastor, un anciano encorvado y cojo, acompañado de un joven.

Aimard lanzó una mirada a Martin, que asintió y tomó el mando. Gesticulando con las manos, ordenó al resto del grupo que se dispersara para vigilar mientras él y Hugh se aproximaron al anciano, quien no dudó en tirarse al suelo de rodillas, suplicándoles que no los mataran ni a él ni a su nieto. Igual que algunos de sus hermanos, Martin y Aimard hablaban un poco de árabe. Aun así tardaron un rato en tranquilizar al hombre y asegurarle que su vida no corría peligro; pero todavía tardaron más en explicarle que lo que querían era comprarle una cabra y no quitársela por la fuerza. No tenían dinero ni nada de valor, pero entre todos lograron reunir unos cuantos retales de ropa que, si bien no equivalían al precio de una cabra, era mejor que nada.

Mientras el pastor y su nieto sacaban agua del pozo para dar de beber a su rebaño, los caballeros sacrificaron la cabra y, con un pedernal, encendieron una hoguera y asaron al animal. Después invitaron al banquete al anciano pastor y a su nieto.

Probablemente aquel gesto de bondad salvó sus vidas.

El pastor, por quien supieron el nombre del pueblo, Fonsalis, se mostró muy agradecido, y a media tarde reanudó el camino con su rebaño y el chico. Fortalecidos y con el estómago satisfecho, los caballeros y los marineros supervivientes volvieron a descansar con la tranquilidad de saber que al día siguiente proseguirían su viaje.

Pero el descanso fue breve.

El caballero que hacía guardia fue el primero en oír el ruido y alertó a Martin. Alguien se acercaba a ellos corriendo. Era el nieto del pastor. Sin aliento y visiblemente asustado, les informó de que se dirigía hacia ellos una banda de mamelucos. No era la primera vez que el chico y su abuelo se topaban con ellos, ya les habían robado con anterioridad y estaban seguros de que venían en busca de agua del pozo.

No tenían más opción que luchar.

Con ayuda de Aimard, Martin elaboró con rapidez un plan para prepararles una emboscada. Consistía en enfrentarse al enemigo formando una amplia uve abierta, cuyo vértice estaría en el pozo.

Recuperaron restos de barras de hierro oxidadas de la iglesia en ruinas con las que complementar su escaso armamento y sacaron la cuerda del pozo. Hugh y otro miembro de la tripulación la extendieron entre los brazos de la uve, luego la cubrieron de tierra para que los enemigos no la vieran y se fueron a sus posiciones. En cuanto comprobó que todo estaba bajo control, Martin se acurrucó detrás del pozo y esperó.

La espera no fue larga. Oyeron a los mamelucos mucho antes de poderlos ver, sus carcajadas cortaban el aire quedo. Era evidente que sus hazañas en la región les habían hecho creer que eran invulnerables. Los mamelucos eran temidos, y con razón. Unos cincuenta años atrás, muchos miles de jóvenes de esa zona habían sido vendidos como esclavos al sultán de Egipto, quien, sin imaginarse ni por un momento las consecuencias, formó a esos chicos, los convirtió en su guardia y los bautizó con el nombre de mamelucos, que en árabe significa «esclavos». Algunos años más tarde los mamelucos se sublevaron y pronto se hicieron con el control de Egipto. Fueron incluso más temidos que los hombres que los habían vendido como esclavos.

Vestidos con armaduras de cuero y metal, y bombachos, cada uno llevaba una larga espada envainada y un puñal en el cinturón. A ambos lados de las sillas de montar colgaban sendos escudos circulares de metal, y las coloridas banderolas de sus lanzas ondeaban en medio del polvoriento aire que los rodeaba.

Martin contó cuántos eran. El nieto del pastor no se había equivocado. Eran veintiún guerreros. Sabía que si no los mataban a todos, estarían acabados; si uno de esos mamelucos escapaba con vida, otro grupo de guerreros volvería a buscarlos.

Cuando el último mameluco hubo sobrepasado la posición ocupada por Hugh y su compañero, Martin oyó que el líder de la banda se detenía junto al pozo y bajaba del caballo. Como despedido por un cañón, Martin salió de su escondite y atacó a dos hombres brutalmente con la espada. En ese momento varios mamelucos más se disponían a bajar de sus caballos cuando el resto de caballeros y miembros de la tripulación salieron de sus escondites, profiriendo gritos de guerra y matando a los asombrados jinetes con las armas improvisadas de las que se habían provisto. La sorpresa fue total y el efecto devastador.

Los mamelucos que estaban todavía montados en los caballos dieron media vuelta y espolearon a los animales para huir al galope, pero al llegar a la posición de Hugh, el patrón levantó la cuerda y tiró de ella con fuerza. Ninguno de los jinetes tuvo tiempo de reaccionar. Los caballos que estaban delante cayeron al suelo, el resto colisionó con ellos y los jinetes salieron volando por el aire. Los caballeros se abalanzaron sobre ellos, y al cabo de un rato ya no quedaba ningún mameluco vivo en el pequeño campo de batalla.

Sin embargo, no fue una gran victoria; en la confusión de la lucha murieron dos marineros y dos caballeros. Cinco hombres seguían con vida, incluido Aimard, que estaba herido.

Aunque ahora tenían caballos y armas.

Esa misma noche, después de enterrar a sus compañeros muertos, los supervivientes durmieron junto a los muros de la iglesia en ruinas e hicieron turnos de vigilancia. Pero Martin no logró conciliar el sueño. Tenía la mente demasiado activa y percibía todos los ruidos y movimientos del entorno.

Oyó un crujido procedente del interior de la iglesia, lugar que Aimard había elegido para descansar. Sabía que el anciano estaba sufriendo mucho y le había visto expectorar sangre varias veces. Se puso de pie y cruzó la chamuscada portada. Aimard se había cambiado de sitio. Martin escudriñó la oscuridad y lo localizó sentado, frente a las llamas de una pequeña hoguera que titilaban y se ladeaban debido a los soplos de aire que se colaban por el destruido techo. Se acercó y se fijó en que escribía algo. Una carta. Junto a él había una extraña máquina con discos que Martin no había visto en su vida.

Aimard alzó la cabeza, sus ojos brillaban a la luz de las llamas.

—Necesito que me ayudes con esto —le pidió con voz ronca y áspera.

Vacilante, Martin fue hasta él, sus músculos se habían tensado.

—¿Qué quieres que haga? —inquirió.

—Me temo que ya no me quedan fuerzas. —Aimard tosió—. Ven conmigo. —Se levantó con dificultad, cogió dolorido el saco de cuero y condujo a Martin hasta una parte de la iglesia cuyo suelo estaba formado por losas, en algunas de las cuales había nombres y fechas inscritos. Martin cayó en la cuenta de que eran tumbas.

—Aquí —ordenó Aimard, que se detuvo junto a una tumba en la que figuraba la palabra Romiti.

Martin lo miró expectante, sin saber con seguridad qué quería que hiciera. Aimard esbozó una sonrisa.

—Necesito que la abras.

Sin pedir más explicaciones, Martin desenvainó su espada y la utilizó como palanca para levantar la losa.

—Déjala un momento abierta —le pidió Aimard mientras se arrodillaba e introducía el saco de cuero por la oscura abertura. Al terminar, asintió y le dijo al joven caballero—: Ya está. —Y Martin bajó con cuidado la losa. Aimard le echó un vistazo para asegurarse de que no le habían causado un gran destrozo y luego se irguió y, arrastrando los pies, regresó al improvisado campamento, donde volvió a sentarse dolorido.

Martin se quedó mirando fijamente la oscuridad, su cabeza era un torbellino de confusos pensamientos. Cuando Aimard de Villiers lo animó para que se uniera a la Orden, se había sentido honrado y emocionado. Durante los tres primeros años ese honor había estado justificado, pues los Caballeros Templarios eran un grupo de hombres nobles y extremadamente valientes dedicados a Dios, la humanidad y la Iglesia. Pero ¿qué iba a ser de ellos ahora que habían perdido Tierra Santa? Ya no veía tan claro su cometido.

También afloraron otras cosas que le inquietaban. A medida que pasaba el tiempo, Martin había percibido un recelo inconfesado en el seno de la Orden. Por fragmentos de conversaciones que por casualidad había escuchado, sabía que había fricciones entre la Orden y la Iglesia. Donde se había imaginado lazos estrechos y confianza no había sino disensiones y recelo. Tanto era así que la Iglesia no había cooperado con la Orden, que no hacía mucho había solicitado más hombres. Esa negativa de la Iglesia a prestar ayuda fue lo que determinó el fatídico destino de la fortaleza de Acre. ¿Habría la Iglesia puesto intencionadamente en peligro a la Orden?

Martin cabeceó; no, eso era imposible.

Luego estaban los encuentros secretos entre Guillaume de Beaujeu y algunos miembros veteranos de la Orden. Encuentros de los que todos salían con cara de preocupación y taciturnos, incluido Aimard de Villiers, cuya franqueza y honestidad eran dos de las cualidades que tanto valoraba Martin en él. Además, estaba el cofre labrado y el misterioso intercambio de palabras entre Aimard y el Gran Maestre justo antes de que se embarcaran en el *Falcon Temple*. Y ahora esto.

¿Le habría engañado?

—Martin.

Sobresaltado, se volvió a Aimard, cuyo rostro estaba contraído por el dolor y que le habló con un gruñido gutural.

—Sé lo que debes estar pensando. Pero créeme, cuando te lo haya contado... Hay cosas que tienes que saber, que necesitas saber para que nuestra Orden sobreviva. Guillaume me confió un conocimiento y una misión, pero... —Hizo una pausa, tosió, y luego se limpió la boca antes de continuar hablando, despacio—. Los dos sabemos que mi viaje acaba aquí. —Alzó una mano para detener las protestas de Martin—. Y es preciso que te transmita este conocimiento para que finalices la misión que yo apenas he empezado.

Martin se sintió culpable por haber dudado de él.

—Ven, siéntate —le ofreció Aimard, que respiró hondo antes de comenzar el relato.

—Durante muchos años ha habido un secreto al que sólo han accedido unos cuantos miembros de nuestra Orden. Al principio no lo supieron más que nueve hombres. Nunca le ha sido revelado a nadie más. Es el alma de nuestra Orden, y el origen del miedo y la envidia de la Iglesia.

Aimard siguió hablando en medio de la oscuridad. A la incredulidad inicial de Martin siguieron la sorpresa y hasta la indignación, pero era Aimard el que hablaba, y en su fuero interno sabía que esa historia no podía ser mentira; que sólo podía ser verdad.

La voz de Aimard era frágil y temblorosa, y a medida que hablaba el estado de ánimo de Martin varió. Su indignación se convirtió en temor reverencial, y luego en una noble determinación casi sobrecogedora. Aimard era como un padre para él, que valoraba mucho su entrega absoluta. Con cada palabra que brotaba de sus labios, la dedicación del caballero fue gradualmente haciendo mella en Martin hasta clavársele en el alma.

Cuando salió el sol, Aimard aún seguía hablando. Al terminar, Martin permaneció un rato en silencio. A continuación preguntó:

—¿Qué quieres que haga?

—He escrito una carta —contestó Aimard—. Una carta que hay que entregar al Gran Maestre del Temple de París y que nadie más puede ver. —Le dio la carta, pero Martin no podía leerla. Aimard hizo un gesto con la cabeza en dirección al artefacto con discos que había junto a él—. Está en clave... por si cae en manos enemigas.

Aimard hizo un alto y miró hacia los otros tres hombres.

—Estamos en territorio enemigo y sólo quedáis cuatro con vida —explicó—. Permaneced juntos sólo mientras sea necesario, y luego separaos en dos grupos de dos. Quiero que lleguéis a París por dos caminos diferentes. He hecho una copia de la carta, así cada grupo tendrá una. Transmitid a los demás la importancia de vuestra misión, pero os ruego que no reveléis la verdad que os he contado a menos que estéis convencidos de que vuestra muerte es inminente.

Martin observó con detenimiento a su viejo amigo antes de preguntarle:

—¿Y si morimos todos por el camino? ¿Qué pasará entonces con la Orden?

—Hay más caballeros —lo tranquilizó Aimard—. Algunos están en París, algunos en otros lugares. La verdad no desaparecerá nunca. —Hizo una pausa y recobró el aliento—. Parte de lo que pone en la carta sólo lo sé yo, aunque me imagino que Hugh ya lo habrá intuido. Pero no te preguntará nada. Aunque no sea hermano nuestro, su lealtad es inquebrantable. Puedes confiar en él del mismo modo que yo he confiado en ti.

Aimard metió la mano en un bolsillo de su chaqueta y extrajo dos paquetes envueltos en piel engrasada.

—Ten, coge esto y dale uno a tus compañeros.

—¿A Hugh?

Aimard sacudió la cabeza.

—No, Hugh no pertenece a la Orden y en un momento dado es posible que el Gran Maestre del Temple de París escuche únicamente a un hermano de verdad. De hecho, creo que lo mejor sería que Hugh viajara contigo.

Martin asintió pensativo. Entonces preguntó:

—¿Y tú qué vas a hacer?

Aimard tosió, se pasó un brazo por la barba y Martin vio sangre en su saliva.

—Hasta ahora hemos tenido suerte, pero no te quepa duda de que en vuestro camino se interpondrán nuevos peligros —respondió Aimard—. Es preciso que los enfermos y los heridos no entorpezcan vuestro viaje; ni más adelante ni mucho menos ahora. Como te he dicho, mi viaje termina aquí.

—¡Pero no podemos dejarte aquí! —objetó Martin.

Retorciéndose de dolor, Aimard se llevó la mano a las costillas.

—Después del accidente que he sufrido en el barco —dijo—, puedo considerarme afortunado por haber llegado hasta aquí. Coge las cartas y vete. Es crucial que vayas a París; tienes sobre ti una gran responsabilidad.

Martin de Carmaux obedeció y abrazó a su amigo y mentor. Entonces se puso de pie y fue a reunirse con los demás, que esperaban junto a los caballos.

Habló brevemente con ellos y todos se volvieron para mirar a Aimard de Villiers, que sostuvo sus miradas unos segundos antes de levantarse con esfuerzo y tambalearse hasta el pozo. En las manos llevaba el artefacto. Martin lo observó absorto mientras su amigo hacía añicos la máquina contra la piedra del pozo y, pieza a pieza, tiraba en su interior los fragmentos.

—¡Dios nos tenga en su mano! —susurró Martin.

Agarró la brida de uno de los caballos y montó en la silla. Seguidos de los caballos que sobraban, los cuatro hombres desfilaron entre las ruinas del pueblo y luego fueron en dirección noroeste, sin saber cuál sería su destino ni los peligros a los que deberían hacer frente en su largo viaje hacia Francia.

48

La mente de Tess todavía vagaba por la región de los mamelucos cuando la voz de Jansson interrumpió su viaje medieval y la devolvió de golpe a la realidad.

—Hay que dar por sentado que a estas alturas Vance también habrá traducido el texto —declaró con brusquedad.

Reilly se apresuró a asentir.

—Sin ninguna duda.

Tess recordó dónde estaba y, sujetando aún con las manos la copia que Kendricks había repartido, observó los rostros de los allí presentes. No le dio la impresión de que estuvieran tan fascinados como ella por la sublimidad del momento. Para ella era distinto. Le conmovía profundamente penetrar en las vidas, las hazañas, la forma de pensar y las muertes de aquellos hombres legendarios; era extraordinario. Y, en otro orden de cosas, era asimismo la confirmación de aquello que su instinto le había dicho desde la noche del asalto. Sentía un hormigueo por todo el cuerpo. Esto podría ser su ciudad de Troya o su Tutankhamón. Se preguntó si alguno de los que estaban sentados alrededor de esa mesa estaría tan fascinado como ella por lo que insinuaba el contenido de la copia que tenían en las manos, o si sólo estaban interesados en la carta por la manera en que ésta podía ayudarles a resolver un caso particularmente inquietante.

La expresión de Jansson le dejó muy clara su postura.

—Muy bien, o sea que seguimos sin saber de qué estamos hablando —prosiguió—, aparte de que el objeto en cuestión es lo suficientemente pequeño para caber en una bolsa. Por lo menos sabemos el nombre del pueblo. Fonsalis. —Jansson miró expectante a Kendricks.

—Lo siento —contestó Kendricks con pesar—, pero me temo que en este punto no puedo aportar gran cosa. Tengo a un grupo de hombres trabajando en ello, pero por ahora no han averiguado nada. Ese nombre no aparece en ningún sitio.

Jansson frunció las cejas visiblemente molesto.

—¿No tenemos nada?

—No, todavía no. Hablamos de la Europa del siglo trece; por aquel entonces no tenían unos mapas muy elaborados, que digamos. Eran muy rudimentarios, muy primitivos, y además muy pocos se conservaron, por no hablar de los textos. Estamos tratando de encontrar todos los testimonios escritos desde esa fecha en adelante, hasta la actualidad: cartas, diarios y cosas así. Pero llevará su tiempo.

Tess vio que Jansson se hundía en su silla y se frotaba la nuca con la mano. Su rostro se ensombreció. Estaba claro que no le gustaba que la búsqueda de datos bloquease la investigación.

—Siempre cabe la posibilidad de que Vance tampoco sepa dónde está ese pueblo —sugirió Aparo.

Tess se lo pensó mucho antes de intervenir.

—Yo no estaría tan segura. Es su especialidad. Puede que no se mencione en los trabajos publicados para el gran público que aparecen en las bases de datos, pero seguro que figura en algún misterioso manuscrito de la época; la clase de libro raro que alguien como Vance sabe dónde encontrar.

Jansson miró a Tess y reflexionó unos instantes. A su lado estaba sentado De Angelis, que no dejaba de observarla, pero ella fue incapaz de leerle el pensamiento. Sin duda, de todos los presentes él debía de ser el que más valorara la trascendencia de lo que todos ellos habían tenido el privilegio de conocer; pero no había dejado traslucir ningún indicio de asombro ni había dicho palabra desde el comienzo de la reunión.

—Está bien, hay que averiguar dónde está ese pueblo para poder detener a ese tipo —gruñó Jansson, y volviéndose a De Angelis añadió—: Padre, seguramente podrán ustedes ayudarnos en esto.

—¡Desde luego! Ordenaré que nuestros mejores expertos se pongan a investigar; tenemos una biblioteca gigante. Será cuestión de tiempo.

—Pues no sé si nos sobra precisamente. —Jansson se dirigió a Reilly—. Vance estará a punto de dar el siguiente paso, eso si no se ha ido ya del país.

—Me aseguraré de que la CBP le dé prioridad al tema. —La Oficina de Protección de Aduanas y Fronteras era la encargada de llevar un seguimiento de cualquier persona u objeto que entraba o salía del país—. Esté donde esté Fonsalis, supongo que estará en algún punto del Mediterráneo oriental, ¿no? —Y le preguntó a Tess—: ¿Hay alguna forma de acotar las posibilidades?

Ella se aclaró la garganta y meditó unos instantes.

—Es que podría estar en cualquier parte. Se desviaron de su rumbo con tanta rapidez que... ¿Tenéis un mapa de la zona?

—¡Por supuesto! —Kendricks se inclinó hacia delante y pulsó varias teclas del ordenador. Enseguida apareció un mapamundi en la enorme pantalla de plasma que había frente a la mesa. Pulsó un par de teclas más y se sucedieron distintas imágenes y planos hasta que apareció la zona del Mediterráneo oriental.

Tess se levantó y fue hasta la pantalla.

—Según esta carta dejaron Acre, que está justo aquí, en lo que ahora es Israel, al norte de Haifa, y zarparon rumbo a Chipre. Debieron de navegar hacia el norte antes de virar al oeste, pero la tormenta los sorprendió sin darles tiempo a... —Estudió un poco más el mapa y no pudo evitar que su imaginación volase, evocando imágenes del azaroso viaje de aquellos hombres, que le parecieron tan reales que por un momento tuvo la sensación de que había estado allí. Ordenó sus ideas y se concentró en lo que estaba haciendo—. Todo depende de la dirección en la que la tormenta los llevara. O los empujó al este de la isla, en cuyo caso podrían haber desembarcado en algún punto de la costa siria o del sureste de Turquía... —Resiguió la ruta con el dedo—. O pasaron al oeste de Chipre, y entonces habría que centrarse en esta área de aquí, el suroeste de la costa turca, desde el golfo de Antalya hasta Rodas.

—Es un área bastante grande —comentó Jansson irritado.

—La orografía de este litoral es bastante uniforme —explicó Tess—. Y en la carta no pone nada que nos oriente en una u otra dirección, pero, si pudieron avistar tierra en plena tormenta, no creo que estuvieran muy lejos de la costa.

Reilly asintió mientras examinaba el mapa.

—Podemos empezar alertando a nuestros equipos destacados en Turquía y Siria.

Jansson arrugó la frente, visiblemente confundido.

—¿Y qué cree Vance? ¿Que lo que sea que enterraron sigue ahí esperándolo a él? Parece que la carta llegó finalmente a Francia. ¿Cómo sabe que los templarios no enviaron hombres a recuperarlo?

Tess rememoró la historia del monje y el sacerdote que Vance le había contado. «El hombre nunca más volvió a sonreír.»

—La fecha es clave. Vance me dijo que el monje que le enseñó el manuscrito al sacerdote, al que se le puso blanco el pelo cuando conoció la noticia, era uno de los últimos templarios que seguían con vida. De Molay y el resto fueron quemados en la hoguera en 1314. Por lo que el hombre al que Vance se refiere tuvo que morir más tarde, es decir, más de veinte años después de que la galera se hundiera. Supongo que Vance tiene la esperanza de que, si no se recuperó entonces, nadie más pudo hacerlo después.

Reinó el silencio en la sala. Era mucha la información que había que asimilar, especialmente para el resto de los presentes en la reunión, que no estaban tan instruidos como ella en épocas remotas. Kendricks, que era probablemente el que, además de ella, apreciaba el valor histórico de lo allí se debatía, dijo:

—Haremos un simulacro de las posibles rutas del barco, teniendo en cuenta los vientos estacionales, las corrientes y ese tipo de elementos. Veremos si hay algún dato en el texto que concuerde con la geografía del terreno, e intentaremos determinar la situación del pueblo.

—Tal vez no estaría mal averiguar si naufragó algún barco en la zona; quién sabe, a lo mejor entre ellos aparece el *Falcon Temple*. —El inquieto lenguaje corporal de Jansson les dio a entender que la reunión se había acabado. Se volvió a De Angelis—. ¿Nos mantendrá informados?

—En cuanto sepa algo se lo comunicaré. —Monseñor estaba tan tranquilo e impasible como siempre.

Reilly acompañó a Tess a los ascensores del vestíbulo. No había nadie más. Ella se disponía a pulsar el botón de llamada cuando se volvió y miró a Reilly con cara de extrañada.

—Me sorprende bastante que hayas contado conmigo para esto.

Sobre todo después del discurso que me soltaste el otro día para que me olvidara del caso.

Reilly hizo una mueca, contrariado, y se frotó una ceja. La tarde había sido larga.

—Sí, seguramente me arrepentiré de haberte hecho venir. —Ahora se puso serio—. Para serte sincero, me vi en un dilema.

—Pues me alegro de que eligieras la opción menos aburrida.

En ese preciso instante, Reilly decidió que esa sonrisa pícara de Tess le encantaba. Toda ella le atraía. Recordó su cara de felicidad al ver la réplica del codificador en la sala de conferencias. Era contagiosa; esta mujer todavía sabía disfrutar intensamente de la vida con desenvoltura y verdadero placer, cosa que la mayoría de la gente no sabía hacer; sin ir más lejos, él no recordaba haber disfrutado jamás.

—Mira, Tess, sé lo importante que debe de ser esto para ti, pero... Ella no desaprovechó la pausa.

—¿Y qué me dices de ti? ¿Qué significa este caso para ti?

Reilly titubeó; no estaba acostumbrado a que lo interrogaran acerca de sus puntos de vista. No cuando trabajaba en un caso. Las preguntas las hacía él.

—¿A qué te refieres?

—Quiero decir que si lo único que te interesa de todo esto es coger a Vance.

Para Reilly la respuesta era bien sencilla.

—De momento no me puedo permitir pensar en otra cosa.

Tess insistió.

—¡Eso sí que no me lo creo! ¡Venga, Sean! —exclamó—. No me digas que no estás intrigado. ¡Por Dios! ¡Que escribieron un mensaje codificado sobre algo de lo que dependía todo su futuro! Fueron quemados en la hoguera por ello, liquidados, erradicados. ¿No sientes ni una pizca de curiosidad por saber lo que hay enterrado en esa tumba?

Era difícil resistirse al entusiasmo que Tess irradiaba.

—Primero hay que capturarlo; ya ha muerto demasiada gente por este tema.

—Más de la que te crees, si cuentas a todos los templarios que murieron en aquel entonces.

En cierto modo, el comentario de Tess hizo que Reilly viera las cosas desde una nueva perspectiva. Por primera vez se dio cuenta de la magnitud del asunto que tenían entre manos, pero era consciente de que ahora no era el momento de pensar en nada más. Su prioridad era el caso METRAID.

—¿Lo ves? Por eso no quería que siguieras involucrada en este asunto. Estás obsesionada, y me preocupa.

—Pero me has llamado.

De nuevo esa pícara sonrisa.

—Sí, bueno..., pensé que podrías ayudarnos. Con un poco de suerte, puede que detengamos a Vance cruzando alguna frontera, pero entre tanto convendría que algunos de nuestros colegas lo estuviesen esperando en Fonsalis, esté donde esté ese pueblo.

Tess llamó al ascensor.

—Me devanaré los sesos, pues.

Tess estaba ahí, de pie, con la boca un tanto ladeada y ese brillo malicioso en los ojos. Reilly la miró, sacudió la cabeza imperceptiblemente y no pudo evitar reírse entre dientes.

—¡Y yo que pensaba que era lo único que habías hecho hasta ahora!

—¡Oh! De vez en cuando dejo de pensar —repuso Tess, lanzándole una tímida mirada—. Pero muy pocas veces.

El ascensor llegó y emitió dos discretos pitidos cuando sus puertas se abrieron. La cabina estaba vacía. Tess se metió dentro.

—¿Tendrás cuidado?

Ella se volvió mientras pulsaba una tecla para que no se cerraran las puertas.

—No, tengo la intención de actuar con una temeridad total e imperdonable.

Reilly no pudo responder, porque las puertas se cerraron y Tess desapareció de su vista. Se quedó allí de pie durante unos segundos, evocando su rostro sonriente, antes de que un nuevo pitido que anunciaba la llegada de otro ascensor lo devolviera a la aplastante realidad.

Tess seguía sonriendo cuando salió del edificio. Sabía con certeza que entre ella y Reilly había algo, y le gustaba lo que sentía. Llevaba tiempo sin flirtear con alguien y, en su opinión, las fases preliminares eran siempre las más divertidas, igual que en su profesión. Había un paralelismo entre la arqueología y los hombres. Pero frunció las cejas al percatarse de que, también como en su trabajo, la ilusión, el misterio, el optimismo y la esperanza sentidas al comienzo de una relación nunca estaban completamente a la altura de las expectativas.

Quizás esta vez fuese diferente. En ambos aspectos.

«¡Sí, seguro!»

Mientras andaba envuelta en el aire fresco y primaveral, no podía dejar de darle vueltas a lo que había sugerido De Angelis acerca de que el misterioso secreto templario estaba relacionado con la alquimia. La idea la perseguía, y cuanto más pensaba en ella, menos creíble le parecía. Sin embargo, monseñor se había mostrado muy seguro al respecto. Una fórmula para transmutar el plomo en oro. ¿Quién no escatimaría esfuerzos para ocultarla de miradas codiciosas? No obstante, había algo en esa teoría que no encajaba.

Lo más intrigante de todo era que Aimard pensase que la tormenta había sido fruto de la voluntad de Dios. Que el Altísimo quería que el mar engullera lo que sea que llevasen consigo para enterrarlo eternamente. ¿Por qué pensaría eso? Y luego estaba lo del tamaño del objeto. Un relicario; un cofre pequeño. ¿Qué podía contener para que la gente muriese y matase por ello?

Fonsalis.

Si pretendía seguir en el juego, más le valía resolver ese enigma.

Decidió que la esperaban unas cuantas noches sin dormir; también se aseguraría de que su pasaporte no estuviese caducado.

Y, además, tenía pendiente una complicada conversación telefónica con su madre para explicarle que tardaría varios días más en reunirse con Kim y con ella en Arizona.

De Angelis acababa de llegar al hotel. Estaba preocupado por los problemas potenciales con los que tenía que lidiar, de modo que se sentó en el borde de la cama y llamó a Roma. Habló directamente con un colega que no pertenecía al círculo del cardenal Mauro; lo último que quería en ese momento era que le hicieran muchas preguntas.

Consciente de que ya no le acompañaba la ventaja con la que había jugado al localizar a los cuatro jinetes e igualmente consciente de que de nada le servía ya estar al tanto de una investigación que se encontraba en un callejón sin salida, supo que pronto tendría que ir en otra dirección. Dio unas cuantas instrucciones para asegurarse de que, cuando decidiese dar el siguiente paso, todo estuviese listo y pudiese actuar con rapidez.

Concluida esa gestión, extrajo un montón de fotografías de su maletín, las colocó encima de la cama y las examinó una a una. Ahí estaba Tess entrando y saliendo del Federal Plaza; entrando y saliendo de su casa de Mamaroneck; de su despacho del Instituto Manoukian. Había fotos de lejos, de media distancia y primeros planos. Incluso en imágenes borrosas, esa mujer emanaba la misma seguridad y determinación que mostraba en la vida real. Además, ya le había quedado claro que era imaginativa y tenía iniciativa. A diferencia del FBI, enseguida había sospechado que lo del Met era algo más que un mero robo.

Sus conocimientos en la materia, su relación con Vance, que ya venía de antes de su secuestro en aquel sótano, todo eso la convertía en una útil aliada y una peligrosa rival.

Tocó una de las fotos y golpeteó con un dedo la frente de Tess. «Esta chica es lista, pero que muy lista», pensó. Se apostaba cualquier cosa a que, si alguien era capaz de resolver el enigma, ésa era Tess. Pero también sabía que no compartiría su descubrimiento.

Tendría que arrebatárselo.

49

Tess había perdido la noción del tiempo, pero la cantidad de tazas de café que había encima de su mesa y la acumulación de cafeína que corría por sus venas le indicaban que hacía muchas horas que había encendido su ordenador del Instituto Manoukian.

En el instituto no había nadie más. Fuera, las palomas y los gorriones habían alzado el vuelo hacía rato y la oscuridad bañaba el jardín. La esperaba otra larga y frustrante noche.

Los últimos dos días habían sido agotadores. Se había quedado en la Butler Library de la Universidad de Columbia hasta que a las once, la hora del cierre, prácticamente la habían echado de allí. Había llegado a casa poco después de medianoche cargada con un montón de libros y los había hojeado todos, hasta que, al fin, había sucumbido al sueño cuando ya clareaba, pero al cabo de una hora y media se despertó de un sobresalto al sonar el despertador.

Ahora, sentada frente a su mesa con los ojos hinchados, seguía repasando una pequeña pila de libros, algunos de los cuales había traído consigo y otros los había sacado de la extensa colección del instituto. Ocasionalmente, algún dato le llamaba la atención y lo consultaba emocionada en los motores de búsqueda de Internet, primero bendiciendo a Google por la cantidad de horas que le ahorraba, y luego maldiciéndolo cuando no lograba encontrar lo que buscaba.

De momento, el fracaso era absoluto.

Se volvió y miró por la ventana mientras se frotaba los ojos cansados. Las sombras del jardín se mezclaban confusamente unas con otras. Se dio cuenta de que no podía enfocar bien; sus ojos ya no podían más. No importaba. Descansaría un rato. No recordaba la última vez que había leído tanto en tan poco tiempo. Tenía una palabra grabada en la retina, aunque aún no había encontrado ninguna referencia a la misma:

Fonsalis.

Se quedó mirando a un punto fijo, y a continuación le llamó la atención el gran sauce llorón que presidía el jardín. Ahí estaba, sus delgadas ramas se balanceaban con la ligera brisa nocturna, recortadas en el reflejo de las farolas de las calles que se proyectaba en la enorme pared de ladrillos que había detrás del árbol.

Miró el banco vacío que había debajo del sauce. Parecía tan fuera de lugar... aquí, en el corazón de la ciudad; tan silencioso e idílico. Tuvo ganas de salir fuera, acurrucarse en el banco y dormir durante días.

Y en ese preciso instante le vino una imagen a la mente.

Una imagen confusa.

Pensó en la placa de latón que había encima de un pequeño soporte frente al sauce llorón. Una placa que había leído un sinfín de veces.

El árbol había sido importado a bombo y platillo hacía más de cincuenta años por el fundador armenio del instituto. Lo había hecho enviar desde su pueblo de origen en memoria de su padre, quien, junto con otros doscientos intelectuales armenios y líderes de comunidades, había sido asesinado durante los primeros días del genocidio de 1915. Por aquel entonces, el ministro de Interior turco se jactó de que arremetería contra los armenios de tal forma que no podrían volver a levantar cabeza en cincuenta años, y sus palabras fueron una trágica profecía; Armenia sufrió una desgracia tras otra, un oscuro período del que no ha hecho más que empezar a salir.

El árbol había sido elegido a conciencia porque simbolizaba las lágrimas. Desde Europa hasta China, en los cementerios solía haber sauces llorones. Una asociación que se remontaba al Antiguo Testamento, según el cual las ramas de esos árboles caían debido al peso de las cítaras que los israelitas exiliados colgaban de ellas. Mucho tiempo después, narradores árabes de historias populares hablaron de cómo, tras casarse con Betsabé, a David se le aparecieron dos ángeles que le convencieron de su pecado. Afligido, se tiró al suelo y ahí se quedó llorando amargas lágrimas de penitencia durante cuarenta días y cuarenta noches, en los cuales se dijo que lloró «tantas lágrimas como derramaría la humanidad entera por sus pecados desde ese momento hasta el día del juicio final». Los dos ríos de lágrimas fluyeron hasta un jardín en el que, con el paso del tiempo, crecieron dos árboles: el árbol del incienso, que constantemente llora lágrimas de arrepentimiento, y el sauce llorón, cuyas ramas cuelgan con pesar.

Tess trató de evocar la inscripción de la placa; era como si pudiese visualizarla. Recordó que decía que el árbol pertenecía a un género más amplio llamado *Vitisalix*.

También recordó que la placa mencionaba además la clasificación taxonómica específica del sauce llorón.

Salix babylonica.

¡Ya lo tenía!

50

A la mañana siguiente Reilly y Aparo atendían los teléfonos de sus despachos en Federal Plaza. Reilly hablaba con Kendricks para ponerse al día, y las noticias no eran buenas. Los cerebros de la NSA (Agencia Nacional de Seguridad) seguían rastreando cualquier referencia existente de Fonsalis. Kendricks le advirtió que de ahora en adelante los progresos serían mucho más lentos. Las llamadas realizadas a expertos conocidos de todo el mundo habían sido infructuosas y ya habían agotado las posibilidades de la búsqueda electrónica de las bases de datos más importantes, de modo que los analistas se habían puesto a revisar tomo tras tomo de literatura de la forma más tradicional, es decir, leyéndolos en busca de cualquier referencia a la ubicación de la tumba.

Reilly suspiró.

Desde el otro lado de su mesa Aparo asintió malhumorado antes de colgar el teléfono. Reilly intuyó que su compañero tenía malas noticias y que eran urgentes. Pronto se confirmó su sospecha. Había hablado con Buchinski. A primera hora de esa misma mañana había aparecido un cadáver en una callejuela que estaba detrás de un edificio de apartamentos del barrio de Astoria, en Queens. Lo importante del hallazgo era que el muerto tenía restos de lidocaína en el cuerpo y marcas de un pinchazo en el cuello. El nombre de la víctima era Mitch Adeson.

Reilly sintió un gran desasosiego; tenía la sensación de que el caso se les escapaba de las manos.

—¿Cómo murió?

—Se cayó de una azotea. Se cayó, se tiró o lo empujaron, como prefieras.

Reilly se reclinó en la silla y se frotó los ojos; estaba agotado.

—Ya van tres de cuatro. Sólo queda uno. La pregunta es: ¿aparecerá también con un pinchazo en el cuello... o estará ya camino de Europa?

Miró a su alrededor y observó que monseñor entraba por la puerta doble que comunicaba con los ascensores. Que se presentara en persona sólo podía significar que no tenía ninguna novedad.

Las sospechas de Reilly se confirmaron cuando vio su cara de preocupación.

—Me temo que mis hermanos de Roma aún no han descubierto nada. Siguen buscando, pero... —No sonaba muy optimista—. Y supongo que ustedes... —No hizo falta que terminara la frase.

—Sí, todavía estamos llenos de interrogantes, padre.

—Ya veo. —Entonces esbozó una esperanzada sonrisa—. Si ninguno de nuestros expertos ni de sus especialistas ha logrado encontrar ese pueblo todavía..., cabe la posibilidad de que Vance tampoco lo haya encontrado.

En su fuero interno, Reilly sabía que eso era bastante improbable. Habían hecho circular fotografías de Vance por las bibliotecas más importantes desde Washington hasta Boston, y por ahora nadie lo había visto. O Vance sabía adónde ir, o tenía sus propias fuentes, a las que el FBI no tenía acceso. De cualquier forma, el pronóstico no era precisamente bueno.

Monseñor permaneció unos instantes callado antes de decir:

—La que parece muy... ingeniosa es la señora Chaykin.

Reilly no pudo evitar sonreír.

—¡Oh! Seguro que mientras usted y yo hablamos está devanándose los sesos.

Era justo lo que De Angelis se había temido.

—¿Ha hablado recientemente con ella?

—No, todavía no.

De Angelis asintió en silencio. Reilly notó que a monseñor le inquietaba algo.

—¿Qué ocurre, padre?

Monseñor estaba un tanto incómodo.

—No estoy seguro; supongo que estoy un poco preocupado, eso es todo.

—¿Por qué?

El hombre arrugó la boca.

—¿Está seguro de que, si ella lo averiguase, llamaría?

Viniendo de De Angelis, a Reilly le sorprendió la pregunta. ¿Acaso no confiaba en Tess?

—¿Por qué dice eso, padre?

—Bueno, es que me da la impresión de que está bastante obsesionada con el tema; al fin y al cabo, éste es su campo. Y un descubrimiento como éste... Más de una carrera ha recibido un espaldarazo meteórico por cosas mucho menos importantes. Si yo estuviese en su pellejo, no sé cuáles serían mis prioridades. Si detener a Vance o descubrir algo por lo que cualquier arqueólogo daría su brazo derecho. ¿Informaría a las autoridades arriesgándome a quedarme sin el reconocimiento y el triunfo, o iría en su búsqueda? —Habló en voz baja, pero con una seguridad aplastante—. Es una mujer muy ambiciosa, y la ambición... a menudo hace que uno se decante por el camino menos generoso, por decirlo así.

Reilly no pudo sacarse de la cabeza las palabras de De Angelis.

«¿Me llamaría?», se preguntó. En ningún momento lo había dudado. Pero ¿y si el enviado del Vaticano tenía razón? ¿Qué alicientes tenía Tess para llamar? Si daba con el paradero de la tumba y se lo proporcionaba al FBI, el Bureau mandaría agentes para intentar detener a Vance, se avisaría a los cuerpos de policía locales y la situación no tardaría en descontrolarse; no se tendría mucho en cuenta su hallazgo. Para las autoridades la prioridad era capturar al fugitivo; el descubrimiento arqueológico era secundario.

Pero era imposible que Tess fuese tan temeraria... «¿Qué va a hacer, coger un avión e irse sola?», se preguntó.

Le sacudió un escalofrío. «No, eso es una locura.»

Cogió el teléfono y llamó a casa de Tess. No hubo respuesta. Lo dejó sonar hasta que se activó el contestador automático y colgó sin dejar ningún mensaje. Rápidamente llamó a su móvil. Hubo cino tonos antes de que saltara el buzón de voz.

Con una ansiedad cada vez mayor, Reilly colgó de nuevo y se puso en contacto con la centralita. En cuestión de segundos le pasaron con el agente que hacía guardia delante de la casa de Tess.

—¿La ha visto esta mañana?

La contestación del agente fue rotunda.

—No, no desde que volvió a su casa anoche.

Sus alarmas internas se dispararon. Algo no andaba bien, nada bien.

—Necesito que se acerque a la puerta principal y se asegure de que está bien. Me esperaré.

El agente ya estaba bajando del coche.

—Entendido.

Reilly aguardó nervioso, los segundos pasaban. Visualizó al agente cruzando la calle, recorriendo el sendero que atravesaba el jardín frontal, subiendo los tres escalones de piedra que había hasta la puerta y llamando al timbre. Si Tess estaba en el piso de arriba, tardaría varios segundos más en abrir. Ahora ya tendría que estar abriendo la puerta.

Nada.

Su inquietud aumentó de forma alarmante, el tiempo se congeló. Entonces oyó la voz del agente.

—No abre la puerta. He mirado en la parte trasera y no ha habido ningún cambio, no hay indicios de que la puerta haya sido forzada, pero yo diría que no está aquí.

Reilly se preparó para entrar en acción.

—Está bien, preste atención —repuso mientras avisaba a Aparo con un gesto—: quiero que entre en la casa ahora mismo y se asegure de que está vacía. Si es necesario, fuerce la puerta.

Aparo se levantó de su silla.

—¿Qué ocurre?

Reilly le ofreció otro de los teléfonos.

—Llama a Aduanas y Fronteras. —Cubrió con la mano su auricular y miró a su colega lleno de ira y frustración—: Creo que Tess se ha largado.

51

Mientras Tess hacía cola frente al mostrador de facturación de Turkish Airlines en el aeropuerto JFK, su teléfono móvil sonó. En la pantalla no aparecía ningún número, de modo que no contestó. Sabía que lo más probable era que se tratase de un mensaje del trabajo, y en ese momento no tenía ganas de hablar con ninguna de las personas que podían telefonearle. Ni con Leo, del instituto; ni con Lizzie, que, sin duda, a estas alturas ya habría transmitido la misteriosa y confusa explicación que Tess le había dado justificando su ausencia; ni con Doug, que estaba en Los Ángeles, nada de eso la hacía tener remordimientos. Pero no hablar con Reilly... Se le hizo un nudo en la garganta. Odiaba tener que hacerle esto. Era una de las decisiones más difíciles que había tomado jamás, pero iba a llevar a cabo su plan y no podía permitirse hablar con él. Todavía no.

No mientras estuviese en el país.

Volvió a meter el móvil en el bolsillo de la chaqueta, llegó por fin al mostrador e inició el arduo proceso de facturación. Cuando terminó, siguió los letreros que conducían a la sala de embarque y a una cafetería, necesitaba un café con urgencia. Después al pasar por un quiosco, se compró un par de libros que llevaba tiempo queriendo leer; otra cosa sería que, con todo lo que le estaba ocurriendo, consiguiese detener su desbordante imaginación lo suficiente como para concentrarse aunque fuera en una insustancial novela.

Pasó el control de pasajeros y llegó a la sala de embarque, donde se dejó caer en una silla.

No podía creerse realmente que lo estuviese haciendo. Allí sentada, tan sólo esperando a que avisaran la salida de su vuelo, su mente al fin se serenó, retrocedió y analizó con más detenimiento los últimos acontecimientos. Pero eso no contribuyó a que se tranquilizase mucho. Las últimas veinticuatro horas, desde el instante en que supo que estaba detrás de una pista hasta el momento en que hizo el descubrimiento, habían sido una carrera dominada por la adrenalina. Y ahora, sola y mientras esperaba la partida de un vuelo nocturno, fue presa de un sinnúmero de miedos y dudas.

«Pero ¿qué te has creído? ¿Que puedes moverte sola por Turquía? ¿Y si, cuando estés allí, te encuentras con Vance o con algún otro desgraciado? Porque no es precisamente el lugar más seguro del mundo. Una norteamericana sola en un pueblo perdido turco, ¿acaso te has vuelto loca?», se dijo.

El temor que sentía por su seguridad física pronto dio paso a algo que le preocupaba todavía más.

Reilly.

Le había mentido, otra vez. Tal vez fuese una mentira por omisión, pero no dejaba de ser una mentira, y seria. Esto no era como lo de haber cogido un coche sin permiso y, sin decirle nada a Reilly, irse a su casa para entregarle a Vance el manuscrito. Tess sabía que entre ellos había surgido algo, algo que la hacía sentirse bien y que quería alimentar, pese a que intuía que Reilly estaba reticente por algún motivo que ella desconocía. En aquella ocasión se había preguntado si lo había echado todo a perder y ya no podrían salir juntos, pero no había sido así. Ante las circunstancias atenuantes Reilly se había mostrado muy comprensivo; de hecho, su comportamiento había sido admirable. Sólo que ahora ella había vuelto a estirar demasiado la cuerda.

«¿Tanto significa esto para ti, Tess?», se preguntó.

Pero entonces alguien se interpuso entre la luz del fluorescente y Tess, que despertó de su ensimismamiento y abrió los ojos.

Era Reilly. Estaba allí de pie, su silueta se proyectaba sobre ella y no parecía especialmente contento.

Debía de estar indignado.

Reilly rompió el tenso silencio:

—¿Se puede saber qué haces?

Tess no sabía qué contestar. Justo en ese instante una voz gangosa anunció por megafonía que su vuelo estaba listo para embarcar. Los pasajeros que había a su alrededor se levantaron de sus sillas y formaron dos filas desordenadas que convergían en los mostradores de la puerta de embarque, y Tess se sintió aliviada.

Reilly les echó un vistazo y trató de tranquilizarse antes de sentarse junto a Tess.

—¿Cuándo pensabas decírmelo?

Ella respiró hondo.

—Cuando llegase allí —respondió avergonzada.

—¿Y qué pretendías hacer, enviarme una postal? ¡Maldita sea, Tess!; parece que te dé igual todo lo que te he dicho.

—Verás, lo...

Reilly sacudió la cabeza, alzó las manos y la interrumpió.

—Eso ya me lo has dicho, que lo sientes, que esto es muy importante para ti, que pasa una vez en la vida, que es crucial para tu carrera... Ya hemos hablado de todo esto. ¿No entiendes que tu vida corre peligro?

Tess suspiró con resignación y pensó en sus palabras.

—No puedo quedarme con los brazos cruzados y dejar pasar la oportunidad. Además, hasta que esto acabe de una manera o de otra, no estaré tranquila, y Kim tampoco... Vance ha estado en nuestra casa, Sean. Y te guste o no, estoy metida en esto. —Hizo una pausa, le daba hasta miedo formular la pregunta—: Antes has dicho que hay cosas que no sé. ¿Ha habido otras muertes?

Reilly miró discretamente a su alrededor y dijo en voz baja:

—Tres de los jinetes que asaltaron el Met han muerto. Y no han sido muertes muy placenteras, no han fallecido mientras dormían.

Tess se inclinó hacia delante.

—¿Crees que los ha matado Vance?

—No sé si ha sido Vance o alguien más involucrado en el asunto; pero, sea como sea, quienquiera que lo haya hecho sigue suelto y no parece que le importe mucho irse cargando a la gente por ahí.

Tess se frotó los ojos con dedos temblorosos.

—¿Y si Vance aún no ha descubierto dónde está Fonsalis?

—Me temo que en ese caso ya te habría hecho otra visita. Yo diría que sí lo sabe.

Tess soltó un gran suspiró.

—¿Y qué hacemos ahora?

Reilly la observó, él se había preguntado lo mismo.

—¿Estás segura de que has dado con la solución?

Tess asintió.

—Sí.

—Pero no vas a decirme dónde está la tumba.

Ella cabeceó.

—Prefiero no hacerlo. Aunque me imagino que podrías obligarme, ¿no? —Los altavoces volvieron a anunciar la salida de su vuelo y pidieron a los pasajeros que embarcaran. Tess miró a Reilly—. Ése es mi avión.

Él vio cómo los últimos pasajeros cruzaban la puerta de embarque.

—¿Estás segura de que quieres hacer esto?

Tess asintió, impaciente.

—Sí.

—¿Por qué no dejas que nos ocupemos nosotros? Te garantizo que obtendrás el reconocimiento por cualquier cosa que descubras, pero deja que primero capturemos a Vance.

Tess lo miró fijamente a los ojos.

—No se trata sólo de reconocimiento. Es que... es mi trabajo; y es lo que tengo que hacer. —Buscó en sus ojos cualquier signo de empatía, tratando de averiguar qué pasaba por su cabeza—. Además, es probable que la cosa se os escape de las manos. Los hallazgos internacionales... puede que haya problemas de territorialidad y mucho follón. —Sonrió vacilante—. Bueno, ¿puedo irme o vas a detenerme?

Reilly tensó la mandíbula.

—Lo estoy pensando. —A Tess no le dio la impresión de que bromeara; todo lo contrario.

—¿Y con qué cargos, si puede saberse?

—No lo sé, ya se me ocurrirá algo. A lo mejor te meto un par de bolsitas de coca en el bolso. —Fingió que rebuscaba en sus bolsillos—. Me parece que las llevo encima.

Tess se relajó.

Ahora Reilly habló en serio:

—¿Qué puedo hacer para que cambies de idea?

A Tess le encantaba su tono de preocupación. «Quizá no lo haya estropeado del todo», pensó. Se levantó de la silla y, aunque ni ella misma se lo creía, se despidió de Reilly.

—No me pasará nada.

Reilly también se levantó y durante unos segundos sus miradas se encontraron. Tess esperó a que él dijera algo más, pero no lo hizo; una pequeña parte de ella incluso deseaba que Reilly la sacase de allí y no la dejase marchar, pero tampoco hizo eso. Echó un vistazo a la puerta de embarque y de nuevo se volvió a él:

—Hasta pronto.

Reilly no respondió.

Ella se alejó y se acercó a la mujer encargada de comprobar que la tarjeta de embarque estaba en orden, que de tan encantadora como era resultaba abrumadora. Tess sacó su pasaporte y cuando se lo dio miró hacia Reilly. Seguía allí, de pie, observándola. Esbozó una sonrisa, se volvió y empezó a andar hacia el *finger* de paneles blancos.

Las cuatro turbinas del avión cobraron vida mientras la tripulación iba y venía por los pasillos ultimando los preparativos para el despegue. A Tess le había tocado ventanilla, y constató con alivio que el asiento contiguo estaba libre; el vuelo duraría diez horas. Mientras miraba por el cristal al personal de tierra, que apartaba el equipo de servicio que rodeaba al avión, a la alegría de Tess se sumó un extraño presentimiento. No podía evitar sentirse emocionada por el viaje que tenía en perspectiva y, sin embargo, las muertes de los tres jinetes le producían ansiedad. Desechó tan inquietantes pensamientos de su mente e intentó convencerse de que, si tomaba unas precauciones básicas, estaría a salvo.

O eso esperaba.

Iba a coger la revista del avión cuando notó que en la parte delantera del aparato había cierto alboroto. Todo su cuerpo se tensó al ver que el causante del mismo era Reilly, que se aproximaba a ella por el pasillo.

«¡Maldita sea! Seguro que ha cambiado de idea y quiere sacarme del avión», pensó.

Tess lo miró perpleja y llena de ira. Cuando él llegó a su fila, Tess se pegó a la ventanilla.

—No me toques, ¿entiendes? ¡Ni se te ocurra sacarme del avión!

No tienes ningún derecho a hacerlo. No me pasará nada. ¡Ya basta! ¿No tienes colegas allí? Pues que me vigilen. Puedo hacer esto sola.

Reilly se mostró impasible.

—Lo sé —repuso, y se acomodó en el asiento contiguo al de Tess.

Ella no daba crédito; se vio incapaz de articular nada coherente.

Él le quitó literalmente la revista de las manos y se abrochó el cinturón.

—¿Sabes si pondrán alguna película decente? —le preguntó.

52

El hombre sentado seis filas por detrás de Tess no estaba nada cómodo. Odiaba viajar en avión, y no era porque tuviese un miedo irracional a volar o porque fuese claustrofóbico, sino porque, simplemente, no soportaba pasarse horas metido en un habitáculo metálico sin poder fumar. ¡Diez horas! Eso sin contar el rato que había estado en la terminal, en la que tampoco dejaban fumar.

Territorio de los chicles Nicorette.

Había tenido suerte. Le habían encargado que vigilase a Tess, y como había un coche patrulla de policía apostado frente a su casa, se había tenido que conformar con observar desde cierta distancia; sin embargo, eso le había permitido ver que la mujer huía por la puerta trasera, atravesaba los jardines de dos casas vecinas y subía a un taxi que la esperaba a sólo varios metros de donde él había estacionado su coche.

Había alertado a De Angelis de inmediato y luego la había seguido hasta el aeropuerto. Ya sentado en la sala de embarque, había podido observar perfectamente a Tess y a Reilly sin correr el riesgo de que detectaran su presencia; ninguno de los dos reparó en él. Había llamado dos veces a De Angelis desde el teléfono móvil. La primera para decirle que Tess había conseguido subir a bordo, y la segunda, poco tiempo después y desde su asiento del avión, para informar a monseñor de la llegada de Reilly, pero apenas si había podido hablar porque una insistente auxiliar de vuelo le había obligado a desconectar el teléfono.

Asomándose por el pasillo, observó a sus dos objetivos mientras con los dedos jugueteaba con una pieza del tamaño de una moneda. Se había fijado en que Reilly no llevaba consigo equipaje de mano; en realidad, tampoco importaba. Tess había metido una maleta en el compartimento que tenía encima de su asiento y era ella su principal objetivo. Pero no debía precipitar las cosas. El viaje era largo, y seguro que tanto ellos dos como el resto de los pasajeros dormirían un rato. Tenía que ser paciente y esperar a que llegara el momento adecuado para fijar en la maleta de Tess el rastreador GPS. Al menos, pensó, así tendría alguna distracción en este viaje tan tedioso.

Se movió en el asiento, incómodo, y arqueó las cejas cuando la auxiliar de vuelo pasó por su lado y recorrió todo el pasillo comprobando que los pasajeros tenían los cinturones abrochados. Odiaba la rigidez de todo ese suplicio de los aviones. Se sentía como si aún estuviese en la escuela. «No puedo fumar, no puedo telefonear, no puedo llamarlas azafatas. ¿Y luego qué? ¿Tendrán que darnos permiso para usar el retrete?»

Miró indignado por la ventanilla y se metió en la boca dos chicles Nicorette más.

De Angelis estaba llegando al aeropuerto Teterboro de Nueva Jersey cuando Plunkett le llamó. Dada la premura con la que había tenido que organizar el viaje, había decidido que, por su reducido tamaño, ese aeropuerto tenía menos ajetreo y sería una opción más eficaz; estaba a once kilómetros de Manhattan y era el favorito de los famosos y los ejecutivos que tenían *jets* privados.

Sentado en los asientos traseros del Lincoln Town Car, monseñor estaba casi irreconocible. Había decidido cambiar su austero atuendo por su acostumbrado y elegante traje negro de Zegna, y aunque en el momento de quitarse el alzacuellos clerical siempre dudaba, en esta ocasión había optado por una camisa de vestir azul. Asimismo se había quitado las sencillas gafas ahumadas que había llevado durante su estancia en Manhattan y las había sustituido por su habitual par con montura al aire. Tampoco llevaba su viejo maletín de piel, sino otro metálico y delgado que tenía ahora al lado mientras la oscura limusina lo acercaba a toda velocidad a la mismísima puerta del avión.

Al subir al Gulfstream IV consultó otra vez su reloj y empezó a hacer cálculos. Sabía que estaba en buena forma. Probablemente aterrizaría en Roma un poco antes de que Tess y Reilly llegaran a Estambul. El G-IV no era uno más de los pocos *jets* privados con capacidad para viajar hasta Roma sin repostar, sino que, además, era más veloz que el gigantesco Airbus de cuatro motores en el que iban Tess y Reilly. De modo que tendría tiempo para recoger todo lo que necesitaba para completar su misión y acudir a su encuentro.

Tomó asiento y pensó de nuevo en el dilema que Tess Chaykin planteaba. Lo único que al FBI le preocupaba realmente era encerrar a Vance por el asalto al Met. Pero ella, en cambio, perseguía otra cosa; De Angelis sabía que no bastaría con poner a Vance entre rejas para que esa mujer dejara de investigar e ir de tumba en tumba en busca de su objetivo. Formaba parte de su naturaleza.

No, no le cabía ninguna duda. En algún momento, cuando dejara de serle útil, lo más probable es que tuviese que solucionar el problema; un problema que se había visto agravado con la desacertada decisión de Reilly de acompañarla.

Cerró los ojos y se reclinó en el suave cabezal de su asiento giratorio. No le preocupaba lo más mínimo; era un pequeño estorbo al que tendría que enfrentarse.

53

Cuando volaban ya a velocidad de crucero, Tess empezó a explicar a Reilly lo que había averiguado.

—Estábamos buscando un sitio que no existe, eso es todo.

Mientras el sol se ponía habían podido vislumbrar el perfil de Manhattan, veteado de color azul dorado; desde el aire, la ausencia de las torres gemelas era más notoria, si cabe, y la magnitud de la catástrofe cobraba mayor realismo. Después el avión de cola roja ascendió veloz atravesando el delgado manto de nubes y alcanzó sin esfuerzo los doce mil metros. Pronto anochecería y surcarían el cielo nocturno.

—Aimard de Villiers era inteligente y sabía que el hombre al que le escribía la carta, el Gran Maestre de la preceptoría —así llamaban a sus conventos-fortalezas— de París, era tan inteligente como él. —Tess parecía muy emocionada con su decubrimiento—. No existe ningún pueblo llamado Fonsalis. No ha existido nunca. Pero en latín, *fons* significa «pozo», y *salis* quiere decir «sauce».

—¿El pozo del sauce?

Tess asintió.

—Exacto. Y entonces recordé que cuando Aimard redactó la carta, estaban en territorio enemigo. El pueblo en cuestión había sido invadido por los musulmanes, y eso me hizo pensar. ¿Por qué iba Aimard a usar el nombre en latín del pueblo? ¿Y cómo iba a saberlo? Habría sido más lógico que supiese el nombre árabe, el que usaban sus conquistadores. Ése es el nombre que el pastor debería haberles dado. Pero Aimard quiso disfrazarlo por si la carta caía en otras manos y lograban descifrarla.

—¿O sea que el pueblo se llamaba «El pozo del sauce»?

—Así es. Antes los nombres de los pueblos solían ponerse en función de sus características geográficas.

Reilly la miró vacilante. El razonamiento de Tess le inquietaba.

—Entonces Aimard conocía el árabe.

—Seguramente, y si él no lo hablaba, alguno de sus hermanos lo haría. Piensa que en la última época de las cruzadas muchos de esos caballeros nacieron en Tierra Santa. Los llamaban *poulains*, «potrillos». Y los templarios tenían una extraña afinidad con algunos musulmanes. Por lo que he leído, intercambiaron con ellos conocimientos científicos así como experiencias místicas; incluso se dijo que en algunas ocasiones contrataron *hashashin*, esos «asesinos» increíblemente eficientes, fumadores de marihuana.

Reilly arqueó las cejas.

—¿Contrataron a sus propios enemigos? Yo creía que luchaban contra ellos.

Tess se encogió de hombros.

—Supongo que si te pasas doscientos años en territorio ajeno más tarde o más temprano haces amistades.

Reilly estaba de acuerdo.

—Bien, ¿y cuál es el nombre árabe del pueblo?

—Beer el Sifsaaf.

—¿Y lo has encontrado...?

Tess sonrió orgullosa.

—En los diarios de Al-Idrissi. Fue un famoso viajero árabe, uno de los grandes cartógrafos de la época, y escribió numerosos y detallados diarios de sus viajes por África y el mundo islámico, muchos de los cuales han llegado hasta nuestros días.

—¿En inglés?

—No, en francés, pero tampoco es tan difícil. —Tess cogió el bolso y sacó un mapa y unas cuantas fotocopias que había hecho del viejo libro que había encontrado—. En uno de sus diarios menciona el pueblo y la iglesia saqueada. —Desplegó el mapa, que tenía indicaciones y notas garabateadas—. Pasó por él en su viaje desde Antalya hasta Myra y la costa de Izmir. En ese litoral abundan los lugares históricos: Bizancio, Licia... De cualquier forma, su diario es rico en detalles. Lo único que tenemos que hacer para dar con el pueblo y la iglesia es seguir esa misma ruta.

Reilly clavó los ojos en el mapa.

—Ahora que ya has resuelto el enigma... ¿qué probabilidades existen de que Vance lo haya resuelto también?

Tess frunció el ceño, luego lo miró y le dijo con rotundidad:

—Me extrañaría mucho que no estuviese yendo hacia allí.

Reilly asintió. Él opinaba lo mismo.

—Necesito enviar un mensaje por radio.

Se levantó y se dirigió hacia la cabina.

Cuando Reilly regresó, ella saboreaba los últimos sorbos de un vaso de zumo de tomate. Le había pedido uno a él también. Tess lo observó mientras bebía; sentía un escalofrío cada vez que pensaba que estaba ahí, a su lado, que se iban juntos a un país lejano y exótico, a la aventura. «Si hace dos semanas me llegan a decir que haría esto...», pensó con una sonrisa.

Reilly vio su sonrisa y le preguntó:

—¿Qué te pasa?

—Nada, que me sorprende que estés aquí.

—Te aseguro que no tanto como a mi jefe.

Tess se quedó boquiabierta.

—No te habrás largado sin permiso, ¿verdad?

—Te lo diré de otra manera. No le ha hecho ninguna gracia que me haya largado, pero como tú no sabías exactamente dónde está ese pueblo y como la única forma de que lo averiguaras era yendo en persona...

—Pero todo esto te lo acabo de contar, no lo sabías antes de subir al avión.

Reilly sonrió con picardía.

—¿Eres siempre tan quisquillosa?

Tess sacudió la cabeza, divertida. De modo que los dos se iban a la buena de Dios. «Esto le importa tanto como a mí», pensó Tess sorprendida.

Lo examinó y cayó en la cuenta de que ese hombre seguía siendo un desconocido para ella. La noche en que la había acompañado a casa se había enterado de algunas cosas: de la música que le gustaba, de su espiritualidad, de su sentido del humor un tanto especial... Quería saber más cosas. Tenía diez horas por delante para hablar con él, eso si lograba mantenerse despierta, porque le pesaban muchísimo los párpados. El agotamiento de los últimos días empezaba a aflorar. Se removió en el asiento, se apoyó en la ventanilla y le preguntó:

—¿Se puede saber cómo es posible que decidas que te vas de viaje en cuestión de segundos? —De nuevo, esa sonrisa maliciosa—. ¿No te espera nadie en casa para que pueda reñirte como me riñes tú con Kim?

Reilly intuyó por dónde iban los tiros.

—Lo siento, no estoy casado —replicó.

—¿Divorciado?

—Tampoco. —La mirada de Tess le dio a entender que debía alargarse en la respuesta—. No es fácil tener pareja con un trabajo como el mío.

—No me extraña. A mí también me molestaría que mi marido fuese de avión en avión con mujeres a las que apenas conoce.

Reilly aprovechó la oportunidad para desviar el tema.

—Hablando de maridos, ¿qué me dices de ti? ¿Qué pasó con Doug?

Los dulces rasgos de Tess se endurecieron y sus ojos dejaron traslucir cierto pesar y una pizca de indignación.

—Aquello fue un error. Yo era joven —musitó—, bueno, más joven, y en aquella época trabajaba con mi padre, lo que no era de lo más emocionante. El mundo de la arqueología es bastante cerrado y Doug era un tipo desenvuelto y seguro de sí; el cabrón tiene carisma, para qué negarlo, y supongo que me deslumbró. En su campo mi padre era conocido y admirado, pero era bastante serio y un poco estricto, ¿sabes? Y controlador. Yo necesitaba dejar de estar bajo su dominio, y Doug fue mi escapatoria; un periodista vanidoso y caradura, un buscavidas.

—¿Y a ti te van los vanidosos?

Tess se puso seria.

—No, bueno, a lo mejor antes sí. Un poco sí. La cuestión es que cuando éramos novios le encantaba que yo también tuviera una profesión. Me apoyaba mucho y se interesaba por todo lo que hacía. Pero cuando nos casamos... cambió de la noche a la mañana. Se volvió incluso más controlador que mi padre. Era como si yo le perteneciese, como si fuese un objeto que hubiera deseado para su colección; y ahora que lo tenía... Me quedé embarazada de Kim antes de darme cuenta de que me había equivocado, y acepté a regañadientes el ofrecimiento de mi padre de acompañarlo a excavar a Turquía...

—¿Ése fue el viaje en el que conociste a Vance?

—Sí, la cosa es que me fui allí con la intención de tener tiempo para pensar, y cuando volví me enteré de que Doug había tenido una aventura.

—¿La chica del tiempo?

Tess hizo una mueca de disgusto.

—Casi. Con su productora. Y entonces lo dejé y me separé de él.

—Y volviste a usar tu nombre de soltera.

—Es algo que en esta profesión no perjudica. Y, además, no quería que la gente siguiera asociando conmigo el apellido de ese desgraciado.

Lejos de perjudicarla, el apellido de su padre le había ayudado a conseguir un empleo en el Instituto Manoukian. Por eso un descubrimiento potencial de semejante magnitud, en el que ni Oliver Chaykin ni el hecho de que ella fuese su hija habían tenido nada que ver, podía de una vez por todas demostrar a la propia Tess y a los demás que se había ganado un lugar en su profesión por méritos propios.

Eso, evidentemente, si acababa descubriendo algo.

Tess parpadeó, estaba cansada y necesitaba dormir. Los dos lo necesitaban.

Miró a Reilly con cariño, en silencio, y después se limitó a decir:

—Gracias.

—¿Por qué?

—Por todo. —Se inclinó hacia él, le dio un suave beso en la mejilla y se acomodó en el asiento. Fuera, el cielo estaba oscuro y las estrellas casi imperceptibles pasaban tan cerca del avión que daba la impresión de que uno podía tocarlas. Tess bajó la cortinilla, se volvió, cerró los ojos y se dejó llevar.

54

Cuando Tess y Reilly descendieron por la escalerilla metálica a la pista de aterrizaje del aeropuerto de Dalaman, era media tarde y estaban agotados. Habían dormido unas cuantas horas durante el vuelo transatlántico y eso les había ayudado, aunque no les habría importado dormir en una cama de verdad antes de continuar su viaje. Pero no había tiempo para eso. Todo lo contrario: a su cansancio le habían añadido una espera de tres horas en el aeropuerto de Estambul antes de coger un avión que los llevaría a la costa sur, desde donde iniciarían su recorrido por las tierras del interior.

Reilly se había pasado al teléfono parte de la espera en Estambul informando a Aparo de los últimos acontecimientos, y luego había mantenido una acalorada discusión con Jansson, al que no le había gustado nada su precipitada decisión de acompañar a Tess en lugar de llevarla detenida a Federal Plaza. El resto del tiempo lo había pasado con el agente de enlace local del FBI, un barrigudo llamado Vedat Ertugrul, que había ido a recibirlos y a hacer los trámites para que Reilly pudiese entrar en el país sin necesidad de pasaporte. A Ertugrul le habían avisado hacía pocos días de que era probable que Vance se dirigiera a esa parte del planeta, y antes de pasar a la logística y al protocolo de apoyo, le confirmó a Reilly que, por el momento, no habían registrado nada en ninguno de los posibles puntos de entrada. El FBI no tenía agentes destinados permanentemente en Turquía; los más cercanos estaban en ese momento en Atenas ayudando a la policía local a investigar la reciente explosión de un coche bomba. Las relaciones con el Gobierno turco eran tensas debido a la situación generada por la persistente agitación iraquí. Sin embargo, Ertugrul aseguró a Reilly que, si era preciso, tal vez podría conseguir que los escoltara algún policía local. Reilly se lo agradeció, pero declinó la oferta; prefería no toparse con barreras lingüísticas y procesos burocráticos. Lo único que le pidió a Ertugrul fue que informara a las autoridades de su presencia en el país, le aseguró que estaría en contacto con él y pediría ayuda, si la necesitaba, pero algo le decía que probablemente tendría que apañárselas él solo.

Asimismo Reilly había aprovechado las horas de espera en Estambul para hacerse con ropa más adecuada para la ocasión. En su pequeña mochila llevaba ahora la ropa de trabajo que se había quitado, además de los documentos que Ertugrul le había dado para que los utilizara en lugar del pasaporte, y el teléfono vía satélite sistema Iridium que, a través del Departamento de Defensa y la estación terrestre de Hawai, le permitiría a Reilly contactar con quien quisiera desde prácticamente cualquier parte del mundo.

En la mochila llevaba también su pistola Browning Hi-Power, para la que el amable Ertugrul le había entregado cargadores y balas adicionales.

Tess, por su parte, había aprovechado ese rato para llamar a casa de su tía y hablar con Kim y con su madre. La conversación no había sido fácil. Echaba de menos a su hija, y ese sentimiento se acentuó cuando oyó su voz por teléfono, aunque era consciente de que se lo estaba pasando en grande. Y en cuanto a su madre, le costó muchísimo explicarle en qué se había embarcado. Tess se esforzó en tranquilizarla, le contó incluso que Reilly estaba con ella, pero eso sólo sirvió para que su madre se preocupara todavía más. ¿Por qué la acompañaba un agente del FBI si no había peligro?, le preguntó. Tess logró salirse por la tangente diciéndole que estaba allí meramente como experta, y el anuncio de embarque de un vuelo por megafonía le sirvió de excusa para interrumpir la conversación. La llamada le había dejado mal sabor de boca, pero sabía que nada de lo que le hubiese dicho a su madre la habría tranquilizado, y mucho menos decirla que estaba en Turquía.

En lo que Tess no reparó fue en el hombre de rostro pálido que tropezó con ella mientras cruzaba la concurrida terminal para ir al cuarto de baño justo después de haber llamado a Arizona. El hombre dio un traspié con la maleta de ruedas de Tess, pero se la devolvió gentilmente y se aseguró de que ella se encontraba bien antes de seguir su camino.

Sí se dio cuenta de que apestaba a tabaco, pero recordó que en ese país la mayoría de los hombres fumaba. Sin embargo, se le pasó algo por alto: el diminuto rastreador GPS de color negro que el hombre había logrado fijar a una de las ruedecillas de la maleta.

Recuperada su maleta, Tess y Reilly atravesaron la agobiante y caótica terminal hasta el mostrador de alquiler de coches. Ertugrul los había provisto de algunas cosas más para el viaje, entre las que se incluían un *pack* de botellas de agua, dos sacos de dormir y una tienda de campaña de nailon. Al cabo de un rato montaron en un Mitsubishi Montero 4 × 4 ligeramente destartalado y fueron en busca del rastro de un puñado de caballeros que siglos atrás habían sufrido un cruento naufragio.

Reilly condujo y Tess hizo de copiloto. Contrastando diversos mapas e indicaciones con algunos datos que había recogido de la carta de Aimard, intentó seguir las huellas de la ruta que Al-Idrissi mencionaba en sus diarios.

Al alejarse de la costa, las casas apiñadas y los bajos edificios de pisos rápidamente dieron paso a un paisaje más despejado. Antes de que se construyese el aeopuerto de Dalaman en la línea costera de Licia, se habían clasificado inmensas extensiones de tierra como áreas de conservación, evitando que la zona se llenase de instalaciones hoteleras para el turismo de masas. Tess y Reilly no tardaron en atravesar campos de pastoreo de antiguas casas rodeadas de pinos, con gruesas paredes de piedra y vallas de hierro forjado oxidado. A ambos lados de la carretera, la tierra era fértil. Matorrales y grupos de árboles salpicaban los bordes del camino. Y a su derecha, más arriba, la vegetación se espesaba.

Tardaron menos de una hora en llegar a Köyeğiz, un pequeño pueblo que descansaba junto a un gran lago legendario que en el pasado había sido un puerto natural y que estaba rodeado por un despeñadero en cuyas rocosas colinas había tumbas de los carios laboriosamente talladas, y magníficamente conservadas, que se proyectaban sobre ellos con melancolía; el testimonio de una de las múltiples civilizaciones que se había asentado en esa región.

A unos tres kilómetros del pueblo, Tess indicó a Reilly que había que dejar la carretera principal. De ahora en adelante el viaje sería más duro, ya que el asfalto estaba agrietado y tenía baches, pero, de momento, la suspensión del Mitsubishi aguantaba sin problemas.

Recorrieron carreteras flanqueadas por olíbanos, pasando de largo olivares, campos de maíz y plantaciones de tomates, cuyas vivas tonalidades y olores les ayudaron a despertar sus sentidos adormecidos por el cambio de horario. Luego ascendieron por colinas boscosas en las que cada tanto surgía un pueblo silencioso.

Estaban completamente rodeados de recordatorios de una forma de vida pobre, primitiva y pintoresca que había finalizado hacía más de mil años, una historia viviente que había concluido y cedido su protagonismo a la próspera sociedad occidental. A medida que avanzaban fueron sorprendidos por inesperadas escenas: una joven que trenzaba lana ayudándose de un adminículo pesado mientras su ganado pastoreaba; un hombre encorvado por el peso de la madera que cargaba, y una yunta de bueyes que tiraban de un arado bajo el sol del atardecer.

De vez en cuando Tess se emocionaba al comprobar que había pasajes del diario de Al-Idrissi que coincidían con el trayecto. Sin embargo, no pensaba tanto en el periplo de ese viajero como en los caballeros supervivientes que con dificultad y desesperación habían recorrido esas tierras hacía tantos años.

Ahora anochecía y las luces de su vehículo los guiaban. La carretera se había convertido en un sendero estrecho y pedregoso.

—Yo daría por finalizada la jornada —comentó Reilly.

Tess consultó el mapa.

—No creo que falte mucho, debemos de estar a unos cuarenta o cincuenta kilómetros.

—Tal vez, pero empieza a oscurecer y no me gustaría chocar con una piedra o alguna otra cosa, y correr el riesgo de que se nos rompa un eje —objetó Reilly mientras acercaba el Mitsubishi a una zona llana.

Tess se moría de ganas de llegar a su destino, pero tuvo que admitir que Reilly tenía razón. Incluso una rueda pinchada supondría un problema.

Se bajaron del coche y echaron un vistazo a su alrededor. Los últimos y tenues rayos del sol se asomaban por detrás de una aglomeración de nubes violáceas en medio de un cielo por lo demás despejado. Sobre sus cabezas, la luna creciente daba la impresión de que estaba cerquísima, y las montañas que los rodeaban estaban tranquilas y desiertas, envueltas en un desconcertante silencio al que Reilly no estaba acostumbrado.

—¿Hay por aquí algún pueblo donde podamos dormir?

Tess miró el mapa de nuevo.

—Sí, pero está lejos. El más cercano lo hemos dejado hace unos diez kilómetros.

Reilly se apresuró a examinar los posibles riesgos de la zona y decidió que era tan adecuada como cualquier otra para pasar la noche. Se acercó a la puerta trasera del Mitsubishi.

—A ver qué nos ha dado nuestro amigo de Estambul.

Mientras Reilly acababa de montar la tienda de campaña, Tess consiguió hacer una pequeña hoguera. Enseguida se pusieron a devorar los alimentos que Ertugrul les había proporcionado: salchichas de fiambre *basterma* y *boreks* fritos rellenos de pollo y queso *kasseri* acompañados de agua mineral.

Reilly vio la cara de placer de Tess cuando abrió un pequeño envase de cartón y extrajo un buñuelo, un *lokma*, que engulló mientras la salsa le caía por los dedos.

—Este Ertugrul es un regalo del cielo —comentó antes de meterse otro *lokma* en la boca—. Pruébalos, están deliciosos. La última vez que estuve aquí me hinché de *lokmas*, claro que también hay que decir que estaba embarazada, y eso ayuda.

—¿Y Vance? ¿Para qué vino? —preguntó Reilly, que se animó a coger uno.

—Mi padre estaba trabajando en una excavación no muy lejos de la llamada «Anomalía del Ararat». Vance estaba ansioso por echarle un vistazo y mi padre le invitó. —Tess le explicó cómo en 1959 un avión espía U-2, a su regreso de un vuelo de reconocimiento sobre la antigua Unión Soviética, sobrevoló Turquía y sacó varias fotografías que durante años tuvieron intrigados a los analistas fotográficos de la CIA. La información acabó filtrándose, y a finales de la década de 1990 se publicaron las imágenes, que causaron un gran revuelo. En lo alto del Ararat, casi en la cumbre, había algo parecido a un barco. Los primeros planos mostraban tres tablones de madera combados que habrían formado parte del casco de un gran buque.

—El Arca de Noé —conjeturó Reilly, que recordaba algunos titulares publicados entonces en la prensa.

—Mucha gente se sintió fascinada por aquello, incluido mi padre. El problema radicaba en que, incluso cuando la guerra fría empezó a suavizarse, la zona seguía siendo muy peligrosa. Esa montaña está a sólo diecinueve kilómetros de la frontera de Rusia y a menos de treinta y dos de Irán. A algunas personas les fue concedido un permiso para acceder a la zona e intentaron escalar el monte para ver qué había allí. Uno de ellos fue James Irwin, el astronauta. Primero caminó sobre la luna y luego se convirtió en un seguidor entusiasta del cristianismo. Trató de subir al Ararat para observar de cerca la Anomalía. —Hizo un alto—. Pero al segundo intento se cayó y quedó mal herido. Murió años después.

Reilly arqueó las cejas.

—¿Y tú crees que era realmente el Arca de Noé?

—La opinión general es que no, que no era más que una extraña formación rocosa.

—Pero ¿tú qué crees?

—No lo sé. Nadie ha conseguido llegar hasta allí y tocar aquello. Lo que sí sabemos es que el relato de una inundación y de un hombre en un barco con muchos animales aparece en textos que se remontan a Mesopotamia, textos que preceden a la Biblia en miles de años. Lo que me lleva a pensar que es posible que pasara algo así. No me refiero a que se inundara el mundo entero, pero a lo mejor sí una amplia zona de esta parte del planeta, y a lo mejor un hombre sobrevivió a esa inundación y luego su historia se convirtió en leyenda.

Tess hablaba con absoluta rotundidad; no es que él creyese necesariamente en el Arca de Noé, pero...

—Es curioso —dijo.

—¿El qué?

—Yo me había imaginado que los arqueólogos tenían una mente más abierta que los demás; que tenían la capacidad de asombrarse por lo que pudo haber pasado en épocas tan remotas y alejadas de lo que vivimos hoy día... y, en cambio, tu enfoque es muy racional y analítico. ¿No te aparta eso, no sé, de la magia del asunto?

No parecía que Tess viese nada paradójico en ello.

—Yo soy científica, Sean. Hago lo mismo que tú, manejo hechos irrefutables. Cuando excavo busco pruebas de cómo vivía la gente, de cómo moría, luchaba y construía sus ciudades... Los mitos y las leyendas se los dejo a otros.

—Entonces si no puedes explicar algo desde la ciencia...

—Es que es probable que no sucediera. —Dejó en el suelo el envase de *lokmas* y se limpió con una servilleta antes de tumbarse perezosamente y volverse a Reilly—. Necesito preguntarte algo.

—Dispara.

—Cuando estábamos en el aeropuerto JFK...

—¿Sí?

—¿Cómo es que no me sacaste del avión? Porque podrías haberme arrestado, ¿no? ¿Por qué no lo hiciste?

Por la sonrisa que esbozó y el brillo de sus ojos Reilly supo qué se proponía Tess. Había decidido dar el primer paso, y como él estaba en un mar de dudas, se alegró de que así fuera, aunque de momento jugaría al despiste.

—No lo sé —contestó, y luego añadió—: Era muy consciente de que, si te sacaba de allí a la fuerza, armarías un escándalo.

Tess se acercó a él.

—Has acertado.

Reilly sintió que su pulso se aceleraba y se reclinó de codos para estar más cerca de ella.

—Además, pensé: ¡Qué caray! Veamos si es tan lista como se cree.

Tess aproximó su cara a sólo varios centímetros de la de Reilly y paseó la mirada por su rostro. Sonrió abiertamente.

—Muy generoso por tu parte.

El cielo, el bosque, la hoguera... todo era perfecto. Reilly se sintió atraído por los cálidos labios de Tess y durante unos instantes tuvo la sensación de que lo demás desaparecía, de que no había nada más en el mundo.

—Sí, es verdad, soy un tipo muy generoso. Sobre todo cuando alguien se dedica a hacer su propio... peregrinaje.

Sus bocas estaban separadas por unos cuantos milímetros.

—Pues si me estás protegiendo —susurró—, supongo que eso te convierte en mi caballero templario personal, ¿no?

—Algo así.

—¿Y sabías que —dijo Tess con ojos juguetones— el manual oficial de los templarios dice que tienes que hacer guardia toda la noche mientras los peregrinos duermen?

—¿Estás segura de eso?

—Capítulo seis, subsección cuatro. Compruébalo, si quieres.

Era como vivir un sueño.

—¿Te ves capaz de hacer guardia? —prosiguió Tess.

—¡Qué remedio! Son gajes del oficio.

Ella sonrió y en ese momento Reilly se inclinó y la besó.

Se acercó más a ella y el beso se volvió más apasionado. Se fundieron en un abrazo intenso y una oleada de sentimientos, olores y sabores embargó sus mentes... Pero, de pronto, algo desconcertó a Reilly, su inoportuno subconsciente le trajo a la memoria el triste recuerdo del rostro desencajado de su madre y de un hombre sentado en un sillón con los brazos inertes colgando, de una pistola que yacía inocentemente en la alfombra, y de la pared a sus espaldas salpicada de sangre.

Se apartó de Tess.

—¿Qué pasa? —protestó ella.

Reilly frunció el entrecejo y se incorporó. Su mirada era distante y preocupada.

—Que esto... no es una buena idea.

Tess se incorporó también, rodeó la nuca de Reilly con una mano y lo atrajo hacia sí.

—Pues siento no estar de acuerdo, porque a mí me parece que es una idea genial. —Le volvió a besar, pero nada más rozarle los labios Reilly se apartó de nuevo.

—Hablo en serio.

Tess se apoyó en los codos, atónita. Reilly la miraba desalentado.

—¡Dios mío! Hablas en serio. —Lo miró expectante y le sonrió provocativa—. No será una abstinencia cuaresmal, ¿no?

—No lo creo.

—Pues entonces, ¿qué ocurre? No estás casado. Juraría que no eres gay, aunque... —Hizo un gesto como diciendo «quién sabe»—. Y la última vez que me miré en el espejo me pareció que estaba bastante bien, así que ¿cuál es el problema?

Reilly se esforzó por explicarse. No era la primera vez que sus recuerdos se interponían en sus relaciones con las mujeres, pero últimamente no le había pasado; además, hacía mucho tiempo que no sentía algo así por nadie.

—Es difícil de explicar.

—Inténtalo.

No era fácil.

—Sé que casi no nos conocemos y que quizá me esté precipitando, pero me gustas mucho y... hay cosas de mí que creo que deberías saber, incluso aunque... —No acabó la frase, pero el final estaba claro: «aunque te acabe perdiendo»—. Se trata de mi padre.

Tess estaba sorprendida.

—¿Tu padre? Ya me contaste el otro día que lo perdiste cuando eras muy joven y que lo pasaste muy mal. —Reilly dio un respingo. Tess sabía que el tema era delicado, pero necesitaba ahondar en él—. ¿Qué sucedió realmente?

—Que se pegó un tiró; sin ningún motivo.

En su fuero interno Tess se relajó, se había imaginado algo aún peor.

—¿Cómo que sin ningún motivo? Algo tuvo que pasar.

Reilly sacudió la cabeza y su rostro se ensombreció.

—Pues no, no había ningún motivo, al menos ninguno lógico. Nunca lo vimos triste ni parecía un hombre desencantado de la vida. Al final descubrimos que estaba enfermo, que tenía una depresión, pero tampoco supimos por qué estaba deprimido. Tenía un buen trabajo, le gustaba lo que hacía, vivíamos bien y tenía una mujer encantadora. Aparentemente, su vida era estupenda, pero eso no impidió que se levantara la tapa de los sesos.

Tess se apoyó en él.

—La depresión es una enfermedad, Sean. Un cuadro médico, un desquilibrio químico, como lo quieras llamar. Tú mismo has dicho que estaba enfermo.

—Lo sé, pero la cuestión es que es algo genético. Hay una posibilidad entre cuatro de que a mí también me pase.

—Y tres entre cuatro de que no. —Le sonrió para animarlo, pero no parecía nada convencido—. ¿Recibía tratamiento?

—No, todo esto pasó antes de que el Prozac se convirtiera en la nueva aspirina.

Tess hizo una pausa, pensativa.

—¿Te has hecho algún chequeo?

—En la agencia suelen hacernos evaluaciones psicológicas rutinarias.

—¿Y...?

—No han visto nada raro.

Tess asintió.

—¡Bien! Porque yo tampoco he visto nada.

—¿A qué te refieres?

Tess habló con suavidad.

—A que vería algo en tus ojos, tendrías la mirada un poco ausente, como si estuvieras en otro mundo, como si escondieras algo. Te confieso que al principio sí me pareciste un poco raro, pero lo atribuí a tu manera de proceder, pensé que al llevar la placa, ya sabes, tenías que hacerte el duro y ser reservado... —La sonrisa de Tess era reconfortante—. No tiene por qué pasarte lo mismo.

—Pero ¿y si me pasa? Ya lo viví de pequeño y vi cuánto sufrió mi madre. No quisiera que ni tú ni nadie a quien quiero tuviera que pasar por lo mismo.

—¿Y qué pretendes hacer? ¿Apartarte del resto del mundo? ¡Vamos, Sean! Es como si me dijeras que no podemos estar juntos sólo porque, yo qué sé, porque tu padre murió de cáncer. No sabemos realmente lo que nos deparará el futuro; lo único que podemos hacer es vivir la vida y desear que nos suceda lo mejor.

—Ya, pero no todo el mundo se levanta un buen día y decide suicidarse. La cuestión es que, en parte, me veo reflejado en él. Mi padre no era mucho mayor de lo que yo soy ahora cuando se pegó un tiro. A veces me miro en el espejo y lo veo a él, veo su mirada y su actitud, y eso me asusta.

Tess sacudió la cabeza con resignación.

—¿No me dijiste que el cura de tu parroquia te había ayudado? Medio ausente, Reilly asintió.

—Mi padre no era creyente, era muy escéptico, y mi madre, bueno, digamos que cumplía los mandamientos, pero tampoco era especialmente religiosa. Cuando mi padre murió, yo me cerré en banda. No entendía por qué había hecho una cosa así, por qué no habíamos sospechado nada, por qué no lo habíamos podido evitar. Mi madre estaba destrozada y buscó ayuda en el cura, que a su vez empezó a hablar también conmigo. Me ayudó a comprender por qué ni mi madre ni yo teníamos la culpa de nada y me enseñó a ver la vida desde otro prisma. Me refugié en la Iglesia, no sabes cuánto me ayudó.

Visiblemente animada, Tess habló ahora con renovada determinación:

—¿Pues sabes qué te digo? Que agradezco tu interés, gracias por avisarme, eres todo un caballero, pero no me preocupa lo más mínimo. Querías que lo supiera y ya lo sé, ¿vale? Pero no creo que sea bueno que sigas así, no puedes dejar que arruine tu vida algo que es probable que ni siquiera ocurra. Con esa actitud lo único que conseguirás es que tu temor acabe cumpliéndose. Tú no eres tu padre, ¿lo entiendes? Tienes que olvidarte del tema y vivir tu propia vida, y si no te llena, entonces tal vez tengas que cambiar tu forma de ver las cosas. Porque estás solo, lo que no es un gran comienzo, y Dios sabe que no has elegido una profesión precisamente fácil.

—Pero es a lo que me dedico.

—Pues quizá deberías hacer otra cosa. —Su sonrisa pícara reapareció en el momento oportuno—. Como cerrar el pico y besarme.

Reilly recorrió el rostro de Tess con la mirada. Ahí estaba esa mujer a la que apenas conocía, esforzándose por entender su pasado y tratando de contagiarle su optimismo sincero. Sintió algo que últimamente sólo experimentaba cuando Tess estaba a su lado: sintió que estaba vivo.

Se inclinó hacia ella y la atrajo con fuerza hacia él.

Cuando los dos cuerpos que aparecían en la pantalla se acercaron, sus señales de calor gris azuladas se fundieron en un bulto informe. Los susurros dejaron también de oírse y fueron sustituidos por el crujido de la ropa y el roce de los cuerpos desnudos.

De Angelis sostenía una taza de café caliente mientras observaba la pantalla con desgana. Habían estacionado en una colina desde la que se contemplaba la explanada en la que Tess y Reilly habían acampado. La puerta trasera del Landcruiser beige estaba abierta y en su interior había dos pantallas que iluminaban la noche. Una era de un ordenador portátil, del que salía un cable que serpenteaba hasta una cámara de vigilancia por infrarrojos Thermal-Eye Raytheon, colocada en un trípode que dominaba el paisaje que tenía ante sí. En un segundo trípode había colocado un micrófono direccional parabólico. La otra pantalla pertenecía a una pequeña agenda electrónica manual, que parpadeaba indicando la posición del rastreador GPS fijado a una de las ruedas de la maleta de Tess.

Monseñor se volvió y echó un vistazo al oscuro valle que se extendía a sus pies. Tal como le gustaba, estaba todo bajo control. Tess y Reilly ya estaban cerca y, con un poco de suerte, llegarían antes que Vance. No sabía exactamente adónde iban, hubiese preferido introducirles un micrófono en el coche, pero no se había dado la oportunidad. Aunque tampoco importaba. Encontraran lo que encontraran, él estaría al acecho, esperando el momento adecuado para arrebatárselo.

Ésa era la parte fácil.

Lo difícil sería decidir qué hacer con ellos en cuanto tuviese lo que quería.

De Angelis observó la pantalla un rato más antes de tirar lo que quedaba de café en los matorrales.

No era un problema que ahora mismo le quitase el sueño.

55

Cuando Tess se despertó, los rayos del sol se filtraban desde el exterior de la tienda. Alargó el brazo soñolienta, pero no había nadie a su lado. Estaba sola dentro de los sacos de dormir que por la noche habían unido mediante la cremallera. Se incorporó, recordó que estaba desnuda y recogió la ropa de la que con tanta urgencia se había despojado la noche anterior.

Fuera, el sol estaba más alto de lo que se había imaginado, y al consultar su reloj entendió por qué. Eran casi las nueve de la mañana y el sol ya brillaba en medio de un cielo sorprendentemente azul, despejado y limpio. Miró a su alrededor con la mano a modo de visera y localizó a Reilly de pie junto al Mitsubishi y sin la camisa puesta. Se estaba afeitando con agua caliente obtenida de un calentador de agua portátil conectado al encendedor del coche.

Tess anduvo hacia él, que se volvió y le anunció:

—El café está listo.

—Este Ertugrul es magnífico —comentó asombrada al ver que, efectivamente, había un termo que humeaba. El agradable aroma del café suave le despertó los sentidos—. Hay que reconocer que sabéis viajar.

—¿Y qué creías? ¿Que tus impuestos no servían para nada?

Reilly se limpió la espuma de la cara y besó a Tess, que vio otra vez la pequeña y discreta cruz de plata con una delgada cadena que llevaba colgada del cuello y en la que ya se había fijado por la noche. Hoy en día no había mucha gente que las llevara, pensó; desde luego a ella no se le ocurriría ponérsela para ir a un sitio como ése, pero tenía cierto atractivo, le daba un toque como antiguo. Jamás había pensado que algo así le parecería remotamente atractivo, sin embargo, en Reilly, de algún modo era diferente. A él le sentaba bien, formaba parte de él.

No tardaron mucho en estar de nuevo en la carretera, el Mitsubishi soportaba uno tras otro los baches que se encontraba en el accidentado asfalto. Pasaron de largo varias casas abandonadas y una pequeña granja antes de dejar la angosta carretera y coger un camino aún más estrecho y escarpado.

Dejaron atrás una arboleda de abetos balsámicos, en la que un joven de la zona hacía sangrar los árboles para obtener la aromática resina, y entonces Tess vio las montañas que se erguían al fondo y sintió una ola de emoción.

—Es allí, ¿lo ves? —Su pulso se aceleró mientras señalaba una colina que había a lo lejos. Su cima tenía un perfil característico y simétrico—. ¡Sí, seguro que sí! —exclamó—. La colina de Kenjik tiene doble joroba. —Sus ojos repasaron con avidez las notas y el mapa para confirmar que coincidían con el paisaje que tenía delante—. Ya hemos llegado. El pueblo que buscamos debería estar en el valle que hay justo detrás de esas montañas.

El camino atravesó un espeso soto de pinos, y al salir de nuevo a la luz bordearon un monte, y con el Mitsubishi haciendo pleno uso de su tracción a las cuatro ruedas siguieron ascendiendo hasta que coronaron la colina.

Pero Tess no se encontró lo que esperaba. Lo que vio fue como un jarro de agua fría.

Allí delante, en medio del valle que había entre dos paredes de frondosas montañas cubiertas de pinos, se extendía un inmenso lago.

56

Tess se había quedado helada, no daba crédito a lo que veía; abrió la puerta y se bajó del coche antes de que éste se hubiese parado del todo. Corrió hasta el borde de la colina y miró a su alrededor absolutamente desconcertada. El lago, que era oscuro y brillaba, se extendía de un extremo a otro del valle.

—No lo entiendo —protestó Tess—. Tendría que estar aquí.

Reilly ya se había reunido con ella.

—Seguro que nos hemos equivocado en algún giro.

—Es imposible. —Tess estaba nerviosa, su mente iba a cien por hora repasando con todo detalle el trayecto que habían hecho, recordando todas y cada una de las indicaciones que habían visto por el camino—. Todo coincidía a la perfección. Hemos hecho exactamente el mismo recorrido que Al-Idrissi. Tendría que estar aquí, justo aquí.

—Negándose a aceptar el evidente error, descendió varios metros sorteando los árboles para poder tener mejores vistas, y Reilly la siguió.

A su derecha el lago llegaba hasta el final del valle; el extremo opuesto quedaba oculto por el bosque.

Sin salir de su asombro, Tess clavó los ojos en el agua tranquila.

—No lo entiendo.

Reilly observó el paisaje.

—Yo no creo que estemos muy lejos. Esto debe de estar por aquí cerca; seguro que nos hemos equivocado en algún punto al subir por la montaña.

—Sí, pero, ¿dónde? —replicó Tess irritada—. Hemos seguido todas las indicaciones hasta la colina de doble joroba. Debería estar aquí abajo. —Volvió a estudiar el mapa—. ¡En el mapa ni siquiera hay un lago!

Miró a Reilly y soltó un suspiro de desesperación absoluta.

Él le rodeó los hombros con el brazo.

—Tranquila, Tess, porque estamos cerca, estoy seguro. Llevamos un par de horas de coche. ¿Por qué no buscamos un pueblo donde podamos comer algo y, si quieres, le echamos otro vistazo a tus notas?

El pueblo era pequeño y su único *lokanta*, diminuto; no debían de recibir muchas visitas. Les tomó nota un anciano de cara arrugada y redondos ojos oscuros, o más bien ellos se conformaron con lo que él les ofreció: primero trajo un par de cervezas Efes y a continuación un plato de hojas de parra rellenas.

Tess estaba absorta en sus notas. Se había calmado, pero aún estaba desconsolada, lógica y justificadamente desalentada.

—Come —le ordenó él—. Te irá bien para el malhumor.

—No estoy de malhumor —objetó Tess, que lo miró, molesta.

—Déjame echarle un vistazo a esas notas.

—¿Qué? —Tess estaba que echaba chispas.

—Que me dejes ver las notas. Repasémoslas juntos, una a una.

Tess le acercó los papeles y se reclinó en la silla, cerrando los puños con fuerza.

—¡Estamos tan cerca! Lo presiento.

El anciano regresó con dos platos de *dolmas* de col y brochetas de cordero asado. Reilly observó cómo los dejaba en la mesa y asintió, agradecido, antes de mirar a Tess:

—Podríamos preguntarle a él.

—Hace varios siglos que Beer el Sifsaaf no aparece en ningún mapa —gruñó ella—. ¡Venga, Sean! Este hombre es mayor, pero no tanto.

Reilly no le prestó atención. Continuó mirando al anciano, que le dedicó una sonrisa medio desdentada y asintió tímidamente. Reilly obedeció a su intuición.

—¿Beer el Sifsaaf? —le preguntó titubeante y añadió—: ¿Sabe dónde está?

El hombre sonrió y asintió enérgicamente.

—*Beer el Sifsaaf* —repitió—. *Evet.*

A Tess le brillaron los ojos y se levantó de la silla de un salto.

—¿Qué? —El hombre volvió a asentir con la cabeza—. ¿Dónde? —quiso saber Tess, presa de la excitación—. ¿Dónde dice que está? —El anciano seguía asintiendo, pero ahora parecía ligeramente confundido. Tess arqueó las cejas y lo intentó otra vez—. *Nerede?*

El hombre señaló la colina que acababan de descender. Tess alzó la vista, miró en la dirección indicada, el norte, y empezó a caminar hacia el coche.

A los pocos minutos el Mitsubishi se precipitaba colina arriba. El anciano, que había ido con ellos y estaba sentado en el asiento contiguo al del conductor, se agarraba del asidero que había encima de su ventanilla, sudando aterrorizado mientras veía cómo la montaña pasaba por delante de él a toda velocidad y notando cómo el viento entraba por las ventanillas bajadas; sus gritos de «*yavas, yavas!*» apenas despertaron en Reilly el más mínimo interés, porque no desaceleró. Tess, que estaba en el asiento de atrás, se inclinó hacia delante para escudriñar el paisaje en busca de pistas.

Justo antes de llegar a la colina desde la que habían visto el lago, el anciano señaló y exclamó: «*Göl, göl!*», y Reilly giró el volante para coger un camino todavía más estrecho en el que ni él ni Tess se habían fijado previamente. Las ramas de los árboles azotaban los laterales del vehículo, que avanzaba a toda prisa. Al cabo de más o menos un kilómetro el paisaje se despejó y subieron por otra colina.

El anciano sonreía emocionado mientras señalaba el valle.

—*Orada, orada! Shte!*

Cuando el valle se abrió ante ellos, Tess no dio crédito.

Era el lago.

Otra vez.

Le lanzó a Reilly una mirada llena de decepción mientras éste detenía el coche y todos procedían a bajar. Anduvieron hasta el borde del claro; el anciano seguía asintiendo con orgullo. Entonces Tess cabeceó y se volvió a Reilly.

—¡Vaya, nos tenía que tocar un viejo chocho! —Miró de nuevo al hombre y suplicó—: *Beer el Sifsaaf? Nerede?*

Pero el anciano frunció el entrecejo, aparentemente desconcertado.

—*Orada* —insistió señalando el lago.

Reilly avanzó un poco más y echó otro vistazo. Desde ese ángulo podía ver el lago en su totalidad, incluido el extremo oeste que la primera vez no había visto porque quedaba oculto por el bosque.

Se volvió a Tess y una sonrisa de satisfacción se asomó a sus labios.

—¡Ay de vosotros, hombres de poca fe! —exclamó.

—¿Y eso a qué viene? —espetó ella. Reilly le hizo un gesto con la mano para que se acercara. Ella miró al anciano, que asintió ansioso, e indecisa fue a reunirse con Reilly; entonces lo vio.

Desde allí Tess vislumbró aproximadamente a un kilómetro y medio de distancia una pared de cemento que bordeaba el lago e iba de una colina a otra. Era la parte superior de una presa.

—¡Dios mío! —exclamó.

Reilly sacó una libreta de su bolsillo y dibujó las colinas y una línea entre ellas que representaba la superficie del lago. A continuación garabateó unas cuantas casas debajo del lago y le enseñó el resultado al anciano, que le cogió el bolígrafo de las manos, hizo una gran equis sobre las casas y dijo:

—*Köy suyun altinda. Beer el Sifsaaf.*

Tess miró a Reilly, que le mostró el dibujo.

—Está ahí abajo —confirmó—. Debajo del agua. Esta presa inundó el valle entero con el pueblo. Está en el fondo del lago.

57

Con el anciano ahora más cómodamente sentado en el Mitsubishi, Reilly bajó con cuidado el pedregoso camino lleno de baches hasta que llegaron al borde del lago.

Era enorme, y su superficie, lisa y sedosa como el cristal. En el margen opuesto había una fila de postes, supuso que de electricidad y de teléfono, y probablemente una carretera de acceso. Reilly pudo distinguir que de la presa partía una hilera de torres de alta tensión que atravesaban varias colinas hacia el norte, hacia la civilización. Aparte de la presa y de su lago artificial, esa zona no estaba habitada. A Reilly le dio la impresión de que ni los bosques circundantes ni las desiertas cumbres de las montañas eran un terreno especialmente acogedor; lo mismo que debieron de haber pensado los Caballeros Templarios al pasar por allí hacía casi setecientos años.

Alcanzaron la presa y Reilly, aliviado por haber dejado ya el accidentado camino y tan ansioso como Tess por llegar a su destino, aceleró por la carretera que había sobre la imponente estructura de hormigón. A su izquierda había una pendiente de al menos sesenta metros, y al fondo distinguió una caseta de mantenimiento, que era adonde el anciano los dirigía.

Mientras avanzaban, Reilly escudriñó las orillas del lago y el paisaje que los rodeaba. No había indicio alguno de vida, aunque no estaba seguro; los bosques eran frondosos, había suficiente sombra para que alguien pudiera esconderse. En las últimas horas había estado atento por si detectaba cualquier rastro de la presencia de Vance, pero no había encontrado nada sospechoso. Probablemente en verano, en plena temporada alta, habría sido diferente, pero, al parecer, ahora estaban solos.

Aunque no por ello Reilly estaba más tranquilo. Vance había demostrado que era un experto en llevarles la delantera y que poseía una obstinada determinación y resistencia para lograr sus objetivos.

Seguro que estaba por allí, en alguna parte.

Durante el trayecto hasta la presa Reilly había aprovechado para preguntarle al anciano si en los últimos días alguien más había preguntado por el pueblo. Después de unas cuantas frases de imposible significado, Reilly concluyó que no, que al hombre nadie le había preguntado nada. «Tal vez nos hayamos adelantado», pensó mientras examinaba los alrededores de la presa en busca de cualquier cosa que le resultase extraña antes de detener el vehículo frente a la caseta.

Junto a ésta había un destartalado Fiat blanco estacionado. Desde donde estaba Reilly se fijó en que había una carretera de entrada a la presa y otra de salida, le pareció que estaban bien asfaltadas y que eran bastante nuevas.

—Si es lo que creo que es —le comentó a Tess—, podríamos haber llegado en la mitad de tiempo y sin baches.

—Bueno, pues nos ahorraremos los baches de vuelta —replicó ella haciendo una mueca. Estaba de mucho mejor humor y le dedicó una sonrisa antes de bajarse del vehículo de un salto y seguir al anciano, que ahora saludaba al hombre que había salido de la caseta.

Reilly observó a Tess unos instantes mientras ella se dirigía a grandes zancadas al encuentro de los dos extranjeros. Era incorregible. «¿Para qué me habré metido yo en esto», se preguntó. Le había sugerido que dieran parte de su descubrimiento y dejaran el asunto en manos de un equipo de especialistas, no sin antes prometer a Tess que haría lo posible para asegurarse de que el protagonismo fuese suyo. Pero ella había rechazado la sugerencia sin siquiera pestañear y le había suplicado que no llamase todavía. Pese a la sensatez de su propuesta, al ver el entusiasmo de Tess, Reilly cedió a su petición. Ella pretendía llegar hasta el final, e incluso le había insistido para que desconectara el teléfono satélite al menos hasta que hubiese podido echar un vistazo al lago.

Tess entabló conversación con el hombre de la caseta, un ingeniero llamado Okan. Era un hombre menudo con abundante pelo moreno y un gran bigote, y por la permanente sonrisa de sus labios Reilly dedujo que los encantos de Tess ya habían empezado a disipar cualquier posible renuencia del ingeniero a ayudarles. Okan hablaba un poco de inglés, cosa que también ayudó. Reilly escuchó con interés mientras Tess le explicaba que eran arqueólogos interesados en iglesias antiguas y que estaban recopilando datos sobre la que había en el fondo del lago. El ingeniero les contó que el valle se había inundado en 1973 (dos años después de que se trazara el mapa que llevaba Tess). La presa suministraba la mayor parte de la energía eléctrica de la floreciente zona costera del sur.

La siguiente pregunta que Tess le formuló al ingeniero dejó a Reilly boquiabierto:

—Supongo que tendrán equipos de submarinismo para inspeccionar la presa, ¿no?

Okan parecía tan sorprendido como Reilly.

—Sí que tenemos —balbució—. ¿Por qué?

Tess contestó sin rodeos:

—Porque nos gustaría que nos dejara un par.

—¿Quiere bajar ahí abajo para buscar esa iglesia? —replicó Okan desconcertado.

—Sí —respondió ella alegremente alzando las manos con efusividad—. Hace un día perfecto, ¿no le parece?

El ingeniero dirigió una mirada a Reilly y otra al anciano, como si no acabase de entender lo que esa mujer pretendía.

—Tenemos algunos equipos, pero sólo se usan un par de veces al año —apuntó vacilante—. Habría que revisarlos y no sé si...

Tess no dudó en interrumpirle.

—Mi colega y yo los revisaremos. Ya estamos acostumbrados a hacerlo. ¿Dónde están? —Reilly la miró con inseguridad, pero ella le devolvió una mirada de absoluta resolución. No podía creerse que Tess hubiera dado a entender que eran unos submarinistas expertos; porque no sabía si ella lo era o no, pero desde luego él sólo tenía los conocimientos más básicos. Sin embargo, no quiso cuestionarla, no delante de dos desconocidos. Sentía curiosidad por saber hasta dónde llegaba su determinación.

A Okan no parecía gustarle nada la idea.

—Verá, es que no sé si... no estoy autorizado a hacer algo así.

—¡Oh! No se preocupe por nosotros. —Otra vez esa sonrisa—. Firmaremos donde usted diga para que quede constancia de que usamos los equipos bajo nuestra entera responsabilidad —le aseguró—. Y, además, estaremos encantados de pagar a la... compañía por su alquiler. —Hizo la pausa justa antes de decir «compañía». Un poco más corta y Okan no la habría captado; un poco más larga y podría haberse sentido ofendido por tan descarado soborno.

El hombre menudo la miró fijamente unos instantes, después se atusó el bigote y se encogió de hombros.

—De acuerdo. Síganme. Les enseñaré lo que tenemos.

Una estrecha escalera conectaba la oficina con un polvoriento almacén, en el que había diversas herramientas, amontonadas sin ningún orden, tenuemente iluminadas por la luz azulina de un fluorescente que parpadeaba y zumbaba. Reilly pudo distinguir un equipo de soldadura, bombonas de butano, un fundente para oxiacetileno y, en una esquina, equipos de buceo.

Dejó que fuera Tess quien les echara un vistazo y los examinara uno a uno; realmente daba la impresión de que sabía lo que hacía.

—No son demasiado nuevos, pero nos servirán —comentó encogiéndose de hombros.

En cambio, no encontró ningún medidor de inmersión, de modo que tendrían que pasar sin él. Se fijó en que había una tabla de inmersión en la pared y le preguntó a Okan qué profundidad tenía el lago. El ingeniero le contestó que creía que tenía unos treinta, o quizá cuarenta metros de profundidad. Tess consultó la tabla y arrugó la frente.

—No podremos estar mucho tiempo ahí abajo. Tendremos que empezar directamente en la zona donde está el pueblo. —Se volvió a Okan y le preguntó si había alguna forma de averiguar su localización exacta.

El hombre arqueó las cejas, pensativo.

—Para eso debería hablar con Rüstem —dijo al fin—. Vivía en el pueblo antes de la inundación y nunca se ha ido del todo de esta zona. Si hay alguien que pueda decirle dónde está la iglesia, es él.

Reilly esperó a que Okan saliera primero del almacén y aprovechó para susurrarle a Tess:

—Esto es una locura. Debería hacerlo un profesional.

—Te olvidas de que yo soy una profesional —insistió Tess—. He hecho esto mil veces.

—Sí, pero seguro que no en estas condiciones. Además, no me hace mucha gracia que los dos estemos buceando sin que nadie vele por nuestra seguridad en la superficie.

—Hay que intentarlo, Reilly. ¡Venga, si tú mismo lo has dicho! Por aquí no hay nadie. Hemos conseguido llegar antes que Vance. —Apoyó la cabeza en él, su cara irradiaba ilusión—. Ahora no podemos abandonar, estamos muy cerca.

—Bajaremos una sola vez —concedió él— y luego llamaremos.

Tess ya estaba en la puerta.

—De acuerdo.

Subieron los equipos de submarinismo por la escalera y cargaron todo en el maletero del Mitsubishi. Okan invitó a Tess a que lo acompañara en su destartalado coche y le dijo a Reilly que lo siguiera con el anciano. Reilly miró a Tess, que le guiñó un ojo con complicidad antes de meterse en el pequeño Fiat, lo que alegró visiblemente al ingeniero.

El Mitsubishi siguió al coche de Okan por una vía de servicio durante unos ochocientos metros hasta que el vehículo se detuvo junto a un área vallada en cuyo interior había bloques de hormigón apilados, tubos de desagüe y docenas de tambores de aceite vacíos; el típico material que siempre sobraba en una construcción. En el recinto se encontraron con un anciano vestido con la túnica y el tocado tradicional; a Reilly aquello le extrañó, y no se sorprendió nada cuando Okan presentó al hombre como su tío.

Rüstem le dedicó una sonrisa desdentada y escuchó atentamente mientras su sobrino lo acribillaba a preguntas antes de contestar con exagerados movimientos de brazos y asentir con entusiasmo.

Okan se dirigió a Tess y a Reilly:

—Mi tío recuerda perfectamente el emplazamiento del pueblo. Durante muchos años trajo aquí sus cabras a pastar. Dice que de la iglesia sólo queda una parte. —Se encogió de hombros y puso un comentario de su cosecha—. Al menos así es como estaba antes de que el valle se inundara. Cerca de la iglesia había un pozo y también recuerda un... —Okan titubeó en busca de las palabras—. ¿El tronco muerto de un árbol gigante?

—Un tocón —puntualizó Tess.

—Eso, un tocón. El tocón de un sauce llorón.

Emocionada, Tess miró a Reilly.

—Bueno, ¿qué me dices? ¿Crees que vale la pena echarle un vistazo? —inquirió Reilly.

—Si insistes —repuso Tess con una sonrisa.

Dieron las gracias a Okan y al hombre del restaurante, que se marcharon, aunque el ingeniero lo hizo a regañadientes, y al cabo de poco rato Tess y Reilly ya se habían puesto los trajes de neopreno y habían acercado a la orilla del lago sus equipos de buceo, donde Rüstem tenía un par de botes. Se subieron a uno de ellos, el anciano lo empujó hacia el lago y a continuación subió también. Cogió los remos y empezó a remar con la soltura de alguien que lleva toda su vida haciendo lo mismo.

Mientras avanzaban por el lago, Tess aprovechó para explicar a Reilly cuál era el procedimiento habitual, que él recordaba vagamente de la única vez que había hecho submarinismo durante unas cortas vacaciones en las islas Caimán cuatro años antes. Rüstem dejó de remar cuando estaban casi a medio camino entre la orilla este y la oeste, y aproximadamente a unos mil doscientos metros de distancia de la presa. El anciano se puso a hablar muy quedamente mientras lanzaba una mirada hacia una colina, luego hacia otra y otra más, y después usó uno de los remos para efectuar una sucesión de movimientos exactos hasta que el bote estuvo en la posición deseada, mientras tanto Reilly aprovechó para humedecer las gafas con agua.

—¿Qué crees que habrá ahí abajo? —preguntó a Tess.

—No lo sé —contestó ella con los ojos clavados en el agua—, pero espero que esté ahí.

Se miraron a los ojos, en silencio, y entonces se dieron cuenta de que Rüstem había detenido el bote y con una sonrisa triunfal les mostraba las encías. Señaló el lago.

—*Kilise suyun altinda* —les dijo. Las palabras sonaban parecidas a las que habían oído en el restaurante.

—*Sükran* —repuso Tess.

—¿Qué ha dicho?

—No tengo ni idea —respondió Tess mientras se sentaba en el borde del bote antes de añadir—: pero estoy casi segura de que *kilise* quiere decir iglesia, así que debemos de estar encima. —Hizo un movimiento con la barbilla hacia Reilly—. ¿Vienes o no?

Pero él no pudo contestar porque Tess ya se había puesto las gafas y se había lanzado de espaldas al agua sin salpicar apenas. Después de mirar a Rüstem, que levantó un pulgar en un gesto decididamente moderno, Reilly se tiró también a las oscuras aguas, aunque con mucha menos delicadeza.

58

Mientras descendían en medio de la fría penumbra del lago, Tess experimentó una sensación que le resultaba familiar y que llevaba tiempo deseando sentir. Había algo casi sagrado en la certeza de que podía estar a punto de ver cosas que ningún ser humano había visto desde hacía muchos años. Acercarse a los restos de una civilización del pasado que había quedado oculta bajo capas y más capas de tierra y arena era una sensación embriagadora; y cuando esos restos estaban enterrados debajo del agua, la emoción era aún mayor.

Sin embargo, en su opinión, esa inmersión no era como las demás. Si bien la mayoría de las excavaciones e inmersiones al menos empezaban con la promesa de un gran descubrimiento, con frecuencia resultaban decepcionantes. Pero ésta era diferente. Las pistas que habían seguido y que les habían llevado a ese lago, la naturaleza del mensaje codificado, y los extremos a los que algunos estaban dispuestos a llegar para conseguir el objetivo, eran para Tess un indicio de que estaba a punto de protagonizar un descubrimiento arqueológico mucho más importante de lo que jamás había soñado.

Ya habían bajado unos seis metros y medio, y seguían descendiendo despacio. A pesar del frío y los nervios, Tess se sentía de pronto más viva que nunca. Miró hacia la superficie, iluminada por los rayos del sol. El casco del bote flotaba tranquilamente sobre su cabeza y el agua lo lamía con suavidad. Teniendo en cuenta que estaban en un lago artificial, el agua estaba bastante limpia, pero la oscuridad no tardó en rodearlos.

Todavía no se veía el fondo. Tess encendió la linterna que llevaba en la mano; la intensa luz tardó varios segundos en alcanzar todo su potencial e iluminar la espectral oscuridad que los envolvía. Delante de sus ojos desfilaron pequeñas partículas arrastradas por la corriente que se dirigían hacia la presa. Entonces miró a Reilly, que estaba a su lado, y en ese momento un cardumen de truchas pasó cerca de ellos y rápidamente desapareció en la oscuridad.

Vio que Reilly señalaba hacia abajo y poco a poco distinguió el fondo del lago. Al principio se extrañó: pese al limo y el sedimento que había por los años transcurridos desde la construcción de la presa, ese lecho lacustre no era como los que Tess estaba acostumbrada a encontrar. De hecho, parecía lo que era: un valle sumergido, con restos de construcciones y troncos desnudos de árboles muertos, cubiertos en su mayor parte por gruesas y oscuras algas.

Nadaron uno junto al otro, aleteando y escudriñando el fondo, y gracias a sus años de experiencia fue Tess la primera en detectarlo. El anciano no se había equivocado; ahí, apenas perceptible en medio de este extraño paisaje, yacían los espectrales restos del pueblo que buscaban.

Al principio lo único que vislumbró fueron diversos grupos de erosionadas paredes de piedra, pero poco a poco comenzó a distinguir siluetas, y pudo ver que las piedras formaban figuras uniformes y lineares. Descendió un poco más, seguida de Reilly, y distinguió una calle y varias casas. Continuaron avanzando sin dejar de mirar los restos del antiguo pueblo, suspendidos sobre él en la tenebrosidad como si estuviesen explorando otro planeta. La escena era surrealista, las ramas inertes de los árboles muertos se balanceaban al compás de la suave corriente como si alertasen de que sus almas estaban aún vivas.

Se produjo un repentino movimiento y Tess miró hacia su izquierda. Un cardumen de pececillos que había estado comiendo algas se dispersó en las sombras. Volvió a clavar los ojos al frente y se percató de que después de las casas había un espacio abierto. Siguió avanzando y detectó el tocón negro de un gran árbol, cuyas largas y putrefactas ramas apenas si se balanceaban. Ahí estaba: habían encontrado el sauce llorón. Tess dejó escapar sin querer una bocanada de aire, y una pequeña nube de burbujas salió de su regulador y ascendió con rapidez hacia la superficie. Miró a su alrededor con inquietud. Sabía que estaban cerca. Cuando Reilly llegó a su lado, lo vio de pronto: a pocos metros del sauce, en el sentido contrario a la corriente, estaban las ruinas de lo que debía de haber sido el pozo. Continuó acercándose y la luz de su linterna atravesó el muro de oscuridad que había más allá del pozo. Y ahí mismo, justo ahí detrás y con cierta grandiosidad melancólica, se erguían los muros de la iglesia.

Tess se volvió hacia Reilly. Estaba a su lado observando la escena y parecía tan impresionado como ella. Tess decidió continuar el descenso, ahora más deprisa, hacia la estructura. El techo estaba carbonizado casi en su totalidad y el limo se había amontonado en los laterales, revistiendo las paredes; Tess las iluminó, y observó que el estado de la iglesia era probablemente peor que hacía setecientos años, cuando los templarios la encontraron.

Continuó descendiendo con Reilly, y como un pájaro que se abate sobre un granero, entró en la iglesia cuya enorme puerta colgaba ladeada. Una vez dentro, flotando a cinco metros por encima del suelo, atravesaron una galería de columnas, algunas de las cuales se habían desplomado. Las paredes habían evitado que se formara demasiado limo en el interior de la iglesia, lo que supuestamente les facilitaría la búsqueda de la lápida. Avanzaron pegados el uno al otro, con la luz que creaba un caleidoscopio de sombras a sus lados.

Tess registraba cada silueta macabra y cada sombra mientras trataba de controlar su propio pulso. A sus espaldas la oscuridad ya había engullido la puerta, y Tess le señaló a Reilly el fondo antes de descender hasta él. Reilly fue tras ella. En el suelo yacía una losa hecha añicos; Tess dedujo que había formado parte del altar. Estaba cubierta de algas entre las que había diminutos cangrejos escondidos. Consultó el reloj y con las manos le indicó a Reilly que les quedaban diez minutos. Debían comenzar el ascenso cuanto antes, porque las botellas de inmersión no contenían suficiente aire para permitirles hacer una descompresión larga.

Tess sabía que estaban cerca. Flotando a sólo varios centímetros del fondo limpió el limo del suelo con cuidado, procurando no levantar una nube demasiado grande de barro. No se veían lápidas en ninguna parte, únicamente escombros y más limo, por el que culebreaban las anguilas. Entonces Reilly le dio un suave codazo. Le dijo algo, su voz fue un confuso sonido metálico que hizo que salieran burbujas de su regulador. Tess vio que Reilly alargaba el brazo y apartaba un poco de limo de la losa de una pequeña tumba. En el suelo aparecieron los restos de unas letras talladas; era una lápida. A Tess se le aceleró el pulso. Resiguió el dibujo de las letras con un dedo para saber qué nombre ponía: Caio. Miró a Reilly con los ojos brillantes de emoción. Los de Reilly también brillaban. Laboriosa y cuidadosamente, limpiaron la arena de otras lápidas. El corazón le latía ahora con una fuerza atronadora mientras iban apareciendo más nombres. Y entonces leyó entre el limo:

Romiti.

La carta de Aimard era auténtica. El descodificador diseñado por el FBI no se había equivocado y, lo mejor de todo, sus deducciones habían sido acertadas.

La habían encontrado.

59

Sin pérdida de tiempo, Tess y Reilly limpiaron los escombros y la arena de la lápida.

Reilly intentó introducir los dedos en la hendidura y abrir la tumba, pero como no tenía suficiente fuerza ni podía apoyarse bien en el suelo, no pudo hacer palanca. Tess consultó su reloj; les quedaban cinco minutos. Miró a su alrededor con desespero en busca de algo que pudiera servirles para levantar la lápida, y localizó unas cuantas barras de hierro retorcido que salían de una de las columnas. Nadó hasta ellas y tiró de una de las barras hasta que se soltó en medio de una nube de fragmentos de piedra. Regresó hasta la tumba lo más deprisa que pudo, le pasó la barra a Reilly, que la introdujo en la hendidura y luego juntos hicieron fuerza sobre el otro extremo de la misma.

De pronto se oyó un crujido, pero no en el suelo, sino encima de sus cabezas. Alzaron la vista, y Tess vio que de la columna de la que había arrancado la barra de hierro caían trozos de piedras. ¿Sería por el movimiento del agua, o la parte superior de la columna había empezado a tambalearse? Miró nerviosa a Reilly, que señaló el hierro para indicarle que volvieran a intentar levantar la losa. Tess asintió, agarró la barra y empujaron con todas sus fuerzas. Esta vez la lápida se movió, muy poco, no lo suficiente para poder meter una mano en su interior. Hicieron palanca de nuevo. La lápida volvió a moverse y a continuación se levantó, y de su interior salió una gran burbuja de aire, que azotó sus rostros antes de escaparse hacia arriba y desaparecer por el techo medio derruido.

Oyeron otro crujido.

Tess levantó los ojos y se fijó en que la parte superior de la columna estaba a punto de derrumbarse. Al arrancar la barra de hierro de algún modo había desequilibrado la columna y alterado la precaria estructura. Sobre su cabeza nubes de polvo se esparcían por el agua como silenciosas explosiones. Se volvió a Reilly, que seguía forcejeando con la barra de hierro y señalando hacia abajo. Tess vio que ahora había suficiente espacio para introducir la mano en el interior de la tumba. Alargó el brazo con cierto miedo al recordar una antigua película en la que una anguila feroz mordía a un submarinista en la mano. Procuró desechar el recuerdo y metió la mano debajo de la lápida. Palpó temerosa, intentando no escuchar el eco de los crujidos ni pensar en el delicado estado de los antiguos muros circundantes. Entonces sus dedos tocaron algo voluminoso. Miró a Reilly suplicante, necesitaba que levantase aún más la losa para así tener mayor margen de acción. Él sujetó el hierro con más fuerza y de su regulador salieron un montón de burbujas. Tess tiró del objeto, tratando de sacarlo del agujero con cuidado.

Reilly empujó una vez más hacia abajo, y la losa se levantó lo bastante para que el objeto pudiese pasar por la abertura. Era una especie de saco de cuero con una larga correa; tendría el tamaño de una mochila pequeña, y en su interior había algo consistente y al parecer pesado. Tess lo extrajo del agujero, pero en ese momento la barra se soltó y la lápida cayó, volviendo a cerrar la tumba con un ruido sordo y generando una nube de limo. Por suerte tenían el saco. Sobre sus cabezas se oyó otro crujido seguido del choque de una piedra contra otra; la sección superior de la columna se había inclinado y el techo se estaba derrumbando. Tess y Reilly se miraron alarmados y se dispusieron a nadar hacia la puerta de la iglesia, pero algo retuvo a Tess. La correa del saco se había quedado atascada debajo de la lápida.

Tiró de ella desesperadamente mientras Reilly escudriñaba el suelo en busca de otro objeto que pudiera usar como palanca, pero no encontró nada. Los cascotes llovían sobre ellos, caían en forma de nubes de limo cada vez más densas. Tess siguió tirando de la correa. Reilly y ella se miraron, asustados, y ella sacudió la cabeza. Era inútil. La iglesia estaba a punto de venirse abajo y tenían que salir de allí, pero eso significaría dejar el saco. Tess se negaba a soltar el deteriorado saco; no estaba dispuesta a desprenderse de él.

Reilly decidió actuar. Nadó hasta la lápida, metió los dedos en la hendidura de la losa, se apoyó sobre las piernas y procuró levantarla en un último intento por liberar la correa. Una gran viga flotó hacia el suelo, aterrizando a sólo unos cuantos centímetros de su pierna. Empleó todas sus fuerzas y la piedra se movió imperceptiblemente, pero lo bastante para que la correa pudiera liberarse. Reilly soltó la lápida, señaló la puerta, y Tess y él nadaron hacia ella deprisa mientras a su alrededor caían cascotes del techo. Los sortearon serpenteando entre las columnas y las piedras que se derrumbaban, hasta que al fin cruzaron la puerta y se pusieron a salvo.

Permanecieron allí unos instantes, flotando, observando cómo la iglesia se desplomaba; enormes trozos de piedra descendían en un confuso baile de burbujas y agua turbia. A Tess le latía el corazón desbocado. Se concentró para controlar su pulso, consciente del poco aire que quedaba en las botellas de inmersión y del largo y lento ascenso que les esperaba. Echó un vistazo al saco que sujetaba con una mano, preguntándose qué contendría y si seguiría intacto después de todos esos años, deseando que el contacto con el agua no lo hubiera estropeado. Dirigió una mirada de despedida al pozo y pensó en Aimard y en aquella trágica noche. Ni en sus sueños más atrevidos se hubiese podido imaginar que al cabo de siete siglos una presa creada por el propio hombre inundaría el valle, y que el lugar que ocultaba su secreto acabaría sumergido a treinta metros de profundidad.

Reilly miró a Tess y sus ojos se encontraron. Aunque con las gafas la visión era distorsionada, en los rostros de ambos la alegría era palpable. Tess consultó el reloj. Sus botellas no tardarían en quedarse sin aire. Señaló hacia la superficie con el dedo pulgar. Reilly asintió y empezaron a ascender lentamente, asegurándose de que no subían más deprisa que el ritmo al que las pequeñas burbujas emergían de sus reguladores.

Dejaron detrás las nubes de polvo y barro, y el agua que les rodeaba poco a poco se fue aclarando. El ascenso se les hizo eterno hasta que, finalmente, vieron luz. Miraron en dirección a los rayos del sol y Tess se quedó helada al darse cuenta de que en la superficie había algo diferente. Alargó el brazo para advertir a Reilly, pero al tocarle notó que sus músculos estaban tensos; él también se había dado cuenta.

Sobre sus cabezas no vieron sólo la sombra de un bote, sino de dos.

Había venido alguien más, pero no podían escapar porque casi no les quedaba oxígeno en las botellas de inmersión. No tenían más remedio que subir. Tess estaba indignada, se imaginaba quién era, y cuando salió a la superficie comprobó que no se había equivocado.

Rüstem estaba aún ahí, en el mismo sitio en que lo habían dejado, sólo que parecía preocupado y asustado. Sentado en el segundo bote, y observándolos con silenciosa satisfacción (casi como un profesor que se alegrara de los méritos de un alumno aventajado, pensó Tess), estaba William Vance con una escopeta en el regazo.

60

Reilly ayudó a Tess a subir al bote de Rüstem y lanzó una mirada a la orilla. Junto a su vehículo había estacionada una camioneta Toyota *pick-up* marrón. En el borde del lago había dos hombres de pie, y ninguno de ellos era Okan. El primero era mucho más alto y corpulento que el ingeniero, que era menudo, y el segundo, aunque fuerte y no más alto que Okan, no tenía su espesa cabellera morena, era calvo. Reilly también se fijó en algo más: ambos iban armados. Desde esa distancia le pareció que eran rifles de caza, pero no estaba seguro. Supuso que Vance había contratado a unos matones locales por el camino; se preguntó si a alguno se le habría ocurrido revisar el Mitsubishi y, en ese caso, si habrían encontrado la Browning que había escondido en el compartimento bajo el asiento.

Reilly estudió bien a Vance; era la primera vez que lo veía en persona. «Así que éste es el hombre que está detrás de todo este jaleo», pensó. Recordó los jinetes asesinados en Nueva York, tratando de asociar al hombre que tenía delante con todos los acontecimientos que los habían traído, a Tess y a él, hasta este remoto lugar, y procurando adivinar las intenciones del profesor. La noticia de que Reilly era un agente del FBI no había perturbado a Vance lo más mínimo. Su actitud serena y controlada hizo que Reilly se preguntara cómo un hombre refinado, un respetado académico, se había convertido en un fugitivo que ahora estaba sentado frente a él con una escopeta en el regazo; cómo alguien con su historial había conseguido orquestar el asalto y, más concretamente, cómo había acabado matando, uno a uno, a los hombres que había contratado con semejante eficacia y crueldad.

Algo no encajaba.

Reilly notó que Vance miraba fijamente el saco que Tess sujetaba con ambas manos.

—Ten cuidado —le advirtió Vance a Tess—. Sería una pena

echarlo a perder después de lo que hemos tenido que pasar —dijo con extraña indiferencia antes de alargar el brazo—. Si eres tan amable...

Tess miró a Reilly, sin saber bien qué hacer. Entonces él se giró y miró a Vance, quien con la otra mano los apuntó lentamente con la escopeta. Les dio la impresión de que el profesor lamentaba tener que hacer eso, pero ni siquiera pestañeó. Tess se puso de pie y le entregó el saco.

Vance se limitó a dejarlo junto a sus pies y señaló la orilla con la escopeta.

—¿Qué tal si regresamos a tierra firme?

Al llegar a la orilla del lago bajaron de los botes, y Reilly pudo comprobar que, en efecto, los dos matones llevaban rifles de caza. El más alto de los dos, un hombre de aspecto tosco, con el cuello tan ancho como un tronco y la mirada de acero, apuntaba con el rifle a ambos mientras les indicaba que se alejaran de los botes. El rifle no parecía nuevo, aunque no por ello resultaba menos amenazador. Los matones no solían llevar esa clase de armas, lo que a Reilly le hizo pensar que lo más probable fuese que con las prisas Vance se hubiese tenido que conformar con lo que había disponible. Lo que podía jugar en su favor, pensó, especialmente si la Browning seguía en el Mitsubishi. Sin embargo, de momento estaban ahí, con los trajes de neopreno empapados y sus vidas corrían peligro.

Dentro del recinto vallado Vance dio con una vieja y desvencijada mesa en la que apoyó la escopeta. Clavó los ojos en Tess y su rostro se iluminó levemente.

—Veo que no soy el único adepto de Al-Idrissi. Como es lógico, me hubiese gustado llegar antes que tú, pero... —Hizo una pausa y colocó el voluminoso saco encima de la mesa. Lo miró con reverencia, parecía que en ese momento su mente estuviese en otra parte—. No obstante, me alegro de que hayas venido —añadió—. Dudo mucho de que la gente de esta zona hubiese desenterrado el saco con la misma eficiencia que tú.

Puso las manos encima del saco y lo tocó suavemente mientras intentaba imaginarse qué secretos contenía. Se disponía a abrirlo cuando, de repente, algo le vino al pensamiento y se detuvo.

—Creo que deberías compartir esto conmigo —le dijo a Tess—, porque lo cierto es que el descubrimiento es tanto tuyo como mío.

Visiblemente indecisa, Tess le lanzó una mirada a Reilly, que asintió animándola a aceptar la propuesta de Vance. Entonces avanzó vacilante, pero el matón calvo, se puso nervioso y le apuntó con el rifle. Vance soltó unas cuantas palabras en turco y el hombre se calmó, retrocedió y la dejó pasar. Tess se colocó junto a Vance a un lado de la mesa.

—Esperemos que todo esto no haya sido en balde —comentó Vance mientras desataba el nudo que cerraba el saco.

Lentamente y con las dos manos, extrajo algo del interior del saco. Era una piel engrasada. La colocó encima de la mesa y la estudió aparentemente confuso. Con dedos titubeantes dejó al descubierto el objeto que envolvía, y vio que era un ornamentado disco de cobre de unos veinticinco centímetros de diámetro. El contorno de la corona estaba laboriosamente marcado con diminutas muescas colocadas a idéntica distancia unas de otras, y en el centro había cuatro radios y una alidada.

Reilly dejó de observar el aparato y le lanzó una mirada al matón corpulento, que también miraba el objeto, aunque se esforzó por reprimir su curiosidad, y enseguida clavó otra vez los ojos en Reilly y en Rüstem. Reilly vio que tenía una oportunidad y sus músculos se tensaron, pero el turco, que le había leído el pensamiento, retrocedió y levantó el rifle amenazadoramente; además, Reilly notó que Rüstem había empezado a sudar y prefirió no actuar.

Frente a la mesa, Tess no podía apartar la vista del artefacto.

—¿Qué es esto?

Vance estaba concentrado observando el objeto.

—Un astrolabio —contestó sorprendido. Miró fugazmente a Tess y vio su cara de desconcierto—. Es un instrumento para navegar, una especie de sextante primitivo —aclaró—. Por aquel entonces desconocían lo de las longitudes, por supuesto, pero...

Conocido como «la regla de cálculo del cielo», el astrolabio, el instrumento científico más antiguo del mundo, existe desde el año 150 a.C. Desarrollado originariamente por sabios griegos de Alejandría, finalmente se extendió por Europa con la conquista musulmana de España. Muchos astrónomos árabes usaron los astrolabios para poder medir la posición del sol y saber así qué hora era, y en el siglo XV se convirtieron en un instrumento de navegación muy apreciado, tanto que los navegantes portugueses se sirvieron de ellos para determinar la latitud. El astrolabio fue crucial para que el príncipe Enrique el Navegante, el hijo del rey João de Portugal, se ganara su sobrenombre. Durante muchos años su flota mantuvo su uso en el más absoluto de los secretos; era la única flota capaz de navegar en mar abierto. Resultó ser un instrumento de valor inestimable durante la época portuguesa de los descubrimientos que culminó en 1492, el día en que Cristóbal Colón puso pie en el Nuevo Mundo.

No fue ninguna coincidencia que el príncipe Enrique fuera el Gran Maestre de la Orden de Cristo desde 1420 hasta su muerte en 1460. Una orden militar portuguesa cuyos orígenes se remontan, como no podía ser de otra manera, a los templarios.

Vance analizó el aparato y lo movió para ver bien las muescas de la corona.

—¡Sorprendente! Si este astrolabio es realmente de la época de los templarios, quiere decir que precede en más de un siglo a los que han llegado hasta nosotros... —Su voz se apagó. Sus dedos habían detectado algo más en el interior del saco: un rollo de piel.

Vance lo abrió y vio que se trataba de un pergamino.

Reilly reconoció la letra al instante: era idéntica a la del manuscrito codificado que los había conducido hasta allí, sólo que ahora parecía que las palabras estaban intercaladas por espacios.

La carta no estaba codificada.

Tess también reparó en la similitud de la letra.

—¡Es de Aimard! —exclamó. Pero Vance no le prestó atención. Se alejó un poco, absorto en el documento que sostenía con las manos. Leyó la carta en silencio, de espaldas a ellos; fueron unos segundos tensos. Cuando regresó, la resignación se reflejaba en su rostro ensombrecido.

—Por lo visto —declaró con tristeza— aún no hemos llegado al final del trayecto.

Tess trató de reprimir las náuseas que sentía. Sabía que no le gustaría la respuesta, pero aun así quiso preguntarlo:

—¿Qué dice la carta?

61

—¡Echad al agua el esquife!

Pese al rugiente temporal, el grito del patrón reverberó en la cabeza de Aimard de manera atronadora. Pero cuando otra pared de agua batió contra la galera, lo único en lo que pudo pensar fue en el relicario y corrió hacia la proa de la nave.

«Tengo que ponerlo a salvo», dijo para sí.

Rememoró la primera noche de viaje cuando, después de asegurarse de que la tripulación y el resto de sus hermanos dormían, él y Hugh se habían acercado con sigilo hasta la proa, Aimard sujetando con fuerza el cofre que Guillaume de Beaujeu le había confiado. Los templarios estaban rodeados de enemigos, y tras la derrota de Acre ahora eran muy vulnerables. El cofre tenía que ponerse a buen recaudo, a salvo de cualquier contratiempo que pudiese surgir. Poco después de abandonar Acre, Aimard le había transmitido su preocupación a Hugh (él y Beaujeu tenían fe ciega en el patrón), pero desde luego no se esperaba que le ofreciese una solución tan perfecta.

Recordó que al llegar a la proa del barco, Hugh, sosteniendo una antorcha encendida, le había mostrado una cavidad alargada, ligeramente mayor que el cofre, justo detrás de la cabeza del ave del mascarón. Hugh se encaramó a la talla y se sentó en ella a horcajadas. Aimard miró por última vez el labrado cofre antes de alargar los brazos y entregárselo al patrón, que lo introdujo en el agujero con cuidado. Muy cerca de ellos ardía un brasero sobre el cual había colocada una pequeña tina con resina derretida, cuya superficie se balanceaba lentamente al ritmo del oleaje cada vez más fuerte que sacudía al *Falcon Temple*. En cuanto el cofre estuvo bien encajonado en el escondite, Aimard llenó con resina un pote metálico de asa larga y se lo pasó a Hugh, que procedió a rellenar el espacio que había entre el relicario y los laterales de la cavidad. A continuación Hugh arrojó un cubo de agua sobre la resina hirviente, de la que salió una nube de vapor. Hugh miró a Aimard, asintiendo, y éste se preparó para la fase final de la operación. Sobre la abertura de la cavidad colocaron una pieza de madera, que encajaba en el mascarón. Hugh la fijó en su sitio con ayuda de unas clavijas de madera más grandes que un dedo pulgar y luego la selló con resina derretida que endureció rápidamente con agua. Finalizada la tarea, Aimard se quedó unos instantes observando el resultado y luego Hugh regresó a la seguridad de la cubierta.

Aimard echó un vistazo a su alrededor y concluyó que nadie los había visto. Pensó en Martin de Carmaux, que estaba en la bodega. No había ninguna necesidad de explicarle a su protegido lo que acababa de hacer. Tal vez más adelante fuese necesario, cuando arribaran a puerto, pero hasta ese momento sólo él y Hugh sabrían dónde estaba escondido el relicario. El joven Martin aún no estaba preparado para conocer el contenido del cofre.

Un rayo devolvió a Aimard a la dura realidad en la que se encontraba la galera. Se abrió paso entre la cortina de agua y casi había llegado a la proa cuando otra ola gigantesca que cayó sobre el *Falcon Temple* levantó a Aimard y lo envió contra una esquina de la mesa utilizada para las cartas náuticas. Martin no dudó en acudir en su ayuda y, a pesar de las incomprensibles súplicas, el joven caballero le ayudó y lo arrastró hasta el esquife, que ya estaba esperándolos.

Aimard se metió en el esquife y, aunque le dolía mucho el costado alzó la cabeza a tiempo de ver que Hugh subía también a bordo. El patrón llevaba consigo un extraño objeto circular, un instrumento de navegación que Aimard ya le había visto utilizar, y que ahora colocaba en la posición adecuada. El caballero golpeó con rabia la borda del esquife con un puño cuando presenció, impotente, cómo el mascarón de proa, que hasta el momento había resistido con orgullo las despiadadas embestidas del mar enfurecido, se partía como una insignificante rama y era tragado por el agua espumosa.

62

Tess se sentía muy decepcionada. No podía creer lo que estaba pasando.

—¿Eso es todo? Después de lo que nos ha costado llegar hasta aquí, ¿está en el fondo del mar?

Estaba furiosa. «Otra vez no.» No podía pensar con claridad.

—Entonces, ¿por qué tanto misterio? —protestó malhumorada—. ¿Por qué estaba codificada la carta? ¿Por qué no les dijeron a los templarios de París que habían perdido para siempre el relicario?

—Para mantener el engaño —sugirió Vance—. Mientras tuviesen esperanzas de recuperar el objeto en cuestión, la causa estaba viva. Y ellos, a salvo.

—Hasta que se supo que el engaño...

El profesor asintió.

—Exacto. No olvides que ese objeto, sea lo que sea, era de vital importancia para los templarios. Lo último que Aimard hubiese hecho era no dejar señalado dónde estaba, independientemente de que los otros pudiesen o no recuperarlo a lo largo de sus vidas.

Tess soltó un gran suspiro y se dejó caer en una silla de madera que había junto a la mesa. Se frotó los ojos y su mente se inundó de imágenes de un arduo viaje llevado a cabo siglos atrás por hombres que fueron quemados en la hoguera. Cuando los volvió a abrir, los clavó otra vez en el astrolabio. «¡Tantos esfuerzos y tantos peligros para esto!», pensó.

—¡Les faltó tan poco para lograrlo! —Vance estaba en su propio mundo, mirando fijamente el instrumento náutico—. Si el *Falcon Temple* hubiese aguantado sólo unas horas más, se habría acercado a tierra firme y habrían podido costear, y luego, a remo, habría podido alcanzar alguna de las islas griegas que había cerca y que estaban en manos amigas. Allí habrían podido reparar el mástil y volver a zarpar, sin miedo a ser atacados, otra vez rumbo a Chipre, o más probablemente a Francia. —Hizo una pausa y luego añadió, como si estuviera pensando en voz alta—: Y lo más seguro es que estaríamos viviendo en un mundo muy distinto a éste...

Reilly, sentado encima de unos bloques de hormigón, ya no pudo aguantar más. La frustración era insoportable. Si hubiese actuado deprisa, podría haberse librado de los turcos y de Vance, pero no había querido poner en peligro a Tess ni a Rüstem. Aunque tenía la sensación de que en ese asunto había algo más que un ego herido. Algo que pedía a gritos ser tenido en cuenta. En algún momento dado, el caso había pasado de ser una simple persecución de un criminal convirtiéndose en algo mucho más complejo; se sentía directamente amenazado, pero no en un sentido físico. No sabía bien de qué se trataba, pero en su fuero interno, desde la descodificación del manuscrito, había empezado a dudar de una serie de premisas básicas, y, de pronto, se sentía inquieto y de algún modo vulnerable.

—¿En un mundo distinto? —inquirió sarcástico—. ¿Gracias a qué? ¿A una fórmula mágica para hacer oro?

Vance soltó una carcajada con desprecio.

—Por favor, agente Reilly, no mancille el legado de los templarios con ridículos mitos sobre la alquimia. Está más que documentado que esos hombres obtuvieron sus riquezas de las donaciones de la nobleza europea con la plena bendición del Vaticano. Les dieron tierras y dinero porque eran los valientes defensores de los peregrinos... pero había algo más que eso. Verá, se creía que tenían una misión sagrada. Sus seguidores creían que los templarios buscaban algo que beneficiaría inmensamente a la humanidad. —Una leve sonrisa suavizó su expresión seria—. Lo que no sabían era que, de haber tenido éxito los templarios, su causa habría beneficiado a toda la humanidad y no sólo a los «elegidos», que era como los arrogantes cristianos de Europa se llamaban a sí mismos.

—¿Se puede saber de qué habla? —le espetó Reilly.

—Una de las acusaciones que produjo la caída de los templarios fue que habían establecido vínculos con otros habitantes de Tierra Santa: los musulmanes y los judíos. Se dijo que el interés de nuestros queridos caballeros por esos habitantes los llevó a compartir con ellos experiencias místicas. Y debo decir al respecto que, en efecto, esas acusaciones eran ciertas, aunque no tardaron en ser sustituidas por otras mucho más llamativas que seguramente ya conocerán. El Papa y el rey, que, en definitiva, era ungido nada más y nada menos que por Dios y que estaba ansioso por demostrar que era el más cristiano de los reyes, tenían, como es lógico, un gran interés en ocultar el hecho de que sus héroes habían fraternizado con los infieles, y por muy condenable que fuese, no lo usaron para hundir a los templarios.

»Pero no se trataba sólo de que hubiesen compartido experiencias místicas. De hecho, la cosa era mucho más pragmática. Planeaban llevar a cabo algo increíblemente atrevido, osado y de gran alcance, tal vez una locura, pero también un acto de una valentía y una clarividencia asombrosas. —Visiblemente conmovido, Vance hizo una pausa antes de mirar otra vez a Reilly con dureza—. Habían conspirado para la unificación de las tres grandes religiones.

Alzó la vista hacia las montañas que los rodeaban e hizo un amplio gesto con las manos.

—La unificación de las tres confesiones —continuó riéndose—. ¿Se lo imagina? Cristianos, judíos y musulmanes unidos en una sola fe. ¿Y por qué no? Al fin y al cabo, todos veneramos al mismo Dios. Todos somos hijos de Abraham, ¿no? —dijo en tono burlón. Su expresión se endureció—. Piénselo. Imagínese lo diferente que habría sido el mundo; un mundo infinitamente mejor... Piense en todo el sufrimiento y la sangre que no se habría derramado durante todos estos años, hoy más que nunca. Millones de personas que no habrían tenido que morir en vano. No habría habido Inquisición, ni el holocausto, ni guerras en los Balcanes o en Oriente Próximo, ni aviones que se hubiesen estrellado contra los rascacielos... —La malicia se reflejó fugazmente en su mirada—. Usted probablemente no tendría trabajo, agente Reilly.

Éste pensaba a toda velocidad, intentando asimilar todas esas revelaciones. ¿Sería posible algo así? Recordó su conversación con Tess acerca de los nueve años que los templarios habían pasado recluidos en el Templo, de su veloz acumulación de poder y dinero, y de la inscripción en latín:

Veritas vos liberabit.

«La verdad os liberará.»

Miró a Vance y le preguntó:

—¿Cree que chantajearon a la Iglesia? ¿Cree que el Vaticano les dejó ganar poder a cambio de algo?

—El Vaticano estaba desesperado; no tuvo otra opción.

—Pero... ¿con qué lo chantajearon?

Vance se acercó a Reilly, alargó un brazo para tocar el crucifijo que llevaba colgado al cuello y que se asomaba por el traje de neopreno, cuya cremallera estaba parcialmente bajada, y lo arrancó con brusquedad. Lo sostuvo en la palma de la mano mientras lo miraba con una mirada fría y llena de desdén.

—Con la verdad acerca de este cuento de hadas.

63

Las palabras de Vance cayeron sobre ellos como la cuchilla de una guillotina.

Sus ojos adquirieron vida propia mientras miraba el pequeño crucifijo, y luego su expresión se ensombreció.

—Es increíble, ¿no? Han pasado dos mil años y aquí estamos, después de todo lo que hemos conseguido, con todo lo que sabemos, y, sin embargo, este pequeño talismán sigue gobernando la forma en que miles de millones de personas viven... y mueren.

Sentado y con el traje de neopreno todavía húmedo, Reilly sintió un escalofrío. Observó a Tess, que miraba extasiada a Vance con una expresión que no supo deducir.

—¿Cómo sabes todo esto? —balbuceó ella.

El profesor apartó la vista del crucifijo de Reilly y se volvió hacia ella:—Por Hugues de Payns, el fundador de los templarios. Cuando estuve en el sur de Francia, descubrí algo sobre él que me sorprendió.

Entonces a Tess le vinieron a la memoria los sarcásticos comentarios del historiador francés.

—¿Te refieres a que él era oriundo de esa zona, del Languedoc, y a que era cátaro?

Vance arqueó las cejas y ladeó la cabeza claramente impresionado.

—Veo que has hecho los deberes.

—Pero esa teoría no tiene sentido —objetó Tess—, porque originariamente los templarios fueron a Tierra Santa para escoltar a los peregrinos cristianos.

Vance sonreía, pero habló con impaciencia:

—Su misión era recuperar algo que se había perdido mil años antes, algo que los sacerdotes supremos habían escondido de las legiones de Tito. ¿Y qué mejor coartada, qué mejor manera de acceder a la zona que les interesaba, que declararse incondicionales defensores del Papa y de su mal planteada cruzada? Verás, no estaban dispuestos a luchar contra la Iglesia a ciegas; no sin antes haber amasado la suficiente riqueza y poder para salir airosos de tan imposible desafío. A lo largo de toda su historia el Vaticano había liquidado sin escrúpulos a cualquiera que se atreviese a poner en tela de juicio sus dogmas; los ejércitos papales masacraron a pueblos enteros, mujeres y niños, por haber cometido la osadía de seguir sus propias creencias. De modo que idearon un plan. Para hundir a la Iglesia necesitaban las armas y la influencia adecuadas. Y casi lo consiguieron, porque encontraron lo que buscaban. Los Caballeros Templarios se convirtieron en una orden militar con un poder y una influencia inmensos. Les faltó poquísimo para ultimar su plan, pero con lo que no habían contado era con que no sólo ellos, sino todos los ejércitos cristianos serían expulsados de Tierra Santa antes de poder iniciar el ataque contra la Iglesia. Y tras la expulsión, que culminó en Acre en 1291, no perdieron únicamente la base de su poder: los castillos, su ejército, su dominante posición en el extranjero, sino que con el naufragio del *Falcon Temple* perdieron también su tesoro, el arma que les había permitido chantajear al Vaticano durante dos siglos, el objeto que les ayudaría a cumplir con su destino. Y desde entonces su desaparición definitiva fue sólo cuestión de tiempo. —Asintió levemente antes de mirarlos con fervor—. Mientras que ahora, con un poco de suerte, tal vez podamos finalizar su trabajo.

Súbitamente, un intenso y terrible estallido rompió el silencio y la cabeza de uno de los matones de Vance reventó; la fuerza del impacto levantó su cuerpo y lo lanzó contra el suelo en medio de un charco de sangre.

64

De manera instintiva, Reilly se abalanzó sobre Tess, pero Vance ya la había agarrado por la cintura y la ayudaba a ponerse a cubierto detrás de la camioneta Toyota. Se oyó el silbido de más balas que impactaron cerca de Reilly mientras éste se refugiaba junto al Mitsubishi e intentaba concentrarse en averiguar de dónde procedían los tiros. Tres disparos hicieron blanco en el Mitsubishi y agujerearon la carrocería y el capó y destrozaron la rueda delantera derecha; se hizo una idea aproximada de donde estaba apostado el francotirador: sabía que los disparos procedían del sur, de la hilera de árboles, y eso, por desgracia, quedaba fuera del alcance de su Browning.

Un incómodo silencio reinó en el bosque, y tras una breve y tensa espera, Reilly salió de su escondite para evaluar los daños. Ya se podía ir olvidando del Mitsubishi. Miró en dirección a la mesa, ahora volcada. Detrás de ella vio al matón que había sobrevivido, el que era calvo, acurrucado y aterrorizado. Reilly observó un movimiento en la caseta, un destello azulado: era Rüstem con un rifle en las manos, otro arma de poco calibre que probablemente usara para cazar conejos. El anciano permaneció allí de pie, aturdido, mirando hacia los lejanos árboles en busca del objetivo. Reilly le hizo señas y le gritó desesperadamente, pero antes de que el hombre pudiese reaccionar se oyeron dos disparos más; el primero rebotó en los tubos de acero que había amontonados en el suelo, pero el segundo impactó en el pecho de Rüstem y lo lanzó contra la caseta como si fuese un muñeco de trapo.

Oculto detrás de la puerta del maletero del Mitsubishi, Reilly vio que Vance alargaba el brazo, abría la portezuela de la *pick-up* y hacía subir a Tess al coche y a continuación subía él. Encendió el motor y puso el vehículo en marcha. El turco logró saltar a la plataforma trasera de la camioneta justo cuando giraba para dirigirse a la salida del recinto.

Reilly no tenía otra alternativa ni tenía tiempo para coger la Browning de su coche. Nervioso, echó una mirada hacia la hilera de árboles y decidió arriesgarse. Salió de detrás del Mitsubishi y corrió hacia el vehículo en marcha.

Dos disparos más impactaron contra un lateral de la camioneta mientras él le daba alcance a la altura de la valla y se agarraba del portón trasero abatible. La Toyota chocó contra un poste de la valla antes de iniciar el traqueteo por el pedregoso camino. Reilly continuaba sujetándose al borde de la puerta trasera con los dedos doloridos y arrastrando las piernas por el áspero suelo, y justo entonces se dio un golpe en la pierna izquierda con una piedra, y una punzada de dolor le recorrió el cuerpo entero. Le escocían todos los músculos y creyó que iba a soltarse.

Pero tenía que aguantar.

Tess estaba en esa camioneta. No podía perderla, ahora no.

Alzó la vista y localizó un asidero en un lateral del vehículo. Hizo acopio de todas las energías que le quedaban y apoyándose en el suelo se impulsó para saltar e intentar agarrarse al asidero con la mano izquierda; al mismo tiempo soltó la otra mano de la puerta trasera y se lanzó hacia delante para caer en el interior de la plataforma descubierta.

El turco estaba acurrucado contra uno de los laterales, sujetando el rifle y mirando hacia adelante con inquietud. Al volverse vio a Reilly subir al vehículo. En ese momento, el hombre, alarmado, trató de golpearle con la culata del arma, pero Reilly pudo coger el cañón y levantarlo hacia arriba, y entonces oyó la detonación y notó el culatazo cuando el hombre apretó el gatillo. Con un rápido movimiento de piernas Reilly hundió una bota en la entrepierna del turco y luego se abalanzó sobre él. Mientras forcejeaban, a Reilly le llamó algo la atención y miró al frente. A menos de noventa metros de distancia había un Landcruiser beige estacionado, obstaculizando el camino. El turco también lo vio, pero la camioneta Toyota no desaceleró; Vance no tenía intención de detenerse. Reilly lanzó una mirada hacia el interior de la cabina y sus ojos se encontraron unos instantes con los de Tess antes de que ésta, visiblemente asustada, se inclinara hacia delante para apoyarse en el salpicadero.

Reilly y el turco se sujetaron a la cabina del vehículo mientras éste, traqueteando por el camino accidentado y pedregoso, se pegaba a la cuneta y lograba pasar entre la ladera de la colina y el Landcruiser, aunque en el proceso embistió la parte delantera del otro vehículo, y pese a la explosión de cristales y plástico siguió avanzando a toda velocidad.

Reilly se volvió para echar un vistazo al Landcruiser, y le dio la impresión de que estaba tan dañado que el francotirador no podría volverlo a usar. Entonces el turco aprovechó para intentar hacerse de nuevo con su rifle y quitárselo a Reilly. Durante su forcejeo la camioneta llegó al borde de la presa y sin aminorar la marcha enfiló la carretera que recorría su muro.

Circuló a toda velocidad en dirección al otro extremo de la presa. Reilly empezó a darle repetidos puñetazos al turco hasta que, al fin, logró que el hombre soltara el rifle, pero entonces éste logró rodearle el tronco con ambos brazos y apretar con fuerza. Como el turco estaba demasiado cerca para poder propinarle un rodillazo, Reilly le dio una patada con el pie en la parte interna del tobillo derecho; el hombre lo soltó y él le dio un empujón. Estaban junto a la cabina y Reilly pudo ver de reojo a Tess, que se peleaba con Vance para que detuviese el vehículo. Tess sujetó el volante y la camioneta rebotó contra el muro de contención. Entonces a Reilly se le cayó el rifle de las manos, que chocó contra una de las barandas y salió despedido del coche; el turco, alarmado, vio cómo desaparecía a lo lejos. Presa de la angustia, el hombre no se lo pensó dos veces y se lanzó hacia Reilly, pero éste se tiró al suelo boca arriba y con los dos pies lo empujó contra uno de los laterales de la plataforma de la veloz camioneta, que de nuevo rebotó aparatosamente con el muro. El turco salió volando del vehículo, y se estampó contra el muro de la presa, pero el ruido del motor amortiguó su grito.

Ya habían llegado al final del embalse y Vance giró el volante para coger el camino de tierra que Reilly y Tess habían recorrido esa misma mañana. Mientras la Toyota traqueteaba por el sendero lleno de baches, Reilly se percató de que ahora estaban resguardados de la cima de la colina donde suponía que se había situado el francotirador. Las condiciones del camino obligaron a Vance a disminuir la velocidad, pero aún no era el momento de obligarlo a detenerse.

Le dejó recorrer unos cuantos kilómetros más antes de dar unos golpes secos en el techo de la cabina. El profesor asintió y momentos después detuvo la camioneta.

65

Reilly metió la mano por la ventanilla del conductor, se apoderó de las llaves del vehículo, y luego realizó una evaluación de los daños. Podían considerarse afortunados. Aparte de unas cuantas magulladuras y el intenso dolor que Reilly sentía en su pierna izquierda, los tres no tenían más que varios cortes y arañazos, y pese a que la Toyota, estaba muy abollada, le impresionó lo bien que había aguantado.

Vance y Tess descendieron del coche. Reilly se fijó en que los dos temblaban. En ella le parecía normal, pero no en Vance. «¿A ver si lo habré juzgado mal?», pensó. Miró al profesor fijamente a los ojos, y en ellos vio reflejada la misma incertidumbre que le corroía a él por dentro. «Está tan sorprendido como yo. No se esperaba lo que ha pasado.» Lo que le confirmaba algo que había intuido desde la primera vez que había visto al profesor en el lago; el disparo que le había volado la cabeza al matón turco había hecho sonar las alarmas de Reilly.

«Vance no eliminó a los otros jinetes. Detrás de todo esto hay alguien más», pensó.

La idea le inquietó. Hubiera preferido no haber topado con ese contratiempo. A pesar de que al aparecer los cadáveres de los jinetes se había tenido en cuenta la hipótesis de que el asesino no fuese ninguno de los cuatro hombres que participaron en el atraco, sino un quinto personaje, esta teoría se había descartado hacía ya tiempo. Todo había apuntado a Vance como el responsable de la eliminación de sus cómplices; como el director de su propio circo. Pero los disparos del lago habían echado por tierra esa idea. Había alguien más involucrado en el asunto, pero ¿quién? ¿Quién más sabía qué era lo que buscaba Vance y, sobre todo, estaba más que dispuesto a asesinar a cuantas personas hiciese falta para conseguirlo?

Vance se volvió a Tess:

—¿Tienes el astrolabio...?

Ella reaccionó como si saliera de una especie de aturdimiento y asintió.

—Está a salvo —le aseguró. Se acercó a la cabina de la Toyota y sacó el instrumento. Vance clavó su mirada en él y movió la cabeza en señal de aprobación. Luego miró hacia la colina por la que acababan de huir. Reilly observó al profesor, absorto en la contemplación de las montañas desiertas circundantes. Le pareció que en su mirada había resignación, pero ésta no tardó en dar paso a la rabia y sus ojos se inyectaron de una inquietante determinación.

—¿Qué ha pasado ahí arriba? —le preguntó Tess, que se había acercado a Reilly.

Él apartó la vista del profesor.

—¿Estás bien? —repuso mientras examinaba un pequeño arañazo que Tess tenía en la frente.

—Sí, estoy bien —contestó ella dando un respingo antes de mirar hacia las hileras de árboles que los rodeaban como una gigantesca valla. En las montañas reinaba un silencio sepulcral, especialmente después del estrépito en el que se habían visto sumergidos hacía sólo unos minutos—. Pero ¿qué demonios pasa? ¿Quién dirías que lo ha hecho?

Reilly escudriñó el paisaje. No había indicios de vida.

—No lo sé.

—Pues a mí se me ocurre un montón de gente a la que no le gustaría nada que esto se supiese —replicó Vance. Se volvió hacia ellos con una sonrisa llena de vanidad—. Está claro que se han empezado a poner nerviosos, lo que significa que debemos de estar cerca.

—Y yo estaré más tranquilo en cuanto nos hayamos alejado un poco más de quienquiera que nos haya disparado —dijo Reilly señalando la camioneta—. ¡Arriba! —les ordenó a Vance y a Tess.

Ella se sentó entre los dos hombres, Reilly puso el coche en marcha y la abollada Toyota descendió con lentitud por la ladera mientras sus ocupantes miraban al frente en completo silencio.

Nada más ver que la camioneta *pick-up* salía del recinto vallado y cogía el camino de tierra a toda velocidad, De Angelis se arrepintió de haber estacionado el Landcruiser de forma que bloqueara cualquier salida posible. Que la furgoneta hubiese chocado con aquella brutalidad contra su coche no auguraba nada bueno y, ahora, al ver el guardabarros derecho y el radiador de su gran todoterreno pulverizado, se confirmaron sus mayores temores.

No necesitaba hablar con Plunkett para saber que el coche había quedado inservible. Abrió la puerta trasera y sacó el GPS, que activó furioso. El cursor parpadeó, no había señal de movimiento. El rastreador estaba inmóvil. De Angelis arrugó la frente al ver que las coordenadas que mostraba la pequeña pantalla correspondían al recinto vallado de Rüstem y al caer en la cuenta de que el rastreador debía de seguir en la maleta del Mitsubishi de Reilly y Tess, que tampoco debían de haberlo podido volver a poner en marcha. Tendría que encontrar otra manera de localizarlos, lo que no sería fácil en esas boscosas montañas.

Monseñor apartó el GPS y miró hacia el lago, exasperado por el cariz que habían tomado los acontecimientos. Era consciente de que tampoco podía culpar a Plunkett de su lamentable situación. Se percató de que había algo más en juego.

La arrogancia.

Había sido demasiado confiado.

Había pecado de soberbia, una falta más para el confesionario.

—¡El Mitsubishi sigue en el recinto! Tal vez podríamos utilizarlo. —Plunkett, con el rifle en las manos, ya se estaba alejando del Landcruiser listo para la acción.

Pero De Angelis no movió un solo músculo. Miraba tranquilamente la cristalina superficie del lago.

—Vayamos por partes. Pásame la radio.

66

Reilly clavó la vista en el camino por el que habían llegado allí y escuchó con atención. No se oía nada a excepción del piar de los pájaros, lo que, dadas las circunstancias, resultaba extrañamente desconcertante. Habían recorrido unos catorce o quince kilómetros antes de que la envolvente oscuridad los obligase a pensar dónde pasarían la noche. Reilly había decidido desviarse del camino de tierra y continuar por un estrecho sendero que los condujo a un pequeño claro en el que había un río. Tendrían que dormir al raso hasta que amaneciera y pudieran dirigirse a la costa.

Estaba bastante seguro de que el fuerte golpe que Vance le había dado al Landcruiser con la camioneta lo había dejado inservible. De modo que a pie, quienquiera que los hubiese atacado estaría aún a muchas horas de donde se encontraban ellos; y si se acercaba en coche, lo oirían llegar. Mientras observaba cómo los últimos rayos del sol desaparecían detrás de las montañas, Reilly deseó que la noche los protegiese un poco. Hoy no harían ninguna hoguera.

Había dejado a Vance maniatado con una cuerda, que había anudado a su vez a la camioneta. Después había echado un vistazo en el interior del vehículo. No encontró ninguna arma escondida, pero sí un par de cosas que les vendrían bien: un pequeño hornillo de gas y unas cuantas latas de comida. En cambio, no había ropa de recambio, así que tanto Tess como él tendrían que seguir, de momento, con los trajes de neopreno puestos.

Reilly se reunió con Tess en la orilla del río y se arrodilló para beber agua, sediento, antes de sentarse en una roca que había al lado de ella. Su mente era un revoltillo de preocupación y miedos que le atormentaban sin descanso. Había logrado su objetivo; ahora lo único que tenía que hacer era llevar a Vance sano y salvo a Estados Unidos para que respondiera ante la justicia. Claro que seguramente sería muy difícil sacar a su prisionero de Turquía con discreción. Habían muerto un par de ciudadanos turcos, pensó Reilly, molesto por los complicados procesos de extradición que se avecinaban con las autoridades del país. Aunque lo más urgente era sacar a Vance y a Tess de las montañas y llevarlos hasta la costa. Quienquiera que los hubiese atacado había demostrado muy claramente que estaba dispuesto a disparar antes que dialogar, y ellos, en cambio, no iban armados y no tenían radio ni cobertura para llamar por el móvil.

Pero por muy importantes que fueran, todos esos problemas pasaron a un segundo plano cuando Reilly prestó atención a un tema que le preocupaba especialmente. Y a juzgar por la mirada de incertidumbre de Tess, dedujo que ella compartía su preocupación.

—Siempre me he preguntado cómo debió de sentirse Howard Carter cuando encontró la tumba de Tutankhamón —comentó Tess al fin con desánimo.

—Seguro que no lo pasó tan mal como nosotros.

—No te creas, tuvo que hacer frente a la maldición que cayó sobre todos los que encontraron su tumba, ¿recuerdas? —Un poco más animada, esbozó una sonrisa; su optimismo era contagioso. Aun así, Reilly todavía sentía ese ardor en el estómago, no podía seguir ignorándolo. Tenía que entender mejor todo aquello.

Se puso de pie y anduvo hacia Vance con resolución. Tess fue detrás de él. Reilly se arrodilló junto al profesor atado con las manos a la espalda, y revisó el estado de la cuerda. Vance se limitó a mirarlo en silencio; por raro que fuera, parecía tranquilo. Reilly frunció las cejas, su mente se debatía entre formular la pregunta o no formularla, pero decidió que no podía continuar posponiéndola.

—Tengo que preguntarle algo —dijo conciso—. Antes, cuando ha dicho aquello de la farsa de la Iglesia, ¿a qué se refería? ¿Qué cree usted que había escondido en el *Falcon Temple*?

Vance levantó la cabeza y miró a Reilly con sus penetrantes ojos grises.

—Pues no estoy seguro, pero aun así, sospecho que a usted no le resultaría fácil aceptarlo.

—Ése es mi problema —repuso Reilly.

Vance trató de elegir bien las palabras.

—Lo que ocurre es que la mayoría de los creyentes, como usted, nunca se han parado a pensar cuál es la diferencia entre la fe y los hechos, la diferencia entre el Jesús de la religión y el Jesús histórico, entre la realidad y... la ficción.

Reilly ignoró el tono de burla que detectó en Vance.

—A lo mejor es que no he necesitado pensarlo.

—Pero, en cambio, no tiene inconveniente en creerse todo lo que aparece en la Biblia, ¿verdad? Quiero decir que cree en todas esas cosas, ¿no? En los milagros, en el hecho de que Jesucristo caminase sobre las aguas, en que curase a un hombre ciego y en que resucitó de entre los muertos...

—Por supuesto.

Una sonrisa se asomó a los labios de Vance.

—Muy bien, entonces deje que le haga una pregunta. ¿Qué sabe del origen de la Biblia? ¿Sabe quién la escribió realmente? ¿Sabe, por ejemplo, quién escribió el Nuevo Testamento?

Reilly vaciló.

—¿Se refiere a los Evangelios de san Mateo, san Marcos, san Lucas y san Juan?

—Sí. ¿Cuál es su origen? Empecemos por lo más básico. ¿Cuándo se escribieron, por ejemplo?

Reilly estaba abrumado.

—No lo sé... los cuatro fueron discípulos de Jesús, así que supongo que poco después de su muerte.

Vance lanzó una mirada a Tess y soltó una carcajada. Luego volvió a clavar sus ojos en Reilly, visiblemente incómodo.

—No sé por qué me sigue sorprendiendo, pero es que es increíble, ¿no le parece? Hay más de mil millones de personas en el mundo que se rigen por esos evangelios, que aceptan esos textos como si fuesen fruto de la sabiduría divina, que incluso se matan por ellos, y no tienen ni idea de cuál es el verdadero origen de las Sagradas Escrituras.

Reilly sintió que la ira crecía en su interior; claro que el tono arrogante de Vance ayudaba bastante a que ello fuera así.

—Es la Biblia, hace mucho tiempo que existe...

Vance frunció la boca y cabeceó ligeramente antes de contradecirle.

—¿Y eso es suficiente para que su contenido sea real? —Se reclinó en el coche y desvió la vista—. Yo también era como usted, no cuestionaba las cosas. Consideraba que era una cuestión de fe. Pero le aseguro que en cuanto empiece a... indagar la verdad —miró de nuevo a Reilly, esta vez con tristeza— no le gustará mucho lo que va a ver.

67

—Es preciso que entienda —le explicó Vance— que los estadios iniciales del cristianismo son una incógnita en lo que a hechos verificables y pruebas se refiere. Pero si bien no hay muchas cosas documentadas de lo que ocurrió en Tierra Santa hace casi dos mil años, hay algo que sí sabemos: ninguno de los cuatro evangelios que forman parte del Nuevo Testamento fue escrito por coetáneos de Jesús. Lo que —añadió al ver la reacción de Reilly—, curiosamente, no disminuye la fe de los creyentes como usted.

»El más antiguo de los cuatro, el Evangelio de san Marcos o, mejor dicho, el evangelio que conocemos como Evangelio de san Marcos, ya que en realidad no sabemos quién lo escribió, porque por aquel entonces era una práctica común atribuir los textos a gente famosa, se cree que fue escrito al menos cuarenta años después de la muerte de Jesús. Eso son cuarenta años sin CNN, sin entrevistas grabadas en vídeo y sin poder echar mano de Google para saber cuántos relatos había de gente que había estado en contacto con Jesús. De modo que, en el mejor de los casos, estamos hablando de historias transmitidas oralmente durante cuarenta años sin que quedara constancia escrita de ellas. Así que explíqueme una cosa, agente Reilly, si usted dirigiese una investigación, ¿qué grado de fiabilidad otorgaría a esas pruebas, teniendo en cuenta que durante cuarenta años han sido transmitidas oralmente alrededor de las hogueras por gente primitiva, iletrada y supersticiosa?

Reilly no pudo contestar porque Vance se apresuró a continuar:

—Pero lo más preocupante de todo, si le interesa mi opinión, es cómo estos cuatro evangelios en concreto llegaron a formar parte del Nuevo Testamento. Verá, durante los dos siglos siguientes a la escritura del Evangelio de san Marcos sabemos que se escribieron muchos otros evangelios que contaban todo tipo de historias sobre la vida de Jesús. Cuando el movimiento inicial se popularizó y se extendió entre las comunidades que había esparcidas, las historias sobre Jesús se distorsionaron influenciadas por las propias circunstancias de cada comunidad. Había a la vez docenas de evangelios distintos, a menudo completamente contradictorios entre sí. Y eso lo sabemos sin ningún género de dudas, porque en diciembre de 1945 unos campesinos árabes que barbechaban la tierra en la montaña de Jabal al-Tarif del Alto Egipto, cerca de la ciudad de Nag Hammadi, descubrieron una tinaja de casi dos metros de altura. Al principio, no supieron si romperla o no por miedo a que en su interior hubiese un *djinn*, un espíritu maligno; pero, finalmente, lo hicieron con la esperanza de encontrar oro, y así realizaron uno de los descubrimientos arqueológicos más impresionantes de todos los tiempos: dentro de la tinaja había trece libros de papiro atados con piel de gacela labrada. Por desgracia, los campesinos desconocían la relevancia de lo que habían encontrado y tanto algunos libros como hojas de papiro sueltas acabaron quemándose en los hornos de las casas; otras páginas se perdieron antes de llegar al Museo Copto de El Cairo. No obstante, sí sobrevivieron cincuenta y dos textos que siguen siendo un tema de gran controversia entre los eruditos de las Sagradas Escrituras, ya que dichos escritos, comúnmente conocidos como los Evangelios Gnósticos, le atribuyen a Jesús frases y creencias que se oponen a las que aparecen en el Nuevo Testamento.

—¿Gnósticos? —inquirió Reilly—. ¿Como los cátaros?

Vance sonrió.

—Exacto —asintió—. Entre los textos hallados en Nag Hammadi estaba el Evangelio de Tomás, que se autodefine como evangelio secreto y empieza con la siguiente frase: «Éstas son las palabras que dijo Jesús vivo y que su gemelo, Judas Tomás, escribió». Habla de un hermano gemelo, pero aún hay más. En ese mismo volumen estaba el Evangelio de Felipe, que asegura sin ambages que la relación entre Jesús y María Magdalena era íntima. Ella tiene también su propio texto, el Evangelio de María Magdalena, en el cual aparece como discípula y líder de un grupo cristiano. Están además el Evangelio de Pedro, el Evangelio de los Egipcios, el Libro Secreto de Juan, el Evangelio de la Verdad, de inconfundibles tintes budistas..., y la lista continúa.

»El denominador común de todos estos evangelios —prosiguió Vance—, aparte de que atribuyen a Jesús hechos y palabras que difieren bastante de lo que se explica en los evangelios del Nuevo Testamento, es que consideran que algunas creencias cristianas tan básicas como la concepción por obra del Espíritu Santo y la resurrección no son sino ilusiones falsas. Es más, son textos uniformemente gnósticos, porque aunque mencionan a Jesús y sus discípulos, el mensaje que transmiten es que hay que conocerse a uno mismo en profundidad para conocer a Dios, es decir, que buscando en uno mismo las fuentes de la alegría, el dolor, el amor y el odio, encontraremos a Dios.

Vance les explicó cómo el movimiento cristiano inicial era ilegal y necesitó de una estructura teológica determinada para poder sobrevivir y crecer.

—La proliferación de evangelios tan contradictorios entre sí podía provocar una fragmentación potencialmente fatídica. Se precisaba un líder, y eso era imposible, dado que cada comunidad tenía sus propias creencias y su propio evangelio. Al final del siglo segundo empezó a formarse una estructura de poder. En varias comunidades surgió una jerarquía de tres niveles constituida por obispos, sacerdotes y diáconos, que aseguraban hablar en nombre de la mayoría y se proclamaron guardianes de la única fe auténtica. Con esto no quiero decir que estas personas fueran unos monstruos ávidos de poder —matizó Vance—. Lo cierto es que lo que intentaron hacer fue un acto de gran valentía, y lo más probable es que temieran, y con razón, que sin un conjunto de reglas fijas y rituales que gozaran de una amplia aceptación el movimiento entero languideciera y desapareciese.

Le contó a Reilly cómo, en una época en la que ser cristiano equivalía a correr el riesgo de ser perseguido e incluso de morir, la supervivencia de la Iglesia dependía del establecimiento de algún tipo de orden. Un orden que fue desarrollándose hasta que en el año 180 y bajo el liderazgo de san Ireneo, obispo de Lyon, finalmente se impuso una única doctrina unificada. No podía haber más que una Iglesia con un conjunto de creencias y ritos; el resto se rechazó y pasó a ser considerado herejía. La doctrina era bien sencilla: fuera de la Iglesia verdadera no había salvación; sus miembros tenían que ser *ortodoxos*, que quiere decir con un pensamiento (o doctrina) correcto, y la Iglesia debía ser *católica*, que quiere decir universal. Lo que significaba que había que acabar con la creación casera de evangelios. El obispo de Lyon decidió que tenía que haber cuatro evangelios verdaderos, y para ello se sirvió de un curioso argumento: igual que el universo tenía cuatro esquinas y había cuatro vientos principales, tenía que haber cuatro evangelios. Escribió una obra en cinco volúmenes titulados *La destrucción y el hundimiento del llamado falso conocimiento,* en los que tildó a la mayoría de escritos de blasfemos y determinó que los cuatro evangelios que conocemos en la actualidad eran la auténtica palabra de Dios: inequívoca, infalible y más que suficiente para las necesidades religiosas de los creyentes.

—En ninguno de los evangelios gnósticos aparecía descrita la Pasión —apuntó Vance—, en cambio, en los cuatro evangelios que eligió Ireneo sí que se hablaba de ella. Hablaban de la muerte de Jesús en la cruz y de su resurrección, y acabaron asociando esas dos cosas con el ritual fundamental de la Eucaristía, la Última Cena. Pero el comienzo tampoco fue así —dijo con desdén—. En su versión inicial, el primero de los evangelios que se incluyó, el de Marcos, no hablaba para nada de la virginidad de María ni de la resurrección. Terminaba con la tumba de Jesús vacía y un joven misterioso, un ser de algún modo sobrenatural, una especie de ángel, que les decía a un grupo de mujeres que se habían acercado a la tumba que Jesús las esperaba en Galilea. Entonces las mujeres, aterrorizadas, huyeron de allí y no le contaron a nadie lo que les había pasado; y yo me pregunto, si no se lo dijeron a nadie, ¿cómo puede ser que Marcos, o quienquiera que escribiese ese evangelio, se enterara de la historia? Pero bueno, la cuestión es que originariamente el Evangelio de Marcos terminaba así. No será hasta el de Mateo, escrito cincuenta años más tarde, y el de Lucas, escrito diez años más tarde que el de Mateo, cuando se reescribirá el Evangelio de Marcos y a su final original se le añadirán apariciones de Jesús resucitado.

»Tuvieron que pasar otros doscientos años (hasta el 367, exactamente) para que hubiera acuerdo en los veintisiete textos definitivos que componen lo que conocemos como el Nuevo Testamento. Al final de ese siglo, el cristianismo se había convertido en la religión oficial y se consideraba un delito la posesión de cualquier texto llamado herético. Todas las copias de evangelios alternativos fueron quemadas y destruidas. Todas, claro está, salvo las que se llevaron en secreto a Nag

Hammadi y que en ningún momento hablan de un Jesús sobrenatural. —Vance siguió su relato mientras miraba fijamente a Reilly—. Esos textos se habían prohibido porque mostraban a un Jesús sabio y errante, que predicaba una vida sin posesiones y de aceptación sincera del prójimo. Sostenían que Jesucristo no había venido para salvarnos del pecado y de la condenación eterna, sino para enseñarnos a vivir con espiritualidad; y que en cuanto el discípulo alcanza la iluminación (algo que me imagino que produjo algunas noches de insomnio a san Ireneo y sus camaradas), ya no necesitaba al maestro. El alumno y el profesor están en un mismo nivel. Los cuatro evangelios admitidos como auténticos por la Iglesia, los que están en el Nuevo Testamento, nos muestran a Jesús como nuestro Salvador, el Mesías, el Hijo de Dios. Los cristianos ortodoxos, igual que los judíos ortodoxos, insisten en que entre el hombre y su Creador hay un abismo insalvable. Pero los evangelios encontrados en Nag Hammadi contradicen esta idea: dicen que el autoconocimiento lleva al conocimiento de Dios; que el yo y lo divino son una sola y única cosa. Y lo que es más grave todavía, al describir a Jesús como un maestro, como un sabio dotado de una serie de conocimientos, están diciendo que es *un hombre*, al que cualquiera de nosotros podríamos emular, y eso hubiera echado por tierra los planes del obispo de Lyon. Era imposible que Jesús fuera solamente un hombre, tenía que ser mucho más que eso. Tenía que ser el Hijo de Dios. Tenía que ser *único*, porque sólo así la Iglesia podía ser *única*, el único camino de salvación. Fue dando esa imagen de Jesucristo como la Iglesia primitiva pudo afirmar que a aquel que no estuviese de acuerdo con ella, que no observase sus reglas y no viviese como ella determinaba, le esperaba la condena eterna.

Vance hizo una pausa y miró atentamente a Reilly antes de inclinarse hacia delante y añadir con un susurro que cortó el aire:

—Lo que le quiero decir con esto, agente Reilly, es que todo aquello en lo que los cristianos creen hoy día y llevan creyendo desde el siglo cuarto, todos los rituales que celebran, la Eucaristía, las fiestas de precepto..., no existía en la época de los primeros seguidores de Jesús. Se lo inventaron mucho más tarde; muchos de esos rituales y creencias sobrenaturales, desde la resurrección hasta la Navidad, fueron importados de otras religiones. No obstante, los fundadores de la

Iglesia hicieron un gran trabajo. Llevan dos mil años de aplastante victoria..., pero creo que los templarios tenían razón. Por aquel entonces el asunto se les había escapado de las manos, habían empezado a eliminar a aquellos que elegían creer en otra cosa.

»Y la verdad es que basta con echar un vistazo al mundo —concluyó Vance mientras, enfadado, agitaba un dedo delante de Reilly— para darse cuenta de que la Iglesia es una institución obsoleta.

68

—¿Es eso lo que cree que llevaban en el *Falcon Temple*? —le preguntó Reilly con sarcasmo—. ¿Pruebas de que, como usted ha dicho, los evangelios eran pura ficción? ¿Pruebas de que Jesús no era un ser divino? Entiendo que eso, de haber sido así —objetó—, habría perjudicado mucho a la Iglesia, pero lo que no comprendo es qué tiene que ver con el plan de los templarios, suponiendo que ése fuera su plan, de unificar las tres religiones.

—Empezaron con la religión más cercana a ellos —replicó Vance con decisión—, la que estaba a su alcance y cuyos excesos habían vivido personalmente. Una vez... desprestigiada, me imagino que ya habían establecido alianzas con algunos miembros de las comunidades musulmanas y judías, socios que trabajarían codo con codo con ellos para levantar dudas similares en sus propias confesiones y allanar así el camino hacia una nueva y unificada visión del mundo.

—¿Cómo?, ¿aprovechándose del desencanto de las masas? —El tono de Reilly era más de afirmación que de pregunta.

Vance permaneció impasible.

—A mí me parece que, a largo plazo, el mundo habría sido mejor, ¿no cree?

—Lo dudo mucho —repuso Reilly—. Aunque supongo que es imposible hacérselo entender a alguien para quien la vida humana vale tan poco.

—¡Oh! Ahórrese la indignación y madure de una vez, ¿quiere? ¡Es que es tan absurdo! —insistió Vance—. Aún vivimos en el reino de la fantasía, aquí, hoy día, en el siglo veintiuno; no estamos mucho más adelantados que aquellos desgraciados de Troya. El planeta entero es víctima de un engaño de masas. Los cristianos, los judíos, los musulmanes... todos están dispuestos a matar para defender cada uno de los textos que consideran sagrados, pero ¿en qué se basan realmente? ¿En leyendas y en mitos que surgieron hace miles de años? ¿En Abraham, un hombre que según el Antiguo Testamente tuvo un hijo a la tierna edad de cien años y vivió hasta los ciento setenta y cinco? ¿Acaso tiene sentido que las vidas de las personas sigan estando regidas por un puñado de ridículas paparruchadas?

»Las encuestas han confirmado una y otra vez que la mayoría de los cristianos, judíos y musulmanes no saben que sus religiones tienen una raíz común en Abraham, el patriarca de todas ellas y fundador del monoteísmo —explicó Vance—. Resulta irónico que, según el libro del Génesis, Dios enviase a Abraham con la misión de limar asperezas entre los hombres. Su mensaje era que, independientemente de su lengua o su cultura, la humanidad entera tenía que formar una gran familia ante un solo Dios Creador. Pero, de algún modo, ese mensaje se tergiversó —añadió Vance en tono burlón—, y se complicó como un capítulo de *Dallas*. Sara, la mujer de Abraham, no podía tener hijos, y él tomó como segunda esposa a Hagar, una criada árabe, que le dio un hijo al que llamaron Ismael. Trece años más tarde, Sara logró darle un hijo a Abraham que se llamó Isaac. Abraham murió, Sara desterró a Hagar y a Ismael, y la raza semítica se dividió en árabes y judíos.

Vance sacudió la cabeza y sonrió.

—Lo exasperante del asunto es que las tres religiones creen en el mismo Dios, el Dios de Abraham. Sin embargo, la cosa se fue al traste cuando la gente empezó a discutir para ver qué religión era la verdadera, la representación auténtica de la tradición de Dios. Los judíos obtuvieron sus creencias de su profeta Moisés, cuyo linaje remontan a Isaac y Abraham. Varios siglos después, Jesús, un profeta judío, aparece con unas creencias nuevas, su versión del mensaje de Abraham. Y más tarde aún, otro hombre llamado Mahoma afirmó que, en realidad, él era el verdadero mensajero de Dios y no los otros dos charlatanes, y como descendiente directo de Ismael, fíjense bien, prometió un retorno a las revelaciones originales de Abraham; y así nació el islam. No es de extrañar, entonces, que los líderes cristianos de la época consideraran que el islam era una herejía y no una religión nueva o diferente. Y luego, cuando Mahoma murió, las luchas de poder internas por la sucesión dividieron el islam en dos sectas principales, la chií y la suní, y la historia continúa...

»De modo que tenemos a los cristianos, que miran a los judíos por encima del hombro —resumió— y los consideran seguidores de una revelación de los deseos divinos más antigua e incompleta que la suya; los musulmanes menosprecian a los cristianos por razones similares, aunque ellos también veneran a Jesús, no como Hijo de Dios, sino como mensajero obsoleto. ¡Es todo tan patético! ¿Sabe que los musulmanes devotos bendicen a Abraham diecisiete veces al día? ¿Y sabe en qué consiste el *Hajj*, el peregrinaje a la Meca, el deber sagrado de todos los musulmanes, durante el cual soportan un calor asfixiante y tienen muchas posibilidades de morir aplastados? Conmemoran que Dios se compadeciera de Ismael, ¡el hijo de Abraham! Basta con ir a Hebrón para ver lo absurdo que se ha vuelto todo. Los árabes y los judíos siguen matándose por el trozo de tierra más codiciado del planeta, y todo porque, supuestamente, allí está enterrado Abraham en una pequeña cueva que tiene entradas de acceso separadas para cada grupo. Si existió de verdad, Abraham tiene que estar revolviéndose en su tumba al ver lo intolerantes y mezquinos que son sus descendientes. ¡Para que luego hablen de familias desestructuradas...!

Vance suspiró con fuerza.

—Es muy fácil echar la culpa a los políticos y a la ambición de todos los conflictos que ha habido a lo largo de la historia —dijo—, y naturalmente han tenido parte del protagonismo, pero la religión ha sido siempre el fuego que ha mantenido encendida la hoguera de la intolerancia y el odio, y que nos ha impedido avanzar y lograr cosas mejores, pero, sobre todo, nos ha impedido aceptar en qué nos hemos convertido realmente, aprovechar todo lo que la ciencia nos ha enseñado y todavía nos enseña, y obligarnos a ser responsables de nuestros actos. Hace miles de años, los miembros de las tribus primitivas tenían miedo y necesitaban la religión para tratar de entender los misterios de la vida y la muerte, para aceptar los caprichos de las enfermedades, el tiempo, las cosechas imprevisibles y los desastres naturales. Pero ya no la necesitamos. Ahora podemos utilizar un teléfono móvil y hablar con una persona que está en el otro extremo del planeta; podemos hacer llegar a Marte un vehículo dirigido por control remoto y crear vida en los tubos de ensayo. ¡Y podríamos hacer más cosas! Ha llegado el momento de librarnos de nuestras viejas supersticiones y aceptar quiénes somos en realidad, aceptar que los habitantes del siglo pasado nos verían como dioses. Necesitamos sacar partido de nuestras capacidades y dejar de confiar en que una fuerza misteriosa bajará del cielo y hará las cosas por nosotros.

—Pues a mí me da la impresión de que ve sólo lo que le interesa —protestó Reilly enfadado—. ¿Qué me dice de todo lo bueno que tiene la religión? Del código ético, de la moral que trasmite... Del consuelo que proporciona, por no hablar del trabajo caritativo que lleva a cabo, de los pobres a los que da de comer y de su preocupación por los menos afortunados. Hay mucha gente en el mundo que lo único que tiene es la fe en Cristo, millones de personas que confían en que la religión les de la fuerza para vivir el día a día. Pero a usted todo eso le da igual, ¿verdad? Usted está obsesionado con una desgracia que arruinó su vida y que le ha hecho cambiar su forma de ver las cosas, que también tenía aspectos positivos, ¿sabe?

La expresión de Vance se volvió distante y se ensombreció.

—Yo lo que veo es el dolor y el sufrimiento innecesarios que la religión ha provocado a lo largo de los siglos, pero no sólo a mí, sino a millones de personas. —Hizo una breve pausa y miró otra vez a Reilly—: En sus orígenes el cristianismo fue muy útil —dijo con dureza—; le dio esperanza a la gente, les proporcionó un sistema de apoyo social, les ayudó a acabar con la tiranía. Sirvió para satisfacer las necesidades de una comunidad. Pero ¿qué necesidades satisface en la actualidad, aparte de bloquear la investigación científica y justificar las guerras y el asesinato? Nos reímos de los dioses que veneraban los incas o los egipcios porque nos parecen ridículos, y yo me pregunto: ¿es mejor nuestro Dios? ¿Qué pensará de nuestra civilización la gente que viva dentro de mil años? ¿Nos considerarán igual de ridículos? Seguimos rigiendo nuestras vidas por unas reglas que inventaron unos hombres para los que la tormenta era una señal de la ira divina. Y todo eso —concluyó Vance con vehemencia— tiene que cambiar.

Reilly se volvió hacia Tess, que no había dicho palabra durante toda la diatriba de Vance.

—¿Y tú? ¿No dices nada? ¿Estás de acuerdo con él?

Ella arrugó la frente y esquivó su mirada mientras se esforzaba por encontrar las palabras adecuadas.

—Los hechos son los hechos, Sean. Estamos hablando de cosas ampliamente documentadas y aceptadas. —Titubeó antes de continuar—. Sí que creo que al principio los evangelios se escribieron para transmitir un mensaje espiritual, pero acabaron convirtiéndose en otra cosa. Acabaron sirviendo a un fin mayor, un fin político. Jesús vivió en un territorio ocupado en una época muy dura. El imperio romano era un mundo lleno de desigualdades; las masas se morían de hambre y la riqueza estaba en manos de unos pocos. Eran tiempos de hambrunas y enfermedades, y es lógico que el mensaje cristiano hiciera mella en un mundo tan injusto y tan violento. Su principal premisa de que un Dios misericordioso les pide a los hombres que sientan compasión no sólo por sus familias y los miembros de sus comunidades, sino por el prójimo, es totalmente revolucionaria. A todo aquel que abrazara esa religión, independientemente de su procedencia, le ofrecía una cultura sólida, un sentido de la pertenencia y la igualdad, sin pedirle que renunciara a sus vínculos étnicos. Al margen de su condición social, le proporcionaba una dignidad y una igualdad. Los hambrientos tenían un lugar donde comer, y los enfermos y los ancianos un lugar donde se ocuparían de ellos. Le ofrecía a todo el mundo una vida eterna sin pobreza, enfermedad ni soledad. Trajo un nuevo concepto de humanidad, un mensaje de amor, de compasión y de unidad a un mundo repleto de crueldad en el que imperaba la cultura de la muerte.

»No sé tanto del tema como Vance —prosiguió Tess, inclinándose hacia él—, pero tiene razón. Siempre me ha costado tragarme todo lo sobrenatural, la divinidad de Jesús, la idea de que es Hijo de Dios y de la Virgen María. Por desagradable que pueda ser a veces la verdad, todas esas historias aparecieron docenas y hasta cientos de años después de la crucifixión, y la Iglesia no las oficializó hasta el Concilio de Nicea, en el año 325. Es como si... —titubeó— hubiesen necesitado algo especial, un gran anzuelo. Y en una época en la que lo sobrenatural era aceptado por la mayoría de la gente, qué mejor que sugerir que la religión que pretendían vender no procedía de un humilde carpintero, sino de un ser divino que prometía una vida eterna.

—¡Venga ya, Tess! —replicó Reilly indignado—. Hablas como si no se hubiese tratado más que de una cínica campaña de propaganda. ¿De verdad crees que su influencia habría sido tan grande o que habría durado tantos años, si se basase únicamente en una mentira? De todos los predicadores y sabios que vagaron en aquella época por esas tierras, Jesús fue el único que logró movilizar a la gente hasta el punto de que arriesgaran sus vidas para poner en práctica sus enseñanzas. Fue él quien más inspiró a cuantos lo rodeaban, influyó en la gente como nadie había hecho hasta entonces, y hubo quienes quisieron escribir y hablar de lo que habían visto.

—Pero a eso me refería yo antes —intervino otra vez Vance—, a que no hay ningún relato de testigos presenciales; no hay pruebas fehacientes.

—Ni pruebas que demuestren lo contrario —objetó Reilly—. Aunque usted sólo tiene en cuenta un lado de la balanza, ¿verdad?

—Bueno, si tan aterrorizado estaba el Vaticano de que el descubrimiento de los templarios saliera a la luz —replicó Vance—, por algo sería, ¿no? Y si pudiésemos terminar la tarea de los templarios —dijo mirando a Tess con una entusiasta y contagiosa sonrisa—, acabaríamos algo que se lleva intentando hacer desde la Ilustración. No ha pasado tanto tiempo desde que la gente creía que la Tierra era el centro del universo y que el Sol giraba a su alrededor. Cuando apareció Galileo afirmando que era al revés, la Iglesia estuvo a punto de quemarlo en la hoguera. Y con Darwin pasó lo mismo. Piénselo, agente Reilly. ¿Cuál es el verdadero «evangelio» hoy día?

Reilly reflexionó en silencio. Por mucho que le molestara, tenía que admitir que cuanto había oído no sólo era posible, sino desagradablemente plausible; al fin y al cabo, eran varias las religiones principales que competían por tener el mayor número de adeptos en el planeta y aseguraban que eran la auténtica, pero era imposible que todas tuviesen razón. Él era el primero que consideraba que las demás religiones eran una falacia... ¿Por qué iba la suya a ser diferente del resto?

—Las mentiras —anunció Vance mirando fijamente a Tess— e invenciones de los fundadores de la Iglesia se van desmoronando poco a poco, y ésta será la última en caer.

69

Reilly estaba solo, sentado en una peña con vistas al claro en el que estaba estacionada la camioneta. Había estado contemplando cómo el cielo se oscurecía de forma gradual, se poblaba de un sinfín de estrellas y aparecía la luna más grande y brillante que jamás había visto. La escena hubiese impresionado al más frío de los corazones, pero en esos momentos él no estaba especialmente inspirado.

No podía dejar de meditar en las palabras de Vance. Siempre había pensado que los elementos sobrenaturales de la historia que era el eje de su fe chocaban con su mente racional y curiosa, pero lo cierto era que nunca había sentido la necesidad de someterlos a semejante análisis. Los inquietantes y, por mucho que odiase reconocerlo, convincentes argumentos de Vance habían abierto una caja de Pandora que difícilmente podía volver a cerrar.

Apenas se distinguían la camioneta Toyota y la silueta de Vance, maniatado junto al vehículo. Reilly no podía dejar de repasar el discurso del profesor en busca del dato que echase por tierra su solidez, pero no lo encontró. No había nada refutable en él. Al contrario: tenía demasiado sentido.

Un desprendimiento de piedras lo despertó de su ensimismamiento. Se volvió y vio a Tess, que ascendía por la colina para reunirse con él.

—Hola —lo saludó. La pícara sonrisa que tanto le fascinaba había sido sustituida por una cara de preocupación.

Reilly asintió levemente y dijo:

—Hola.

Tess se quedó unos instantes de pie, contemplando la tranquilidad que los envolvía, antes de sentarse en una roca al lado de Reilly.

—Oye, que... lo siento. Sé que esta clase de discusiones pueden llegar a ser muy desagradables.

Reilly se encogió de hombros.

—Más que desagradables, son decepcionantes.

Tess lo miró confusa.

—Es que tú no lo entiendes —continuó él—. Estás reduciendo algo que es único e increíblemente especial a su aspecto más nimio.

—¿Y qué quieres que haga, que niegue lo evidente? —replicó ella.

—No, pero si ves las cosas así, analizando cada detalle, te pierdes lo más importante. Tendrías que entender que no se trata de pruebas científicas, no debería tratarse de eso. Esto no se trata de hechos, de analizar o de racionalizar, sino de *experimentar*. Es una inspiración, una forma de vivir, una conexión —dijo abriendo mucho los brazos— con todo esto. —La miró fijamente a los ojos unos instantes y luego le preguntó—: ¿Tú no crees en nada?

—No importa en qué crea yo.

—A mí sí me importa —insistió Reilly—. En serio, me gustaría saberlo. ¿No crees en nada de todo esto?

Tess desvió la vista, miró hacia Vance y en medio de la impenetrable oscuridad se preguntó si él también estaría mirándolos.

—Supongo que la respuesta fácil es que en todo esto pienso igual que Jefferson.

—¿Jefferson?

Tess asintió.

—Thomas Jefferson tampoco se creía del todo lo que decía la Biblia. A pesar de que consideraba que el sistema ético de Jesús era el mejor que se había visto jamás en el mundo, acabó convencido de que al procurar que sus enseñanzas resultaran más atractivas para los infieles, sus palabras y su historia fueron manipuladas. Así que decidió estudiar por sí mismo la Biblia y eliminó todo aquello que le pareció falso en un intento por desenterrar las palabras verdaderas de Jesús de «la cantidad de basura que las cubría», como él mismo decía. El Jesús que Jefferson describió en su libro *La vida y la moral de Jesús de Nazareth* no tenía nada que ver con el ser divino del Nuevo Testamento: en la Biblia de Jefferson no había concepción virginal ni milagros, ni tampoco resurrección; había solamente un hombre.

Tess miró a Reilly a los ojos, buscando puntos de unión con él.

—No me malinterpretes, Sean. Creo que Jesús fue un gran hombre, uno de los personajes más importantes de la historia, un ser ejemplar que dijo grandes cosas. Creo que su concepto de una sociedad altruista en la que todo el mundo confía en el prójimo y le ayuda es maravilloso. Inspiró muchas cosas buenas... y lo sigue haciendo. Incluso Gandhi, que no era cristiano, decía siempre que actuaba con el espíritu de Cristo. De verdad, creo que fue un hombre excepcional, eso no lo dudo, pero también lo fueron Sócrates y Confucio. Y estoy de acuerdo contigo en que sus enseñanzas acerca del amor y la confraternidad deberían ser la base de las relaciones humanas, ¡ojalá fuese así! Pero ¿era divino? Tal vez podamos decir que podía ver determinadas cosas o que tenía una iluminación profética, pero no me creo lo de los milagros, y menos aún a todos esos fanáticos que se piensan que son los únicos representantes de Dios en la Tierra. Estoy bastante convencida de que Jesús no hubiese querido que su revolución acabase siendo lo que es hoy en día, no creo que le hubiese gustado que sus enseñanzas se convirtiesen en la fe dogmática y opresiva en la que, en su nombre, se han convertido. Me refiero a que él luchaba por la libertad y rechazaba la autoridad, ¿no te parece irónico?

—El mundo es muy grande, Tess —replicó Reilly—. La Iglesia es la que es en la actualidad gracias al trabajo de muchos siglos. Es una organización, tiene que serlo para que funcione; y las organizaciones necesitan una estructura jerárquica... Era la única manera de que su mensaje sobreviviese y se extendiese.

—Pero se ha transformado en algo ridículo —objetó Tess—. ¿Has visto alguna vez a uno de esos evangelistas por la tele? Eso es como un numerito de circo, un desfile de estafadores comecocos que te garantizan un lugar en el cielo a cambio de un cheque. ¿No te parece lamentable? Cada vez son menos los que pisan una iglesia, y la gente ha empezado a decantarse por alternativas que van desde el yoga y la Cábala hasta todo tipo de libros y grupos de la Nueva Era en busca de un poco de espiritualidad, simplemente porque la Iglesia ha perdido tanto el contacto con la vida moderna, con las necesidades reales de las personas que...

—¡Por supuesto que lo ha perdido! —se apresuró a convenir Reilly mientras se ponía de pie—. Pero eso es porque todo va muy rápido. Ha desempeñado un buen papel durante casi dos mil años, es sólo que desde hace varias décadas hemos empezado a evolucionar tan deprisa que, es verdad, la Iglesia no ha estado a la altura, y es un problema. Pero no por ello hay que tirarlo todo por la borda para... ¿qué exactamente?

Tess torció el gesto.

—¡No lo sé! Pero a lo mejor no necesitamos un soborno celestial, el miedo o el infierno y la condenación eterna para comportarnos decentemente. A lo mejor lo más saludable sería que las personas empezaran a confiar en sí mismas.

—¿De verdad crees eso?

Tess lo miró a los ojos; la mirada de Reilly era seria pero tranquila.

—Sí. Como sé que preferiría que mi hija creciese en un mundo en que la gente no tuviese que sufrir un fraude histórico y donde las personas tuviesen la libertad de creer en lo que quisieran basándose en los hechos, y no en mitos. —Desvió la vista y se encogió de hombros—. De todas formas, no tiene importancia; no, hasta que encontremos la galera naufragada y sepamos lo que hay en ese cofre.

—¿No te parece que ése no es asunto nuestro?

Tess tardó varios segundos en responder, y cuando lo hizo su tono era de incredulidad.

—¿Qué quieres decir?

—Quiero decir que yo he venido hasta aquí para capturar a Vance y llevármelo a Estados Unidos. Lo que haya en ese barco... no es mi problema. —Mientras pronunciaba las palabras se dio cuenta de que no estaba siendo del todo sincero, pero desechó la idea.

—¿Y qué vas a hacer? ¿Te irás? —soltó Tess enfadada mientras se ponía de pie con dificultad.

—¡Venga, Tess! ¿Qué quieres que haga? ¿Que deje todo parado en Nueva York para irme a hacer submarinismo contigo en busca de un pecio?

Los ojos verdes de Tess estaban inyectados de ira.

—No me puedo creer que digas esto. ¡Maldita sea, Sean! Sabes perfectamente lo que harán en cuanto se enteren de dónde está.

—¿Lo que harán quiénes?

—¡El Vaticano! —contestó Tess—. Si se apoderan del astrolabio y localizan el pecio, no volveremos a saber de él. Se asegurarán de hacerlo desaparecer, y no sólo durante setecientos años, sino para siempre.

—Están en su derecho —dijo Reilly con frialdad—. Algunas veces es mejor dejar las cosas como están.

—¡No puedes hacer eso! —protestó ella.

—¿Ah, no? ¿Y qué quieres que haga? —se defendió él—. ¿Que te ayude a sacar algo del fondo del mar para exhibirlo con orgullo y dejar al mundo entero boquiabierto? Vance ha dicho muy claramente cuál es su objetivo —continuó Reilly señalando hacia el profesor con un dedo, indignado—: quiere hundir la Iglesia. ¿Pretendes en serio que te ayude a hacer eso?

—¡No, claro que no! Pero hay mil millones de personas que probablemente estén viviendo una mentira. ¿Te da igual eso? ¿No crees que les debes la verdad?

—Tal vez deberíamos preguntarles primero a ellos —repuso él.

Reilly pensó que ella seguiría insistiendo, pero sacudió la cabeza con cara de absoluta decepción.

—¿Y tú? ¿Tampoco quieres saberlo? —inquirió Tess al fin.

Reilly sostuvo su mirada durante unos segundos llenos de tensión antes de apartar la vista; no respondió, necesitaba tiempo para pensarlo.

Tess asintió y miró en dirección al claro en el que estaba Vance. Después de un incómodo silencio anunció:

—Necesito beber. Tengo sed. —Y comenzó a descender por la colina hacia el río en el que rielaba la luna.

Reilly la observó mientras desaparecía entre las sombras.

Un huracán de confusos pensamientos azotaba la mente de Tess mientras descendía, tropezando y resbalando, hasta el claro donde estaba estacionada la Toyota.

Se arrodilló junto al río, bebió agua con las manos y se fijó en que le temblaban. Cerró los ojos y respiró el aire fresco de la noche, intentando desesperadamente calmarse y desacelerar los latidos de su corazón, pero no sirvió de nada.

«¿No te parece que ése no es asunto nuestro?»

Las palabras de Reilly la habían atormentado mientras descendía del promontorio rocoso, no había forma de apartarlas de su mente.

Levantó los ojos hacia el peñasco y vislumbró la lejana silueta de Reilly recortada en el cielo nocturno. Pensó en la dirección que éste había elegido tomar en la delicada encrucijada en que ambos se encontraban y llegó a la conclusión de que, teniendo en cuenta todo lo que había pasado, llevar a Vance de vuelta a Nueva York probablemente fuese lo más sensato.

Pero ella no estaba segura de poder aceptar eso. No, con todo lo que estaba en juego.

Le echó una mirada a Vance, que seguía sentado exactamente como lo habían dejado, con la espalda apoyada en el coche y las manos atadas. La luna se reflejaba en sus ojos y supo que él la estaba mirando también.

Entonces se le ocurrió la idea.

Una idea inquietante y temeraria que se abrió paso a través del huracán que bramaba en su interior y que, pese a sus intentos, no logró apartar de su mente.

Reilly sabía que Tess tenía razón. Había puesto el dedo en la llaga, en la duda que ya le había surgido previamente con Vance. ¡Pues claro que quería saber lo que había en ese cofre! Es más, necesitaba saberlo. Pero al margen de sus contradictorios sentimientos, tenía que cumplir las normas. Era su forma de hacer las cosas y, además, tampoco tenía muchas opciones. No había dicho por decir que ellos dos solos no podían buscar el pecio. Era absurdo. Él era un agente del FBI y no un submarinista de aguas profundas. Su prioridad era llevar a Vance y el astrolabio a Nueva York.

No obstante, sabía perfectamente en qué acabaría todo aquello.

Miró al frente y pudo distinguir el rostro decepcionado de Tess; él también estaba decepcionado. Ignoraba qué podría haber surgido entre ellos con el tiempo, pero ahora mismo le daba la impresión de que una relación con ella era imposible.

Entonces oyó el repentino ruido de un motor.

Sonaba cerca.

Sobresaltado, miró hacia abajo y vio que la camioneta Toyota se movía.

Instintivamente, se llevó la mano al bolsillo, pero cayó en la cuenta de que la pistola no estaba ahí. Todavía tenía puesto el traje de neopreno. Recordó que Tess estaba a su lado cuando había escondido las llaves de la camioneta debajo del asiento contiguo al del conductor.

Y en ese momento, desconcertado y horrorizado, entendió lo que estaba sucediendo.

—¡Tess! —chilló mientras se tambaleaba hasta el claro; tropezó con una piedra, perdió el equilibrio y rodó colina abajo. Cuando llegó al claro, de la Toyota ya no quedaba más que el resto de una nube de polvo en el camino.

Tess y Vance se habían ido.

Indignado consigo mismo por haber permitido que algo así ocurriera, miró a su alrededor con la esperanza de hallar alguna cosa que pudiese enmendar ese desastre. Enseguida dio con un trozo de papel que asomaba por debajo de unas provisiones de alimentos y material de acampada que le habían dejado al lado de donde había estado estacionado el vehículo.

Lo cogió y al instante reconoció la letra de Tess:

> *Sean,*
> *la gente tiene derecho a saber la verdad.*
> *Espero que puedas entenderlo*
> *y que me perdones...*
> *Te enviaré ayuda lo antes posible.*
>   *T.*

70

Reilly se despertó aturdido y preso de emociones confusas. Todavía le costaba creer que Tess se hubiese ido con Vance. Por mucho que intentara racionalizarlo, le seguía exasperando; más que eso, le corroía las entrañas. Le molestaba haber sido engañado y que lo hubiesen dejado en medio de la nada. Le sorprendía la decisión de Tess de marcharse, sobre todo porque se había largado con Vance. Le sorprendía su temeridad y le preocupaba que pudiese volver a estar en peligro. Y, aunque le costase reconocerlo, le había herido en su orgullo.

Al enderezarse, escuchó el gorjeo de los pájaros y la cegadora luz matutina agredió sus sentidos. Había tardado una eternidad en dormirse en el saco que le habían dejado, pero, por fin, ya de madrugada, el cansancio había vencido a su enfado. Con los ojos entornados consultó su reloj y vio que apenas había dormido cuatro horas.

Daba igual. Tenía que ponerse en marcha.

Bebió agua del río, notando los beneficiosos efectos del agua fresca de montaña. El gruñido de tripas le recordó que llevaba casi veinticuatro horas sin comer y devoró un poco de pan y una naranja; al menos habían pensado en eso. Lentamente, su cuerpo recobró las energías, y a medida que su mente se fue despejando, su conciencia se inundó de pensamientos negativos y de imágenes.

Contempló el paisaje que le rodeaba. No hacía ni pizca de viento, y aparte del piar de los pájaros, que ya se había debilitado, el silencio era sepulcral. Decidió que volvería a pie hasta la presa, hasta la caseta de mantenimiento de Okan, desde donde probablemente podría contactar con Federal Plaza (aunque no era una llamada que estuviese deseando hacer).

Se disponía a empezar el largo trayecto de vuelta cuando oyó un sonido a lo lejos. Era un motor. Su pulso se aceleró al imaginarse que era la camioneta Toyota, pero enseguida se dio cuenta de que no era el sonido de un coche, sino el típico tableteo de un helicóptero; el chasquido de las aspas del rotor reverberaba en las colinas y era cada vez más intenso.

Y entonces lo vio, reconoció su silueta cortando el aire del valle. Era un Bell UH-1Y, una encarnación reciente del icónico caballo de batalla de innumerables guerras. Sorteando los árboles de la colina que había enfrente, de pronto se ladeó y se dirigió directamente hacia Reilly. Sabía que lo habían visto. Sintió que sus músculos se tensaban y repasó en su mente las posibles personas que podían viajar dentro: o Tess había cumplido su palabra y había alertado a las autoridades de que él estaba en las montañas, o el francotirador del lago había dado con él. Intuyó que lo más probable es que se tratase de la segunda opción. Escudriñó los alrededores con frialdad para localizar los lugares más estratégicos, pero decidió que era mejor no ponerse a cubierto. Seguramente irían armados y él no llevaba ni una pistola, y, además, no tenía lo que buscaban; estaba cansado y enfadado. No le apetecía nada correr.

El helicóptero voló en círculos sobre su cabeza y Reilly se fijó en la marca que había en la cola, una insignia circular roja y blanca a modo de diana. Al ver que era un helicóptero de las Fuerzas Aéreas turcas, se relajó un poco. El helicóptero descendió hasta el claro levantando una nube de tierra y rocío que a Reilly le dificultó la visión, pero se tapó los ojos con la mano y se acercó indeciso al aparato. Su puerta se abrió y a través de la cortina de polvo pudo distinguir una figura menuda que sobre el áspero suelo se aproximaba a él con agilidad. Cuando estuvo más cerca, Reilly reparó en que el hombre llevaba unos pantalones de color caqui con múltiples bolsillos, un anorak oscuro y gafas de sol, pero no reconoció a De Angelis hasta que lo tuvo a unos palmos de distancia.

—¿Se puede saber qué hace aquí? —Tratando de entender qué ocurría, Reilly miró sucesivamente al helicóptero y a monseñor. Una última ráfaga de aire del rotor sacudió el anorak de De Angelis y Reilly vio de reojo que llevaba enfundada una pistola Glock. Aturdido, echó un vistazo a la cabina y localizó el rifle del francotirador junto a los pies de un hombre que estaba encendiendo un cigarrillo con la indiferencia de un aburrido guía turístico. Frente a él había dos hombres más vestidos con el uniforme del ejército turco.

Sin saber qué pensar, Reilly miró fijamente a monseñor. Después señaló el helicóptero y dijo:

—¿Qué es esto? ¿Qué demonios pasa aquí?

De Angelis permaneció de pie, impasible. Se quitó las gafas y Reilly notó en sus ojos algo diferente. La modesta amabilidad que el sacerdote había mostrado en Nueva York había desaparecido. Las gafas tintadas que allí había llevado siempre, en cierto modo, habían ocultado la amenazadora mirada que irradiaba ahora.

—Cálmese.

—No me diga que me calme —soltó Reilly—. No me lo puedo creer. ¡Maldita sea! ¡Por poco nos mata! ¿Quién coño es usted y a qué venían los disparos? Ha matado a dos hombres...

—Me trae sin cuidado —replicó De Angelis, interrumpiéndole—. Hay que detener a Vance. A toda costa. Sus hombres iban armados, había que deshacerse de ellos.

Reilly se había quedado perplejo; le costaba creer lo que estaba pasando.

—¿Y qué pretende hacer con Vance? —le preguntó—. ¿Quemarlo en la hoguera? Me temo que se ha equivocado de época; la Inquisición se terminó hace tiempo, *padre*. Eso, si de verdad es usted sacerdote. —Señaló el rifle que había a los pies de Plunkett—. ¿Es ésta la política actual del Vaticano?

De Angelis lo miró indignado, sin parpadear.

—Mis órdenes no vienen precisamente del Vaticano.

Reilly observó el helicóptero del ejército, a los soldados que había en su interior y al civil que estaba sentado con el rifle al lado. Había visto esa mirada fría y penetrante con anterioridad. Recordó todo lo que había sucedido desde el asalto al Met y, de repente, las piezas del puzzle encajaron.

—Langley —balbució cabeceando, asombrado, aludiendo al cuartel general de la CIA—. Pero ¡usted es un maldito monstruo! Toda esta historia... —Su voz se apagó, pero volvió a hablar con seguridad—. Waldron, Petrovic... Los jinetes de Nueva York. No fue Vance, fue usted, ¿verdad? —Se abalanzó sobre monseñor y le dio un fuerte empujón, después quiso cogerle del cuello—. Ha sido usted...

No pudo terminar la frase. Los reflejos de De Angelis eran buenos, apartó sus manos, le agarró por uno de los brazos y se lo retorció con un rápido y doloroso movimiento que obligó a Reilly a arrodillarse.

—No tengo tiempo para esto —declaró molesto mientras bloqueaba momentáneamente al agente del FBI antes de lanzarlo al suelo. Reilly escupió tierra de la boca; el dolor del brazo era insoportable. Monseñor dio unos cuantos pasos alrededor de su cuerpo tirado en el suelo.

—¿Dónde están los demás? ¿Qué ha pasado aquí?

Reilly se puso de pie despacio. Echó un vistazo al hombre del helicóptero, que lo miraba con una sonrisa burlona en la cara. Sintió que la ira crecía en su interior. Esa pequeña demostración de sus condiciones físicas había despejado cualquier duda que Reilly hubiese podido tener hasta ese momento acerca de la implicación de monseñor en los asesinatos de Nueva York. Ese hombre tenía unas manos asesinas; ya había tenido ocasión de comprobarlo.

Se sacudió el polvo antes de mirar fijamente a De Angelis.

—Entonces ¿en qué quedamos? —le preguntó con amargura—. ¿Un siervo de Dios con una pistola, o un asesino que ha encontrado a Dios?

La serenidad de De Angelis era imperturbable.

—No pensé que fuera usted un cínico.

—Ni yo que usted fuera un asesino.

Monseñor soltó un suspiro, parecía reflexivo. Cuando finalmente habló, su voz estaba impregnada de indiferencia.

—Necesito que se tranquilice. Los dos estamos en el mismo bando.

—¿Ah, sí? Entonces, ¿qué era lo del lago? ¿Fuego amigo?

De Angelis observó a Reilly con ojos fríos e insolentes.

—En esta batalla —comentó con rotundidad— todos somos prescindibles. —Hizo una pausa antes de continuar para ver si Reilly comprendía el alcance de su frase—. Es preciso que entienda algo: esto es una guerra. Una guerra que ya dura más de mil años. Toda esta idea del «choque de culturas»... no es sólo una teoría extravagante surgida de un laboratorio de ideas de Boston. Es una realidad que tiene lugar mientras usted y yo hablamos, que cada vez es más grande y peligrosa, que cada día que pasa es más cruel y amenazante, y que no se acabará por sí sola. Es una guerra en cuyo epicentro está la religión, porque, le guste o no, incluso hoy día la religión es un arma poderosísima que puede llegar a los corazones de los hombres e impulsarlos a hacer hasta lo más increíble.

—¿Como asesinar a un sospechoso en la cama de un hospital?

De Angelis ignoró el comentario de Reilly.

—Hace veinte años el comunismo empezó a extenderse como un cáncer. ¿Cómo cree que ganamos la guerra fría? ¿Cómo cree que llegó a su fin? ¿Gracias a la Iniciativa de Defensa Estratégica de Reagan, a su Guerra de las Galaxias? ¿Gracias a la soberbia incompetencia del Gobierno soviético? En parte sí. Pero ¿sabe gracias a qué se debió principalmente? Al Papa. A un Papa polaco que quiso comunicarse con la multitud, que supo contactar con los fieles para que fueran ellos quienes derribaran esos muros con sus manos. Jomeini hizo lo mismo, sus discursos fueron retransmitidos desde París, desde el exilio, con el objetivo de movilizar a una población espiritualmente hambrienta, que estaba a miles de kilómetros de distancia, e inspirarla para que se levantara y derrocara al sha. ¡Eso sí que fue un error! ¡No sé cómo pudieron dejar que ocurriera...! Mire cómo estamos en la actualidad. Y ahora Bin Laden está utilizando el mismo sistema... —Hizo una pausa, con el gesto torcido, y luego sus ojos penetrantes se clavaron en Reilly—. Las palabras adecuadas pueden mover montañas. O destruirlas. Y de todo nuestro arsenal la religión es nuestra arma por excelencia, no podemos permitir que nadie nos la arrebate. Nuestra forma de vivir, todo aquello por lo que ha luchado usted desde que se incorporó al FBI depende de ella... todo. Así que mi pregunta es muy sencilla: ¿está usted, tal como su presidente dijo en cierta ocasión con gran elocuencia, con nosotros o contra nosotros?

La expresión de Reilly se endureció y sintió que se le encogía el corazón. La mera presencia de monseñor despejaba todas y cada una de las dudas que le habían estado asaltando. Era una desagradable confirmación de cuanto Vance le había dicho.

—Entonces, ¿todo es verdad? —inquirió saliendo de su ensimismamiento.

La respuesta de monseñor fue tajante e inmediata:

—¿Acaso importa?

Reilly asintió, ausente. Ya no estaba seguro.

De Angelis echó un vistazo a su alrededor, escudriñando la zona.

—Supongo que no lo tiene usted.

—¿El qué?

—El astrolabio.

La pregunta había dejado a Reilly anonadado.

—¿Cómo sabe que...? —repuso, pero su voz se apagó al darse cuenta de que debían de haberles puesto un micrófono a Tess y a él. Guardó silencio para tranquilizarse; después cabeceó, abatido, y dijo—: Lo tienen ellos.

—¿Sabe dónde están? —preguntó De Angelis.

A regañadientes y con profundo recelo, Reilly le explicó a monseñor lo que había ocurrido la noche anterior.

De Angelis sopesó las palabras de Reilly.

—No nos sacan mucha ventaja y sabemos a qué zona se dirigen. Los encontraremos. —Se volvió, alzó una mano y dibujó varios círculos en el aire para indicar al piloto que se preparara para el despegue antes de mirar de nuevo a Reilly—. Nos vamos.

Reilly permaneció inmóvil y sacudió la cabeza.

—No, ¿sabe qué? Si todo no es más que una gran mentira... Espero que reviente y le salpique en la cara.

De Angelis estaba sorprendido.

Reilly sostuvo su mirada unos instantes.

—¡Váyase al infierno! —le espetó—. Usted y el resto de compañeros suyos de la CIA. Yo me largo. —Y se volvió y empezó a andar.

—¡Lo necesitamos! —gritó monseñor—. ¡Ayúdenos a encontrarlos!

Reilly no se molestó en volverse y dijo:

—Encuéntrelos usted solito, yo me voy.

Y continuó andando.

El rugido de los rotores del helicóptero era cada vez más intenso y De Angelis tuvo que chillar.

—¿Y qué pasa con Tess? ¿Piensa dejarla con Vance? Podría sernos útil, y si hay alguien aquí que puede influir en ella, es usted.

Reilly se volvió y retrocedió unos cuantos pasos. Por la mirada de De Angelis supo que éste sabía lo mucho que Tess y él habían intimado. Se limitó a encogerse de hombros.

—Ya no.

De Angelis vio cómo Reilly se alejaba.

—¿Qué va a hacer? ¿Volver andando a Nueva York?

Reilly ni se detuvo ni contestó.

Monseñor gritó una vez más, ahora con voz colérica y teñida de frustración:

—¡Reilly!

El agente del FBI se detuvo, agachó la cabeza unos segundos y decidió volverse.

De Angelis fue a su encuentro. Sus labios esbozaron una sonrisa, pero su mirada era fría y distante.

—Si yo no puedo convencerle de que colabore con nosotros..., tal vez puedo llevarlo hasta alguien que sí pueda hacerlo.

71

Independientemente de quien hubiese organizado el viaje, el Vaticano o la CIA, había hecho un buen trabajo. El helicóptero había volado hasta una base aérea militar cercana a Karacasu, no mucho más al norte del punto en el que había recogido a Reilly. Una vez allí, éste y De Angelis trasbordaron al G-IV que había ido a buscarlos procedente de Dalaman y volaron hacia el oeste, hacia Italia. En Roma se ahorraron los controles de inmigración y aduanas, y menos de tres horas después de que monseñor hubiese aparecido en las montañas turcas envuelto en una nube de polvo, recorrieron a toda velocidad la Ciudad Eterna, cómodamente instalados en un Lexus con aire acondicionado y cristales tintados.

Reilly necesitaba ducharse y cambiarse de ropa, pero, como De Angelis tenía prisa, había tenido que conformarse con lavarse en el avión y sustituir el traje de neopreno por unos pantalones de combate y una camiseta gris que habían conseguido en el centro de aprovisionamiento de la base de las Fuerzas Aéreas turcas. No protestó. En comparación con el traje de neopreno, el uniforme de combate era un gran alivio y, a decir verdad, él también tenía prisa. Estaba cada vez más preocupado por Tess; quería encontrarla, aunque trataba de no ahondar mucho en lo que le empujaba a ello. Además, empezaba a preguntarse si habría cometido un error aceptando la invitación de monseñor; no sabía muy bien qué le aguardaba al final del viaje y pensó que cuanto antes pudiese irse de allí y regresar a Turquía, mejor. Sin embargo, ya era demasiado tarde para dar media vuelta. Por la serena insistencia de De Angelis intuía que esta visita no respondía únicamente a un capricho.

Había vislumbrado la basílica de San Pedro desde el avión y ahora, mientras el Lexus se abría paso entre el tráfico de mediodía, volvió a ver cómo se erguía frente a él; su majestuosa cúpula relucía gloriosa por encima de la confusión y el caos de la congestionada ciudad. Pese a que la visión de un edificio tan maravilloso despertaba sentimientos de admiración hasta en los más escépticos, Reilly se sentía traicionado, estaba enfadado. No sabía gran cosa de la iglesia más grande del mundo, salvo que albergaba la Capilla Sixtina y que había sido construida sobre el lugar en el que descansaban los huesos de san Pedro, el fundador de la Iglesia, al que debido a su fe habían crucificado boca abajo. Al contemplarla pensó en todas las obras sublimes de arte y arquitectura que esa misma fe había inspirado, en los cuadros, las estatuas y lugares de veneración que los seguidores de Cristo habían creado en todo el mundo. Pensó en el sinfín de niños que rezaban cada noche antes de acostarse, en los millones de devotos que iban los domingos a misa, en los enfermos que rogaban a Dios para ser curados, y en los desconsolados que rezaban por las almas de sus muertos. ¿Y ellos? ¿Habían sido engañados también? ¿Era todo mentira? Y, lo peor de todo, ¿estaba el Vaticano al tanto?

El Lexus avanzó por la Via di Porta Angelica hacia la puerta de Santa Ana, donde varios Guardias Suizos con vistosos uniformes abrieron una enorme puerta de hierro fundido cuando vieron aparecer el coche. Monseñor asintió levemente y le indicaron con un gesto que pasara; el Lexus entró en el país más pequeño del planeta, y Reilly en el mismísimo centro de su agitado mundo espiritual.

El vehículo se detuvo delante de un edificio de piedra y De Angelis se apresuró a bajar de él. Reilly lo siguió por los varios escalones que había hasta el sobrecogedor silencio que reinaba en el vestíbulo de doble altura. Recorrieron con decisión los pasillos de piedra, las salas semioscuras de techos altos, y subieron una imponente escalera de mármol hasta que, al fin, llegaron a una puerta de madera laboriosamente tallada. Monseñor se quitó las gafas de aviador y se puso sus viejas gafas tintadas. Reilly observó cómo con la destreza de un gran actor que está a punto de salir a escena la expresión de De Angelis se metamorfoseaba dejando de ser un despiadado agente secreto para ser el amable sacerdote que él había visto por primera vez en Nueva York. Para mayor sorpresa de Reilly, monseñor respiró hondo antes de golpear la puerta con los nudillos.

La respuesta no tardó en llegar, era una voz suave.

—*Avanti.*

De Angelis abrió la puerta y entró.

Todas las paredes de la cavernosa habitación estaban llenas de estantes repletos de libros que iban desde el suelo hasta el techo. Sobre el parquet de roble en espiga no había alfombras. En una esquina, junto a una chimenea de piedra, había un gran sofá de felpa entre dos sillones a juego. Frente a un par de enormes puertas vidrieras había un escritorio con una butaca almohadillada detrás y tres sillones delante. La única persona que había en la habitación, un hombre corpulento e imponente de pelo canoso, rodeó el escritorio para saludar a De Angelis y a su invitado. La expresión de su rostro era severa y melancólica.

De Angelis presentó al cardenal Brugnone a Reilly, y ambos se saludaron. El cardenal le apretó la mano con una firmeza inesperada, y mientras lo miraba en silencio, Reilly tuvo la sensación de que estaba siendo observado con una perspicacia inquietante. Sin quitarle los ojos de encima, Brugnone intercambió unas cuantas palabras en italiano con monseñor, que Reilly no pudo entender.

—Por favor, siéntese, agente —dijo por fin, y señaló el sofá—. Espero que no le importe que le dé las gracias por todo lo que ha hecho y por todo lo que sigue haciendo en este desagradable asunto, y también por haber accedido a venir hoy aquí.

En cuanto Reilly y De Angelis se sentaron, este último en una silla, Brugnone dejó claro que no estaba de humor para hablar de tonterías, porque fue directo al grano.

—Me han pasado informes sobre usted. —Reilly le lanzó una mirada a De Angelis, pero monseñor no quiso mirarlo—. Tengo entendido que es un hombre de fiar y que no compromete su integridad. —El cardenal hizo una pausa y escrutó a Reilly con sus intensos ojos castaños.

Reilly no tuvo ningún problema en ir también al grano del asunto.

—Yo lo único que quiero es la verdad.

Brugnone se inclinó hacia delante con las manos, grandes y cuadradas, entrelazadas.

—Pues me temo que la verdad es lo que usted se teme. —Tras un breve silencio, el cardenal se levantó de la silla y caminó lentamente hasta las ventanas. El intenso resplandor de mediodía le obligó a entornar los ojos—. Nueve hombres... nueve demonios. Se presentaron en Jerusalén, y el rey Balduino les dio cuanto quisieron creyendo que estaban de nuestro lado, que estaban allí para ayudarnos a extender nuestro mensaje. —Soltó una risa ahogada, que en otras circunstancias hubiera hecho creer que se estaba riendo, pero Reilly sabía que era una forma de exteriorizar un pensamiento tremendamente doloroso. Entonces su voz se convirtió en un gruñido gutural—. Fue un idiota, no tenía que haber confiado en ellos.

—¿Qué encontraron?

Brugnone suspiró imperceptiblemente y se volvió a Reilly.

—Un diario. Un diario muy detallado y personal, una especie de evangelio escrito por un carpintero llamado Jesús de Nazareth. —Hizo un alto y atravesó a Reilly con la mirada—. Escrito por un... *hombre*.

Reilly sintió que le faltaba el aire.

—¿Por un simple hombre?

Brugnone asintió con pesar, y de pronto sus anchos hombros se hundieron como si aguantasen un peso insoportable.

—Por lo que pone en su propio evangelio, Jesús de Nazareth no era el Hijo de Dios.

Las palabras de Brugnone retumbaron en la mente de Reilly durante lo que le pareció una eternidad antes de que se le hiciera un nudo en la boca del estómago. Levantó las manos e hizo un gesto con el que pretendió abarcar cuanto le rodeaba.

—¿Y todo esto...?

—Todo esto —contestó Brugnone— es lo mejor que han sabido hacer los hombres, los simples mortales atemorizados. Se construyó con la más noble de las intenciones, tiene que creerme. ¿Qué habría hecho usted en nuestro lugar? ¿Qué quiere que hagamos ahora? Durante casi dos mil años nos han sido confiadas unas creencias que fueron muy importantes para los fundadores de la Iglesia y que aún lo son para nosotros. Había que eliminar cualquier cosa que pudiese socavar estas creencias. No había otra opción, no podíamos abandonar a nuestra gente, ni antes ni mucho menos ahora. Hoy sería todavía más catastrófico decirles que todo es una... —Las palabras no querían salir de su boca.

—¿Una gran mentira? —dijo Reilly lacónico.

—¿Y lo es? ¿De verdad? Al fin y al cabo, ¿qué es la fe sino la creencia en algo que no necesita pruebas, la creencia en un ideal? Y ha sido un ideal muy loable para la gente. Tenemos que creer en algo. Todos necesitamos la fe.

«Fe.»

Reilly se esforzó para entender las implicaciones de lo que el cardenal acababa de decirle. En su caso particular, la fe le había ayudado de pequeño a superar la trágica pérdida de su padre. Había sido la fe la que le había guiado durante toda su vida, y tenía que ser precisamente aquí, en el mismísimo corazón de la Iglesia Católica Romana, donde le confesaran que todo era una gran mentira.

—También necesitamos un poco de honradez —replicó Reilly indignado—. Necesitamos la verdad.

—Pero por encima de todo lo demás el hombre necesita su fe, ahora más que nunca —insistió Brugnone con vehemencia—, y lo que tenemos es mucho mejor que no tener fe.

—¿Cree que es mejor tener fe en una resurrección que nunca ocurrió? —inquirió Reilly—. ¿En un cielo que no existe?

—Hágame caso, agente Reilly, son muchos los hombres de bien que se han planteado esto a lo largo de los años, y todos han llegado a la misma conclusión: hay que proteger lo que hay. La otra alternativa es demasiado horrenda para contemplarla.

—Pero no estamos hablando de las palabras o las enseñanzas de Jesús, sino de sus milagros y su resurrección.

Brugnone no titubeó:

—El cristianismo no se fundamentó en las prédicas de un hombre sabio. Se fundamentó en algo de una repercusión mucho mayor: las palabras del Hijo de Dios. La resurrección no es solamente un milagro, es el pilar de la Iglesia. Si la eliminamos, la estructura entera se colapsará. Piense en lo que le dijo san Pablo a los primeros cristianos de Corinto: «Si Cristo no ha resucitado, nuestra predicación es en vano, y también vuestra fe».

—Pero fueron los fundadores de la Iglesia los que *eligieron* esas palabras —objetó Reilly—. La religión existe para ayudarnos a entender por qué estamos en este mundo, ¿no? ¿Cómo vamos a entenderlo si partimos de una premisa falsa? Esta mentira ha influido en todos los aspectos de nuestras vidas.

Brugnone exhaló un gran suspiro y asintió en silencio para mostrar su conformidad.

—Es posible que sea así. Y tal vez, si todo volviese a empezar ahora y no hace dos mil años, las cosas podrían hacerse de otra manera. Pero no ha empezado ahora. Ya existe, ha llegado hasta nosotros y nuestro deber es preservarlo; lo contrario nos destruiría, y me temo que sería un golpe devastador para nuestro frágil mundo. —Ya no miraba a Reilly, tenía la mirada perdida en la lejanía, en algo que parecía que le produjese dolor físico—. Desde el comienzo hemos estado a la defensiva. Y supongo que, dada nuestra posición, era lógico, pero cada vez es más difícil... la ciencia moderna y la filosofía no alientan la fe precisamente. Y parte de la culpa es nuestra. Desde que la Iglesia primitiva fue secuestrada con eficacia por Constantino y su agudeza política, ha habido demasiados cismas y disputas. Demasiada hipocresía doctrinal, demasiados impostores y degenerados por ahí sueltos, y demasiada avaricia. El mensaje original de Jesús ha sido tergiversado por ególatras y fanáticos, ha sido socavado por mezquinas rivalidades internas y fundamentalistas intransigentes. Y seguimos cometiendo errores que no benefician en nada a nuestra causa; seguimos sin hacer frente a lo que realmente le importa a la gente. Continuamos tolerando vergonzosos abusos, actos horribles perpetrados contra los más inocentes, incluso conspiramos para encubrirlos. No hemos sido capaces de asimilar lo rápido que ha cambiado el mundo, y ahora, en un momento de especial vulnerabilidad, todo amenaza con desmoronarse, igual que hace nueve siglos. Sólo que ahora la estructura que hemos creado es más grande de lo que nadie había soñado jamás y su caída sería, simplemente, catastrófica.

»A lo mejor, si la Iglesia naciese ahora y dispusiésemos de la verdadera historia de Jesús de Nazareth —añadió Brugnone—, podríamos hacer las cosas de otra manera. A lo mejor podríamos evitar tanto dogmatismo confuso y hacerlo todo con más sencillez. Fíjese en el islam. Consiguió hacerse un hueco siete siglos después de la muerte de Jesucristo. Apareció un hombre y dijo: «No hay más dios que Dios, y yo soy su profeta». Ni el Mesías, ni el Hijo de Dios; ni el Padre ni el Espíritu Santo, ni la compleja Trinidad, simplemente un mensajero de

Dios. Eso fue todo. Y fue suficiente. La sencillez de su mensaje prendió en la gente y sus seguidores tardaron menos de un siglo en conquistar casi todo el mundo, y me duele pensar que hoy en día, a estas alturas, es la religión que crece más deprisa... y eso que han sido incluso más lentos que nosotros asimilando las realidades y necesidades de los tiempos modernos, lo que seguramente también les acarreará problemas. Pero hemos sido muy lentos, lentos y arrogantes... y estamos pagando por ello, justo cuando nuestra gente más nos necesita.

»Porque nos necesitan —prosiguió—. La gente necesita algo. Mire cuánta ansiedad nos rodea, cuánta ira, avaricia y corrupción infectan el mundo entero de arriba abajo. Mire el vacío moral que hay, el hambre espiritual, la falta de valores. El mundo es cada vez más cínico, está cada vez peor y más desencantado. El hombre se ha vuelto más apático, despreocupado y egoísta que nunca. Se cometen más robos que nunca, y los escándalos financieros alcanzan miles de millones de dólares. Se libran guerras sin motivo y se cometen genocidios que matan a millones de personas. Puede que la ciencia nos haya permitido acabar con enfermedades como la viruela, pero a cambio nuestro planeta ha sido devastado y nos hemos convertido en unas criaturas impacientes, solitarias y violentas. Quienes tengan suerte podrán vivir más años, pero ¿acaso son nuestras vidas más completas o pacíficas? ¿Acaso el mundo es más civilizado que hace dos mil años?

»Antes no disponíamos de tantos medios. La gente apenas sabía leer y escribir. Pero hoy, en esta era a la que llamamos ilustrada, ¿qué excusas tenemos para semejante comportamiento? Tal vez la mente humana, el intelecto, haya progresado, pero me temo que su alma se ha quedado por el camino, y me atrevería a afirmar que incluso ha retrocedido. El hombre ha demostrado una y otra vez que en el fondo es una bestia salvaje, y si por mucho que la Iglesia nos repita que tenemos un gran potencial, seguimos cometiendo atrocidades, imagínese lo que ocurriría sin ella. Es evidente que como institución estamos perdiendo la capacidad de inspirar a la gente; ya no estamos ahí para ellos, hemos dejado de estarlo. Y lo que es peor, nos utilizan como pretexto para declarar guerras y derramar sangre. Estamos abocados a una aterradora crisis espiritual, agente Reilly. Este descubrimiento no podía haber llegado en peor momento.

Brugnone guardó silencio y le lanzó una mirada a Reilly.

—Entonces puede que sea inevitable —repuso éste con voz ronca y resignada—. Puede que esta historia esté condenada a finalizar.

—Es posible que la Iglesia esté muriendo poco a poco —convino Brugnone—; al fin y al cabo, todas las religiones se desvanecen y mueren en un momento u otro, y la nuestra ha durado más que la mayoría. Pero una revelación tan repentina como ésta... Pese a sus errores, la Iglesia sigue desempeñando un papel inmenso en la vida de la gente. Hay millones de personas a las que la fe ayuda a vivir el día a día. Incluso a los no practicantes les proporciona un consuelo cuando lo necesitan. Pero, sobre todo, lo que la fe nos proporciona a todos es algo crucial para nuestras vidas: nos ayuda a superar el miedo instintivo que tenemos a la muerte y a lo que pueda haber después de ella. Sin la fe en Cristo resucitado se extraviarían millones de almas. No se equivoque, agente Reilly: si dejamos que esto salga a la luz, el mundo entrará en una espiral de desesperación y desilusión sin precedentes.

Reinó en la sala un tenso silencio; Reilly estaba abrumado. No podía eludir los inquietantes pensamientos que le atormentaban. Recordó el momento en que había empezado ese viaje, en las escaleras del Met, junto a Aparo, la noche del asalto de los jinetes, y se preguntó cómo había llegado hasta aqllí, hasta el mismísimo epicentro de su fe, cómo había llegado a producirse esa tremendamente incómoda conversación, que hubiese preferido no haber sostenido jamás.

—¿Desde cuándo sabe todo esto? —le preguntó al fin al cardenal.

—¿Desde cuándo lo sé?

—Sí.

—Desde que ocupé este ministerio hace treinta años.

Reilly asintió. Le parecía una barbaridad vivir treinta años con las mismas dudas que ahora le asaltaban a él.

—Pero lo ha asumido.

—¿Que si lo he asumido?

—Sí, lo ha aceptado —aclaró Reilly.

Brugnone meditó unos segundos y puso cara de preocupado.

—Nunca lo aceptaré, no como creo que usted quiere decir. Pero digamos que he aprendido a vivir con ello. Es cuanto he podido hacer.

—¿Quién más lo sabe? —Reilly notó su tono de reproche y se dio cuenta de que Brugnone también lo había percibido.

—Varios de nosotros.

Reilly se preguntó qué querría decir eso. «¿Y el Papa? ¿Lo sabe el Papa?» Tenía ganas de saberlo, era imposible que el Papa no estuviese al tanto, pero prefirió no formular la pregunta. Era demasiada dosis de realidad. A lo mejor por eso surgió otra idea en su cabeza. Su instintiva curiosidad comenzó a abrirse paso en su mente atormentada.

—¿Y cómo sabe que ese evangelio es auténtico?

A Brugnone le brillaron los ojos y esbozó una sonrisa. Parecía conmovido por la inquebrantable esperanza de Reilly, pero su tono rotundo disipó toda esperanza.

—Cuando los templarios lo encontraron, el Papa envió a sus más eminentes expertos a Jerusalén y confirmaron que sí lo era.

—Pero de eso hace casi mil años —objetó Reilly—. Tal vez fuesen engañados. ¿Y si era una falsificación? Por lo que tengo entendido, los templarios eran perfectamente capaces de algo así. ¿Cómo puede aceptarlo como un hecho irrefutable si ni siquiera lo ha visto? —Fue consciente de las implicaciones de su pregunta a medida que las palabras salían de su boca—. ¿Eso quiere decir que siempre ha dudado de lo que cuentan los evangelios?

Brugnone hizo frente a la consternación de Reilly con una expresión serena y reconfortante.

—Hay quienes creen que las historias de los Evangelios deben entenderse sólo como una metáfora; que para entender de verdad el cristianismo hay que entender la esencia del mensaje en sí. Sin embargo, muchos creyentes han creído que lo que dice la Biblia..., ¿cómo le diría yo?, digamos que creen que es la verdad evangélica. Y supongo que yo estoy a caballo de las dos líneas. Quizá todos nos debatimos entre dar rienda suelta a la imaginación y maravillarnos ante lo que cuentan los Evangelios, y dejar que nuestras mentes racionales duden de su veracidad. Si lo que encontraron los templarios es realmente falso, haremos bien en seguir dando rienda suelta a nuestra mente, pero hasta que sepamos lo que llevaban en esa galera... —Miró a Reilly con fervor—: ¿Nos ayudará?

Reilly tardó unos instantes en responder. Estudió el rostro surcado de arrugas del hombre que tenía delante. Aunque le daba la impresión de que en el fondo el cardenal era sincero, no se hacía ilusiones con respecto a lo que impulsaba a De Angelis, y era consciente de que ayudarles significaría inevitablemente trabajar codo con codo con monseñor, lo que no le apetecía demasiado. Le echó una mirada a De Angelis. Nada de cuanto había escuchado mitigó su desconfianza en el hipócrita sacerdote ni disminuyó el desprecio que sentía por sus métodos. Sabía que en algún momento dado tendría que decidir cómo tratar con él, pero había asuntos más apremiantes. Tess estaba con Vance en alguna parte, y un descubrimiento potencialmente devastador se cernía sobre millones de almas ajenas al peligro.

Se volvió y miró a Brugnone:

—Sí —se limitó a contestar.

72

Un suave viento de sureste agitaba la zona por la que navegaba el *Savarona*, levantando una fina brisa salada que Tess podía casi saborear desde la cubierta de popa del antiguo arrastrero reconvertido en buque de exploración submarina. Le encantaba lo frescas que eran las mañanas en el mar, y también la agradable serenidad de cada atardecer; eran las horas que había en medio lo que le resultaba más difícil.

Por suerte, habían tardado poquísimo en localizar el *Savarona*. Desde el Caribe hasta la costa de China la demanda de buques de exploraciones submarinas se había disparado en los últimos años, limitando la disponibilidad de los mismos y disparando los precios. Además de los biólogos marinos, los oceanógrafos, las compañías petrolíferas y los realizadores de documentales que tradicionalmente abarcaban la mayoría de la demanda, dos nuevos grupos habían irrumpido ahora en el mercado: los submarinistas aventureros, una legión cada vez mayor de gente y dispuesta a pagar decenas de miles de dólares con tal de poder aproximarse al *Titanic* o conocer más de cerca unas grietas hidrotermales a dos mil cuatrocientos metros de profundidad cerca de las Azores; y los cazadores de tesoros o, como prefieren ser llamados hoy en día, «arqueólogos comerciales».

Internet había desempeñado un papel vital para ayudarles a localizar el buque. Tras varias llamadas telefónicas y un corto vuelo, Tess y Vance llegaron al puerto de El Pireo, en Atenas, donde estaba atracado el *Savarona*. Su capitán, un esbelto e impresionante aventurero griego llamado Georgios Rassoulis, que lucía un bronceado tal que daba la impresión de que le había penetrado hasta los huesos, declinó inicialmente la petición de Vance debido a problemas de fechas. Estaba inmerso en los preparativos de un viaje para llevar a un pequeño grupo de historiadores y a un equipo de filmación al norte del Egeo en busca de una flota perdida de trirremes persas. Rassoulis no disponía más que de tres semanas antes de ese viaje, y eso era, tal como argumentó, demasiado poco tiempo. Al parecer, su embarcación había sido reservada para un período de dos meses, que tampoco era mucho teniendo en cuenta que localizar exitosamente pecios antiguos era casi como buscar una aguja en un pajar. Claro que también había que decir que la mayoría de las expediciones carecían de algo de lo que Vance sí disponía: un astrolabio, que esperaba que limitase el radio de búsqueda a veinticinco kilómetros cuadrados, una zona cuadrangular de cinco kilómetros de lado.

Vance explicó a Rassoulis que buscaban una galera de los cruzados e insinuó la posibilidad de que en su interior hubiese oro y otros objetos de valor que se habrían llevado de Tierra Santa después de la derrota de Acre. A regañadientes, aunque intrigado, Rassoulis aceptó finalmente llevarlos persuadido por el entusiasmo de Vance, la contagiosa confianza del profesor en la capacidad del antiguo instrumento náutico para conducirlos hasta el *Falcon Temple* en tan corto espacio de tiempo, y una pizca de avaricia. El capitán accedió encantado a la petición del profesor de que la discreción tenía que ser total. Estaba acostumbrado a los cazadores de tesoros y su necesidad de evitar cualquier clase de publicidad. Y dado que había negociado con Vance que se quedaría un porcentaje del valor del tesoro, él era el primer interesado en asegurarse de que ningún fisgón les aguara la fiesta. A ese respecto sugirió al profesor que rastrearan la zona de búsqueda desde el perímetro exterior hacia el centro sólo durante unas cuantas horas cada vez antes de navegar hasta otra área y fingir su rastreo para no llamar la atención sobre el objetivo verdadero, táctica que a Vance le pareció perfecta.

Lo que Tess estaba redescubriendo ahora (recordó que la última vez que había pasado por esto fue frente a la costa egipcia de Alejandría, cuando Clive Edmondson se le había insinuado torpemente) era que el proceso de rastreo requería mucha paciencia, algo que no le sobraba en esos momentos. Se moría por averiguar qué secretos yacían debajo del suave oleaje que se movía bajo sus pies; además, sabía que estaban muy cerca. Lo presentía, y eso hacía que aún le resultara más difícil soportar las largas esperas apoyada en la barandilla de la cubierta.

Mientras esperaba se dejó llevar por sus pensamientos, con la mirada clavada en los dos cables que la vieja embarcación arrastraba por la popa y desaparecían entre su espumosa estela. Uno de ellos arrastraba un sonar de baja frecuencia que mostraba todas las protuberancias dignas de atención que detectaba debajo de la superficie marina, y el otro, un magnetómetro de resonancia magnética, que detectaba la presencia de piezas de hierro entre los restos de un naufragio. Durante los días anteriores había habido algún que otro momento de nerviosismo cuando el sonar había detectado algo y habían enviado el ROV de la embarcación (el vehículo dirigido por control remoto y cariñosamente llamado *Dori* en honor del pez sin memoria de *Buscando a Nemo*, la reciente película de la factoría Walt Disney) a investigar en las profundidades. En cada ocasión, Tess y Vance se habían precipitado a la sala de control del *Savarona* con el corazón latiendo acelerado y llenos de esperanza. Y se habían quedado allí, mirando fijamente los monitores mientras observaban las confusas imágenes que enviaba la cámara de *Dori*, con sus mentes a cien por hora, pero sus esperanzas no habían tardado en desvanecerse al ver que lo que el sonar había encontrado no era exactamente lo que ellos deseaban: la primera vez había sido un afloramiento rocoso del tamaño de un barco, y la segunda, los despojos de un pesquero del siglo XX.

El resto del tiempo lo pasaban aguardando, esperanzados, junto a la barandilla. Cuando fueron pasando los días, Tess repasó los acontecimientos recientes de su vida. Revivió constantemente los momentos que la habían llevado hasta allí, a sesenta kilómetros de la costa de Turquía, a una embarcación de exploración submarina con un hombre que había organizado un robo a mano armada en el Met y en el que había muerto gente. Durante los primeros días la atormentó la decisión que había tomado de dejar a Reilly para irse con Vance. Se sentía culpable y tenía remordimientos, así como ataques de pánico, y a menudo había tenido que sobreponerse al impulso de abandonar la embarcación como fuera e irse de allí. Pero según fue pasando el tiempo esa inquietud iba disminuyendo, y entonces, cuando se preguntaba si había hecho bien o no, hacía lo posible por racionalizar sus decisiones y apartaba de sí los pensamientos negativos, autoconvenciéndose de que lo que estaba haciendo era importante. Y no sólo para ella —pues como le había dicho a Reilly un descubrimiento como ése daría un vuelco radical a su carrera y, supondría asimismo una importante ayuda económica para Kim y para ella— sino también para millones de personas en todo el mundo, un mundo en el que su hija llegaría a la edad adulta. Un mundo que esperaba que fuese mejor, más auténtico. Pero, en realidad, sabía que cualquier justificación era inútil; se sentía inexplicablemente impelida a hacer lo que hacía.

Sin embargo, había algo que la inquietaba y no podía quitarse de la cabeza. Reilly. Pensaba mucho en él. Se preguntaba cómo estaría, dónde estaría. Pensaba en el modo en que lo había abandonado, huyendo como una ladrona, y le costaba mucho justificar lo que había hecho. Había actuado mal, muy mal, y lo sabía. Había puesto su vida en peligro. Había dejado solo a Reilly en medio de la nada y con un francotirador por ahí suelto. ¿Cómo podía haber sido tan irresponsable? Quería saber que Reilly estaba bien; quería disculparse e intentar explicarle por qué había actuado así, y la entristecía pensar que nunca podría compensarle por el daño causado. Pero también sabía que Vance tenía razón cuando había dicho que Reilly entregaría su descubrimiento a gente que lo enterraría para siempre (y eso era algo que Tess no se perdonaría jamás). En cualquier caso, era consciente de que, irónicamente, lo mismo que los había unido había condenado también su relación al fracaso.

Ahora, navegando plácidamente, el *Savarona* procedió a inspeccionar otra vez la zona predeterminada en el mapa. Tess desvió la vista de los cables y miró al horizonte, donde habían aparecido unos nubarrones en un cielo, por lo demás, despejado. Sintió un nudo en la boca del estómago. Algo más la importunaba desde la noche que se había marchado con Vance. Un sentimiento inquietante, permanente, que la corroía por dentro sin cesar, y cada vez que el *Savarona* concluía un rastreo le costaba más ignorarlo: ¿hacía lo correcto? ¿Había pensado las cosas suficientemente? ¿Había secretos que era mejor no desenterrar? ¿La búsqueda de la verdad era en este caso una causa sabia y noble, o lo único que hacía era contribuir al desencadenamiento de una calamidad terrible en un mundo que ni siquiera la intuía?

Sus pensamientos fueron interrumpidos por la aparición de Vance. Salió del puente de mando y se reunió con ella en la cubierta. Parecía molesto.

—¿Todavía nada? —inquirió Tess.

Él negó con la cabeza.

—Cuando acabemos de peinar esta zona, tendremos que dar por terminada la jornada. —Miró el horizonte y llenó sus pulmones de aire marino—. Aunque no estoy preocupado. Dentro de tres días habremos cubierto toda la zona de búsqueda. —Se volvió para mirar a Tess y sonrió—. Lo encontraremos, está ahí abajo, en alguna parte. Se resiste, pero daremos con él.

Le distrajo un leve zumbido lejano. Aguzó la vista para escudriñar el horizonte y frunció el entrecejo cuando detectó el origen del ruido. Tess miró en la misma dirección y también lo vio: a varios kilómetros de distancia había un punto diminuto, un helicóptero, que volaba a ras de mar y por lo visto en paralelo a ellos. No le quitaron los ojos de encima mientras avanzaba en línea recta antes de virar y desaparecer a los pocos segundos.

—Ha venido a por nosotros, ¿verdad? —preguntó Tess—. Nos buscan.

—No podrán hacer gran cosa en medio del mar. —Vance se encogió de hombros—. Estamos en aguas internacionales. Claro que tampoco es que hayan seguido mucho las reglas hasta ahora, ¿no crees? —Miró en dirección al puente de mando, donde un mecánico se disponía a entrar—. ¿Sabes qué me hace gracia?

—Ni idea —contestó Tess con frialdad.

—La tripulación. Son siete, y con nosotros dos, en total somos nueve en el barco —musitó—. Nueve. Como Hugues de Payns y su séquito. ¿No te parece poético?

Tess apartó la vista, nada de aquello le parecía poético.

—Me pregunto si alguna vez tuvieron las mismas dudas que yo.

Vance arqueó las cejas, ladeó la cabeza y examinó su rostro.

—No te habrás arrepentido, ¿verdad?

—¿Tú no tienes dudas? —Se fijó en que le temblaba la voz y en que Vance también se había dado cuenta—. Lo que buscamos, lo que podamos encontrar... ¿no te preocupa lo más mínimo?

—¿Preocuparme?

—Ya sabes a qué me refiero. ¿No te has parado a pensar en la conmoción y el caos que puede provocar?

Vance soltó una carcajada desdeñosa.

—El hombre es un ser despreciable, Tess. Siempre está desesperado por encontrar algo o alguien a quien venerar, y no se conforma con venerarlo él solo, no, todo el mundo tiene que hacer lo mismo, en todas partes y a cualquier precio. Eso es lo que ha envenenado al ser humano desde el principio de los tiempos... ¿Que si me preocupa? Más bien estoy deseando que ocurra. Estoy deseando que millones de personas puedan librarse de una mentira opresiva. Lo que estamos haciendo es un paso natural en la evolución espiritual del hombre. Será el comienzo de una nueva era.

—Hablas de ello como si lo fuesen a recibir con desfiles de bienvenida y fuegos artificiales, pero será totalmente al revés, y lo sabes. No es la primera vez que ocurre. Desde los sasánidas hasta los incas, la historia está repleta de civilizaciones que se han venido abajo nada más poner a sus dioses en entredicho.

Vance ni se inmutó.

—Esas civilizaciones se basaban en mentiras, en arenas movedizas, exactamente igual que la nuestra. Pero te preocupas demasiado. Los tiempos han cambiado. El mundo de ahora es un poco más sofisticado.

—¡Pero si sabes que esas civilizaciones eran las más adelantadas de su época!

—Tess, confía un poco en esas pobres almas. No digo que no vaya a ser doloroso, pero... saldrán adelante.

—¿Y si no lo hacen?

Alzó las manos en un gesto de «lástima», pero su tono de voz permaneció inalterable; hablaba completamente en serio.

—Será lo que tenga que ser.

Tess lo miró fijamente a los ojos durante un rato antes de desviar la vista y clavarla en el horizonte. Seguían saliendo nubes negras de la nada, y a lo lejos, las cabrillas agitaban un mar oscuro y, en general, sereno.

Vance se apoyó en la barandilla junto a ella.

—He pensado mucho en esto, Tess, he puesto todo en la balanza y estoy convencido de que hacemos lo correcto. En el fondo sabes que tengo razón.

Tess no ponía en duda que Vance le había dado muchas vueltas al asunto. Sabía que el tema le había consumido tanto académica como personalmente, pero siempre lo había analizado desde una perspectiva distorsionada, bajo un prisma hecho añicos por las trágicas muertes de sus seres más queridos. Pero ¿habría pensado con detenimiento en cómo algo como lo que iban a descubrir podía llegar a afectar a casi todas las almas del planeta? ¿En cómo pondría en tela de juicio no sólo la fe cristiana, sino el propio concepto de fe? ¿En cómo los enemigos de la Iglesia se abalanzarían sobre ese descubrimiento, en cómo polarizaría a la gente, en cómo lo más probable fuese que los creyentes auténticos perdiesen el puntal espiritual de sus vidas?

—Lucharán como fieras, ¿lo sabes, verdad? —comentó Tess, sorprendida por su tono de voz esperanzado—. Se sacarán expertos de la manga para desacreditar la autenticidad de lo que encontremos, utilizarán todo lo que se les ocurra para demostrar que no es más que un fraude, y dado tu historial... —Se sintió repentinamente incómoda al decir esto.

Él asintió.

—Lo sé —convino con tranquilidad—. Por eso preferiría que fueras tú quien lo enseñase al mundo.

Tess se quedó helada y miró a Vance a los ojos, sorprendida por la sugerencia.

—¿Yo...?

—¡Por supuesto! Al fin y al cabo, este descubrimiento es tanto tuyo como mío y, como has dicho antes, teniendo en cuenta que últimamente mi comportamiento no ha sido muy... —Hizo una pausa, buscando el término más apropiado—: ejemplar...

Antes de que Tess pudiese responder, oyó que la embarcación reducía la velocidad antes de enfilar la proa hacia el viento. Vio que Rassoulis emergía del puente de mando, y salió de su aturdimiento al oír que el capitán los llamaba. Vance miró a Tess fijamente unos instantes y luego se volvió a Rassoulis, que, nervioso, les hacía gestos para que se reunieran con él mientras gritaba lo que a Tess le pareció escuchar:

—¡Hemos encontrado algo!

73

Reilly estaba de pie y en silencio en la parte trasera del puente de mando, observando cómo De Angelis y el capitán del *Karadeniz*, un hombre robusto llamado Karakas, de abundante pelo moreno y espeso bigote, delante de la pantalla del radar del barco patrullero, estaban seleccionando el siguiente objetivo.

Había un montón de señales, docenas de señales verdes que iluminaban la oscura pantalla. Junto a algunas había pequeños códigos digitales alfanuméricos, que correspondían a barcos equipados de modernos radiofaros. Con ayuda de las bases de datos de transporte marítimo y de la Guardia Costera, ésos eran fáciles de identificar y descartar, pero eran los menos y estaban esparcidos. En la mayoría de los casos las indicaciones de la pantalla eran sólo señales anónimas procedentes de los cientos de barcos de pesca y veleros que abundaban en esa popular zona costera. Reilly era consciente de que no resultaría fácil localizar el buque de Vance y Tess.

Era su sexto día de búsqueda marítima y ya estaba harto. Se había dado cuenta al instante de que no era ni mucho menos un lobo de mar, y eso que por suerte el mar había estado todos los días bastante tranquilo y, además, dormían en tierra firme. Cada mañana, al amanecer, zarpaban de Marmaris y recorrían la línea costera en una y otra dirección, desde el golfo de Hisaronu, en el extremo suroeste de Turquía, hasta el área que había al sur de las Doce Islas, o Dodecaneso. El *Karadeniz*, un patrullero de la clase SAR-33, de color blanco resplandeciente y con una franja oblicua roja dibujada en el casco junto a las inconfundibles palabras *Sahil Güvenlik* escritas en negro (era el nombre oficial de la Guardia Costera turca), era rápido como un rayo y capaz de cubrir una zona marítima sorprendentemente grande en el transcurso de un solo día. Más al este, otros barcos que pernoctaban en los golfos de Fethiye y Antalya, exploraban las aguas hacia el este. Los helicópteros A-109 también intervenían realizando vuelos de inspección a baja altura y alertando a las lanchas rápidas de las áreas que consideraban prometedoras.

La coordinación entre los diversos equipos de búsqueda de aire, tierra y mar era prácticamente impecable; la Guardia Costera turca tenía una gran experiencia patrullando estas concurridas aguas. Las relaciones entre Grecia y Turquía no eran muy cordiales, y la proximidad de las islas del antiguo Dodecaneso era una fuente constante de conflictos turísticos y entre pescadores. Además, la estrecha franja marítima que separaba los dos países favorecía la presencia de traficantes de inmigrantes desesperados que intentaban llegar a Grecia y al resto de la Unión Europea desde Turquía, que todavía no formaba parte de la Unión. Aun así, había que cubrir una gran extensión de mar, y teniendo en cuenta que la mayoría del tráfico marítimo consistía en embarcaciones de recreo sin operadores de radio, inspeccionarlas una por una era un esfuerzo agotador.

Mientras el operador del radar examinaba unas cuantas cartas náuticas junto a su pantalla y el radiotelegrafista cotejaba unas notas con la tripulación de uno de los helicópteros, Reilly se alejó de los monitores y miró por el parabrisas del puente de mando del *Karadeniz*. Le extrañó ver que hacia el sur el tiempo empeoraba; en el horizonte se había formado una pared de nubes oscuras sólo atravesada por unos rayos de intensa luz amarilla. Parecía irreal.

Casí podía sentir la presencia de Tess, y le molestaba pensar que estaba ahí, en alguna parte, cerca de él pero a la vez fuera de su alcance; era frustrante. Se preguntó dónde estaría y qué estaría haciendo en ese momento. ¿Habría encontrado ya el *Falcon Temple*? ¿Estaría yendo con Vance hacia... dónde? ¿Qué harían con el «tesoro», si lo encontraban? ¿Cómo lo darían a conocer al mundo? Había pensado mucho en lo que le diría cuando le diese alcance, pero, curiosamente, la indignación inicial que había sentido después de que ella se fugase con Vance se había esfumado hacía tiempo. Tess tenía unos motivos con los que Reilly no estaba de acuerdo, pero la ambición era una parte intrínseca de su persona que había contribuido a que Tess fuese como era.

Entonces se volvió, miró hacia el otro lado del puente, y lo que vio le inquietó. Por el norte, el cielo también se había oscurecido ominosamente. El mar tenía un aspecto grisáceo y marmóreo, y las cabrillas ondulaban la superficie. Reparó en que el timonel cruzaba una mirada con otro hombre que estaba en el puente, que Reilly dedujo que era el primer oficial, y con un gesto de cabeza le indicó lo que sucedía. Daba la impresión de que estaban en medio de dos borrascas. Las tormentas se acercaban simultáneamente en dirección a ellos. Reilly miró de nuevo al timonel, que ahora parecía un poco irritado, igual que el primer oficial, que se acercó a Karakas y mantuvo una conversación con él.

El capitán consultó el radar meteorológico y el barómetro e intercambió unas cuantas palabras con ambos hombres. Reilly le lanzó una mirada a De Angelis, que escuchó atentamente y empezó a traducirle la conversación.

—Me temo que tendremos que volver antes de lo que habíamos pensado. Por lo visto estamos entre dos tormentas y las dos vienen hacia nosotros, y rápido. —Monseñor miró a Reilly vacilante y arqueó las cejas—. ¿No le resulta familiar?

Él había hecho la misma asociación de ideas antes de que De Angelis se lo mencionara. La situación era angustiosamente similar a la que Aimard había descrito en su carta. Se fijó en que Plunkett, que estaba fumando un cigarrillo en la cubierta, observaba las tormentas con cierta preocupación. Se volvió y vio que los dos oficiales estaban ahora concentrados en el panel y los monitores. Eso y sus frecuentes miradas hacia los nubarrones cada vez más próximos indicó a Reilly que la situación los inquietaba. Justo entonces el radarista avisó al capitán y le dijo algo en turco, tras lo cual Karakas y De Angelis se acercaron a la consola. Reilly apartó la vista del temporal y se reunió con ellos.

Según la esquemática traducción del capitán, el radarista acababa de enseñarles una carta sobre la que había trazado los desplazamientos de algunos navíos. Y le había llamado especialmente la atención uno de los barcos cuyo patrón de navegación era curioso, ya que había dedicado un tiempo considerable a navegar en un sentido y otro por un estrecho corredor marino. Lo que en sí no era inusual; podía tratarse de un barco de pesca que estuviese rastreando una zona predilecta de su capitán. Algunas señales luminosas mostraban un comportamiento idéntico. Pero el radarista había detectado que si bien durante los dos últimos días una de las señales, que creía que correspondía al mismo barco, indicaba que éste se había pasado un par de horas navegando por un área concreta antes de proceder a la siguiente, ahora llevaba dos horas parado. Es más, de los cuatros barcos que había en la zona, tres ya se estaban alejando de ella, probablemente porque habían visto la proximidad de las tormentas. Sin embargo, el cuarto, la señal luminosa en cuestión, no se movía.

Reilly se inclinó hacia delante para ver mejor la imagen. En efecto, tres de las cuatro señales habían alterado su rumbo. Dos se dirigían a tierras turcas, y la tercera hacia la cercana isla griega de Rodas.

De Angelis ató cabos y arrugó la frente.

—Son ellos —anunció tajantemente mientras Plunkett hacía acto de presencia—. Y si no se mueven, es porque han encontrado lo que buscaban. —Se volvió a Karakas y lo miró con frialdad—. ¿A qué distancia están?

El capitán analizó la pantalla con ojos expertos.

—A unas cuarenta millas náuticas, unos setenta kilómetros. Yo diría que, tal como está el mar, a unas dos horas y media de aquí. Pero el tiempo empeorará y quizá tengamos que regresar antes de darles alcance. El barómetro está descendiendo en picado, nunca había visto nada parecido.

De Angelis no pensaba dar media vuelta.

—Me da igual. Avise a un helicóptero para que eche un vistazo y llévenos hasta allí lo antes posible.

74

La cámara se deslizó por la envolvente oscuridad, atravesando masas de plancton que iluminaron la pantalla antes de alejarse de su deslumbrante luz.

Las imágenes del ROV se sucedieron ante la vista de los espectadores atónitos de la sala de control del *Savarona*, un reducido espacio que estaba situado detrás del puente del buque. Vance y Tess estaban de pie, a espaldas de Rassoulis y dos técnicos que había sentados delante de una serie de monitores. A la izquierda del que mostraba las imágenes que recogía la cámara de *Dori*, un monitor más pequeño de posicionamiento GPS indicaba la posición actual del *Savarona*, que giraba en círculos intentando que la fuerte y repentina corriente no lo desviase. A la derecha otra pequeña pantalla mostraba una representación computarizada del sonar de barrido lateral, un gran círculo con otros círculos concéntricos de color azul, verde y amarillo; y en otra más, una brújula señalaba que la proa apuntaba al sur. Pero nadie prestaba mucha atención a esos monitores, todos los presentes miraban fijamente el monitor central, el que mostraba las imágenes de la cámara del ROV. Observaron absortos cómo en una ventana de una esquina de la pantalla, aparecía el fondo marino pixelado, cuya profundidad alcanzaba los ciento setenta y tres metros que mostraba la sonda acústica del *Savarona*.

A los ciento sesenta y ocho metros, las partículas luminosas aumentaron de grosor; a los ciento setenta y uno, un par de langostas se escabulleron de la luz, y a los ciento setenta y tres, la pantalla se inundó de pronto de una silenciosa luz amarilla. El ROV había llegado al fondo.

El gran guardia protector de *Dori*, un ingeniero corso llamado Pierre Attal, manipulaba concentrado su preciado robot con ayuda de una palanca y un teclado pequeño. Pulsó el ratón que había junto al teclado y, obedeciendo las órdenes de sus dedos, la cámara giró sobre sí misma y enfocó el lecho marino. Las imágenes, igual que en una exploración en Marte, mostraban un mundo misterioso e intacto. El robot estaba completamente rodeado por una extensión llana de arena que desaparecía en la tenebrosa oscuridad.

Esperanzada, aunque recelosa, Tess sintió un hormigueo por todo el cuerpo. No podía evitar sentirse emocionada, pero sabía que no tenían por qué estar necesariamente cerca, ni mucho menos. Lo único que proporcionaba el sonar de baja frecuencia y barrido lateral era la posición aproximada de un posible objetivo; a continuación había que desplegar el ROV y el sonar de alta frecuencia, éste tenía que determinar la ubicación exacta. Sabía que en algunos puntos el lecho del océano alcanzaba los doscientos cincuenta metros y estaba salpicado de arrecifes de coral, muchos de los cuales podían llegar a ser del tamaño que esperaban que tuviese el *Falcon Temple*. Como las lecturas del sonar no bastaban para distinguir los restos de un pecio de dicha coralina, había que utilizar los magnetómetros. Sus lecturas ayudaban a detectar los residuos férreos del pecio y, aunque eran meticulosamente calibrados (Rassoulis y su equipo habían calculado que después de setecientos años de corrosión por el agua salada habría, como mucho, cuatrocientos cincuenta kilos de hierro entre los restos del *Falcon Temple*), seguían corriendo el riesgo de dar alarmas falsas debido a bolsas naturales de geomagnetismo o, con más frecuencia, a pecios más recientes.

Observó cómo se volvía a repetir el mismo proceso que en los últimos días ya había visto en dos ocasiones. Accionando mínimamente la palanca, Attal condujo con seguridad el ROV por el fondo marino. Más o menos una vez por minuto lo hacía posarse sobre el lecho levantando una nube de arena. Entonces apretaba una tecla y el localizador iniciaba un giro de trescientos sesenta grados para capturar lo que había a su alrededor; luego el equipo estudiaba con detenimiento el escáner resultante antes de que Attal, de nuevo frente al cuadro de mandos, accionara los propulsores hidráulicos del pequeño robot para que continuara su silenciosa búsqueda.

Attal repitió la operación más de media docena de veces cuando de pronto apareció una mancha borrosa en una esquina de la pantalla. Guió el ROV hasta el lugar y realizó otro escáner. Al cabo de unos segundos el ROV envió la imagen y Tess pudo ver que la mancha se transformaba en una silueta rosácea rectangular, que destacaba entre el azul circundante.

Lanzó una mirada a Vance, que la miró sin alterarse.

Rassoulis ordenó a Attal:

—Hay que verlo más de cerca.

El ROV volvió a moverse, agitando el lecho arenoso como un aerodeslizador, mientras Attal lo conducía hábilmente a su objetivo. En el siguiente escáner, los contornos de la silueta rosa se hicieron más precisos.

—¿Qué opina? —inquirió Vance.

Rassoulis levantó la vista.

—Según el magnetómetro, la intensidad es un poco alta, pero... —Señaló con el dedo la imagen del escáner—. ¿Ven el ángulo recto que hay en este extremo y cómo se va adelgazando hacia el otro lado? —Arqueó las cejas, esperanzado—. Yo no creo que sea una roca.

Reinó el silencio en la sala mientras el ROV se desplazaba. Tess no apartaba los ojos de la pantalla mientras el robot planeaba sobre un grupo de algas que se balanceaban casi imperceptiblemente. Al posarse de nuevo en el fondo y entrar en contacto con la arena, a Tess se le aceleró el pulso. En el extremo del haz de luz del ROV se empezó a percibir algo de contornos muy angulosos y curvas demasiado regulares; parecía un objeto de fabricación humana.

En cuestión de segundos, vislumbraron los inconfundibles restos de un barco. El robot se ladeó y mostró la estructura de un pecio, cuyas cuadernas de madera habían sido destruidas por la broma.

Tess creyó que había visto algo y señaló nerviosa una de las esquinas de la pantalla.

—¿Qué es eso? ¿Podría acercarse más?

Attal dio las órdenes pertinentes al robot y Tess se inclinó hacia delante para ver mejor. Pese al resplandor del foco, pudo distinguir algo redondeado y cilíndrico. Parecía hecho de hierro oxidado. No era fácil calibrar la escala relativa de los objetos de la pantalla y Tess se planteó momentáneamente si lo que veía era un cañón. De repente la asaltaron las dudas y se preocupó; sabía que una galera de las últimas cruzadas no podía tener un cañón. Pero cuando el ROV se acercó más, la curvada silueta metálica fue modificándose. Ahora era más recta y más ancha. Miró a Rassoulis de soslayo y se fijó en su mueca de disgusto.

—Es una plancha de acero —comentó él, y se encogió de hombros. Tess supo lo que eso significaba antes de que el capitán lo dijera—. No es el *Falcon Temple*.

El ROV rodeó el objeto para captarlo desde un ángulo distinto y Attal lo confirmó decepcionado.

—Fíjense en esto, es pintura. —Miró a Tess y sacudió la cabeza con desánimo. A medida que el robot fue avanzando, todos tuvieron bastante claro que lo que habían encontrado eran los restos del casco de un barco mucho más reciente.

—Es de mediados del siglo diecinueve —apuntó Rassoulis—. Lo siento. —Echó un vistazo por la ventana. El mar estaba cada vez más revuelto y los dos frentes de nubarrones se dirigían a ellos a una velocidad alarmante—. De todas formas, será mejor que nos vayamos y regresemos. Esto me da mala espina. —Se volvió a Attal y le ordenó—. Sube a *Dori*. Por hoy hemos terminado.

Tess suspiró con fuerza, abatida por la derrota. Se disponía a abandonar la sala cuando le llamó la atención algo que vio en una esquina de la pantalla. Sintió un escalofrío y lo miró fijamente, con los ojos muy abiertos, antes de señalar con el dedo el lado izquierdo del monitor.

—¿Qué es esto? ¿Esto de aquí? ¿Lo ven?

Rassoulis alargó el cuello para mirar la pantalla mientras Attal enviaba el robot hacia el lugar que Tess había indicado. Entre los dos hombres, ella observaba la imagen detenidamente. En el campo visual de la luz proyectada por el ROV empezaba a distinguirse un bulto. Parecía un tocón inclinado que salía de un pequeño montículo. El robot se aproximó poco a poco y Tess se fijó en que en el montículo había una especie de palos, algunos cubiertos de algas, pero ella albergaba la esperanza de que fuesen los restos del aparejo de una embarcación. Algunas de las piezas eran curvas, como las cuadernas de un casco antiguo. La espectral silueta estaba repleta de siglos de vida marina.

Le latía el corazón a gran velocidad. Seguro que era un pecio. Un pecio más antiguo que había quedado parcialmente oculto debajo de otro más reciente.

El ROV se acercó más, deslizándose entre los restos desintegrados y cubiertos de coral, sus focos bañaban el objeto con un resplandor blanquecino.

De repente, Tess se quedó sin aliento.

Allí, iluminado por la deslumbrante luz del robot y emergiendo desafiante del lecho marino, estaba el halcón del mascarón de proa.

75

Desde el puente de mando del patrullero, Rassoulis, Vance y Tess miraban cada vez más preocupados los frentes que se aproximaban. La velocidad del viento se había incrementado a treinta nudos, y el *Savarona* sufría ahora el embate de olas inmensas; el mar agitado era tan amenazante como las enfurecidas nubes negras.

Debajo del puente, una pequeña grúa depositó el ROV en la cubierta principal. Attal y otros dos hombres de la tripulación estaban ahí, de pie, desafiando el mal tiempo mientras esperaban para sujetarlo al barco.

Tess se apartó el pelo de la cara.

—¿No deberíamos volver? —preguntó a Rassoulis.

Vance no dudó en intervenir:

—Tonterías. No hace tan mal tiempo. Estoy seguro de que el ROV puede hacer otro descenso para echar otro vistazo. —Vance sonrió confiado a Rassoulis—. ¿No cree?

Tess observó al capitán mientras escudriñaba el amenazante e iracundo cielo que se cernía sobre ellos. Al sur, los relámpagos atravesaban las nubes, e incluso desde la distancia a la que se encontraban se podían ver densas cortinas de agua que avanzaban por el mar.

—Esto no me gusta nada. Con un frente podemos, pero con dos... Si nos vamos ahora, lograremos pasar entre las dos borrascas. —Se volvió hacia Vance—. Pero no se preocupe, las tormentas aquí no duran mucho y nuestro localizador GPS tiene una precisión de hasta un metro. Volveremos en cuanto haya pasado, mañana probablemente.

El profesor frunció el ceño.

—Yo preferiría no irme de aquí sin nada —repuso con tranquilidad—. Me gustaría llevarme el mascarón de proa, por ejemplo. Seguro que tenemos tiempo para rescatarlo antes de irnos, ¿no? —Por la cara de preocupación de Rassoulis saltaba a la vista que la idea no le gustaba demasiado—. Me preocupa que la tormenta dure más de lo que imaginamos —insistió Vance— y luego usted tiene otro viaje previsto... A lo mejor no podemos volver hasta dentro de varios meses, y quién sabe lo que puede suceder entre tanto.

Rassoulis observó las borrascas convergentes y evaluó con gesto preocupado si el *Savarona* podía o no permanecer en la zona del pecio.

—Le compensaré. —Vance no se daba por vencido—. Usted rescate el halcón y nos iremos. El resto se lo puede quedar.

Rassoulis lo miró intrigado.

—¿Eso es todo lo que quiere? ¿El halcón? —Hizo una pausa y clavó su mirada en el profesor. Tess tuvo la sensación de que estaba en medio de una gran partida de póquer—. ¿Por qué?

Vance se encogió de hombros y su expresión se ensombreció.

—Es personal. Digamos que es una cuestión de... prioridades. —Su mirada se endureció—. Pero estamos perdiendo el tiempo. Estoy convencido de que, si actuamos deprisa, podemos conseguirlo. Lo demás será para usted.

Les dio la impresión de que el capitán consideraba brevemente las opciones, a continuación asintió, se alejó un poco y le gritó unas cuantas órdenes a Attal y al resto de la tripulación.

Vance se volvió hacia Tess con el rostro tenso, estaba nervioso.

—Ya casi lo tenemos —susurró con voz entrecortada—; casi es nuestro.

—¿Cuánto falta? —chilló De Angelis al capitán.

Reilly notó que las sacudidas del puente del *Karadeniz* eran mucho más fuertes que antes. Llevaban más de una hora navegando en diagonal para esquivar las olas que golpeaban a estribor y batían contra el casco del patrullero con una ferocidad cada vez mayor. Debido a los rugidos del viento y a que los motores funcionaban a toda máquina para combatir la marejada, tenían que gritar para hacerse entender.

—Estamos a menos de veinte millas náuticas —contestó Karakas—, unos treinta y cinco kilómetros.

—¿Y el helicóptero?

El capitán le preguntó al radarista y luego respondió:

—Estableceremos contacto en menos de cinco minutos.

De Angelis soltó un fuerte suspiro, estaba impaciente.

—¿No puede ir más rápido este trasto?

—No con esta mar —contestó Karakas lacónico.

Reilly se acercó al capitán.

—¿Cree usted que habrá empeorado mucho el tiempo cuando les demos alcance?

Karakas cabeceó con rostro sombrío. No gritó, pero Reilly pudo oír igualmente su respuesta.

—¡Sólo Dios sabe! —dijo encogiéndose de hombros.

Tess observó absorta cómo Attal manipulaba el brazo articulado de *Dori* para atar el último arnés al mascarón de proa. A pesar de las precarias condiciones, la tripulación había trabajado con eficacia y precisión militar para pertrechar al ROV con el equipo de rescate necesario antes de volver a sumergirlo en las revueltas aguas. Attal hizo maravillas con la palanca, guiando el ROV hasta las profundidades y colocando la red de recuperación con una eficiencia asombrosa. Lo único que faltaba ahora era tirar de la palanca, inflar los tres flotadores por control remoto y ver cómo el mascarón de proa subía despacio hasta la superficie.

Cuando estuvo todo listo Attal asintió.

—Podemos sacarlo, pero... —Soltó una palabrota en francés mientras miraba hacia el parabrisas, que sufría el embate del viento aullador.

Rassoulis frunció el entrecejo, preocupado por el temporal que arreciaba.

—Lo sé. No será fácil ponerlo a bordo cuando lo hayamos subido. —Se volvió hacia Vance y le habló con dureza—: No podemos bajar una Zodiac estando como está la mar, y no quiero poner en peligro la vida de ningún buzo. Subir el ROV al barco costará bastante, pero por lo menos va sujeto y es movible. —Hizo una pausa y evaluó las cada vez más adversas condiciones meteorológicas antes de tomar una decisión—: No, hoy será imposible. Dejaremos los flotadores abajo y regresaremos cuando se despeje.

Vance lo miró desconcertado.

—Hay que sacarlo ahora mismo —insistió—. Quizá no tengamos otra oportunidad.

—Pero ¿qué le pasa? —replicó Rassoulis—. No pensará que con esta tormenta vendrá alguien a robarlo, ¿no? En cuanto el tiempo lo permita, volveremos.

—¡No! —exclamó Vance indignado—. ¡Hay que hacerlo ahora!

Rassoulis arqueó las cejas, sorprendido por el arranque de ira del profesor.

—Mire, no pienso dejar que peligre la vida de nadie por esto. Hay que regresar, y punto. —Lanzó a Vance una mirada penetrante y luego ordenó a Attal—: sube a *Dori* lo más rápido posible. —Pero antes de que pudiese dar más órdenes algo llamó su atención. El sonido le era familiar, era el estrepitoso restallido de los rotores de un helicóptero. Tess también lo oyó, igual que Vance, a juzgar por su cara de desconcierto.

Cogieron sus anoraks y salieron a la estrecha cubierta que había junto al puente. El fuerte viento se había convertido en galerna y ahora estaba acompañado de una cortina de agua. Tess usó una mano a modo de visera para poder observar el turbulento cielo y no tardó en localizarlo.

—¡Ahí! —gritó señalándolo.

Volaba directamente hacia ellos. En pocos segundos estuvo sobre la embarcación; era blanco con una franja oblicua roja. Los rotores atronaban sobre sus cabezas, y a continuación ascendió y sobrevoló de nuevo el barco. Aminoró la velocidad al acercarse otra vez al *Savarona* y permaneció inmóvil por la banda de babor, encarando el viento mientras sus rotores agitaban el mar y revolvían las crestas de las espumosas olas. Tess distinguió claramente la insignia de la Guardia Costera turca en el fuselaje y vio que el piloto hablaba por un micrófono al tiempo que examinaba el barco.

Después señaló sus auriculares y les indicó con vehemencia que cogieran la radio.

En el puente de mando del *Karadeniz*, Reilly notó que a De Angelis se le iluminaba la cara. Desde el helicóptero le habían confirmado que el otro barco estaba capacitado para hacer exploraciones submarinas y que, pese a las adversas condiciones meteorológicas, mantenía su posición. El piloto había observado movimiento en la cubierta, junto a la grúa, lo que era indicio de la inminente recuperación de algún sumergible. Asimismo había visto a las dos personas buscadas, y sus descripciones disiparon todas las dudas de monseñor.

—Le he pedido que contacte por radio con ellos —le explicó Karakas a De Angelis—. ¿Qué quiere que les digamos?

Monseñor no titubeó.

—Dígales que una tormenta de proporciones bíblicas está a punto de echárseles encima —se limitó a contestar— y que, si quieren seguir con vida, tienen que largarse de ahí.

Reilly examinó el rostro de De Angelis, que no hacía sino confirmar la rotunda amenaza que había implícita en su respuesta. Monseñor estaba decidido a impedir a toda costa que huyeran con aquello que habían ido a buscar. Ya había demostrado que sentía una indiferencia absoluta por la vida humana cuando se trataba de proteger el gran secreto de la Iglesia. «Todos somos prescindibles», había declarado tajantemente en Turquía.

Reilly quiso intervenir.

—Nuestra prioridad debería ser su seguridad —apuntó—. Hay una tripulación a bordo de ese buque.

—Por eso lo decía —replicó De Angelis con tranquilidad.

—No tienen muchas opciones —señaló Karakas. Consultó la pantalla del radar, según la cual numerosas señales luminosas estaban desapareciendo de la zona—. Las tormentas los han acorralado por el norte y por el sur. Pueden navegar hacia el este, donde les esperan dos barcos patrulleros, o hacia el oeste, hacia nosotros. En cualquier caso, los tenemos. La mar no está como para que corran ningún riesgo. —Su sonrisa no era especialmente amigable. Reilly pensó que a Karakas tal vez le divirtiese una persecución, lo que unido a la sanguinaria predisposición de De Angelis, no presagiaba nada bueno.

Lanzó una mirada hacia la cubierta de proa y el cañón automático de veintitrés milímetros que había en ella, y se inquietó. Tenía que alertar a Tess y a los demás de que estaban en peligro.

—Déjeme hablar con ellos —soltó Reilly.

De Angelis lo miró desconcertado.

—¿No querían que les ayudara? —insistió—. Ellos no saben que estamos aquí, y es posible que tampoco conozcan la magnitud real de la tormenta que se les acerca. Déjeme hablar con ellos y convencerles de que nos sigan hasta la costa.

A Karakas le daba igual quién hablara con ellos, pero necesitaba una confirmación final y se volvió hacia De Angelis.

Monseñor sostuvo la mirada de Reilly con ojos fríos y calculadores antes de dar su consentimiento.

—Déle un micrófono —ordenó a Karakas.

A Tess le dio un vuelco el corazón cuando oyó la voz de Reilly por la radio del buque y cogió el micrófono de Rassoulis.

—Sean, soy Tess. —Estaba sin aliento y el pulso acelerado le golpeaba en las sienes—. ¿Dónde estás?

Hacía ya rato que el helicóptero se había marchado desapareciendo en el oscuro y lluvioso cielo.

—No muy lejos —contestó Reilly con voz temblorosa—. Estamos en un patrullero a unas quince millas náuticas al oeste de vosotros. Al este tenéis dos barcos más esperándoos. Escúchame, Tess. Tenéis que dejar lo que sea que estéis haciendo y salir de ahí. Hay dos frentes borrascosos a punto de colisionar encima de vuestras cabezas. Navegad con rumbo oeste —hizo una pausa como si aguardase a que le dieran la información—, coordenadas dos siete cero. Repito, dos, siete, cero. Y desde aquí os guiaremos hasta Marmaris.

Tess notó que Rassoulis miraba extrañado a Vance, que estaba visiblemente furioso. Antes de que pudiese darle una respuesta a Reilly, el capitán le quitó el micrófono de las manos.

—Al habla Georgios Rassoulis, capitán del *Savarona*. ¿Con quién hablo?

Tras varios segundos de distorsión, se volvió a oír la voz de Reilly.

—Mi nombre es Sean Reilly, soy agente del FBI.

Tess se fijó en que Rassoulis fruncía las cejas y le echaba al profesor una mirada recelosa, pero Vance se limitó a quedarse inmóvil. Luego se volvió y anduvo unos cuantos pasos hacia la parte trasera del puente de mando.

Sin quitarle los ojos de encima a Vance, el capitán preguntó a Reilly:

—¿Y qué hace el FBI alertando de una tormenta a un buque griego de exploración submarina en medio del Mediterráneo?

Sin darse la vuelta, Vance respondió por él:

—Han venido a buscarme —dijo con sorprendente indiferencia. Entonces se volvió y Tess vio que llevaba una pistola en la mano con la que apuntaba a Rassoulis—. Creo que ya hemos escuchado bastante a nuestros amigos del FBI. —Y disparó dos veces contra la radio. Tess gritó mientras del aparato salían chispas y piezas por los aires. La distorsión que se había oído por el altavoz cesó de inmediato.

—Y ahora —susurró con los ojos desorbitados—, ¿les importaría continuar con lo que estábamos haciendo?

76

Tess notó cómo todo su cuerpo se tensaba. Tenía la sensación de que las piernas se le habían quedado clavadas en el suelo del puente de mando y que no podía hacer otra cosa más que quedarse quieta en un rincón, observando a Vance avanzar amenazante hacia Rassoulis y ordenarle que iniciara el proceso de recuperación del mascarón de proa.

—Es imposible —objetó el capitán—, ya le he dicho que no podemos subirlo a bordo en estas condiciones.

—Pulse la maldita tecla —insistió Vance— o lo haré yo por usted. —Miró enfurecido a Attal, que seguía sentado frente al panel de control del ROV con la mano sujetando inmóvil la palanca.

El ingeniero se volvió hacia el capitán, que cedió y asintió ligeramente. Attal accionó los controles; en el monitor, la imagen capturada por *Dori* se fue haciendo cada vez más pequeña a medida que el ROV retrocedía y a continuación, uno tras otro, los flotadores naranjas se inflaron al máximo en cuestión de segundos. Al principio, no dio la impresión de que el halcón se moviese, se resistía con tozudez a las sacudidas de los grandes flotadores; pero de repente se produjo un remolino de arena y se levantó como un tronco arrancado de raíz, arrastrando en una nube parte del sedimento que se había depositado sobre él a lo largo de los siglos. Attal subió el ROV en paralelo al halcón, de manera que en la pantalla se siguiera viendo la imagen imprecisa y casi irreal del mascarón de proa.

Tess oyó que se abría la puerta del puente de mando; acababa de entrar un miembro de la tripulación procedente de la pasarela. Vance, que estaba extasiado frente al monitor, levantó la mirada de la pantalla para ver qué ocurría. Entonces Rassoulis aprovechó para abalanzarse sobre el profesor y empezó a forcejear con él para quitarle la pistola. Tess reculó y chilló:

—¡No!

Attal y otro ingeniero se levantaron de sus sillas para ayudar a su capitán cuando la pistola se disparó, retumbando en el reducido espacio.

Durante unos instantes, Vance y Rassoulis permanecieron inmóviles, uno frente al otro, y entonces el profesor se apartó, y el capitán se desplomó en el suelo mientras salía sangre de su boca y se le ponían los ojos en blanco.

Horrorizada, Tess miró fijamente el cuerpo de Rassoulis, que sufrió varios espasmos antes de quedarse laxo. Después miró a Vance.

—Pero ¿qué has hecho? —gritó mientras se arrodillaba junto al hombre, vacilante, y luego trató de escuchar su aliento para saber si seguía con vida y le buscó el pulso.

Pero no respiraba.

—¡Está muerto! —exclamó—. ¡Lo has matado!

Attal y los demás miembros de la tripulación estaban atónitos. Luego el timonel, llevado por un acto reflejo, se abalanzó sobre Vance para quitarle la pistola. Sin embargo, con una rapidez pasmosa, el profesor le golpeó en la cara con la culata del arma y lo envió contra el suelo. Vance parecía aturdido, pero recuperó el control y la expresión de su rostro se endureció.

—Suban el halcón y nos iremos todos a casa —ordenó—. ¡Ahora!

Vacilante, el primer oficial y Attal iniciaron los preparativos del rescate y dieron órdenes al resto de la tripulación, pero Tess estaba ofuscada y las palabras le resultaron indescifrables. No podía dejar de mirar a Vance, cuyos ojos tenían ahora vida propia. Ya no pertenecían al erudito profesor que había conocido años atrás ni al hombre destrozado con el que se había embarcado en ese fatídico viaje. Reconoció en ellos la fría indiferencia y la crueldad que había visto con anterioridad en el Met, la noche del asalto. Aquel día le habían dado miedo, pero en ese momento, con un cadáver a su lado, la aterrorizaban.

Miró de nuevo el cuerpo del capitán y se dio cuenta de que era muy probable que ella también muriese en ese buque. Entonces pensó en su hija y se preguntó si volvería a verla alguna vez.

Reilly dio un respingo cuando la voz de Rassoulis desapareció y por el altavoz de la radio no se oyó más que distorsión. Sintió un escalofrío en la espalda. Le parecía haber escuchado un disparo, pero no estaba seguro.

—¿Capitán? ¿Tess? ¿Oigan?

No hubo respuesta.

Se volvió al radiotelegrafista, que estaba junto a él, y que con un gesto negativo de la cabeza le dio el parte al capitán en turco.

—Hemos perdido la comunicación —confirmó Karakas—. Por lo visto ya han oído cuanto querían oír.

Reilly miró indignado hacia el limpiaparabrisas en marcha que no ayudaba a mejorar la visibilidad. El *Karadeniz* iba a toda máquina, enfrentándose a las olas cada vez más inmensas. En el puente de mando todas las conversaciones se mantenían en turco, pero a Reilly le dio la impresión de que la tripulación del patrullero estaba más concentrada en la violencia del mar que en el buque de exploración submarina, que, al parecer, seguía en la misma posición. Aunque ahora el *Savarona* estaba, en teoría, dentro de su campo de visión, debido a la lluvia y a los embates de la mala mar aparecía y desaparecía, intermitentemente, de su vista. En una de esas ocasiones, Reilly distinguió una silueta borrosa y distante, y se le encogió el corazón nada más pensar en que Tess estaba ahí dentro.

Reilly vio que Karakas y el primer oficial intercambiaban unas cuantas palabras entrecortadas, y luego el capitán, preocupado, se volvió hacia De Angelis con la curtida frente surcada de arrugas.

—Esto se nos está yendo de las manos. El viento sopla casi a cincuenta nudos, y con estas condiciones no hay mucho que podamos hacer para obligar al *Savarona* a que nos siga hasta la costa.

De Angelis no se inmutó lo más mínimo.

—Mientras ellos no se muevan, aquí nos quedaremos.

El patrón soltó un gran suspiro. Miró a Reilly en busca de una explicación acerca de las intenciones de De Angelis, pero no encontró ninguna.

—No creo que debamos seguir aquí mucho rato más —dijo con rotundidad—. Es peligroso.

De Angelis se volvió.

—¿Cuál es el problema? —replicó indignado—. ¿No puede esquivar unas cuantas olas? —Señaló enérgicamente hacia el *Savarona*—. Yo no he visto que tengan intención de marcharse. No tienen ningún miedo, ¿usted sí? —preguntó haciendo una mueca.

Reilly observó a Karakas, ahí de pie, nervioso por el tono en que monseñor le había hablado. Entonces gritó malhumorado una serie de órdenes a su inquieto primer oficial. De Angelis asintió, le echó una mirada a Plunkett y luego miró al frente; aunque lo veía de perfil, a Reilly le pareció que estaba siniestramente satisfecho.

Tess estaba al lado de Vance, contemplando cómo los chorros de lluvia golpeaban el parabrisas como si fueran perdigones mientras el chubasco batía contra el puente desde todos los ángulos. Densas capas de espuma blanca chocaban contra el *Savarona*, cuyas cubiertas estaban inundadas de agua.

Y entonces aparecieron.

Como si se tratara de una familia de ballenas, aparecieron a estribor los tres flotadores de color naranja.

Tess aguzó la vista para intentar ver a través de la lluvia y entonces lo localizó, vio una pieza de madera oscura entre los flotadores, en la que, pese al desgaste de los siglos y evocando su antiguo esplendor, estaba tallada la inconfundible figura de un ave.

Lanzó una mirada a Vance y vio en que se le había iluminado el rostro. Durante unos instantes la emoción y la excitación se apoderaron de ella, eclipsando todo el miedo y el horror que había sentido.

Pero la pesadilla no había terminado.

—Ordene a los buzos que se preparen —chilló Vance al primer oficial, preocupado por el estado de la mejilla sangrante del timonel. Al percibir que titubeaba, el profesor alargó el brazo y con la pistola le asestó un golpe en la cara; el hombre estaba aterrorizado—. Obedezca, no nos iremos de aquí sin el mascarón.

Justo en ese momento una inmensa ola batió contra la popa del *Savarona*, que se escoró considerablemente; el timonel se puso de pie tambaleándose y relevó al abrumado marinero, controlando el timón para que el buque no zozobrara y maniobrando para acercarlo a los flotadores. Resistió con pericia el embate de las olas y logró mantener la posición del barco mientras otros dos miembros de la tripulación se ponían los equipos de submarinismo y saltaban a regañadientes desde la cubierta empuñando con fuerza los pesados cabos de rescate.

Tess observó nerviosa cómo los buzos nadaban hasta el aparejo, y tuvieron que pasar unos tensos minutos, que se hicieron eternos, hasta que desde el puente distinguieron unos pulgares hacia arriba que indicaban el éxito de la empresa. A continuación el primer oficial pulsó un interruptor y el cabrestante de la cubierta de popa se activó estrepitosamente, forcejeando contra el balanceo del buque y las violentas olas. El mascarón de proa, todavía atado con arneses a los flotadores, emergió del agua espumosa y se elevó en dirección a la cubierta.

De pronto, a Vance algo le llamó la atención y frunció las cejas; en cambio, Attal sonrió y agarró a Tess del brazo mientras asentía y miraba también hacia el oeste. Ella miró hacia la proa y vislumbró la espectral silueta del *Karadeniz*, que navegaba hacia ellos a toda máquina surcando las fuertes olas.

Vance se volvió hacia el timonel y le gritó enfadado:

—¡Hay que largarse de aquí! —ordenó blandiendo la pistola furioso.

Por la cara del timonel se deslizaron gotas de sudor mezclado con sangre; hacía cuanto podía para que el buque no ofreciera el costado a las olas.

—Primero tenemos que recoger a los buzos —protestó.

—¡Olvídese de ellos! —gruñó Vance—. Ya los recogerá el patrullero, así ganaremos tiempo.

El timonel se apresuró a consultar la fuerza del viento en el radar meteorológico y señaló el *Karadeniz*.

—La única forma de escapar de la tormenta es navegando hacia ellos.

—¡No! ¡No podemos ir en esa dirección! —chilló Vance.

Tess vio que el *Karadeniz* se aproximaba.

—Por favor, Bill —rogó al profesor—. Estamos rodeados, y si no salimos ahora mismo de aquí, esta tormenta nos matará.

Vance la acalló con una sola mirada y luego miró nervioso el parabrisas y el radar.

—Al sur —ordenó con frialdad—. Llévenos hacia el sur.

El timonel abrió los ojos desmesuradamente, como si le hubiesen dado un puñetazo en la barriga.

—¿Al sur? ¿Hacia la tormenta? —replicó—. Pero ¿se ha vuelto loco o qué?

Con un rápido movimiento, Vance apuntó al timonel con el arma y justo antes de apretar el gatillo apartó ligeramente la pistola de su cara. La bala fue a parar a un mamparo. Miró amenazante a los demás miembros de la tripulación y luego apuntó de nuevo al aterrorizado timonel.

—¿Qué prefiere? ¿Las olas... o que le atraviese la cabeza de un balazo? Escoja.

El timonel miró brevemente a Vance y luego a los controles, giró el timón y empujó hacia delante la palanca del gas. El buque dejó a los buzos en medio de su estela y siguió adelante, cabeceando en dirección al epicentro de la tormenta.

Sólo cuando Vance apartó la vista del timonel cayó en la cuenta de que Tess había desaparecido.

77

Desde el puente de mando del *Karadeniz* De Angelis miraba con los binoculares marinos Fujinon, furioso y atónito.

—¡Lo han conseguido! —exclamó apretando los dientes—. No me lo puedo creer. ¡Han logrado reflotarlo!

Reilly también lo había visto y la preocupación se apoderó de él. «Entonces era verdad», pensó. Ahí estaba, arrancado de las profundidades gracias a la tenacidad de un hombre, después de cientos de años.

«Tess, ¿qué has hecho?», se preguntó Reilly.

En ese momento supo que ya nada podría detener a De Angelis y se horrorizó.

El primer oficial, que estaba de pie junto a ellos, también tenía la mirada clavada en el *Savarona*, pero le preocupaba otra cosa.

—Se dirigen hacia el sur. Han dejado a los buzos en el agua.

En cuanto oyó eso, Karakas empezó a dar instrucciones. Al instante activó la sirena, a lo que siguió una serie de órdenes a través de los altavoces del patrullero. Los submarinistas comenzaron a ponerse los trajes mientras fuera, en la cubierta, la tripulación preparaba a toda prisa una de las lanchas hinchables del buque.

De Angelis contempló la frenética actividad con un escepticismo absoluto.

—¡Olvídense de esos malditos buzos! —gritó señalando desesperado el *Savarona*—. ¿No ve que se alejan? Tenemos que detenerlos.

—No podemos dejar a esos hombres en el agua —repuso Karakas sin ocultar el menosprecio que sentía por la actitud de monseñor—. Además, ese buque no conseguirá huir de la tormenta. Las olas son demasiado grandes. En cuanto rescatemos a los buzos tenemos que irnos de aquí.

—No —insistió De Angelis con firmeza—, aunque sólo haya una posibilidad entre un millón de que logren huir con vida, no podemos consentirlo. —Aguzó la vista a través del parabrisas y se volvió hacia el robusto capitán con una mirada amenazante—. Hunda ese barco. Es una orden.

Reilly no pudo contenerse más. Se abalanzó sobre De Angelis, lo sujetó por los hombros y se encaró con él.

—No puede hacer eso, no hay...

Pero se quedó helado.

Monseñor había sacado su pistola automática y apuntó a Reilly a la cabeza.

—Usted no se meta —le gritó mientras lo empujaba suavemente hacia el fondo del puente de mando.

Con el cañón de frío acero suspendido a pocos milímetros de su frente, Reilly miró a los ojos a De Angelis; estaban llenos de una furia asesina.

—Su misión ha terminado —le espetó monseñor—. ¿Le ha quedado claro?

Su expresión era tan implacable que Reilly pensó que apretaría el gatillo sin pestañear. Además, estaba seguro de que si trataba de hacer algún movimiento, moriría antes incluso de haberle puesto una mano encima.

De modo que asintió y no opuso resistencia mientras procuraba mantener el equilibrio a pesar del vaivén del barco.

—Está bien —le dijo—. Tranquilo.

—Utilice el cañón antes de que los perdamos de vista —ordenó De Angelis al capitán sin dejar de mirar fijamente a Reilly.

Éste notó que a Karakas aquella situación le incomodaba sobremanera.

—Estamos en aguas internacionales —objetó—, y por si eso no fuera bastante, éste es un barco griego. Ya tenemos suficientes problemas con...

—¡Me da igual! —exclamó De Angelis apuntando furioso a Karakas—. Este patrullero opera bajo el mandato de la OTAN y como oficial de mayor rango voy a darle una orden, capitán...

Esta vez fue Karakas quien le interrumpio: ·

—¡No! —dijo con rotundidad y mirando a los ojos a De Angelis—. Si es necesario, responderé ante un tribunal militar.

Los dos hombres permanecieron inmóviles varios segundos, monseñor con el brazo derecho estirado y apuntando con la pistola al rostro del capitán, que no se acobardó. Se limitó a quedarse quieto frente a él, hasta que monseñor lo empujó a un lado, ordenó a Plunkett que los vigilara y se precipitó a la puerta en dirección a la pasarela.

—¡Váyase al infierno! —gritó indignado—. ¡Lo haré yo mismo!

Plunkett desenfundó su pistola nada más salir monseñor por la puerta. El fuerte viento azotaba el puente, pero eso no le impidió a De Angelis encarar la violenta tormenta.

Reilly miró con incredulidad a Karakas, y justo entonces una gran ola batió contra el costado del patrullero, el puente de mando se inclinó y todo el mundo tuvo que sujetarse. Reilly no desaprovechó su oportunidad; se abalanzó sobre Plunkett en el momento en que éste alargaba los brazos para apoyarse en la consola y consiguió bloquearle contra el panel la mano en la que sostenía la pistola mientras le propinaba un fuerte puñetazo que hizo que el agente de la CIA soltara el arma lo suficiente para quitársela. Plunkett se defendió con otro puñetazo brutal, pero Reilly lo esquivó sin vacilar, le asestó un golpe tremendo en la frente y Plunkett cayó inconsciente al suelo.

Reilly se metió la pistola por dentro del cinturón, pasó junto al capitán, cogió un chaleco salvavidas, se lo puso y fue en pos de De Angelis.

El fuerte viento lanzó a Reilly contra la puerta del puente como si fuera un muñeco de trapo. Recuperó el equilibrio y avanzó agarrado a la barandilla hasta que localizó bajo la lluvia la silueta de monseñor, que caminaba lenta e inexorablemente pegado al mamparo en dirección a la cubierta de proa, donde se hallaba el cañón automático.

Aguzó la vista y distinguió el perfil del *Savarona*. Se balanceaba con ímpetu; estaba a menos de doscientos metros de distancia del *Karadeniz*, pero los separaba un mar enfurecido.

De repente, a Reilly se le encogió el corazón. En la cubierta de proa del buque de exploración submarina le pareció ver una pequeña figura que, sacudida por torrentes de agua, se bamboleaba y se sujetaba con desesperación al aparejo.

Sintió que se quedaba sin aliento.

Estaba seguro de que era Tess.

Tess bajó aprisa las escaleras, estaba aturdida, su pulso sonaba atronador en su cabeza. Miró las paredes ansiosa, intentando recordar dónde había visto el hacha.

Finalmente, la halló sujeta a uno de los mamparos de la cocina. Asimismo encontró un chaleco salvavidas y se lo puso. Respiró hondo para hacer acopio de todas sus fuerzas y abrió la puerta estanca, salió por la escotilla y se enfrentó a la furia de la tempestad.

Tess sabía que Vance no se arriesgaría a dejar el puente de mando. Cogió el hacha con una mano mientras utilizaba la otra para no perder el equilibrio y anduvo con cautela por la cubierta principal, aprovechando para ir lanzando chalecos salvavidas por el camino con la esperanza de que pudieran serles útiles a los buzos que habían abandonado a su suerte.

Vio como una enorme ola se acercaba al buque y se abrazó a una barandilla, preparada para encarar el muro de agua que le dio de plano y sumergió la cubierta. Entonces notó que sus pies perdían el contacto con el suelo cuando el *Savarona* coronaba la ola y su proa subía vertiginosamente antes de sumergirse de nuevo con violencia en el mar. Volvió a ponerse de pie y, apartándose los mechones de pelo que le daban latigazos en la cara, logró distinguir el halcón, que colgaba a media altura a menos de un metro por encima de la cubierta y se balanceaba con fuerza. Consiguió llegar a la base de la grúa y al cable que salía del cabrestante.

Entonces miró hacia el puente de mando, donde a través de la cortina de agua vio la cara de susto de Vance. Respiró hondo y, sin pensárselo más, levantó el hacha y golpeó el cable con todas sus fuerzas. Pero estaba tan tirante que el hacha rebotó en él y estuvo a punto de caérsele de las manos; levantó la vista de nuevo y vio que Vance salía veloz del puente pese a los azotes del viento. Gesticulaba con vehemencia mientras gritaba «¡No!», pero el viento aullaba y Tess no pudo oírlo. Volvió a golpear el cable con decisión, recuperó el equilibrio, y le dio un tercer hachazo. Se soltó un ramal, luego otro y otro mientras Tess daba repetidos y frenéticos hachazos.

No estaba dispuesta a que Vance lograra su objetivo. No de esa forma; ni a ese precio. Había sido una estúpida concediéndole el beneficio de la duda, ahora le daría su merecido.

Al final se soltó el último ramal, y cuando el *Savarona* se inclinó a babor, el halcón cayó de repente y se precipitó pesadamente en el mar.

Tess caminó por la cubierta escorada sujetándose a la barandilla, medio agachada y alejándose del puente de mando para tratar de manera instintiva de salir del campo de visión de Vance. Lanzó una mirada hacia atrás y pudo vislumbrar los flotadores entre la espuma del oleaje. Con el corazón en un puño, se detuvo unos segundos para ver si estaba ahí el mascarón de proa y soltó un gran suspiro al comprobar que su silueta redondeada y marrón oscura sobresalía en medio de los flotadores inflados.

Sin embargo, la alegría por el éxito de su hazaña duró poco, porque en ese preciso instante se escuchó el ruido entrecortado de unas explosiones que sacudieron al *Savarona*. Tess buscó protección y después echó un vistazo al patrullero que los seguía, y se sorprendió al constatar que el cañón de proa escupía un fuego mortífero.

Soportando los azotes de la lluvia y el viento feroz, Reilly corrió en pos de monseñor.

El *Karadeniz* hacía cuanto podía para mantener su posición; los buzos ya habían subido a uno de los submarinistas del *Savarona* a bordo de la lancha hinchable mientras el otro se agarraba desesperado a un chaleco salvavidas a la espera de ser también rescatado.

Por fin, De Angelis llegó a la cubierta de proa. Tardó sólo unos segundos en apoyarse firmemente contra los acolchados espaldares del asiento de la torreta del cañón. Quitó el seguro del arma, la giró con soltura de experto, apuntó al huidizo buque de exploración submarina y disparó una ráfaga de proyectiles incendiarios de veintitrés milímetros.

—¡No! —chilló Reilly, trepando por la barandilla hasta la torre del cañón. Pese al aullido del viento el ruido del arma era atronador.

Arremetió contra De Angelis, el cañón se desvió y los proyectiles pasaron de largo el *Savarona*, y desaparecieron en el mar sin causar destrozos. Monseñor apartó un brazo del arma, le agarró una mano a Reilly y le retorció los dedos antes de propinarle un fuerte puñetazo en plena mandíbula que le hizo tambalearse por la cubierta inclinada e inundada de agua.

Reilly no pudo recuperar el equilibrio y se deslizó por el suelo de cubierta, alejándose de monseñor. En un desesperado intento por detener la caída, se asió a un cabo y consiguió ponerse de pie. Entonces el patrullero se balanceó brutalmente mientras era elevado por una ola gigantesca. Cuando la coronó, De Angelis ya había recuperado su posición y el *Savarona* volvía a estar dentro de su campo de visión. Monseñor disparó otra ráfaga de proyectiles y Reilly, horrorizado, observó con impotencia cómo docenas de balas trazaban su refulgente y fatal recorrido, atravesando la oscuridad cada vez mayor e impactaban en el buque. Las llamas y las bocanadas de humo surcaron el aire y la mayoría de los proyectiles hicieron blanco en la desprotegida popa del *Savarona*.

Acurrucada junto a una escotilla, Tess tenía la sensación de que el corazón se le iba a salir del pecho mientras el *Savarona* sufría el despiadado ataque del cañón del patrullero. A mil disparos por minuto incluso una pequeña ráfaga tenía unos efectos devastadores.

Las balas perforaban la cubierta cuando Tess fue sorprendida por una explosión producida en las entrañas del buque, que la hizo gritar. Casi de inmediato, una nube de humo negro brotó de popa. El barco se escoró, era como si estuviese reduciendo la marcha. Tess supo que el motor había sido alcanzado. Intuyó que el depósito de gasoil estaba intacto, porque sino el buque hubiera volado por los aires. Aun así, contó los segundos que pasaban, esperando que sucediese, pero no ocurrió.

Claro que la situación seguía siendo catastrófica.

Sin motor, el dañado buque de exploración submarina no tenía nada que hacer contra el mar agitado. Las olas batían contra él desde todas direcciones, haciendo que se tambaleara y girara sobre sí mismo como un coche de choque en una feria.

Tess vio con pavor cómo una inmensa montaña de agua surgía de la popa del *Savarona* y rompía contra el puente. Apenas si logró cogerse al cabo salvavidas y abrazar la barandilla antes de que la avalancha de agua se precipitara sobre el buque, inundase toda la cubierta y reventase las ventanas Lexan de más de un centímetro de grosor del puente.

Se apartó el pelo mojado de la cara y echó un vistazo al puente destrozado. No había ni rastro de Vance ni del resto de la tripulación. Le dieron ganas de llorar y se hizo un ovillo con la esperanza de salvar su vida. Miró hacia donde había visto el barco patrullero por última vez, suponiendo que ahora estaría más cerca, pero tampoco no había ni rastro de él.

Y entonces la vio. Por babor se aproximaba una ola gigantesca de unos veinte metros, tan empinada que era casi vertical; Tess tuvo la impresión de que iba a engullir al *Savarona*.

Cerró los ojos con fuerza. Sin motor, era imposible virar el buque, encarar la ola o huir de ella (tampoco había nadie al timón). Ninguna maniobra hubiese evitado el embate de la ola, ni que ésta arrollase al *Savarona*, pero al menos no habría volcado.

Aquella ola monstruosa estaba a punto de batir contra el costado de babor del barco.

Cuando lo hizo, levantó el buque de ciento treinta toneladas de desplazamiento sin ningún esfuerzo y lo volvió boca abajo como si fuera de juguete.

Reilly vio cómo los proyectiles se estrellaban en la popa del *Savarona*, de la cual salía humo negro. Gritó a De Angelis tan fuerte como pudo, pero sabía que era imposible que le oyese entre los aullidos del viento y el estruendo del cañón.

Se sintió súbita y totalmente exhausto, y en ese instante supo lo que tenía que hacer.

Se apoyó en la barandilla y extrajo su pistola automática, trató de apuntar lo mejor que pudo pese a los azotes del viento y apretó el gatillo repetidas veces. De la espalda de monseñor salieron unos chorros rojos, el hombre se arqueó hacia atrás y luego cayó hacia delante, contra el cañón, que apuntó hacia el enfurecido cielo.

Reilly bajó la pistola Glock y aguzó la vista en busca del *Savarona*, pero a través de la cortina de agua no vio más que las violentas montañas y valles de mar espumoso.

Los buzos habían logrado rescatar y subir a bordo a los submarinistas del buque de exploración, y ahora a Reilly le dio la impresión de que el patrullero cambiaba de sentido, de que su motor se esforzaba por acelerar el viraje para reducir así el tiempo que el barco recibía de través el oleaje. El pánico se apoderó de él cuando cayó en la cuenta de que el *Karadeniz* volvía grupas y se alejaba de la tormenta.

Justo entonces el paisaje se despejó unos cuantos segundos y distinguió atónito el buque volcado, con su sucio casco que se hundía bajo el embate de las olas.

No había rastro de supervivientes.

Miró hacia atrás en dirección al puente y vio que el capitán gesticulaba desesperadamente para indicarle que regresara al puente. Reilly se puso una mano a modo de visera y señaló al *Savarona* con la otra, pero Karakas agitó las manos diciéndole que no y señalando hacia el horizonte, dándole a entender que debían irse de allí mientras aún estuviesen a tiempo.

Reilly se agarró a la barandilla con ambas manos, los nudillos blancos, su mente considerando febrilmente qué opciones tenía, pero lo cierto es que no había más que una.

Se arrastró hasta la lancha hinchable del patrullero, que los buzos habían dejado amarrada al costado de estribor. Rescató de su memoria cuanto había aprendido en un curso rutinario del FBI con la Guardia Costera de Estados Unidos, se subió de un salto a la lancha de salvamento, tiró de la palanca para soltarla del barco, se cogió de los asideros y contuvo el aliento mientras caía al mar embravecido.

78

Reilly logró arrancar el motor de la lancha, y atravesando la espesa cortina de agua se dirigió hacia donde creía que había visto por última vez al *Savarona* volcado. Hacía cuanto podía en medio del ondulante paisaje que le rodeaba, manejando la lancha guiado por el instinto y la esperanza, ya que había perdido el sentido de la orientación. El agua estaba tan espumosa y el aire tan húmedo que era imposible distinguir dónde acababa el mar y dónde empezaba el cielo.

El mar se levantaba en forma de olas vertiginosas; una ola rompía sobre la pequeña lancha, inundándola, con la misma rapidez con que la siguiente se llevaba el agua consigo. Se agarró con fuerza mientras el fueraborda surcaba las paredes espumosas, y cada vez que era lanzado por encima de una ola y la hélice quedaba fuera del agua, el ruido del motor era infernal.

Pasaron unos cuantos minutos eternos y entonces localizó el barco; una angulosa silueta marrón oscura sobresalía de la base de una ola, más parecida a un agujero. Su cuerpo se tensó y dirigió la lancha hacia el *Savarona*, pero el fuerte oleaje lo desviaba de su rumbo, que tuvo que corregir constantemente mientras procuraba no perder de vista el buque, volcado entre montañas de agua.

No había el menor rastro de Tess.

Cuanto más se acercaba, mayor dramatismo cobraba la escena. Había cascotes esparcidos alrededor del barco, flotando en un fatídico baile de pavorosa sincronización. La popa del buque estaba completamente sumergida y su proa, que emergía del mar como un iceberg, poco a poco quedaba cubierta por las olas.

Desesperado, trató de encontrar supervivientes, y a Tess, y ya empezaba a perder la esperanza cuando la vio en el otro extremo del casco, con un chaleco salvavidas naranja y agitando los brazos con ímpetu.

Reilly condujo la lancha hacia ella, bordeó el casco gigante e incrustado de moluscos, y se aproximó a Tess despacio, mirándola, pero sin perder de vista las tremendas olas que batían contra ellos sin piedad. Cuando estuvo suficientemente cerca, alargó un brazo para cogerla de la mano, pero ella no consguió agarrarse, lo volvió a intentar y esta vez sus manos se entrelazaron.

La arrastró hasta la lancha; desesperado, Reilly esbozó una sonrisa y vio el alivio reflejado en el rostro de Tess. Pero enseguida su expresión se ensombreció a causa del pánico. Había visto algo detrás de Reilly. Éste se volvió justo a tiempo para ver cómo un gran trozo desprendido del *Savarona* era transportado por una ola que acababa de romper y que iba directo a él.

Luego el mundo de Reilly se volvió negro.

Desorientada y completamente aturdida, Tess tenía la certeza de que iba a morir, por eso cuando vio que Reilly se acercaba hacia ella en una lancha, pensó que estaba sufriendo una alucinación.

Haciendo acopio de todas las fuerzas que le quedaban, consiguió coger la mano de Reilly y subir medio cuerpo a bordo de la diminuta lancha, y en ese preciso instante la plancha de madera rodó por el agua y golpeó a Reilly en la cabeza, lanzándole fuera de la lancha.

De nuevo en el agua, Tess alargó un brazo para coger la mano de Reilly mientras con la otra trataba de agarrarse con fuerza al fueraborda. Pese al azote de la lluvia, pudo ver que él tenía los ojos cerrados y que su cabeza rebotaba en el cuello de su chaleco salvavidas. La sangre que manaba del profundo corte que tenía en la frente aparecía y desaparecía con cada ola que bañaba su herida.

Intentó introducir la parte superior del cuerpo de Reilly dentro de la lancha, pero enseguida se dio cuenta de que era imposible. No tenía fuerzas suficientes. La lancha parecía más un enemigo que un aliado, cada vez había más agua en su interior y amenazaba con volcarse. Abatida, soltó el asidero y se agarró a Reilly.

Mientras el fueraborda era llevado por las olas, Tess procuró mantener la cabeza de Reilly fuera del agua. Le daba la impresión de que el tiempo se había congelado y tuvo que concentrarse al máximo para permanecer consciente. No había indicios de que la tormenta fuera a amainar y debía estar alerta, pero tenía todas las de perder. Cada vez le quedaban menos fuerzas.

De repente, vio una gran pieza de madera, supuso que podía ser la parte superior de una escotilla. Desesperada y sin soltar a Reilly, alargó el otro brazo y logró agarrarse de un cabo que colgaba de la madera. Con esfuerzo y dolorosamente, se arrastró sobre la plataforma y también consiguió subir a Reilly. Luego utilizó el cabo para atarse a la tabla e hizo lo mismo con Reilly. También enganchó entre sí los cinturones de los chalecos salvavidas de ambos. Pasara lo que pasara a partir de ese momento, ya no se separarían. Y ese pensamiento, de algún modo, le dio esperanzas.

La tormenta continuaba arreciando y Tess decidió cerrar los ojos y respirar profundamente para intentar apaciguar sus temores. No podía dejar que el pánico se apoderase de ella. Debía encontrar las fuerzas necesarias para asegurarse de que tanto Reilly como ella no se soltaban de la frágil plancha de madera. Aparte de eso, se sentía impotente. Lo único que podía hacer era quedarse tumbada y dejar que los elementos los llevasen adonde quisieran.

Su improvisada balsa detuvo unos instantes el balanceo y Tess abrió los ojos, preguntándose si esa calma sería señal de que la situación había mejorado. Nada más lejos de la realidad; una ola gigantesca, mil veces mayor que la que había hecho volcar al *Savarona*, se erguía sobre ellos; parecía que se estuviese mofando de Tess, ahí quieta, inmóvil.

Aterrorizada, cogió la mano de Reilly, cerró los ojos y esperó la embestida; entonces llegó, se precipitó sobre ellos como un alud y los engulló como si sus cuerpos fueran hojas muertas.

79

Toscana - Enero de 1293

De espaldas al vendaval que soplaba procedente del norte, Martin de Carmaux se acurrucó junto a la pequeña hoguera. Los aullidos del viento se agravaban por el rugido de una cascada que se precipitaba a las oscuras profundidades de un estrecho barranco. A su lado, envuelto en los restos de una raída capa que algunos meses antes le habían quitado a uno de los mamelucos que habían matado en Beer el Sifsaaf, Hugh gemía suavemente en medio de un sueño intermitente.

Durante su largo viaje desde que habían llegado a tierra firme tras el infortunado naufragio del *Falcon Temple*, Martin le había cogido mucho cariño al viejo marino. Sin contar a Aimard de Villiers, que era como su segundo padre, nunca había conocido a nadie con una determinación y un sentido de la devoción tan acusados, por no hablar del estoicismo con que Hugh había aceptado cuanto les había sucedido. En el transcurso de sus arduos días de trayecto, el marino había resultado herido en varias peleas y caídas accidentales, pero aun así no se había quejado ni una sola vez.

Por lo menos no hasta los últimos días. El crudo invierno los tenía aprisionados en sus garras mortales, y las heladas ráfagas de viento que descendían de la cordillera que los separaba de Francia empezaban a afectar al debilitado marino.

Al marcharse de Beer el Sifsaaf los cuatro supervivientes habían viajado juntos las primeras semanas, pensando que era la mejor estrategia mientras estuviesen en el territorio de sus enemigos musulmanes. Sin embargo, una vez que lo abandonaron, Martin decidió que había llegado el momento de ejecutar el plan de Aimard y dividirse en grupos de dos. Seguían expuestos a graves peligros, en concreto a los ataques de los bandidos que vagaban por las montañas de los Balca-

nes y por grandes trechos de los más de mil quinientos kilómetros que
tenían por delante antes de llegar a los estados venecianos.

El plan era bien sencillo. Se dividirían en parejas y recorrerían una
ruta acordada previamente. Entre la partida de uno y otro grupo deja-
rían transcurrir medio día. De esta forma, los que iban delante podrían
avisar a los otros dos de cualquier peligro, y los que iban detrás podrían
ayudar a los primeros, si les ocurría algo. «No debemos comprometer
la seguridad de las cartas en ningún momento» —les había ordenado—. «Aunque para ello tengamos que abandonar al otro a su suerte.»

Nadie protestó.

Pero Martin no había contado con la escabrosidad del terreno.
Toparon con montañas y precipicios, con ríos de fuertes corrientes y
espesos bosques. Se vieron obligados a desviarse mucho del recorrido
que habían trazado. Después de dividirse, Martin y Hugh que iban a
la cabeza, sólo habían tenido noticias de sus camaradas una única vez.
Y de eso hacía ya varios meses.

Durante el viaje habían perdido sus caballos, uno había muerto y
el otro lo habían cambiado por comida, y llevaban varias semanas a
pie. Una de esas noches, exhausto frente a la hoguera pero sin poder
conciliar el sueño, Martin se preguntó si los otros dos habrían tenido
más suerte, si quizás habrían encontrado un camino mejor y más seguro, y estarían ya en París.

Aunque eso no variaría sus planes en absoluto. No podía rendirse. Tenía que continuar.

Ahora contempló la silueta dormida de Hugh y se entristeció.
Pensó que no había muchas posibilidades de que el viejo marino llegase con él a París. El invierno se haría más crudo, el terreno más difícil,
y la tos convulsiva de su compañero había empeorado sobremanera. Al
anochecer, a Hugh le había subido muchísimo la fiebre, y por primera
vez había escupido sangre al toser. Muy a su pesar, Martin era consciente de que se aproximaba el momento en que tendría que abandonar a su compañero y seguir solo. Pero se sentía incapaz de dejarlo allí,
en esas montañas. Moriría congelado. Era preciso que buscase un re-
fugio donde poder acomodar a su amigo antes de continuar el viaje.

El día anterior habían vislumbrado un pequeño pueblo que estaba al otro lado de la cordillera y cerca de una cantera que habían bor-

deado, en la que habían distinguido lejanas siluetas entre nubes de polvo y enormes losas de mármol. Tal vez pudiese encontrar a alguien en el pueblo a cuyo cuidado pudiese dejar a Hugh.

Cuando éste despertó de su inquieto sueño, Martin le explicó la idea que había tenido, pero su compañero cabeceó enérgicamente:

—¡No! —protestó—. Tienes que continuar hacia Francia. Yo te seguiré mientras pueda, no podemos confiar en esos extranjeros.

Y tenía razón. Era bien sabido que no se podía confiar en los habitantes de esas tierras, y ahí, en el norte, las bandas de ladrones y traficantes de esclavos abundaban.

Sin embargo, haciendo caso omiso de las protestas de su camarada, Martin descendió por las rocas del borde de la cascada. Por la noche había nevado un poco y la montaña estaba cubierta de un manto espectral. Al llegar a un estrecho barranco, se detuvo a descansar y reparó en que en una de las rocas había unas fisuras que se asemejaban a una cruz muy parecida a la que simbolizaba la Orden del Temple. Las observó unos instantes y en ellas creyó ver un buen augurio; después de todo, quizás Hugh acabase sus días pacíficamente en ese valle tranquilo y desierto.

Ya en el pueblo, Martin dio enseguida con la casa del curandero local, un hombre corpulento al que le lloraban los ojos por el frío. El caballero le contó la historia que se había inventado por el camino: que él y su compañero eran viajeros que se dirigían a Tierra Santa.

—Mi compañero está enfermo y necesita ayuda —suplicó.

El anciano lo miró con recelo. Martin sabía que tenía aspecto de pobre vagabundo.

—¿Tienes dinero? —preguntó el hombre con brusquedad.

—No mucho —contestó él—, pero suficiente para pagar un poco de comida y techo para varios días.

—Muy bien. —Su mirada se suavizó—. Tú tampoco tienes muy buen aspecto. Entra y come algo, y explícame dónde has dejado a tu amigo. Enviaré a unos cuantos hombres a buscarlo.

Tranquilizado por el repentino cambio de actitud del curandero, Martin entró en la habitación de techo bajo y aceptó gustoso un poco de pan y queso. Era cierto, había estado a punto de desplomarse, y su cuerpo maltrecho agradeció la comida y la bebida. Mientras engullía con avidez le señaló al anfitrión la colina en la que había dejado a Hugh, y el hombre desapareció.

Al cabo de un rato a Martin le sacudió un repentino temor. Instintivamente, caminó con dificultad hasta la ventana y se asomó con cautela. Un poco más adelante, en la calle fangosa, el curandero hablaba con otros dos hombres y gesticulaba con las manos en dirección a la casa. Martin se apartó de la ventana. Cuando miró de nuevo, el curandero ya no estaba, pero los dos hombres caminaban hacia la casa.

Sus músculos se tensaron. Sabía que podían venir por diversas razones, pero se temió lo peor. Justo entonces se asomó otra vez y vio que uno de ellos sacaba una gran daga.

Martin se apresuró a buscar por la casa un arma y oyó susurros en el exterior de la puerta trasera. Cruzó la habitación con sigilo y apoyó la oreja en la puerta para escuchar. En ese momento la aldaba de hierro se levantó y él se pegó a la pared mientras la puerta rechinaba y se abría lentamente.

Cuando vio aparecer al primer hombre, lo agarró, le quitó de un golpe la daga de la mano y lo empujó con fuerza contra la pared de piedra. A continuación le dio una patada a la puerta de madera, que se estrelló en la cara del segundo intruso. Aprovechando que éste estaba aturdido, cogió la daga con la velocidad de un rayo, lo sujetó por el cuello y la hundió en su costado.

La sacó del cuerpo del hombre, que se desplomó. Rápidamente se volvió y vio que el primer atacante se estaba levantando. Martin cruzó a zancadas la habitación y lo tiró otra vez al suelo de un puntapié antes de levantar la daga y clavársela en la espalda.

Luego cogió toda la comida que pudo encontrar y la metió en una bolsa, pensando que a Hugh le sería de gran ayuda. Se escabulló por la puerta trasera y rodeó el pueblo furtivamente hasta que dio con el sendero que conducía a la montaña.

Pero no tardaron en ir detrás de él. Debían de ser cuatro o cinco hombres, a juzgar por los gritos que reverberaban en el bosque desierto.

Cuando Martin llegó a las rocas en que antes se había parado a descansar, del cielo encapotado caían copos de nieve. Clavó la mirada en las evocadoras fisuras en forma de cruz y se detuvo a examinarlas, recordando las instrucciones que meses atrás les había dado a sus camaradas: «No debemos comprometer la seguridad de las cartas en ningún momento». Su mente era un torbellino.

Sabía que jamás se olvidaría de ese sitio.

Sirviéndose de la daga, rascó la tierra de la base de la roca y apartó algunas piedras del tamaño de un puño; a continuación introdujo en el agujero la carta envuelta en piel engrasada y procedió a recolocar las piedras con el talón de la bota. Hecho esto, siguió subiendo por las montañas sin molestarse en ocultar sus huellas.

Al cabo de poco tiempo los gritos de los hombres se difuminaron debido al atronador ruido de la cascada. Pero cuando llegó al lugar de acampada no había ni rastro de Hugh. Lanzó una mirada hacia atrás y localizó a sus perseguidores, ahora completamente a la vista. Eran cinco hombres, el último, el curandero que lo había traicionado.

Cogiendo su espada, Martin reanudó el ascenso hacia la falda de la colina por la que el agua caía con más fuerza. Allí se detendría.

El primero de los hombres, más joven y fuerte que el resto, y que iba a cierta distancia de los demás, se abalanzó sobre Martin con un tridente de largas púas. Él esquivó el ataque y con su espada cortó el mango del tridente como si fuera un trozo de leña. El hombre se tambaleó hacia delante con ímpetu. Entonces Martin se agachó, le golpeó en la barriga con el hombro, lo levantó en el aire y lo lanzó por el precipicio.

El grito del joven aún reverberaba en su cabeza cuando aparecieron otros dos hombres. Pese a que eran mayores y menos osados que el primero, iban mejor armados. El primero de ellos llevaba una espada corta que blandió frente a Martin, pero para un experto caballero como él aquello fue fácil. Con un simple quite seguido de un golpe hacia arriba, la espada del hombre desapareció también cascada abajo. Luego, aprovechando que tenía la espada en alto, le asestó un tajo en el hombro que casi le cortó el brazo. Entonces se apartó para evitar el ataque del segundo hombre y alargó la pierna para hacerle tropezar. El atacante cayó de rodillas y Martin le golpeó en la cabeza con la empuñadura de la espada. Luego, con gran destreza, blandiendo el arma, le partió la columna a la altura de la nuca.

Levantó la vista y vio que el curandero estaba retrocediendo por donde había venido; de pronto sintió un dolor agudo en la espalda. Se volvió y vio al hombre al que había herido en el brazo, con el tridente de su joven compañero en la mano. En sus púas había sangre. Martin se tambaleó y soltó un involuntario grito de dolor. Haciendo acopio de las fuerzas que aún le quedaban, arremetió contra el hombre y le degolló.

Martin se quedó inmóvil unos segundos, preso del agotamiento, pero entonces oyó un ruido por encima del estruendo de la cascada y se volvió dolorido. El último de sus perseguidores corría hacia él empuñando una vieja y oxidada espada. Martin no tenía tiempo de reaccionar, pero Hugh apareció de la nada, tambaleándose. El hombre lo vio y, dándole la espalda a Martin, sujetó su espada con la dos manos y la hundió en el pecho del viejo marino.

A Hugh le salía sangre por la boca, pero de algún modo consiguió no solamente mantenerse en pie, sino caminar hacia delante, con lo que la espada se le clavó todavía más, y agarrar al atónito atacante con fuerza por los hombros. Despacio y agonizando, Hugh avanzó empujando al hombre, paso a paso, sin soltarlo pese a sus intentos por liberarse, hasta que llegaron al borde del precipicio. Al darse cuenta de lo que estaba a punto de suceder, el hombre gritó.

Olvidándose unos momentos de su propio estado, Martin alzó la vista y miró a Hugh, que estaba en el borde de la cascada y abrazaba fatídicamente a su atacante. Sus ojos encontraron los de su camarada y vio que éste esbozaba una sonrisa, y con un asentimiento final, el patrón del naufragado *Falcon Temple* saltó hacia la eternidad arrastrando al otro hombre consigo.

Martin sintió un repentino y violento golpe en la nuca, y notó que estaba a punto de vomitar. Retorciéndose de dolor y casi inconsciente, distinguió vagamente la silueta del curandero, que estaba de pie frente a él con una piedra en las manos.

—Por un hombre tan fuerte como tú me pagarán una buena cantidad de dinero en la cantera, y gracias a ti no tendré que compartirlo con los demás —dijo el curandero con desdén—. Tal vez te interese saber que los hombres a los que has matado eran parientes del capataz de la cantera.

El hombre levantó la piedra y Martin supo que no podía hacer nada para evitar el golpe, para impedir que lo capturaran y lo convirtieran en un esclavo y para recuperar la carta y reanudar su viaje a París. Tumbado sobre la fría nieve, la memoria le trajo imágenes de Aimard de Villiers y Guillaume de Beaujeu antes de que la piedra cayese sobre su cabeza y los rostros de sus hermanos se oscurecieran.

80

El estruendo de un trueno sobresaltó a Tess. Se debatió entre el sueño y la vigilia, sin saber con certeza dónde estaba. Sentía que la lluvia caía con persistencia sobre su cabeza. Le dolía todo el cuerpo, tenía la sensación de que le había pasado un elefante por encima. Mientras sus sentidos se despertaban lentamente pudo oír el silbido del viento y las olas, que rompían a su alrededor, y tuvo miedo. Lo último que recordaba era una pared de agua a punto de sepultarla. De repente fue presa del pánico, se preguntó si seguiría en el mar, a la deriva, sacudida por las olas... aunque había algo diferente. Entonces supo qué era.

Ya no se movía. Estaba en tierra.

El miedo dio paso al alivio y trató de abrir los ojos, pero le escocían mucho y decidió hacerlo más despacio. Las imágenes que le rodeaban eran borrosas e imprecisas. Sintió una oleada de temor, pero enseguida se dio cuenta de que algo le impedía ver bien. Acercó un dedo tembloroso a su cara, se apartó el pelo mojado que la cubría y se acarició los párpados con suavidad. Estaban hinchados, igual que sus labios. Intentó tragar, pero no pudo. Era como si tuviese un puñado de espinas en la garganta. Necesitaba beber agua; pero no agua salada.

Poco a poco las imágenes se hicieron más precisas. El cielo estaba todavía nublado y gris, pero notó que el sol estaba a sus espaldas, y a juzgar por el rugido del oleaje, el mar también. Procuró incorporarse, pero algo oprimía su otro brazo y no podía moverlo. Tiró de ello y el dolor fue desgarrador. Con la mano que tenía libre se tocó el brazo y notó que tenía una cuerda amarrada que le había penetrado en la carne. Se tumbó otra vez y recordó que se había atado a Reilly en la tabla de madera.

¿Dónde estaba Reilly?

Supo que no estaba a su lado, en la tabla, y volvió a sentirse presa del miedo. Se sentó y forcejeó hasta que logró liberar el brazo de la presión de la cuerda. Se puso de rodillas y luego de pie, despacio, y echó un vistazo a su alrededor. Vislumbró una gran extensión de arena que terminaba a cada lado en un promontorio rocoso. Dio varios pasos, tambaleándose, y escudriñó la playa solitaria con los ojos medio entornados, pero no vio nada. Quiso gritar el nombre de Reilly, pero le ardía la garganta. Y entonces sintió náuseas y tuvo un leve desvanecimiento. Avanzó un poco más, pero cayó de rodillas al suelo y notó que le flaqueaban las fuerzas. Quiso llorar, pero no le salieron lágrimas.

Exhausta, se desplomó en la arena, inconsciente.

Cuando despertó de nuevo, la situación era muy diferente; por un motivo: reinaba el silencio. El viento no aullaba. No se oía el oleaje. Aunque escuchaba a lo lejos el azote de la lluvia, a su alrededor reinaba un silencio celestial. Y, además, aquello eran sábanas. No una tabla de madera ni un colchón de arena. Estaba en una cama de verdad.

Tragó saliva e inmediatamente notó que su garganta había mejorado, y al mirar a su alrededor entendió por qué. A su lado había una bolsa de suero intravenoso que colgaba de una percha cromada no muy alta y de la que salía un tubo que iba a parar a su brazo. Recorrió la habitación con los ojos. Estaba en un cuarto pequeño y de mobiliario sencillo. Junto a su cama había una silla de madera torneada y una mesa camilla con una pequeña jarra y un vaso, encima de un mantel blanco de encaje y bordes ligeramente deshilachados. Las paredes estaban encaladas y desnudas, a excepción de una pequeña cruz de madera que había colgada en la pared de al lado.

Intentó incorporarse, pero la cabeza le daba vueltas. Al moverse, la cama crujió y su eco se oyó fuera de la habitación. Entonces escuchó unos pasos y varias palabras confusas; era una voz femenina, con tono de urgencia, y enseguida apareció una mujer que le sonrió y la miró con cara de preocupación. Era de complexión fuerte, rozaba la cincuentena, y tenía la piel aceitunada y el pelo castaño y rizado ceñido con un pañuelo de colores. Sus ojos desprendían amabilidad y simpatía.

—*Doxa to Theo. Pos esthaneste?*

Antes de que Tess pudiese responder algo, entró un hombre corriendo en la habitación, visiblemente contento de verla despierta. Llevaba unas gafas de montura metálica, lucía un moreno cobrizo y tenía el pelo corto y tupido, brillante como el charol negro. Le dijo unas cuantas palabras en una lengua extranjera a la mujer, y luego le dedicó una sonrisa a Tess y le preguntó algo que ella no entendió.

—Lo siento —masculló Tess con voz temblorosa. Se aclaró la garganta y añadió—: No entiendo...

Desconcertado, el hombre miró extrañado a la otra mujer antes de decirle a Tess:

—Le ruego que me disculpe, pensé que era usted... ¿Usted es estadounidense? —le preguntó con un acento marcadamente británico mientras cogía el vaso y le ofrecía agua.

Ella tomó un sorbo y asintió.

—Sí.

—¿Qué le pasó?

Tess intentó concentrarse.

—Estábamos en un barco, nos sorprendió la tormenta y... —Su voz se apagó. Ahora empezaba a pensar con más claridad y las preguntas se agolparon en su mente—. ¿Dónde estoy? ¿Cómo he llegado hasta aquí?

El hombre se inclinó hacia delante y le tocó la frente mientras le contestaba:

—Me llamo Costa Mavromaras y soy el médico local; ésta es mi mujer, Eleni. Unos pescadores la encontraron en la playa de Marathounda y la trajeron aquí, con nosotros.

Los nombres y el acento dejaron a Tess boquiabierta.

—¿Dónde es... *aquí*?

El doctor Mavromaras sonrió y dijo con naturalidad:

—A nuestra casa, en Yialos.

Tess debió de seguir poniendo cara de sorpresa, porque el doctor también arqueó las cejas.

—Está usted en Yialos, en la isla de Simi —le explicó e hizo una pausa para observarla—. ¿Dónde se pensaba que estaba?

Tess se sentía confusa. ¿Simi?

¿Y qué hacía en una isla griega? Le vinieron al pensamiento un montón de preguntas. Sabía que Simi estaba en el Dodecaneso, cerca de la costa de Turquía, pero quería saber exactamente dónde estaba y cómo había llegado hasta allí. Necesitaba saber qué día era, cuánto tiempo había pasado desde que la tormenta sorprendiera al *Savarona*, cuánto tiempo había estado en el mar, a la deriva..., pero todo eso podía esperar. Había algo más que necesitaba saber con urgencia.

—Había un hombre conmigo —dijo nerviosa y con inseguridad—. ¿Saben si los pescadores encontraron a alguien más...? —Dejó de hablar en cuanto vio que el doctor ponía cara de circunstancias y miraba a su mujer preocupado. Se volvió a Tess y asintió, y la inconfundible tristeza de su mirada le partió el alma.

—Sí, encontraron a un hombre en la misma playa, pero me temo que su estado es un poco más delicado que el suyo.

Antes de que el doctor acabase la frase Tess ya se disponía a levantarse de la cama de la cama.

—Necesito verlo —declaró—. Por favor.

Las piernas de Tess, de por sí debilitadas y que apenas si pudieron sostenerla mientras recorría el corto pasillo que había hasta la habitación contigua, casi cedieron cuando vio a Reilly. Tenía la cabeza envuelta en una gran venda y no sangraba. Tenía, también, un cardenal amarillo junto al ojo y la mejilla izquierdos, los párpados hinchados y cerrados, y los labios agrietados y morados. Como a ella, le habían inyectado suero intravenoso en el brazo, pero además le habían puesto una mascarilla de oxígeno en la cara conectada a un monitor cercano que emitía ruidosos pitidos. Pero lo peor de todo era el color de su piel, que tenía una palidez azulada y cadavérica.

Abatida, Tess, ayudada por el doctor, se sentó en una silla junto a la cama de Reilly. Fuera no había parado de llover. El doctor le explicó que los pescadores los habían encontrado al ir a la playa a echar un vistazo a sus barcas, en la costa este de la isla, y que los habían llevado rápidamente a su clínica pese al temporal y a que las calles estaban inundadas.

De eso hacía dos días.

Le explicó que su estado no le había preocupado, porque su pulso había reaccionado enseguida al suero y porque, aunque ella no lo recordara, había recuperado la conciencia en varios momentos. Sin embargo, el estado de Reilly era más delicado. Había perdido mucha sangre y sus pulmones estaban débiles, pero eso tenía remedio. El verdadero problema era el golpe que había sufrido en la cabeza. El doctor Mavromaras no creía que le hubiese dañado el cerebro, aunque no lo sabía con certeza, ya que en la isla no disponían de los medios para hacerle una radiografía. De cualquier forma, el traumatismo de la cabeza era grave, y desde que lo habían encontrado en la playa, medio ahogado, no había vuelto a recuperar la conciencia.

Tess se quedó helada.

—¿Y eso qué quiere decir?

—Quiere decir que sus constantes vitales son estables y que su presión sanguínea es baja, pero al menos puede respirar por sí mismo, sin ayuda; la mascarilla se la he puesto únicamente para mantenerlo hiperventilado y asegurarme de que su cerebro recibe suficiente sangre mientras está inconsciente. Aparte de eso...

El rostro de Tess se ensombreció, se negaba a aceptar lo evidente.

—¿Qué me está diciendo? ¿Que está en coma?

El doctor la miró con tristeza.

—Sí.

—¿Y tiene aquí todo lo necesario para tratarle? No sé... ¿No deberíamos llevarlo a un hospital?

—Ésta es una isla pequeña, aquí no hay hospitales. El más cercano está en la isla de Rodas. Me he puesto en contacto con ellos, pero por desgracia su helicóptero ambulancia se averió hace tres días cuando intentaba aterrizar en medio de la tormenta y están a la espera de que les lleguen de Atenas las piezas de recambio necesarias para repararlo. De todas formas, tampoco hubiese podido volar hasta aquí con el tiempo que ha hecho. Está previsto que mañana mejore, pero, para serle sincero, no estoy seguro de que moverlo sea una buena idea y, además, allí tampoco estará mejor, poco podrán hacer por él, aparte de enchufarlo a monitores más modernos.

Tess tuvo la sensación de que la niebla del exterior se espesaba.

—Pero ¿algo habrá que puedan hacer? —balbució.

—Me temo que no, con el coma no se puede hacer nada. Podemos vigilar la presión y la oxigenación sanguínea, pero no hay ninguna manera de... —hizo un alto, buscando el término apropiado— despertar a alguien de un coma. Tenemos que esperar.

Tess hizo la siguiente pregunta con miedo:

—¿Cuánto tiempo?

El doctor Mavromaras indicó que no lo sabía levantando las palmas de las manos hacia arriba.

—Podrían ser horas, días o semanas... Es imposible saberlo... —Su voz se apagó, pero su mirada le dio a entender a Tess el resto. Estaba claro que no era sólo un problema de cuándo despertaría, sino de si lo haría.

Tess asintió, agradecida por que el doctor no hubiese dicho en voz alta la horrible posibilidad que a ella ya se le había pasado por la cabeza nada más entrar en la habitación.

81

Tess se pasó el resto del día yendo de una habitación a otra, nerviosa, haciéndole visitas a Reilly, y cada una de las veces se había encontrado a Eleni allí. La enfermera no había cesado de repetirle que volviese a la cama, asegurándole en un precario inglés que Reilly estaba bien.

La versión que Tess les había dado al doctor y a su mujer distaba bastante de los verdaderos acontecimientos que los habían llevado a Reilly y a ella a la isla; así, omitió mencionar el principal motivo de su presencia o cómo el patrullero turco había abierto fuego contra el buque. Sin embargo, consideró oportuno decir que en el *Savarona* viajaban más personas, por si acaso habían dado con alguna, viva o no, pero el doctor le había informado con pesar de que, aunque hasta la isla habían sido arrastrados algunos restos, presuntamente del buque de exploración, no había tenido noticia de que hubiesen encontrado más supervivientes ni más cuerpos.

Le habían dejado utilizar el teléfono para llamar a Arizona y le habían puesto rápidamente en comunicación con la casa de su tía; Kim y Eileen llevaban varios días sin saber nada de ella y estaban preocupadas. Incluso con las interferencias que había en la línea y lo mal que se oía, fue palpable su sorpresa cuando Tess les comentó que estaba en una diminuta isla griega. Por cautela no había mencionado el nombre de la misma, aunque luego se preguntó por qué lo había hecho, si más tarde o más temprano tendría que hacer frente a toda clase de preguntas. Al colgar tuvo la sensación de que había conseguido tranquilizarlas bastante: les explicó que le había surgido un proyecto que estaba pensando en aceptar y que pronto volvería a ponerse en contacto con ellas.

Al atardecer se presentaron dos mujeres en casa del doctor que fueron conducidas a la habitación de Tess. Hablaban poco inglés, pero, finalmente, se enteró de que estaban casadas con dos de los pescadores que la habían encontrado en la playa. Le habían llevado ropa:

un par de pantalones de algodón, un camisón, dos blusas blancas y una gruesa chaqueta de punto en la que Tess se envolvió encantada. También le dieron una gran olla de barro hirviendo de·*giouvetsi*, que Eleni le contó que era un estofado de cordero y pasta de arroz. Tess no dudó en probarlo, agradecida, y se sorprendió a sí misma devorando un plato enorme con verdadero apetito.

A continuación tomó un relajante baño caliente que obró maravillas en ella, y el doctor le cambió el vendaje del brazo, que mostraba un cardenal que a Tess le dio la impresión de que no desaparecería nunca. Y luego, y a pesar de las suaves objeciones del matrimonio, estuvo sentada hasta tarde junto a la cama de Reilly, aunque le resultó muy difícil hablarle como sabía que mucha gente les hablaba a sus seres queridos en coma. Dudaba que eso pudiese ayudarle realmente y, además, tampoco estaba segura de que, después de todo lo que había ocurrido, escuchar su voz fuese lo que más le apetecía en el mundo. Tess se culpaba a sí misma de lo sucedido y, aunque tenía ganas de decirle un montón de cosas, prefería hacerlo cuando él estuviese en condiciones de contestar, saliese perdiendo o no. No quería agobiarlo; Reilly no podía responderle, es más, tal vez ni siquiera pudiese escucharle.

Era casi medianoche cuando, al fin, sucumbió al agotamiento físico y emocional, y regresó a su cuarto. Se tumbó, apoyó la cabeza entre dos almohadas que olían a humedad y se quedó dormida al instante.

A la mañana siguiente, Tess se sintió con fuerzas para salir de la casa y caminar un poco. El viento aún soplaba, ya sólo lloviznaba y pensó que un pequeño paseo probablemente le sentaría muy bien.

Se puso la ropa que le habían dado las mujeres y se acercó un momento a ver a Reilly. Eleni estaba allí, como siempre, y ahora le daba un suave masaje en una pierna. A los pocos minutos apareció el doctor Mavromaras para examinarlo. Reilly estaba estable, le dijo, pero la mejoría no era ostensible. Le explicó que en esas situaciones los progresos no se producían de forma gradual, sino que ocurrían prácticamente de golpe. Que Reilly podía estar inconsciente y de pronto salir del coma sin ningún síntoma fisiológico previo.

El doctor tenía que ir a visitar a un paciente al otro lado de la isla y dijo que regresaría en un par de horas. Tess le pidió que le dejara acompañarlo hasta el coche.

—Esta mañana me han llamado del servicio aéreo de ambulancias de Rodas —le comentó él al salir de la casa— y me han dicho que podrán venir mañana a lo largo del día.

Aunque al principio Tess había estado muy interesada en trasladar a Reilly a un hospital mejor equipado, ahora tenía sus dudas.

—He pensado en aquello que me dijo... ¿De verdad cree que es necesario trasladarlo?

El doctor sonrió con amabilidad antes de contestar a su pregunta.

—Pues, sinceramente, ésa es una decisión que debe tomar usted. El hospital es excelente, conozco a su director y le aseguro que cuidarían muy bien de su amigo. —Pero las reticencias de Tess debieron de reflejarse claramente en su rostro, porque el doctor añadió—: Aunque tampoco hay prisa, podemos esperar hasta mañana y tomar una decisión en función de cómo esté.

Cruzaron la calle, sorteando un par de grandes charcos, y llegaron a un viejo Peugeot un tanto oxidado. El doctor abrió la puerta, que Tess advirtió que no estaba cerrada con llave.

Miró en ambas direcciones de la estrecha calle. Incluso a pesar de los azotes del temporal el pueblo era espectacular. Hilera tras hilera de preciosas casas neoclásicas pintadas de cálidos colores pastel se erguían en la empinada colina que descendía hasta el pequeño puerto. Muchas de ellas tenían frontones triangulares y tejados rojos; su estilo era de una agradable y sutil uniformidad. A un lado y otro de la calle el agua bajaba a raudales por las cunetas y caía por los empinados tramos de escaleras que recorrían la colina. Sobre sus cabezas, el cielo encapotado parecía listo para otra descarga.

—La tormenta del otro día fue impresionante —observó Tess.

El doctor Mavromaras levantó la vista hacia las nubes y asintió.

—Ha sido la peor que ha habido en muchos años, sobre todo por la época en que estamos. Dicen los ancianos del pueblo que nunca habían visto nada igual.

Tess se imaginó la tormenta que siglos atrás debió de sacudir al *Falcon Temple* y murmuró:

—Ha sido un acto divino.

El doctor arqueó las cejas, sorprendido por el comentario.

—Es posible. Pero puestos a pensar así, yo más bien diría que ha sido un milagro.

—¿Un milagro?

—¡Naturalmente! Es un milagro que el mar los trajese a usted y a su amigo hasta las playas de nuestra isla. Ese océano es enorme; si las olas los hubiesen llevado un poco más al norte, habrían aparecido en la costa de Turquía, que en esa zona es rocosa y está completamente desierta. Todos los pueblos están en el otro lado de la península. Y si los hubiesen llevado un poco más al sur, habrían pasado la isla de largo y habrían desembocado en el Egeo y, en fin... —La miró con complicidad y asintió, dejando el resto de la frase para la imaginación; después se encogió de hombros y depositó su maletín en el asiento contiguo al del conductor—. Bueno, me voy. Volveré a mediodía.

Tess no quería que se fuera. Su presencia le producía tranquilidad.

—¿Hay algo que pueda hacer para ayudar a Sean?

—Su amigo está en buenas manos. Mi mujer es una enfermera magnífica, y aunque esta clínica no sea como los hospitales que tienen ustedes en su país, aquí hemos tratado todo tipo de heridas, créame. En las islas pequeñas la gente también se lesiona. —Hizo una pausa, reflexionó unos instantes mientras observaba a Tess y añadió—: ¿Le ha hablado?

A Tess le sorprendió la pregunta.

—¿Que si le he hablado?

—Debería hacerlo. Háblele. Déle ánimos, déle fuerzas. —Su tono era casi paternal, y luego sonrió cabeceando levemente—. Supongo que pensará que soy una especie de brujo o algo así, pero le prometo que no. Los estudios de muchos médicos apoyan esta idea. Que una persona esté en coma no significa que no pueda oír, significa que no puede responder... todavía. —Hizo una pausa y la miró esperanzado—. Háblele... y rece por él.

Tess sonrió y apartó la vista, pensativa.

—No es algo que se me dé muy bien.

Pero el doctor no se dio por vencido.

—A su manera, aunque no se haya dado cuenta, ya lo hace. Desear que se recupere es como rezar. Hay mucha gente que reza por él.
—El doctor señaló la capilla que había al otro lado de la calle y Tess vio a varios vecinos saludarse en la puerta, unos cuantos entraban y otros salían—. La mayoría de los hombres de esta isla viven del mar. La noche de la tormenta había cuatro barcas de pesca en el mar y sus familias rezaron para pedir a Dios y al arcángel san Miguel, patrón de los navegantes, que regresaran sanos y salvos, y sus plegarias hallaron respuesta. Todos volvieron con vida. Ahora rezan para dar las gracias y por la recuperación de su amigo.
—¿Por Sean?
El doctor asintió.
—Sí, todos rezamos por él.
—Pero si ni siquiera lo conocen.
—Eso no importa. El mar lo trajo hasta nosotros y es nuestra obligación cuidar de él hasta que se ponga bien y pueda continuar con su vida. —Se metió en el coche—. Y ahora debo irme. —Y tras despedirse con la mano y lanzar una última mirada a Tess, se alejó pasando por encima de los charcos de agua y barro, y desapareció colina abajo.

Tess estuvo observando unos instantes. Se volvió para regresar a la casa, pero titubeó. No recordaba cuándo había estado en una capilla, en una iglesia o en algún edificio de culto por última vez, a excepción de las ocasiones en que su trabajo lo había requerido y, por supuesto, durante la breve aventura vivida entre las ruinas de la iglesia de Manhattan. Avanzó por la calle mojada, atravesó el pequeño sendero de piedras que conducía a la puerta, la abrió y entró en la capilla.

En el interior había bastante gente apretujada, rezando, sentada en los viejos bancos, desgastados tras muchos años de uso. Tess se quedó de pie en el fondo, mirando a su alrededor. La capilla era modesta, tenía las paredes cubiertas de frescos del siglo XVIII y estaba iluminada por el resplandor de un montón de velas. Empezó a recorrerla y reparó en un sepulcro en el que, adornados con piedras preciosas, estaban los iconos de san Gabriel y san Miguel. Embriagada por el titileo de las velas y el susurro de las oraciones, Tess sintió algo extraño. De pronto, tuvo ganas de rezar, pero la idea le inquietó y la desechó, convencida de que sería una hipocresía.

Se volvió para marcharse cuando localizó a las dos mujeres que el día anterior le habían llevado la ropa y la comida. Iban acompañadas de dos hombres. Al ver a Tess se acercaron rápidamente a ella, visiblemente contentas de que se hubiese recuperado. No paraban de repetir la misma frase: «*Doxa to Theo*» —gracias a Dios— y, aunque Tess no entendía lo que decían, sonrió y asintió, conmovida por su genuino interés. Intuyó que los hombres que estaban con ellas eran sus maridos, dos de los pescadores que, como ella, habían escapado de la ira de la tormenta. También la saludaron cariñosamente. Entonces una de las mujeres señaló un pequeño grupo de velas que había frente a un sepulcro, en el fondo de la capilla, y le dijo algo a Tess que al principio no comprendió, pero después dedujo que habían encendido velas por Reilly.

Les dio las gracias y, en silencio, echó un último vistazo a la nave y a los vecinos del pueblo que estaban allí sentados, rezando a la luz de las velas, antes de volver a la casa del médico.

El resto de la mañana Tess lo pasó a la cabecera de la cama de Reilly y, tras los titubeos iniciales, comprobó que era perfectamente capaz de hablarle. Evitó mencionar los acontecimientos recientes y, dado que casi no sabía nada de su vida, decidió hablarle de su propio pasado y le contó historias de sus aventuras como arqueóloga, de sus éxitos y sus fracasos, de anécdotas que había vivido con Kim... de todo lo que se le ocurrió.

Aproximadamente a mediodía Eleni entró en la habitación para invitarle a comer en el piso de abajo. El momento no podía haber sido más oportuno, ya que los temas empezaban a escasear y cada vez corría más riesgos de acabar hablándole de lo que habían pasado juntos; algo que seguía empeñada en no hacer mientras Reilly estuviese inconsciente.

El doctor Mavromaras había vuelto de visitar a su paciente y Tess le comentó que había estado pensando en lo de trasladar a Sean a Rodas, pero que, si a ellos no les importaba, prefería que permaneciera en su clínica. Al parecer, la decisión les gustó y Tess se sintió aliviada cuando le dijeron que tanto ella como su amigo podían quedarse tranquilamente, a menos que el estado de éste requiriese tomar alguna decisión drástica.

Durante todo ese día y gran parte de la mañana siguiente Tess no se movió de la habitación de Reilly, y después de comer, sintió ganas de salir un poco. El temporal casi había remitido por completo y quiso dar un paseo más largo que el día anterior.

El viento se había convertido en una brisa y, por fin, había dejado de llover. A pesar de que el cielo de la isla estaba todavía lleno de nubarrones, pensó que el pueblo le gustaba bastante. Desprovisto de cualquier avance de la modernidad, había conservado intacto el encanto de su sencillez original. Las callejuelas y las pintorescas casas le producían sosiego, y las sonrisas de sus habitantes le resultaban reconfortantes. El doctor le había dicho que Simi había pasado por un período difícil después de la Segunda Guerra Mundial, cuando gran parte de su población se había marchado después de que la isla fuera bombardeada tanto por los aliados como por las fuerzas del Eje, que intercambiaron sus roles durante la ocupación. Por suerte, la situación financiera de la isla había mejorado ostensiblemente en los últimos años. Atraídos por su encanto, atenienses y extranjeros habían adquirido las casas viejas y se habían ocupado de devolverles el esplendor de antaño.

Subió las escaleras que partían del Kali Strata, pasó de largo el viejo museo y llegó a las ruinas de un castillo construido a principios del siglo XV por los Caballeros de San Juan sobre una fortaleza mucho más antigua. Los nazis lo habían usado durante la guerra para almacenar municiones, y había acabado volando por los aires. Tess vagó por el antiguo emplazamiento y se detuvo delante de una placa en recuerdo de Philibert de Niallac, el Gran Maestre francés de la Orden. «Incluso en este rincón perdido del mundo hubo caballeros», pensó Tess mientras rememoraba la historia de los templarios y disfrutaba de las espectaculares vistas sobre el puerto y las cabrillas que agitaban el mar. Se fijó en unas golondrinas que revoloteaban por los árboles cercanos a los viejos molinos de viento y distinguió un barco de pesca solitario, que se alejaba del tranquilo puerto. Al contemplar la extensión azul del mar que rodeaba la isla tuvo un inquietante presentimiento; sintió la necesidad de ver la playa en la que Reilly y ella habían sido encontrados.

Se dirigió a la plaza principal y allí cogió un taxi que iba hacia el monasterio de Panormitis, pasado el pueblo de Marathounda. Tras un corto trayecto lleno de baches, el taxista la dejó en la entrada del pueblo. Avanzó entre el grupo de casas y tropezó con los dos pescadores que los habían rescatado. Sus caras se iluminaron al verla e insistieron en que los acompañara a tomar un café a la pequeña taberna local, a lo que Tess accedió encantada.

Aunque la barrera lingüística limitó considerablemente la conversación, Tess entendió que habían sido hallados más restos del buque. La condujeron a un pequeño depósito que había justo pasada la taberna y le enseñaron los trozos de madera y vidrio que habían sido hallados en las playas del otro lado de la bahía. Entonces Tess recordó la tormenta y el naufragio, y se entristeció al pensar en los hombres del *Savarona* que habían perdido la vida y cuyos cuerpos jamás serían recuperados.

Les dio las gracias y no tardó en llegar a la playa desierta. La brisa marina le trajo el fresco aroma del mar agitado y se alegró al ver que, después de una larga ausencia, los rayos del sol atravesaban las nubes. Anduvo despacio por la orilla, arrastrando los pies por la arena mientras la asaltaban las borrosas imágenes de aquella terrible mañana.

Llegó al otro extremo de la playa, bastante lejos de las casas que poblaban la boca de la bahía, y vio que había un afloramiento de rocas negras. Trepó por ellas, se sentó en una zona llana abrazándose las rodillas y se puso a mirar al mar. A considerable distancia distinguió una gran roca que sobresalía del agua, rodeada de pequeñas y espumosas olas. Su aspecto era amenazante, un peligro más del que Reilly y ella habían escapado. Escuchó el graznido de unas gaviotas, y al alzar la vista vio que había dos en el cielo, planeando y peleándose en actitud juguetona por un pez muerto.

De repente, sintió que las lágrimas resbalaban por sus mejillas. En realidad no sollozaba, ni siquiera lloraba. Eran sólo lágrimas que habían salido de la nada. Y tan pronto como afloraron se secaron, y se dio cuenta de que el cuerpo le temblaba, pero no de frío. Se trataba de algo más primitivo que emergía de sus entrañas. Siguiendo sus instintos, se puso de pie y continuó caminando por las rocas hasta tropezar con un sendero que serpenteaba a lo largo de la costa.

Cruzó tres zonas rocosas más y llegó a otra bahía más lejana, en la punta meridional de la isla. No le dio la impresión de que ninguna carretera llegase hasta ella. Montículos de arena virgen se extendían hasta otra protuberancia dentada.

Miró hacia el fondo de la playa, bañada por la luz crepuscular, y una extraña silueta que había junto a las rocas llamó su atención. Aguzó la vista tratando de verla con más claridad y sintió que su respiración se aceleraba y que la boca se le secaba. El corazón le latía con fuerza.

«No puede ser, no es posible», pensó.

Echó a correr por la arena hasta que, jadeando y aturdida, se detuvo a menos de dos metros de distancia del objeto.

Era el mascarón de proa, que aún tenía el aparejo enredado a su alrededor y los flotadores atados y medio desinflados.

Parecía intacto.

82

Vacilante, Tess alargó el brazo y lo tocó. Lo acarició mientras lo miraba con los ojos desmesuradamente abiertos. Su mente voló a través del tiempo hasta la época de los Caballeros Templarios, hasta Aimard de Villiers y sus hombres, y su fatídico y último viaje a bordo del *Falcon Temple*.

Una maraña de imágenes inundó su pensamiento mientras trataba de recordar cuáles habían sido las palabras exactas de Aimard. El cofre estaba dentro de un agujero hecho en la parte posterior de la cabeza del halcón. Una vez introducido el cofre en la cavidad, la sellaron con resina, y a continuación habían tapado la cavidad acoplando una pieza de madera que fijaron con clavijas. Luego volvieron a sellar todo con resina.

Examinó detenidamente la cabeza del halcón. Casi podía distinguir las capas de resina y, palpando la zona con manos de experta, encontró los bordes de la pieza ensamblada y las marcas de las clavijas que la habían mantenido en su sitio. Parecía perfectamente sellada, juraría que el agua no había penetrado en la cavidad; era muy probable que lo que hubiese en el interior del cofre estuviera aún en perfecto estado.

Cogió dos piedras que estaban cerca y las usó a modo de martillo y cincel para poder abrir el escondite. Las primeras astillas de madera se soltaron fácilmente, pero el resto se resistió con tenacidad. Echó un vistazo por la playa y encontró una oxidada barra de acero cuyo extremo, roto y puntiagudo, le sirvió para rascar la resina. Trabajó con afán y saltándose las normas de conservación que como arqueóloga habría defendido con ahínco sólo varias semanas antes, hasta que, al fin, logró acceder al interior del agujero. Ahora pudo ver el borde del pequeño y labrado cofre. Se enjugó el sudor de la frente y procedió a arrancar con la barra la resina que lo rodeaba, después introdujo los dedos en la cavidad y sacó el cofre.

Procuró controlar la emoción que sentía, pero era casi imposible. ¡Tenía el tesoro en sus manos! Aunque el cofre tenía laboriosas incrustaciones de plata, era sorprendentemente ligero. Lo trasladó hasta la base de una gran roca y allí lo examinó con minuciosidad. En la parte frontal tenía un pequeño cierre, una argolla de hierro forjado. Utilizó una de las piedras para golpearla hasta que consiguió despegarla de la madera y pudo levantar la tapa del cofre, y mirar en su interior.

Extrajo con cuidado su contenido. Era un paquete envuelto en una especie de piel de animal engrasada, muy parecida a la que Aimard había empleado para envolver el astrolabio, y atado con tiras de cuero. Lo desenvolvió lentamente y descubrió un libro, un códice con cubiertas de cuero.

Supo qué era al instante.

Le resultaba inexplicablemente familiar, intuía su extraordinario contenido pese a su sencilla apariencia. Con dedos temblorosos, levantó un poco la tapa del códice y observó el texto del pergamino. La letra estaba descolorida, pero era legible; no le pareció que el contenido hubiese sufrido ninguna alteración. Sabía con certeza que era la primera persona que veía el mítico tesoro de los templarios desde que éste fue introducido en el cofre setecientos años atrás por Guillaume de Beaujeu, quien más tarde se lo confió a Aimard de Villiers.

Sólo que ya no era un mito.

Era real.

Consciente de que el lugar idóneo para hacer esto era un laboratorio o por lo menos un lugar cerrado, pero incapaz de soltar el libro, Tess abrió el códice un poco más, con cuidado, y levantó una de las hojas. Reconoció el color marrón de la tinta usada en la época, que se hacía con una mezcla de polvo de carbón, resina, poso de vino y tinta de sepia. Le costó descifrarlo, pero, por un par de palabras, dedujo que estaba escrito en arameo. Era una lengua con la que ya se había topado algunas veces en el pasado, las suficientes como para identificarla.

Miró fijamente el sencillo manuscrito que tenía en las manos.

«Está en arameo», pensó.

La lengua que hablaba Jesús.

Leyó concentrada más palabras mientras el corazón le latía con fuerza.

Y despacio, de forma casi inconsciente, comprendió lo importante que era ese códice y se dio cuenta de quién había tocado esos pergaminos por primera vez: de quién los había escrito.

Era el diario de Jesús de Nazareth.

Del hombre al que el mundo entero conocía como Jesucristo.

83

Envolvió de nuevo el códice en la piel engrasada e inició el camino de vuelta. El sol ya se ponía y sus últimos rayos atravesaban la franja de nubes que aún poblaba el horizonte.

Había decidido no llevar consigo el cofre, prefirió esconderlo detrás de una roca para que no llamase la atención. Volvería a buscarlo en otro momento. Su mente seguía intentando asimilar las implicaciones de lo que creía que tenía en las manos. Esto no era una pieza de cerámica, ni una ciudad de Troya o la momia de Tutankhamón. Era algo que podía cambiar el mundo. Tendría que tomar todas las precauciones habidas y por haber.

Al acercarse al pequeño grupo de casas de Marathounda, se quitó la chaqueta para ocultar el códice. Los dos pescadores ya se habían ido de la taberna, pero consiguió que uno de los hombres que había visto a la ida la acompañase en coche a casa del doctor Mavromaras.

Nada más entrar, el médico saludó a Tess con una amplia sonrisa.

—¿Dónde se había metido? La hemos estado buscando. —Pero antes de que ella pudiese improvisar alguna mentira fue conducida hacia las habitaciones—. Venga, deprisa. Hay alguien que quiere verla.

Reilly la miró fijamente, le habían quitado la mascarilla y, aunque tenía los labios cortados, se esforzó por dedicarle una sonrisa. Estaba medio recostado sobre tres grandes almohadas. Tess notó que algo cambiaba en su interior.

—Hola —dijo Reilly con un hilo de voz.

—Hola —respondió ella con cara de alivio. Sintió una felicidad que no había experimentado en toda su vida. Se volvió y, procurando que ni Eleni ni el doctor se dieran cuenta, dejó el códice envuelto en la chaqueta en un pequeño armario que había frente a la cama de Reilly antes de acercarse a él y acariciarle la frente con suavidad. Recorrió con los ojos su rostro magullado y se mordió un labio, conteniendo las lágrimas.

—Me alegro de que hayas vuelto —susurró Tess.

Él se encogió de hombros y poco a poco se le iluminó la cara.

—A partir de ahora decido yo adónde vamos de vacaciones, ¿de acuerdo?

Tess sonrió y no pudo evitar que una lágrima cayera por su mejilla.

—Muy bien. —Volvió la cabeza y con los ojos húmedos miró al doctor y a Eleni—. Gracias —masculló—. Les debemos la vida; estamos en deuda con ustedes.

—De eso nada —repuso el doctor—. Hay un dicho griego que dice: *Den hriazete eucharisto, kathikon mou.* Significa que no hay que dar las gracias por aquello que es un deber. —Le lanzó una mirada a su mujer y tras un gesto de complicidad, añadió—: Los dejaremos solos —musitó—, seguro que tienen muchas cosas de qué hablar.

Pero antes de que el doctor y su mujer saliesen de la habitación, Tess abrazó al doctor y le plantó un beso en cada mejilla; y el hombre, al que se le notó el rubor en la cara pese al bronceado que lucía, sonrió con modestia y luego abandonó el cuarto.

Al acercarse de nuevo a la cama de Reilly, Tess miró de reojo hacia el armario y experimentó una punzada de remordimiento. Se sentía fatal por haber mentido a ese matrimonio que con tanta generosidad le había salvado la vida, y por mentir a Reilly. Se moría de ganas de hablarle del cofre, pero sabía que no era el momento adecuado.

Pronto lo haría.

Disimuló su angustia y le dedicó una sonrisa mientras se acercaba a su cama.

A Reilly le daba la impresión de que había pasado semanas inconsciente. Sentía una extraña y punzante rigidez en los músculos, y la cabeza no paraba de darle vueltas. Todavía tenía un ojo medio cerrado y veía borroso.

No recordaba gran cosa, aparte de que le había disparado a De Angelis y se había tirado al mar en la lancha. Le había preguntado al doctor Mavromaras cómo había llegado hasta allí, pero éste sólo pudo darle la misma explicación que había oído de la propia Tess. Sea como sea, había sentido un alivio enorme al despertarse y verla, sana y salva, junto a él.

Intentó sentarse con cuidado, pero el dolor fue tal que volvió a recostarse en las almohadas.

—¿Cómo hemos llegado hasta aquí? —inquirió.

Escuchó mientras Tess le contaba lo que recordaba, porque también tenía algunas lagunas; no se acordaba de nada desde la gigantesca ola hasta que había abierto los ojos en la playa. Le habló del golpe que él había sufrido en la cabeza, de cómo ella había atado sus cuerpos a la tabla de madera, de la ola, y le enseñó el profundo corte que el cabo le había hecho en el brazo. Entonces le preguntó por qué el patrullero de la Guardia Costera había disparado contra el *Savarona*, y Reilly le explicó su viaje desde el momento en que De Angelis había descendido de un helicóptero en Turquía.

—Lo siento —dijo Tess apenada cuando, al fin, llegaron al tema de su huida—. No sé qué me pasó. No sé cómo pude dejarte allí, supongo que perdí la cabeza. Ha sido todo muy... —No sabía cómo expresar lo arrepentida que estaba.

—Tranquila —repuso él esbozando una sonrisa—. No hablemos más del tema. Los dos estamos vivos y eso es lo más importante, ¿no crees?

Tess asintió y agradeció con una sonrisa el comentario, y Reilly continuó hablándole de cómo, después de todo, era monseñor el asesino de los cuatro jinetes en Nueva York, e incluso quien había disparado el cañón a bordo del *Karadeniz*, y de cómo lo había tenido que matar.

Y después le contó las revelaciones del cardenal Brugnone.

Tess se sintió tremendamente culpable al oír lo que Reilly había descubierto en el Vaticano. La autenticidad del contenido del cofre que ella había encontrado en la playa y que le había sido confirmada a Reilly por las propias personas a las que más podía perjudicar, la electrizó por completo, pero tenía que disimular. Hizo cuanto pudo por fingir asombro e interesarse en el relato, aunque se odiaba a sí misma por tener que actuar. Quería sacar el códice del armario y compartirlo con él allí mismo, pero no podía hacerlo. El rostro de Reilly traslucía la profunda inquietud que sentía, y Tess supo que lo que Brugnone le había confesado, la mentira que anidaba en el seno de la Iglesia, para él era un duro revés. De modo que se negaba a ahondar más en la llaga presentándole las pruebas físicas de esa mentira. En este momento, no estaba segura de cuándo lo haría, ni tan siquiera de si lo llegaría a hacer. Reilly necesitaba tiempo, y ella también, para reflexionar.

—¿Estás bien? —le preguntó Tess titubeante.

Él miró a lo lejos unos segundos con expresión de tristeza mientras intentaba expresar con palabras lo que sentía.

—Es curioso, porque toda esta historia, lo de Turquía, lo del Vaticano, la tormenta..., es como si fuese una pesadilla. Tal vez sea por la medicación o algo, pero... Bueno, estoy convencido de que un día u otro conseguiré ordenar mis ideas. Lo que pasa es que ahora estoy muy cansado, estoy agotado, aunque no sé cuánto cansancio es físico y cuánto emocional.

Tess miró atentamente su cara. Parecía muy cansado. No, decididamente no era un buen momento para hablarle del tema.

—Vance y De Angelis han tenido su merecido —concluyó ella con alegría— y tú estás vivo. Ésa sí que es una razón para tener fe, ¿no te parece?

—Es posible —contestó él sin convencimiento y esbozando una sonrisa.

Reilly recorrió el rostro de Tess con los ojos y, aunque medio dormido, se dio cuenta de que estaba pensando en el futuro. No era algo que le hubiese preocupado mucho hasta entonces, por eso le sorprendió hacerlo entonces, en esa lejana isla en la que estaba vivo de milagro.

Se planteó brevemente si quería o no seguir siendo un agente del FBI. Nunca había tenido ningún problema con el Bureau, pero ese caso había hecho mella en él. Por primera vez estaba cansado de su vida, cansado de pasarse los días indagando en las mentes de los más desquiciados, de experimentar lo peor que el mundo podía ofrecerle.

Se preguntó si un cambio de profesión le ayudaría a ver la vida de otra manera, a tener incluso fe en el ser humano.

Notó que se le cerraban los párpados.

—Lo siento —balbució—. Ya hablaremos de eso después.

Tess observó a Reilly mientras se dormía profundamente; ella también estaba exhausta.

Pensó en el tono burlón con que le había dicho que a partir de ahora él escogería adónde irían de vacaciones. Sonrió y cabeceó ligeramente. Pensó que unas vacaciones eran justo lo que necesitaba y tenía muy claro dónde las pasaría. Arizona le pareció el lugar ideal. Decidió que se iría directa allí; se veía incapaz de volver al despacho. Cogería un vuelo desde Nueva York y se iría a ver a su hija. Y si Guiragossian o alguien más del Instituo Manoukian no estaba de acuerdo... ¡que se fueran al infierno!

De repente, pensó que en los estados del suroeste del país había muchas cosas interesantes que una arqueóloga podía hacer, y recordó que en Phoenix había un museo excelente. Entonces miró a Reilly. Nacido y criado en Chicago, neoyorquino de adopción y obviamente habituado a estar en el centro de la acción. Se preguntó si sería capaz de dejar todo eso y cambiarlo por una vida tranquila en un estado desértico. Por alguna razón aquello ahora le importaba, y mucho, tal vez más que ninguna otra cosa.

Salió al balcón de su habitación y contempló las estrellas del cielo, evocando la noche que habían pasado juntos de acampada, de camino al lago. La isla ya era muy tranquila de día, pero de noche se respiraba una paz etérea. Se embriagó con el silencio y la tranquilidad. Era posible que en Arizona también hubiese noches como ésa, aunque en Nueva York desde luego no. Pensó en Reilly, en cuál sería su reacción si le decía que dejaba el instituto y se iba a vivir a Arizona. Tal vez se lo preguntase en algún momento.

Miró en dirección al mar, en el que rielaba la luna, y reflexionó sobre lo que debía hacer con el códice. Sin duda, era uno de los hallazgos arqueológicos y religiosos más importantes de todos los tiempos y del que se derivarían consecuencias que afectarían a cientos de millones de personas. Si daba a conocer su descubrimiento, se convertiría en la arqueóloga más famosa desde los hallazgos en la Gran Pirámide de Egipto hacía casi ochenta años. Pero ¿qué implicaciones tendría para el resto del mundo?

Quería hablarlo con alguien.

Necesitaba hablarlo con Reilly.

Y lo haría pronto, pero no ahora. A él le hacía falta descansar, igual que a ella. Pensó en volver a su cuarto y meterse en la cama; sin embargo, entró de nuevo en la habitación y se acurrucó al lado de Reilly. Cerró los ojos y no tardó en quedarse dormida.

84

Tess vivió los siguientes días como en una nube. Por las mañanas le hacía un rato de compañía a Reilly y luego se iba a dar largos paseos hasta la hora de comer. Al atardecer volvía a caminar, normalmente hasta las ruinas del castillo, desde donde contemplaba cómo el sol se fundía con las centelleantes aguas del Egeo. Era el momento del día que más le gustaba. Sentada allí en silencio mientras inhalaba el aroma de la salvia y la manzanilla que llegaban hasta ella desde la ladera de la colina, lograba olvidarse un poco del códice que no cesaba de atormentarla; el lugar era idílico y reconfortante.

Durante sus paseos había conocido a mucha gente, vecinos que nunca escatimaban una sonrisa y que siempre tenían tiempo suficiente para charlar unos minutos con ella, y al tercer día ya había explorado la mayoría de las callejuelas y senderos del pueblo, por lo que decidió ir un poco más lejos. Siguiendo el bucólico sonido de los rebuznos de los asnos y los cencerros de las cabras, se adentró en los recovecos de la isla. También dio un largo paseo hasta la isleta de San Emilianos, por la que vagó entre los iconos de su iglesia de paredes encaladas y sus playas de guijarros, observando melancólica los erizos de mar que cubrían las rocas que había debajo de la superficie del agua; y visitó el gran monasterio de Panormitis, donde, para su sorpresa, tropezó con tres hombres de negocios atenienses de unos cuarenta años que se hospedaban en sus austeras habitaciones y que le comentaron que habían ido a pasar unos cuantos días de descanso y contemplación, y también para llevar a cabo algo para lo que habían utilizado un curioso término: «renovación». De hecho, era prácticamente imposible eludir las referencias religiosas de la isla. Las iglesias eran el centro neurálgico de los pueblos y, al igual que el resto de las islas griegas, Simi tenía docenas de capillas esparcidas por las cimas de las colinas. En cualquier rincón había a la vista señales de la influencia de la Iglesia y, sin embargo, por extraño que fuese, Tess no se sentía agobiada. Al contrario: lo consideraba como una parte intrínseca y viva de la isla, un imán que acercaba a sus habitantes y les proporcionaba consuelo y energía.

Reilly mejoraba día a día. Ya no se cansaba tanto al respirar, la hinchazón de labios y ojos había bajado, y la palidez de sus mejillas había desaparecido. Había empezado a dar paseos alrededor de la casa y esa mañana le había dicho a Tess que no podían pasar el resto de sus vidas allí escondidos y que, como se sentía más fuerte, prepararía el viaje de vuelta. Después ella se había ido a caminar con la sensación de que llevaba el peso del mundo entero sobre sus hombros y de que pronto tendría que reunir el valor para hablar con Reilly de lo que había descubierto.

Tess había pasado el resto de la mañana en Marathounda, donde había recuperado el cofre, y regresaba a casa del doctor cuando topó con las dos mujeres que le habían regalado ropa y comida. Salían de la capilla y se mostraron encantadas de verla. Le dijeron que se habían enterado de la recuperación de Reilly y la abrazaron cariñosamente mientras gesticulaban y asentían para expresar su sincera alegría. Sus maridos, que estaban con ellas, también le dieron la mano y le sonrieron, contentos y aliviados. Luego las dos parejas siguieron su camino y se alejaron sonriendo mientras Tess se quedaba allí, de pie, observándolas ensimismada.

Y entonces todo afloró: la idea que llevaba días gritándole a voces desde el fondo de su corazón, el sentimiento confuso que había echado por tierra los puntales de una vida llena de cinismo y que ella se había empeñado en negar... hasta ahora.

«No puedo hacerles esto», pensó.

Ni a ellos ni a otros tantos millones de personas. Era un pensamiento que la había atormentado día y noche desde que encontró el códice. No podía hacer daño a toda la gente que había conocido estos últimos días y que tan amable y generosa había sido con ella. El descubrimiento del códice les afectaría a ellos, y también al resto del mundo.

«Este descubrimiento puede destrozarles la vida», pensó.

De pronto, se sintió mareada. Si la Iglesia podía inspirar a la gente para que viviera como los habitantes de esa isla, para que se diera como se daban ellos, especialmente hoy en día, eso quería decir que algo hacía bien. Y tal vez valiese la pena protegerla. ¿Qué importaba que se basara en una historia que embellecía la verdad? ¿Acaso era posible crear algo de semejante poder inspirador sin apartarse de los estrictos límites de la realidad?, se preguntó.

Ahí de pie, viendo cómo las dos parejas se alejaban y volvían a sus vidas, no podía creerse que se hubiese siquiera planteado otra opción.

No, no podía hacerles esto.

Pero también sabía que no podía seguir ocultándole la verdad a Reilly.

Al anochecer, después de haberse pasado casi toda la tarde rehuyéndolo, Tess lo condujo a las ruinas del castillo. Le cogió de la mano con su palma sudorosa mientras con el otro brazo sujetaba con fuerza lo que llevaba escondido dentro de la chaqueta. El sol casi se había puesto y sus últimos rayos le daban al cielo un ligero brillo rosáceo.

Dejó la chaqueta encima de un muro medio derruido y se volvió hacia Reilly. Le resultaba difícil mirarle a los ojos, y notó que tenía la boca seca.

—Verás... —De pronto, la asaltaron las dudas. ¿Y si se lo ocultaba, se olvidaba del tema y no se lo decía nunca? ¿No viviría mejor sin saberlo, especialmente teniendo en cuenta lo que le había pasado a su padre? ¿No le haría un favor omitiendo el hecho de que había encontrado el cofre, de que lo había visto con sus propios ojos y lo había tocado?

No. Por mucho que deseara ocultárselo, sabía que hacerlo sería un error. No quería volverle a mentir, jamás. Ya había mentido suficiente. En el fondo abrigaba la esperanza de que, a pesar de todo, Reilly y ella tuviesen un futuro juntos, y era consciente de que sería imposible que intimaran si entre ellos mediaba una mentira de esas dimensiones.

En ese instante tomó conciencia de la quietud que los rodeaba. Los gorriones que antes había oído ya no piaban, como si respetasen la solemnidad del momento. Se hizo fuerte y empezó otra vez:

—Llevo días queriendo decirte algo, tenía muchas ganas de decírtelo, pero quería esperar a que te encontraras mejor. —Tess no pudo disimular su nerviosismo.

Reilly parecía desconcertado.

—¿De qué se trata?

Tess notó un nudo en el estómago y simplemente dijo:

—Quiero que veas una cosa. —Se volvió, abrió la chaqueta y dejó el códice al descubierto.

Reilly lo miró brevemente con cara de sorpresa antes de levantar la vista y observar a Tess. Después de lo que a ella le pareció una eternidad, preguntó:

—¿Dónde lo has encontrado?

Tess se apresuró a contestar, aliviada por poder desahogarse al fin.

—El mascarón de proa fue arrastrado hasta la playa de una bahía cercana al sitio donde nos rescataron a nosotros. Todavía tenía los flotadores atados.

Entonces Reilly examinó las cubiertas de cuero del códice, y luego lo cogió con cuidado y echó un vistazo a una de sus páginas.

—¡Es increíble! Es que parece tan... sencillo. —Se volvió a Tess—. ¿Puedes leerlo? ¿Sabes en qué lengua está escrito?

—No, no puedo leerlo, pero sé que está escrito en arameo.

—Que supongo que es la lengua que hablaba Jesús.

Tess asintió con inquietud.

—Así es.

Reilly miró fijamente el códice, pensativo y escudriñando cada centímetro de sus tapas.

—¿Crees que es auténtico?

—No lo sé, la verdad es que reúne todos los requisitos, pero es imposible saberlo a ciencia cierta sin mandarlo a un laboratorio; habría que hacer un montón de pruebas: la prueba del carbono-14, analizar la composición del papel y la tinta, comprobar si los términos corresponden a la época... —Hizo una pausa y espiró nerviosa—. Pero la cosa es que creo que no deberíamos hacerlas, Sean. No creo que debamos mandarlo a un laboratorio para hacerle ninguna clase de prueba.

Reilly la miró desconcertado.

—¿Qué quieres decir?

—Quiero decir que lo mejor sería olvidarnos de que lo hemos encontrado —declaró con vehemencia—. Tendríamos que quemar el maldito códice y...

—¿Y qué? —replicó él—. ¿Actuar como si nunca hubiese existido? ¡No podemos hacer eso! Si no es auténtico, si no es más que una falsificación de los templarios u otro tipo de fraude, no hay por qué preocuparse. Y si lo es, bueno, entonces... —Arrugó la frente y su voz se apagó.

—Entonces nadie debería conocer su existencia —insistió Tess—. ¡Dios! ¡Ojalá no te hubiese dicho nada!

Reilly la miró perplejo.

—¿Me he perdido algo o qué? ¿No decías que la gente tenía «derecho» a saber la verdad?

—Estaba equivocada. He llegado a la conclusión de que no es importante. —Tess soltó un gran suspiro—. Verás, me he pasado la vida fijándome sólo en lo que la Iglesia hacía mal. En su historia sangrienta, en su avaricia, en su dogmatismo arcaico, su intolerancia y sus escándalos por abusos... Hay muchas cosas que se han convertido en un circo, y sigo pensando que muchas de esas cosas se merecen una buena revisión. Pero, por otra parte, nada es perfecto, ¿no? Y si te fijas en las maravillas que obra cuando funciona, en la compasión y la generosidad que genera... Ése es el verdadero milagro.

Unas palmadas rítmicas y espaciadas reverberaron de repente en las ruinas desiertas, y Tess se sobresaltó.

Se volvió para ver de dónde procedía el sonido, y vio que Vance se asomaba por detrás de un muro de piedra. No dejó de aplaudir mientras la miraba fijamente con una inquietante mueca de desdén.

85

—¡Al fin has visto la luz! Estoy realmente conmovido, Tess. Nuestra infalible Iglesia ya cuenta con un converso más. —El tono de Vance no podía ser más jocoso o sutilmente amenazador—. ¡Aleluya! ¡Alabemos al Señor!

Reilly vio que se aproximaba y notó cómo todo su cuerpo se tensaba. Vance estaba desaliñado y parecía más delgado, más demacrado que antes. Iba vestido con ropa sencilla, seguramente regalo de otro isleño caritativo. Y lo más importante de todo, no iba armado, lo que era un alivio, porque a Reilly no le hacía demasiada gracia la idea de tener que desarmar al profesor en su débil estado físico. Sin pistola y, sin duda, tan cansado como ellos tras sufrir el azote de la tormenta, el profesor no suponía una gran amenaza.

Vance siguió avanzando hacia Tess, aunque ahora tenía los ojos clavados en el códice que Reilly sostenía en sus manos.

—Es como si hubiese querido que lo encontráramos, ¿no? Si fuera creyente —espetó—, me inclinaría a pensar que ha sido cosa del destino.

Tess no salía de su asombro.

—¿Cómo conseguiste...?

—¡Oh! Me imagino que igual que tú —contestó encogiéndose de hombros—. Me desperté con la cara enterrada en la arena y un par de cangrejos mirándome con curiosidad, logré llegar hasta el monasterio de Panormitis, y el padre Spiros me llevó a su casa de acogida. No me hizo ninguna pregunta y yo tampoco tuve que explicarme. Y entonces te vi. Me alegré mucho de que hubieras sobrevivido, era más de lo que podía haber deseado, pero esto... —No dejaba de mirar el códice, parecía extasiado—. Esto es un verdadero regalo. Me gustaría verlo.

Reilly alzó una mano para detenerlo.

—¡No! No se acerque más.

Vance se quedó inmóvil, perplejo.

—¡Venga ya! Pero ¿no ha visto en qué estado estamos los tres? Podríamos haber muerto, ¿no le dice eso algo?

Reilly no se inmutó.

—Sí, me dice que así podrá ser juzgado y pasar unos cuantos años como invitado de nuestro servicio de prisiones.

Vance apartó brevemente la vista con cara de decepción, casi dolido, pero con un rápido movimiento se abalanzó sobre Tess y le rodeó el cuello con un brazo mientras con el otro sujetaba una navaja a pocos centímetros de su garganta.

—Lo siento, querida —se disculpó—, pero en esto coincido con el agente Reilly. No podemos ignorar lo que el destino ha puesto en nuestras manos. Tenías razón al principio, la gente tiene derecho a saber la verdad. —Los ojos le brillaban con furia mientras miraba a un lado y otro para controlar a Reilly—. Démelo —ordenó Vance—. Deprisa.

Reilly analizó la situación; la navaja estaba demasiado cerca del cuello de Tess como para poder hacer ningún movimiento, especialmente en su precario estado de salud. Lo más seguro era entregar a Vance el códice y ocuparse de él cuando Tess estuviese fuera de peligro. Hizo un gesto de calma con una mano y con la otra le ofreció el manuscrito.

—Tranquilo, ¿de acuerdo? Tenga el maldito códice, cójalo.

—¡No! —intervino Tess enfadada—. No se lo des. No podemos permitir que lo saque a la luz. Ahora está bajo nuestra responsabilidad, bajo mi responsabilidad.

Reilly sacudió la cabeza.

—Sí, pero no pienso poner tu vida en peligro.

—Sean...

—No vale la pena, Tess —insistió él, lanzándole una mirada de absoluta determinación.

Vance esbozó una sonrisa.

—Déjelo encima del muro y retroceda. Despacio.

Reilly obedeció y se apartó. Vance se acercó lentamente al muro medio derruido, arrastrando a Tess consigo.

Se quedó mirando el códice unos segundos, le daba hasta miedo tocarlo, y luego alargó el brazo y levantó la cubierta con dedos temblorosos. Examinó el texto embelesado, pasando las hojas de pergamino mientras musitaba «*Veritas vos liberabit*» y una serena dicha iluminaba su fatigado rostro.

—Me hubiese encantado que compartieras esto conmigo, Tess —dijo en voz baja—. Ya verás, será maravilloso.

Y en ese preciso instante, Tess decidió actuar. Se sacudió enérgicamente el brazo del cuello y se alejó de Vance corriendo. El perdió el equilibrio, y cuando alargó el brazo para apoyarse en el muro, la navaja se le cayó de la mano y desapareció entre los arbustos secos que había detrás de él.

Se irguió, cerró el códice y lo agarró con ambas manos. Entonces vio que Reilly se había colocado justo en el sendero que conducía a la salida del castillo, bloqueándole el paso. Tess estaba a su lado.

—Se acabó —dijo Reilly con rotundidad.

Pero Vance no estaba dispuesto a rendirse. Miró a su alrededor, vacilante, saltó el muro de piedra y huyó por las laberínticas ruinas.

Reilly reaccionó veloz, trepó al muro y corrió tras el profesor. En cuestión de segundos los dos habían desaparecido entre las antiguas piedras.

—¡Vuelve! —le gritó Tess—. ¡Que se vaya al infierno, Sean! ¡Todavía no estás bien, vuelve!

Reilly oyó sus gritos, pero no se detuvo. Pisándole los talones a Vance y jadeante, corrió colina arriba con resolución.

86

Vance corría deprisa por un empinado sendero que bordeaba la colina. Los árboles y los olivos pronto dieron paso a un terreno rocoso más áspero y cubierto de arbustos secos. Miró hacia atrás, vio que Reilly lo seguía y maldijo en silencio. Paseó la vista por la zona; no había ni rastro del pueblo, e incluso las ruinas del castillo y los molinos de viento en desuso habían desaparecido del paisaje. A su derecha la ladera ascendía abruptamente, y a su izquierda el suelo pedregoso parecía que dibujaba una pronunciada cuesta en dirección al mar. No tenía elección. O se enfrentaba con Reilly o continuaba adelante, que es lo que hizo.

Detrás de él, Reilly jadeaba mientras procuraba no perder de vista a Vance. Le fallaban las piernas y los muslos le dolían pese al poco rato que llevaba corriendo. Tropezó con una gruesa piedra, pero logró por los pelos no perder el equilibrio ni torcerse el tobillo. Se enderezó, y de pronto se sintió mareado, cerró los ojos y se concentró en respirar hondo unas cuantas veces intentando hacer acopio de las energías que le quedaban. Miró hacia Vance y vio que su silueta se alejaba por las rocas. Recobró las fuerzas y reanudó la persecución.

El profesor anduvo por la resbaladiza superficie rocosa hasta que, finalmente, llegó a un despeñadero del que no tenía escapatoria. Ante él se abría un precipicio prácticamente vertical, al fondo del cual no había sino más rocas puntiagudas contra las que las espumosas olas blancas rompían con movimientos rítmicos.

Se volvió con rapidez y vio aparecer a Reilly, que se encaramó a una gran roca. Estaba frente a él, a menos de diez metros de distancia. Y se miraron a los ojos.

Jadeando, Vance, contrariado, examinó la zona a derecha e izquierda. Decidió que a su derecha el suelo sería más seguro y fue en esa dirección.

Reilly no dudó en perseguirlo.

Vance corrió por el borde del escarpado barranco, y apenas había avanzado veinte metros cuando se le metió el pie en una grieta que había entre dos rocas; lo sacó y se dispuso a continuar la huida.

Pero Reilly, dolorosamente consciente de que las piernas le empezaban a flaquear, aprovechó la oportunidad, se lanzó hacia delante y agarró a Vance de los tobillos. Casi no lo tocó, pero fue suficiente para que el profesor perdiera de nuevo el equilibrio y se cayese otra vez. Reilly se puso a cuatro patas y una vez más trató de coger a Vance por los tobillos, pero sus brazos estaban tan débiles como sus piernas. Vance se puso boca arriba y, abrazando el códice con fuerza, logró liberarse de Reilly y darle una patada en la cara, que lo envió rodando un par de metros por la empinada pendiente. Entonces Vance se dio impulso y se puso de pie.

A Reilly le costaba pensar, la cabeza le pesaba una tonelada. Intentó recuperarse del aturdimiento y levantarse, pero entonces oyó la voz de Tess a sus espaldas.

—¡Sean! —le gritó—. ¡Deja que se marche! ¡Acabarás matándote!

Reilly vio que a un lado estaba Tess trepando por las rocas, y al otro, Vance, que continuaba avanzando con dificultad, pero al que aún podía dar alcance. Entonces, gesticulando con vigor, le dijo a Tess:

—¡Vuelve! ¡Vuelve y pide ayuda!

Pero ella ya estaba junto a él, apoyada en su brazo y sin aliento.

—Por favor, Sean. Estas rocas son un peligro. Déjalo escapar, tú mismo has dicho que no vale la pena arriesgar nuestras vidas.

Reilly la miró con una sonrisa, y en ese preciso instante supo con absoluta certeza que pasaría el resto de su vida con esa mujer. Justo entonces Vance soltó un horrible grito. Reilly se volvió y lo vio resbalar por la abrupta pendiente; el profesor trató de sujetarse a algo, pero las rocas eran muy lisas y no pudo.

Por fin, encontró un reborde y, sujetándose a la roca con una mano temblorosa mientras con la otra agarraba el códice, esperó a Reilly, que apretaba el paso en dirección a él.

—¡Ayúdeme! —le chilló alargando el brazo al máximo.

Vance alzó la vista, estaba aterrorizado. Con la mano en la que llevaba el manuscrito procuró coger la que le ofrecía Reilly, pero un par de centímetros las separaban.

—No puedo —balbució.

De pronto, el reborde se desprendió y los pies de Vance quedaron colgando. Para poderse agarrar con las dos manos soltó instintivamente el códice, que cayó abierto y rebotó en una roca. Sus páginas volaron por el aire salado y descendieron en espiral hasta el agua que había en el fondo del despeñadero.

—¡Olvídese...! —Pero Reilly no pudo acabar la frase.

Vance gritó un desesperado «¡Nooo!», y al querer recuperar los papeles, se precipitó al vacío agitando los brazos mientras las páginas revoloteaban, y se estrelló en las rocas.

Tess alcanzó a Reilly, le cogió del brazo y juntos se asomaron al vertiginoso despeñadero. Abajo yacía el cuerpo de Vance aplastado. Las olas reventaban a su alrededor, meciéndolo como si fuese un muñeco de trapo. Cerca de él las páginas del antiguo diario caían al mar, que engullía la tinta que desprendía el pergamino así como la sangre de las heridas abiertas de Vance. Reilly observó pensativo cómo el agua se llevaba las últimas hojas. «Ya nunca sabremos si era auténtico», pensó con tristeza mientras apretaba la mandíbula.

Y entonces vio algo.

Soltó a Tess y bajó por el borde del despeñadero.

—¿Se puede saber qué haces? —chilló ella con voz preocupada, asomándose al precipicio.

Instantes después Reilly trepaba por las rocas y Tess le ayudó a subir, y al hacerlo vio que tenía algo entre los dientes.

Era un pergamino.

Una página del códice.

Tess clavó los ojos en la página, incrédula, mientras Reilly se la daba y observaba su reacción.

—Al menos ya tenemos algo para demostrar que no ha sido fruto de nuestra imaginación —dijo todavía sin aliento tras el esfuerzo realizado.

Ella examinó el pergamino durante un buen rato. Le vino a la memoria todo lo que había vivido aquella noche en el Met, toda la sangre derramada, el miedo, la conmoción... Y entonces lo supo. Supo sin la menor sombra de duda lo que tenía que hacer con ese pergamino. Y, sin titubear, le dedicó una sonrisa a Reilly y luego estrujó la hoja y la lanzó al vacío.

Vio cómo caía al mar, y después se volvió a Reilly y lo abrazó.

—Tengo todo lo que necesito —le dijo antes de cogerle de la mano y dar media vuelta.

Epílogo

París - Marzo de 1314

La tribuna de madera suntuosamente decorada lindaba con un campo de la Île de la Cité. Las banderolas de vivos colores ondeaban con la suave brisa, y los tenues rayos del sol se reflejaban en la llamativa vestimenta de los cortesanos y servidores del rey allí reunidos.

Al final de una alborotada y multitudinaria plebe estaba Martin de Carmaux, encorvado y exhausto. Llevaba puesta una andrajosa túnica marrón, regalo de un fraile que había conocido unas cuantas semanas antes.

Aunque hacía pocos años que había cumplido los cuarenta, Martin había envejecido considerablemente. Se había pasado casi veinte años trabajando en la cantera de la Toscana bajo un sol de justicia y los despiadados latigazos de los capataces. Ya casi había perdido la esperanza de poder escapar cuando uno de los peores desprendimientos de rocas de los muchos que solían producirse mató a doce esclavos y a varios guardias. La suerte quiso que Martin y el hombre con el que compartía grilletes pudieran aprovechar la confusión reinante y las nubes de polvo para huir.

Pese a que había vivido muchos años como un auténtico esclavo y a que estaba completamente desconectado de todo lo que había acontecido más allá del maldito valle, Martin sólo tenía una cosa en la cabeza. Fue hasta la cascada y encontró la roca con las fisuras que se asemejaban a la cruz de los templarios, recuperó la carta de Aimard y cruzó las montañas en un largo viaje que le llevaría hasta Francia.

El trayecto había durado varios meses, pero el tan ansiado retorno a su tierra natal resultó una gran decepción. Se enteró de la tragedia que habían vivido los Caballeros Templarios, y a medida que se acercaba a París, supo que había llegado demasiado tarde para poder hacer algo que alterara el destino de la Orden.

Indagó y preguntó con la mayor discreción posible, pero no quedaba nadie. Todos sus hermanos habían desaparecido, habían muerto o se habían escondido, y en la gran sede del Temple en París ondeaba la bandera real.

Estaba solo.

Ahora, allí de pie, esperando entre la murmurante muchedumbre, Martin identificó la vestimenta gris de la silueta del papa Clemente V, que subía por las escaleras de la tribuna y ocupaba su lugar entre los cortesanos ataviados con llamativos colores.

Ante la atenta mirada de Martin, el Papa clavó los ojos en el centro del campo, donde había dos hogueras preparadas con broza. Entonces el caballero dirigió su atención a los demacrados y destrozados cuerpos de dos hombres, a los que reconoció como Jacques de Molay, el Gran Maestre de la Orden del Temple, y Geoffroi de Charnay, el preceptor de Normandía, que eran arrastrados al campo.

Como a ninguno de los condenados le quedaba ya fuerza alguna para resistirse, fueron rápidamente atados a los postes. A continuación, un hombre corpulento se acercó a ellos con un tizón encendido, y miró al rey esperando instrucciones.

La multitud guardó silencio absoluto y Martin vio que el rey alzaba una mano con indiferencia.

Las hogueras fueron encendidas.

El humo empezó a ascender y muy pronto surgieron las llamas, y las ramas crujieron y crepitaron a medida que el fuego crecía. Aturdido e impotente, Martin tuvo ganas de dar media vuelta, pero necesitaba observar para poder atestiguar tan depravado acto. Pese a su malestar se abrió paso hasta las primeras filas. Fue entonces cuando, para su sorpresa, el Gran Maestre levantó la cabeza y miró fijamente al rey y al Papa.

Incluso desde su posición, la escena resultaba inquietante; los ojos de De Molay brillaban con un fuego más intenso que el que no tardaría en consumirle a él.

Aunque su aspecto era débil y frágil, el Gran Maestre habló con seguridad y firmeza:

—En nombre de la Orden de los Caballeros del Temple te maldigo, Felipe el Hermoso, y a tu bufón, el Papa, y pido a Dios Todopoderoso que ambos os presentéis conmigo ante su Trono antes de que finalice el año, para que os condene y ardáis eternamente en las llamas del infierno...

Martin no pudo oír nada más, porque el rugido del fuego amortiguó los gritos de los dos condenados. Entonces la brisa sopló en dirección contraria y el humo nauseabundo, que olía a carne quemada, se esparció por la tribuna y la muchedumbre. El rey, que tosía desconcertado, bajó por las escaleras tambaleándose, seguido del Papa, a quien le lloraban los ojos. Cuando pasaron cerca de Martin, éste miró al Papa. Sintió que la ira crecía en su interior y le escocía la garganta, y en ese preciso instante se dio cuenta de que su tarea aún no había terminado.

Quizá no en esta vida, pero tal vez algún día las cosas fuesen diferentes.

Esa misma noche se marchó de la ciudad en dirección sur, hacia la tierra de sus antepasados, hacia Carmaux. Se establecería allí, o en otra parte del Languedoc, y allí pasaría lo que le quedara de vida. Pero antes de morir, se aseguraría de que la carta no cayese en el olvido. De un modo o de otro, encontraría la manera de que sobreviviese.

Tenía que sobrevivir.

Tenía que cumplir su destino.

Se lo debía a todos aquellos que habían muerto, a Hugh, a Guillaume de Beaujeu, y especialmente a su amigo Aimard de Villiers, para asegurarse de que sus sacrificios no habían sido en vano.

Ahora todo dependía de él. Recordó la revelación final de Aimard aquella noche, cuando estaban en el interior de la iglesia que había junto al sauce llorón. Pensó en el gran esfuerzo que habían hecho sus predecesores, los primeros en urdir el engaño. En los nueve años de minuciosa elaboración. En el meticuloso plan que había tardado casi dos siglos en dar fruto.

«Ha faltado poco, muy poco —pensó—. El fin era noble. Ha valido la pena todo el trabajo, todos los sacrificios y el dolor.»

Supo lo que tenía que hacer.

Tenía que asegurarse de que la ilusión seguía viva. La ilusión de que el tesoro estaba ahí fuera, esperando en alguna parte.

«La ilusión no debe morir.»

Y en el momento adecuado, aunque él ya no lo presenciaría, tal vez alguien, sólo tal vez, podría utilizar el gran secreto perdido de los templarios para acabar lo que habían empezado.

Y entonces una sonrisa agridulce iluminó su rostro mientras su corazón se llenaba de esperanza. «A lo mejor algún día ya no hará falta», murmuró. A lo mejor el plan dejaría de ser necesario. Y a lo mejor la gente aprendería a superar sus absurdas diferencias y sería capaz de no provocar enfrentamientos sangrientos para defender su fe.

Desechó la idea, reprochándose a sí mismo su idealismo, y siguió caminando.

Agradecimientos

Son muchas las personas que han aportado sus conocimientos, experiencia y apoyo a este libro, y me gustaría empezar dándole las gracias a mi gran amigo Carlos Heneine por haberme iniciado en el tema de los templarios y, como siempre, por haberse divertido charlando conmigo; a Bruce Crowther, que me ayudó a familiarizarme con este mundo, y a Franc Roddam, que no dudó en involucrarse y darme alas.

También me gustaría dar las gracias a Olivier Granier, Simon Oakes, Dotti Irving y Ruth Cairns, Colman Getty y Samantha Hill de Ziji, así como a Eric Fellner, Ed Victor, Bob Bookman, Leon Friedman, el profesor François Serres, Kevin y Linda Adeson (lamento la paliza que le di a Michael), Chris y Roberta Hanley, el doctor Philip Saba, Matt Filosa y Carolyn Whitaker, el doctor Amin Milki, Bashar Chalabi, Patty Fanouraki y Barbara Roddam. Asimismo, muchas gracias a todos los miembros de Duckworth y Turnaround.

Por su magnífica labor en el diseño de la cubierta y composición interna de la edición original de esta obra, quisiera dar las gracias de una manera especial a Cephas Howard, y mandarle todo mi cariño al equipo de Budapest de Mid-Atlantic Films, que nos proporcionó la fotografía para la cubierta en un tiempo récord: a Howard Ellis, Adam Goodman, Peter Seres, Gabby Csoma, Csaba Bagossy y nuestros generosos amigos de www. middleages.hu. Os estoy enormemente agradecido.

Muchísimas gracias a mi agente literaria, Eugenie Furniss, sin cuya pasión, su incansable aliento y su apoyo este libro no existiría. También quiero dar las gracias a Stephanie Cabot, Rowan Lawton y al resto del equipo de la agencia William Morris.

Y para terminar quisiera dar las gracias a mi mujer, Suellen, por todo el tiempo que lleva viviendo con este proyecto; desde luego, no podría haber encontrado una amiga, un apoyo y una compañera de viaje mejor.

Visite nuestra web en:

www.umbrieleditores.com